回望鲁迅

孙 郁 黄乔生 主编

回望鲁迅

年少沧桑

——兄弟忆鲁迅（一）

周作人　周建人　著

河北教育出版社

图书在版编目（CIP）数据

年少沧桑：兄弟忆鲁迅/周作人，周建人著．—石家庄：
河北教育出版社，2000.7
（回望鲁迅丛书/孙郁，黄乔生主编）
ISBN 7-5434-4010-5

Ⅰ．年… Ⅱ.①周…②周… Ⅲ．鲁迅（1881～1936）
-回忆录 Ⅳ.K825.6

中国版本图书馆 CIP 数据核字（2000）第 37457 号

回望鲁迅

年 少 沧 桑

——兄弟忆鲁迅（一）

周作人　周建人　著

河北教育出版社出版发行（石家庄市友谊北大街330号）
河北新华印刷一厂印刷

850×1168毫米　1/32　18.75印张　278千字　2000年12月第1版
2002年5月第2次印刷　印数：1001—5000　定价：24.40元

ISBN 7‑5434‑4010‑5/K·136

总　序

　　二十世纪的中国作家,没有谁像鲁迅这样给后世造成这样大的影响,留下这么多的话题。他的著作,至今拥有广大的读者。

　　然而鲁迅又是一个难以描述的存在,走进他的内心深处,是相当困难的。鲁迅思想的深刻性和复杂性,使得后人在接近的时候,常常会陷入表述的尴尬。

　　在鲁迅生前和身后,由他引发的文化论战和思想交锋,从未停止,一直延续到今天。在鲁迅的遗产中,不仅有对文明社会的渴望,也有对现代社会变态的质疑;不仅有对传统的反省和抵抗,也有对新文化运动中不谐和性的抨击。鲁迅表达了反抗奴役、走向自我解放的文化命题。他将一个贫穷、落后、灾难深重的社会中人的不屈不挠的生命之迹深刻地昭示给世人。他的丰富的思想映现着灵魂的纯净和高贵。鲁迅思想不但在中国,在亚洲,而且在全世界都有其巨大的价值。

　　鲁迅深刻而又长远地启示着民族的自省,而且不断地被看成精神超越的资源,二十世纪中国文化的动荡和变迁,鲁迅在其中起到了不可忽视的作用。如今,他一方面被当成一个经典的研究对象;另一方面,也成为当代思想者队伍中一个有血有肉的活生生的存在,而且是一个榜样,一个导师。无论在学院派那里还是在民间,都有鲁迅意识的生长点。

　　聆听鲁迅同时代人以及后人与鲁迅灵魂的对话,我们也许会隐约地感受到一些沉重。鲁迅在被接受中的扭曲和变形,是一个值得探讨的问题。我们在各种回忆录、传记、论文中,看到鲁迅的面貌的多样化。实际上,不必讳言,在鲁迅的同时代人中,可以与其在同一个层面上进行交流者,十分有限。更不要说后来者。这一点也可以解释为什么鲁迅不断地吸引着后世的人们。鲁迅的思想具有开放性、不可复制性和常新性,其中包含着对人类一些恒定的主题的探索:存在与虚无、有限与无限、奴役与叛逆,……。有人崇拜他,有人谩骂他,有人诋毁他,有人利用他,各种人以各自的立场来解读他。虽然并不是每种人都得到了他的思想的真谛,但自鲁迅逝世到今天,对鲁迅的评价和研究的轰轰烈烈和众说纷纭,也足以说明了鲁迅的确是中国现代化进程中一个不能回避的存在。鲁迅用他的如椽巨笔,揭示了现代社会一系列隐痛:非人道、奴性、罪恶、苦难、背叛,……,他使人看到了存在的无理性。人日甚一日地消失在"我"的迷津里,不仅成为自己创造出来的文化和物质的仆役,而且也成为外在于己身的社会结构的囚徒。鲁迅思想的闪光点之一就是揭示了传统社会和现时代的"吃人"本质。鲁迅在当今世界中不仅没有隐没,相反,却日益清晰地凸现出不朽的价值。我们时时会感到鲁迅思想的现实意义。

因此,鲁迅的文本不仅是一种历史,更是一个活生生的现实。中国人将近一个世纪的对鲁迅文本的解读,也成为中国文化史的重要组成部分。我们可以称之为"鲁迅世界"或"鲁迅传统"。在这个世界中,记录着百年中国的深刻的精神潜流。这个传统已经并且将会继续影响着中国的现代化进程。

将差不多一个世纪里东西方文化人士描述和研究鲁迅的文字有选择地汇编在一套丛书里,可以使我们更清晰地看到鲁迅在文化史上的巨大意义。我们借此走进一段风云变幻的历史。

对鲁迅的批评研究,在文学史和文化史上具有标本的性质。

这套《回望鲁迅丛书》汇集了国内外有关鲁迅的回忆录和研究文字,是迄今为止关于鲁迅研究的一次较为全面和规模较大的文献汇编。鲁迅学早已成为一门显学。而且这门学问将要继续"显"下去。

首先说回忆文字。可以这样说,人们对鲁迅作品和思想的研究将会长久地持续下去,但对鲁迅生平事迹的回忆,基本上已经写得差不多了。与鲁迅同时代的人,或笼统地说,与鲁迅有过交往的人,该写回忆文章的都已写过，甚至有的人写了多篇。回忆文字已不可能出新出奇，除非无中生有地编造。对历来的回忆文字做一个较为全面的总结，很必要而且条件已经成熟。当然，因为回忆文字卷帙浩繁，把每篇每部都收进这套丛书，是不可能的。而且，从回忆录的内容来看，也应该加以选择。因为不少篇章有重复，往往是许多个作者回忆同一个事件，其间大同小异；加之回忆者因为年代久远，或记忆能力弱化，有的回忆录与当时实情不相符合，或者与其他回忆录相矛盾；特别因为鲁迅逝世后几十年间，中国的政治形势常有大的变化，回忆者在历次运动斗争中，对鲁迅的回忆随着形势的变化而变化，有时竟或有自相矛盾之处。这看起来是颇为滑稽的，但也是二十世纪的中国的历史和特殊国情使然，我们只好在阅读这些文字时加以认真鉴别。在选编过程中，编者努力将这些不谐和之处删除掉，但因为要保持每篇文字的基本完整，也不可能做得彻底。至于因为每个回忆者立场和视角不同，所描绘出来的鲁迅形象有差异，对鲁迅的评论甚或大相径庭，那也是正常的，不必也不能强求他们统一。

　　回忆鲁迅的文字，有多种以专著的形式出版。对写过专著特别是多种专著的作者，我们一般为其编了专集。例如鲁迅的夫人许广平，就出版过《欣慰的纪念》、《关于鲁迅的生活》、《鲁迅回忆录》等专著或文集。我们从中选出若干篇，编成一本《十年携手共艰危——许广平忆鲁迅》，其特点是偏重讲述鲁迅的日常生活，而尽量少选她对鲁迅的作品和思想进行评价的文字。鲁迅的弟弟周作人和周建人，都有回忆专著出版，周作人的是《鲁迅的故家》、《鲁迅小说里的人物》和《鲁迅的青年时代》，周建人著有《略讲关于鲁迅的事情》和《回忆鲁迅》，后者写于"文化大革命"时期，以他的名义出版，实则由别人代笔，所写的鲁迅是一个歪曲了的形象。我们将两兄弟的回忆文字集合起来，编为两本，一本主要选了两个弟弟回忆长兄青少年时代生活的篇什，另一本是以《鲁迅小说里的人物》为主的对鲁迅作品和思想的来源和发展进行解说的文字。鲁迅的老友许寿裳，写过《亡友鲁迅印象记》和《我所认识的鲁迅》，向来得到鲁迅研究界的好评，也编为一卷。与晚年鲁迅接触得较多的冯雪峰，除专著外，还有大量散篇文章，也收集起来，编为一卷。那些只写有一本专著的作者，我们将这些专著汇集成卷，例如将王志之的《鲁迅印象记》,孙伏园的《鲁迅先生二三事》、许钦文的《鲁迅日记中的我》和荆有麟的《鲁迅回忆断片》编为一卷,这些人都是鲁迅在北京时期接触比较多的学生。鲁迅晚年,周围聚集了一些文艺界人士,如胡风、萧军、聂绀弩、黄源、周文、唐弢等等,他们中有些人,在鲁迅逝世后的文坛斗争中,命运十分悲惨,将他们的回忆和评论文字汇编在一起,称之为"弟子忆鲁迅",是较为恰当也是很有意义的。

回忆文字的很大部分是散篇文章,我们将其编为两卷,一卷重点收录文艺界人士回忆鲁迅的文字,另一卷收录其他各界人士的文字。散篇文章很多,限于篇幅,丛书中不可能每篇都收,但大致上将比较重要的篇目都包括在这两卷中了。当然,由于寻找资料的艰难和编者水平的限制,一定有遗珠之憾。这是要请回忆录作者和广大读者鉴谅的。希望今后有机会弥补缺憾。

鲁迅不但是一个伟大的文学家,而且是一位很称职的编辑。他不但写书,而且还办杂志、出书。他一生中与他有过交往的编辑有好多位都写了回忆文字,记述他在编辑方面的言行和业绩,有可读性,也有参考价值,对今天的编辑工作颇具指导意义。因此,将这些文字汇集起来,成《编辑生涯忆鲁迅》一卷。

以文字类别汇集成卷的还有《无限沧桑怀遗简》。鲁迅一生来往书信甚多,许多书信后面都有值得记录的事件。鲁迅逝世后,一些与他通过信的人,就通信过程和内容做了说明,这些文字提供不少背景资料,对研究鲁迅生平和思想不无帮助。

此外,与鲁迅有过交往的女性特别是女作家,在回忆文字中对鲁迅的描绘和评论,笔触往往比较细腻,观察也自有其独到之处。因此,将她们的文章和小册子汇集成一卷,也是很有意思的。

海外人士回忆鲁迅的文字编为一卷,其中以日本作者居多。这类回忆文字也不可能再有新的出现,只是因为我们只能编入已经有中译文的篇什,一定也有遗漏。期望翻译家们勉力多译,使海外人士回忆鲁迅的文字成为全璧。

鲁迅逝世已经六十多年,在鲁迅生前,从他发表小说开始,针对他的评论文字就已经出现。对鲁迅的评价,历来有不同意见,甚至有截然相反的意见。这类文章和论著相当多,我们进行了分类挑选,大致分为一般评论和研究论著两种。两种的分别有时并不是很明显的。关于前者，按类编辑成两卷，一卷是对鲁迅的攻击性文字。鲁迅一生屡遭围攻，连他自己生前都想将各种围攻他的文字编为一集，而且已经定了名目叫《围剿集》，可惜因为早逝没有实现这个愿望。本丛书里这一卷也就用这个书名。另一卷比较起来是对鲁迅的正面评价，大多是共产党人纪念和论述鲁迅的文字，其中有多篇是领袖人物对鲁迅的称赞。这样的编法，使两条线清晰地展现在读者面前，可以使读者从正反两个方面的评价中更深入地了解鲁迅。

对鲁迅生平史料的考证和研究是鲁迅研究这门学问中一个不可忽视的部分。即如收在本丛书里的这些回忆鲁迅的文字，我们就不能说都绝对准确无误。研究史料的学者发挥了考证的专长，对回忆录中的种种错误说法加以辨证，虽然有的是很小的问题，但表现了做学问的认真态度。这类文字汇集起来，编为一卷。

研究鲁迅的论著可以说汗牛充栋，选择为难。征得原著者同意，我们编发了国内外研究者的几种专著。此外，编了几卷论文集。

我们多年来喜爱读鲁迅的著作，也都写过一些学习心得。虽然学识浅薄，学术水平有限，但对鲁迅研究这门学问的感情却是相当深的。河北教育出版社王亚民等同志对这门学问十分关注，愿意出版有关的论著，毅然将这套丛书列入出版计划，并把这项工作委托了我们。面对这样一个大工程，我们一开始惶恐不已，生怕做得不好，愧对鲁迅，愧对师友，愧对作者和读者，但最终，对这门学问的感情使我们鼓起了勇气，终于勉力将这套丛书编出来。

我们进行了这样的分工：《挚友的怀念——许寿裳忆鲁迅》由马会芹编辑，《吃人与礼教——论鲁迅（一）》由张梦阳、孙郁编辑，回忆录的大部分由黄乔生编辑，其余由孙郁负责编辑。

在编辑过程中，得到许多朋友的热诚帮助，在此深表谢意。

我们知道，由于水平的限制，这套丛书一定存在着这样那样的缺点，盼望各方面人士批评指正。

孙　郁　黄乔生
1999 年 6 月 9 日

目　录

249 **略讲关于鲁迅的事情**　　　　　　　周建人

288 编选后记　　　　　　　　　　　　　黄乔生

鲁迅的故家*

周作人

＊ 本书根据人民文学出版社一九五七年版排印,部分篇章题目为原编者所加。

　　我将我所写的《百花园》杂记印成单行本，又从别的杂文中间选取相关的若干篇，编为第二部分，名曰《园的内外》，又把《鲁迅在东京》和《补树书屋旧事》那两部分加在里边，作为附录。这一册书共总有一百多篇文章，差不多十万字，写时也花了四五个月工夫，但是它有一个缺点，这是陆续写了在《亦报》上发表的，缺少组织，而且各部分中难免有些重复之处，有的地方也嫌简略或有遗漏，现在却也不及补正了，因为如要订补，大部分就需要改写过，太是费事了，我想缺少总还不要紧，这比说的过多以至中有虚假较胜一筹吧。至于有些人物，我故意略过的也或有之，那么这里自然更无再来加添之必要了。

　　　　　　　　　　　　　　　　　　　　周遐寿记于北京
　　　　　　　　　　　　　　　　一九五二年二月二十九日

第一分 百 草 园

关于百草园

　　百草园的名称,初见于鲁迅的回忆文中,那时总名还叫做《旧事重提》,是登在《莽原》上的,这一篇的题目是《从百草园到三味书屋》。这园是实在的,到现今还是存在,虽然这名字只听见老辈说过,也不知道它的历史,若是照字面来说,那么许多园都可以用这名称,反正园里百草总是有的。不过别处不用,这个荒园却先这样的叫了,那就成了它的专名,不可再移动了。

　　这园现在是什么情形,只要有人肯破费工夫,跑去一看,立即可以明白了。但是园虽是无生物,却也同人一样,有它的面目和年龄,今日所见只是现在的面目,过去有比人还长的年月,也都是值得记值得说的。古人作《海赋》,从海的上下四旁着手,这是文人的手法,我们哪里赶得上,但这意思却是很好的。园属于一个人家,家里有人,在时代与社会中间,有些行动,这些都是好资料,就只可惜我们不去记它,或者是不会记。这回我想来试试看,虽然会不会,能不能,那全然还不知道。

　　说得小一点,那么一个园,一个家族,那么些小事情,都是鸡零狗碎的,但在这空气中那时鲁迅就生活着,当做远的背景看,也可以算作一种间接的材料吧。说得大一点呢,是败落大人家的相片。鲁迅于清光绪戊戌(一八九八)年离开家乡,所以现今所写的也以此为界限,但或者有拉到庚子年去的时候也说不定。就是庚子也罢,那已是五十年前的事了,记忆不能完全,缺点自必多有,但我希望那只是遗漏的一方面,若是增饰附会,大概里边总是没有的。

一　从园说起

《朝花夕拾》的第六篇是《从百草园到三味书屋》,起头的几段是说百草园的情状的,其文云:

> 我家的后面有一个很大的园,相传叫作百草园。现在是早已并屋子一起卖给朱文公的子孙了,连那最末次的相见也已经隔了七八年,其中似乎确凿只有一些野草;但那时却是我的乐园。
>
> 不必说碧绿的菜畦,光滑的石井栏,高大的皂荚树,紫红的桑椹;也不必说鸣蝉在树叶里长吟,肥胖的黄蜂伏在菜花上,轻捷的叫天子(云雀)忽然从草间直窜向云霄里去了。单是周围的短短的泥墙根一带,就有无限趣味。油蛉在这里低唱,蟋蟀们在这里弹琴。翻开断砖来,有时会遇见蜈蚣;还有斑蝥,倘若用手指按住它的脊梁,便会拍的一声,从后窍喷出一阵烟雾。何首乌藤和木莲藤缠络着,木莲有莲房一般的果实,何首乌有臃肿的根。有人说,何首乌根是有像人形的,吃了便可以成仙,我于是常常拔它起来,牵连不断地拔起来,也曾因此弄坏了泥墙,却从来没有见过有一块根像人样。如果不怕刺,还可以摘到覆盆子,像小珊瑚珠攒成的小球,又酸又甜,色味都比桑椹要好得远。
>
> 长的草里是不去的,因为相传这园里有一条很大的赤练蛇。

这是一篇很简要的描写,把百草园的情景一目了然地表示出来了,现在要略为说明园的上下四旁,所以先就上面所说的事物加以一点补充。

二 东昌坊口

且说这百草园是在什么地方？因为我们所说的是民国以前的事，所以这应当说是浙江的会稽县城内东陶坊，通称东昌坊口，门牌大概是三十四号吧，但在那时原是没有门牌的。关于东昌坊口，在志书上没有什么记载，但是明清人的文章也偶有说及的，如《毛西河文集》中有《题罗坤所藏吕潜山水册子》，其起首云，"壬子秋遇罗坤蒋侯祠下，屈指揖别东昌坊五年矣。"又《六红诗话》中引张岱的《快园道古》，有一则云：

苏州太守林五磊素不孝，封公至署半月即勒归，予金二十，命悍仆押其抵家，临行乞三白酒数色亦不得，半途以气死。时越城东昌坊有贫子薛五者，至孝，其父于冬日每早必赴混堂沐浴，薛五必携热酒三合御寒，以二鸡蛋下酒。袁山人雪堂作诗云，"三合陈年故早寒，一双鸡子白团团，可怜苏郡林知府，不及东昌薛五官。"

这东昌坊从西边十字路口算起是毫无问题的，但东边到什么地方为止呢？东边有桥跨河上，名复盆桥，在这桥与十字路口之间并无什么区划，不知道究竟这两个地名是怎么划分的。大概在没有订定门牌之前，地名多少是可以随便的，正如无名的《鲁迅的家世》文中所说（此文见于一九三九年十一月《文艺阵地》上），那里的周氏一派分三处居住，靠近桥边的一家大门在路南，可是房屋却在河的南岸，要走过一条私有的石桥，所以名为"过桥台门"，迤西路北的一家是"老台门"，再往西是"新台门"，就是百草园的所在地，实实在在是东昌坊口了（虽然离十字路口也还有十来家门面），却都是称为复盆桥周家的。

三 新 台 门

《鲁迅的家世》的第一节说，复盆桥周家分作三房，叫做致房、中房及和房，中房的大部分移住在过桥台门，致房的大部分移住在新台门，还有一部分留在老屋里。这话是说得很对的，但末了一句稍欠明了，或者可以改为和房以及致房、中房的小部分都留在老屋里,致房底下又分智仁勇三房,留在老屋的是勇房的一派。

我们所要说的只是百草园,所以那老屋与过桥两处只好按下不表了。在新台门的智仁两房底下各分作三房,智房下是兴立诚三房,仁房下是礼义信三房,鲁迅是属于兴房的。在鲁迅的好些小说以及《朝花夕拾》里,出现的智仁两房的英雄颇不少,现在不及细说,只好等后面有机会再谈吧。

台门的结构大小很不一定,大的固然可以是宫殿式的,但有些小台门也只是一个四合房而已。例如鲁迅的外婆在安桥头,便是如此,朝南临河开门,门斗左右是杂屋,明堂东为客室,西为厨房,中堂后面照例是退堂,两旁前后各两间,作为卧房。退堂北面有一块园地,三面是篱笆。普通大一点的就有几进,大抵大门仪门算一进,厅堂各一进,加上后堂杂屋,便已有五进了,大门仪门及各进之间都有明堂,直长的地面相当不小,至于每进几开间,没有一定,大抵自五间以至九间吧。就新台门来说,讲房份应当直说,但讲房屋却该先来横说才行,因为厅的间架与堂以后住屋的大小不同,所以要在这中间分一段落。厅屋三间,迤西一带是大小书房及余屋,后来出租开张永兴寿材店的,这一部分有必要时再来说它。从大堂前起便是整排的房屋,西边六间,所以这一进是九开间的,但后堂前三间外,因为地面稍收小,只有五间带一条弄堂,末一进也是同样的宽,都是杂屋,没有什么结构。住屋分配是堂屋左右及迤西六间(即第三进),又第四进西偏三间半,第五进的西半,归智房居住,仁房住在第三四进的东部,后园由智仁两房另行分配使用。

四　后　园

百草园的名称虽雅,实在只是一个普通的菜园,平常叫做后园,再分别起来这是大园,在它的西北角有一小块突出的园地,那便称为小园。大园的横阔与房屋相等,那是八间半,毛估当是十丈,直长不知道多少,总比横阔为多,大概可能有两亩以上的地面吧。小园一方块,恐怕只有大园的四分之一。

大园的内容可以分段来说。南头靠园门的一片是废地,东偏是一个方的大池,通称马桶池,仁房的园门沿着池边的弄堂在池北头向西开门。智房的园门在西边正中,右面在走路与池的中间是一座大的瓦屑堆,比人还要高,小孩称它为高山堆,来源不详,大抵是太平天国战后修葺房屋,将瓦屑放在这里,堆上长着一株皂荚树,是结"圆肥皂"的,树干直径已有一尺多,可以知道这年代不很近了。路的左边靠门是垃圾堆,再往北放着四五只粪缸,是智房各派所使用,存以浇菜或是卖给乡下人的。再说北头的一片,东边三大间瓦房,相当高大,材料也很不坏,不晓得原来是什么用的,一直也不看见有什么用,总是空着,名为三间头,是仁房的所有。西边有一口井,上有古栏,井北长着一棵楝树,只好摆个样子,却不能遮阴,井的西偏便是往小园去的小路。园的中间一段约占全部五分之三吧,那全是可以种植的土地,从中央一直线划开,由智仁两房分用,智房西边部分又分成三家,但因立诚两房缺少人力,所以那些园地常由兴房借用,种些黄瓜白菜萝卜之类。

小园一方块,搭在大园的西北角外,其东面一半贴着大园,一半向北突出,其他三面全与别家园地接界。西南角有一个清水毛坑,全用石板造得很好,长方形,中间隔断,但永不曾使用,只积着好些水,游泳着许多青蛙,前面有石蒜花盛开,常引诱小孩跑到这冷静的地方去。东北角有一头板门,传说是从前挑肥料出去的门,外通咸欢河沿,这地名虽是这样写,但口头却读如"咸沙河沿",如不是这么说,便没有人懂得了。

五 园里的植物

园里的植物,据《朝花夕拾》上所说,是皂荚树,桑椹,菜花,何首乌和木莲藤,覆盆子。皂荚树上文已说及,桑椹本是很普通的东西,但百草园里却是没有,这出于大园之北小园之东的鬼园里,那里种的全是桑树,枝叶都露出在泥墙上面。传说在那地方埋葬着好些死于太平军的尸首,所以称为鬼园,大家都觉得有点害怕。木莲藤缠绕上树,长得很高,结的莲房似的果实,可以用井水揉搓,做成凉粉一类的东西,叫做木莲豆腐,不过容易坏肚,所以不大有人敢吃。何首乌和覆盆子都生在"泥墙根",特别是大小园交界这一带,这里的泥墙本来是可有可无的,弄坏了也没有什么关系。据医书上说,有一个姓何的老人因为常吃这一种块根,头发不白而黑,因此就称为何首乌,当初不一定要像人形的,《野菜博录》中说它可以救荒,以竹刀切作片,米泔浸经宿,换水煮去苦味,大抵也只当土豆吃罢了。覆盆子的形状,像小珊瑚珠攒成的小球,这句话形容得真像,它同洋莓那么整块的不同,长在绿叶白花中间,的确是又中吃又中看,俗名"各公各婆",不晓得什么意思,字应当怎么写的。儿歌里有一首,头一句是"节节梅官柘",这也是两种野果,只仿佛记得官柘像是枣子的小颗,节节梅是不是覆盆子呢,因为各公各婆亦名各各梅,可能就是同一样东西吧。

在野草中间去寻好吃的东西,还有一种野苎麻可以举出来,它虽是麻类而纤维柔脆,所以没有用处,但开着白花,里面有一点蜜水,小孩们常去和黄蜂抢了吃。它的繁殖力很强,客室小园关闭几时,便茂生满院,但在北方却未曾看见。小孩所喜欢的野草,此外还有蛐蛐草,在斗蟋蟀时有用,黄狗尾巴是象形的,苯苡见于《国风》,医书上叫做车前,但儿童另有自己的名字,叫它做官司草,拿它的茎对折互拉,比赛输赢,有如打官司云。蒲公英很常见,那轻气球似的白花很引人注目,却终于不知道它的俗名,蒲公英与白鼓钉等似乎都只是音译,要附会的说,白鼓钉比蒲公英还可以说是有点意义吧。

六　园里的动物(一)

百草园里的动物,我们根据《朝花夕拾》中所记的加以说明,这大约可以分作三类。其一是蝉、蟋蟀与油蛉。蝉俗名知了,鲁迅的祖父介孚公曾盛称某人试帖的起句"知了知花了",以为很有情趣,但民间这知字乃是读作去声的。普通的知了是那大的一种,就是诗人所称为螓首蛾眉的,此外还有一种小而色青的,名为山知了,在盛夏中高声急迫地叫,声如知了遮了,所以又一名遮了。蟋蟀是蛐蛐的官名,它单独时名为叫,在雌雄相对,低声吟唱的时候则云弹琴,老百姓虽然不知道司马相如琴心的故事,但起这名字却极是巧妙,我也曾听过古琴专家的弹奏,比起来也似乎未必能胜得过。普通的蛐蛐之外,还有一种头如梅花瓣的,俗名棺材头蛐蛐,看见就打杀,不知道它们会叫不会叫。又有一种油唧蛉,北方叫做油壶卢,似蟋蟀而肥大,虽然不厌恶它,却也永不饲养,它们只会嘘嘘的直声叫,弹琴的本领我可以保证它们是没有的。油蛉这东西不知道在绍兴以外地方叫做什么,如要解说,只能说是一种大蚂蚁似的鸣虫吧。好几年前写过一首打油诗,其词云:

> 辣茄蓬里听油蛉,小罩扣来掌上擎,瞥见长须红项颈,居然名贵过金铃。

注云,"油蛉状如金铃子而细长,色黑,鸣声瞿瞿,低细耐听,以须长颈赤者为良,云寿命更长。畜之者以明角为笼,丝线结络,寒天悬着衣襟内,可以经冬,但入春以后便难持久,或有养至清明时节,于上坟船中闻其鸣声者,则绝无而仅有矣。"

其二是黄蜂、蜈蚣与斑蝥,还有赤练蛇。黄蜂本来只是伏在菜花上,但究竟要螫人的,也不会得叫,所以只好归入这一类里。蜈蚣与斑蝥平时不会碰见,除非在捉蛐蛐,把断砖破瓦乱翻的时候,它们虽是毒虫,但色彩到底还好看,所以后来一直留下一个印象,不比北方的蝎子,像是妖怪似的,看了要叫人寒毛直竖。赤练蛇只是传说说有,不曾见过,俗名火练蛇,虽然样子可怕,却还不及乌梢蛇,因为那是说要追人的。

七　园里的动物(二)

上文所说的动物还有一类未讲到,即是其三鸟类。《朝花夕拾》中说有叫天子即云雀从草间飞上天去,这个我没有见过,但是有些人玩百灵,关在鸟笼子里,既有此鸟,那么它来园里也是可能的,我只是不曾看见罢了。此外性子很急的白颊的张飞鸟,传说是被后母或是薄情的丈夫推落清水毛坑淹死的女人所化的清水鸟,也都常来,还有一种鸟名叫拆书,鸣声好像是这两个字,民间相信听到它的叫声时,远人将有信来了。这些鸟都不知道在书上是叫什么名字。至于麻雀那自然多得很,鲁迅所记雪地里捕鸟,所得的是麻雀居多。那一回是前清光绪癸巳(一八九三)年的事,距今已是五十七年了。那年春初特别寒冷,积雪很厚,鸟雀们久已无处觅食,所以捕获了许多,在后来便再也没有这样的机会,不全是为的拉绳子的人太性急,实在是天不够冷,雪不够大,这原因是很简单的。

四脚兽当然在园里也有,但是《朝花夕拾》里不提起,我们也就把它略掉了。不过有一件东西稍为特别,不可不一说,虽是本在西邻梁家,但中间只隔着一段矮泥墙,可能也会得走过来的。这是什么呢?如梁家的人所说,那是猪精。单说猪精不大确切,如用上海话可以说是猪猡精,绍兴则另有说法,应该叫做什么猪精才对,这上边一个字读如尼何切,《越谚》上写作典字上加两个口,与咒字是一类,怕排字为难,只好不用。有一天,大概在癸巳年略后吧,鲁迅在园里玩耍,听见梁家园中人声鼎沸,跑到泥墙缺处去看,只见一个男人正在投池,许多男妇赶到要拉他起来,有人讨厌外人来看,几个女人说道:"人多些也好,威光可以大一点。"据说那人为园内的猪精所凭,所以迷糊投水云,其实大概为的什么打架,当时很清醒的站在池中,大声道,"我不要再做人了",俯首往水里一钻,这情形很是滑稽,多少年后鲁迅一直引为谈助,只可惜他不曾利用,放到小说里去,但是这猪精的一个典故却总是值得保存下来的。

八　菜　蔬

园是菜园,那里的主体自然是菜蔬了。乡下一年里所吃的菜蔬不算少,现在只是略说园里所有的。《朝花夕拾》的《小引》中有一节云:

> 我有一时,曾经屡次忆起儿时在故乡所吃的蔬果:菱角,罗汉豆,茭白,香瓜。凡这些,都是极其鲜美可口的;都曾是使我思乡的蛊惑。……

这里只有罗汉豆是园里所有的,可以一说,也正是值得说。有江苏的朋友在福建教中学国文的,写信来问罗汉豆是什么东西,因为国文教材中有这名字,没有什么地方查考。他如没有范寅的《越谚》,其查不到是无怪的。我们引用范君的话来解说,"此豆扁大,只能用菜,吴呼蚕豆。"上边还有一项蚕豆,注云,"此豆细圆,吴呼寒豆。"总结一句,罗汉豆即是蚕豆,而蚕豆则是豌豆。我以本地人的资格来说话,虽然并不一定拥护罗汉豆这名称,但总觉得蚕豆是叫得不适当的,它那豆荚总有拇指那么粗,哪里像什么蚕呢! 这是很平常的东西,但如种在园里,现时摘来,煮了"淡口吃",实在是极好的,我不赞成《越谚》用菜之说,如放在菜里便不见得怎么可回忆了。

此外园里的出品,最为儿童所注意的,是黄瓜和萝卜。黄瓜买了秧来种,一株秧根下一块方土,整齐平滑,倒像是河泥种的,长出藤来的时候给用细竹搭一个帐篷似的瓜架,就只等它开花结实好了。萝卜买种子来下,每年好丑不一样,等秧长了两寸疏散一下,拔去生得太密或细小的,腌了来吃,和鸡毛菜相仿,别有风味。小孩得了大人的默许,进园里去可以挑长成得刚好的黄瓜,摘下来用青草擦去小刺,当场现吃,乡下的黄瓜色淡刺多,与北方的浓青厚皮的不同,现摘了吃味道更是特别。萝卜看它露出在地面上的部分,推测它的大小,拔起来擦干净了,用指甲剥去皮,就可生吃,这没有赛秋梨的水萝卜那么多水分,可是要鲜得多。此外南瓜茄子,扁豆辣茄,以及白菜油菜芥菜,种类不少,但那些只是做菜用的,儿童们也就不大觉得有什么兴趣了。

九 晒 谷

园地上白菜与萝卜收获之后,一时没有什么东西种,地面是空着,可是并不曾闲着。因为在冬天那地方是用以晒谷的。大概在前清光绪癸巳(一八九三)年时智兴房还有稻田四五十亩,平常一亩规定原租一百五十斤,如七折收租,可以有四千多斤的谷子,一家三代十口人,生活不成问题。谷收来之后,一时放在仓间里,实在只是一间空屋,三面墙壁和地下铺了竹簟,至于窗门还是破缺,对于鼠雀却是没有什么防备的。谷不很干燥,须得把它晒干了,这才能存储,那一段落便是晒谷的工作。

晒谷之前要先预备晒场。本来是园地,一林一林的,这就是说把土锄成长方片段,四边低下,以便行走,或亦有泄水之用,现在便将它锄平,成为一整块的稻地。稻地是乡间的名称,城里只有明堂,那是大的天井,如位在厅堂之间,照例南北有屋,东西有走廊,中间一片空地,用大石板满铺的,稻地则只是屋前的泥地,坚实平坦而开朗,承受阳光,打稻以及簸扬晒晾都可以在这里做得,比起明堂来用处大得多了。

平常种园,做晒场以及晒谷,都由一个工人承办,他不是长年,因为他家在海边也种着沙地,只抽出一部分工夫来城里做工,名称叫做忙月。忙字却读作去声。在百草园做工的是会稽杜浦人,名叫章福庆,因为福字犯了鲁迅的祖父的讳,所以主人叫他阿庆,老太太叫他老庆,小孩们都叫他庆叔,这是规矩如此,如看见仁房的一个老工人,也是叫他王富叔的。庆叔晒谷有他的一副本领,他把簟摊开,挑谷出去,一张簟上倒一箩谷,拿起一把长柄的横长的木铲,将谷从中央撒向四面去,刚刚摊到簟边,到了中午,他拉簟的四角,再使谷集中成为一堆,重新摊布,教它翻一个面。他使用那木铲非常纯熟巧妙,小时候看惯了,认为是晒谷的正宗,看许多人都用猪八戒式的木钉耙,在簟上耙来耙去,觉得很是寒伧,这个意见直到后来也还改变不过来。说也奇怪,那种一块长方木板,略为坡一点的钉牢在长柄上的晒谷器具,确很少见,难道真是他的创作么?

一〇 园 门 口

后园门口的两间是庆叔的世界,也是小孩们所爱去的地方。那里有什么好玩呢?第一,门外面是那么大的一个园,跑出去玩固然好,就是坐在门槛上望着那一片绿的草木叶,黄白的菜花,也比在房间或明堂里有趣得多。第二,那里是永远的活动的所在,除非那工人不来,园门紧闭着,冷静得怕爬出蛇和老鼠来,否则总有什么工作在那里做。这些活动不但于小孩很有兴趣,也能增进他不少的知识的。

庆叔是个农民,但他又有一种手艺,便是做竹作。在晒谷以前,他有好几天要作准备,做补簟的工作。把竹簟的破缺霉朽的地方拆去,用新的竹篾补上,似乎很是简易单调,可是看着很有意思,不但将小毛竹劈开,做成篾片,工程繁多,就是末了蹲在簟上,拿那扁长的铁片打诊,抽去烂篾,补入新的,仿佛有得心应手之妙,看了很感觉愉快。他会做竹的细工,如提合花合,以至编入福禄寿喜字样的考篮,也都可以制作,特别叫人佩服的是他还会得做竹的玩具,俗语叫做嬉家生的(家生即家伙,三字连说时家字读作去声)。那些竹制的箫,蛇龙与摔跤打拳的玩具,已经有卖的了,他所做的乃是市上没有的土货,记得有一样是用竹皮编成扁圆形的球,下有把手,球是漏空的,里边又有一个小球,中装石子,摇起来哗喇有声,质朴而很经用。

平时常见到的工作是做米。这工程有牵砻、扇风箱和舂米三段,写的舂字读音却作桑。与牵砻相连的是锻砻,小孩也很喜欢看,用那像长手指甲的凿槌打过去,一行行的现出新的砻齿来,舂米看去很费劲,所以去看的时候很少。乡下叫石臼曰捣臼,杵曰捣杵,读若齿,照例是上小下大,上头部分是木做的,不知怎的庆叔所用的捣杵似乎较大,后来看别人家叫阿Q的老兄去舂米,他带去的石杵要小一号,心中觉得它不合适,这同晒谷用具一样,在小时候先入为主的势力是很大的。

一一 灶 头

园门里的一间是庆叔的工作场,东边一间是他睡觉的地方,隔着一个狭长的天井,前面便是灶头了。灶头间是统间,可是有三间的大,东头一座三眼灶,西头照样也有,但是现在只有基地,不曾造灶,因为那里本来是兴立两房公用,立房出了《白光》里的主人公以后,不可思议的全家母子孙四人都分别漂泊在外,一直没有使用,所以便借来堆积煮饭的稻草了。各地的灶的异同,我有点说不清楚,汪辉祖在《善俗书》中劝湖南宁远县人用绍兴式的双眼灶,叙述得很详细,似乎别处用这样灶的不多,但是写起来也很麻烦,而且记得什么连环图画上画过,样式差不多少,要看的人可以查考,所以就不多讲了。

灶在屋东头靠北墙,东南角为茶炉,用风箱烧砻糠,可烧水两大壶,炉与灶下之间放置凉厨。灶的南面置大水缸,俗名七石缸,半埋地中,用以储井水,西北又是一只,则是腌菜缸,缸前安放方板桌及板凳二三。面南为窗,例当有窗门,但在太平天国战役中都已没有了,后来只有住室算是配上了,厅堂各处一直还是那样,厨房因为防猫狸闯入,装上了竹片的栅栏门,冬夏一样的不糊纸。中间窗下放着长板桌,上陈刀砧,是切肉切菜的场所,剥豌豆,理苋菜这些事,则是在方板桌上去做了。往西放着两个鸡厨,是鸡的宿舍,厨房门就在这西南角。

假如不遇见大旱天,平常饮料总是用天落水即雨水,尽管缸里钻出许多蚊子来,至多是搁一点白矾罢了。食用水则大抵是井水,须得从后园的井里去挑来,存放在大水缸里,不知怎的大家很怕掉落在水缸里的饭米粒,以为这被水泡开了花,人吃了水便要生肺痈,预防的办法是在缸中放一个贯众,说它能够把那饭米粒消化了。贯众见于本草的山草类中,不晓得是医什么病的,据现代学者研究,说各地所卖的是四五种植物的根,并不只是一种。山里人来卖的漆黑一团,本来未必是活的了,即使不曾死,以山草的根去浸在水里,它也活不长久,更不要说去吃饭米粒了。

一二　厨房的大事件

乡下饭菜很简单,反正三餐煮饭,大抵只在锅上一蒸,俗语曰熯,便可具办。这方法在《善俗书》上说的很得要领,云:

> 锅用木盖,高约二尺,上狭下广,入米于锅,以薄竹编架,横置上面,肉汤菜饮之类皆可蒸于架上,一架不足则碗上再添一架,下架蒸生物,上架温熟物,饭熟之后稍延片时,揭盖则生者熟,熟者温,饭与菜俱可吃,便莫甚焉。

只有要煮干菜肉,煎带鱼,炖豆腐,放萝卜汤的时候,才另用风炉或炭炉,这是在一个月中有不了几回的。

因为这个缘故,厨房里每天的事情很是单调,小孩们所以也不大去。但偶然也有特别的事件发生,例如做忌日杀鸡,那时总要跑去看。把一只活生生的鸡拔去脖颈下的毛,割断了喉管和动脉,沥干了血,致之于死,看了不是愉快的事,但是更难听的乃是在水缸沿上磨几下薄刀的声音,后来因此常想到曹孟德,觉得他在吕伯奢家里听了惊心动魄,也是难怪的。此外还有一年一度的事件是腌菜。将白菜切了菜头(俗语有专门名词,大概应该写作帝字加侧刀,读仍作帝),晾到相当程度,要放进大缸里去腌了,这时候照例要请庆叔,先用温水洗了脚,随即爬入七石缸内,在盐和排好的白菜上面反复的踏,每加上一排菜,便要踏好一会儿,直到几乎满了为止。这一缸菜是普通人家一年中重要的下饭,读书人掉文袋,引用《诗经》的话云,"我有旨蓄,可以御冬",文句虽然古奥一点,这意思倒是很对的。

与厨房相关的行事有上草,大抵也与小孩相关。大灶用稻草,须得问农民去买,草小束曰一脚,十脚曰一秉(或当写作禾字旁),买时以十秉为一捆,称斤计价,大约二文一斤吧。上草一回的数量平均以五六十捆为准,要看装草的船的大小,这些草放满在厅内明堂内,一捆捆的过秤,小孩的职务便是记账,十捆一行的把斤数写下来。与上草相反的是换灰,将稻草灰卖给海边的农民,他们照例挟着一枝竹竿,在灰堆里戳几下,看有多深,或者有没有大石头垫底,清初石天基的《传家宝》里记有黄色的笑话,以此为材料,可见这风俗在扬州也是有的。

一三 祭 灶

灶头最热闹的时候当然是祭灶的那一天。祭灶的风俗南北没有多大差异,只是日期稍有前后,道光时人的《韵鹤轩杂著》中记玄妙观前茶膏阿五事,虽有官三民四乌龟廿五之说,大概实际上廿五是没有的吧。乡下一律是廿三日送灶,除酒肴外特用一鸡,竹叶包的糖饼,《雅言》云胶牙糖,《好听话》则云元宝糖,俗语直云堕贫糖而已。又买竹灯檠名曰各富,糊红纸加毛竹筷为杠,给灶司菩萨当轿坐,乃是小孩们的专责。那一天晚上,一家老小都来礼拜,显得很是郑重,除夕也还要接灶,同样的要拜一回,但那是夹在拜像辞岁的中间,所以不觉得什么了。

具体的说来,百草园祭灶顶热闹的一回,大概是光绪壬辰或是甲午那年吧。那一天,连鲁迅的父亲伯宜公一年三百六十日不去灶头的也到来行礼,这是很稀有的事,在小孩们看了是极为稀奇而且紧张的。上边所说年代也略有依据,因为如鲁迅自己所说,癸巳的冬天在亲戚家寄食,几乎被当做讨饭,伯宜公于丙申年去世,乙未的冬天病已经很不轻了,所以可能的年代只有乙未前的甲午,或是癸巳前的壬辰,再往前推也还可以,但庚寅辛卯已在今六十年前,记忆恐怕有点模糊,所以不敢的确的这么说了。

这以后的一次明了的印象,要一跳好几年,到了十九世纪的末了,即是庚子年了。那时鲁迅已在南京的学堂，放年假回家来，在祭灶的那一天，做了一首旧诗，署名戛剑生，题目是《庚子送灶即事》。诗云：

> 只鸡胶牙糖，典衣供瓣香。家中无长物，岂独少黄羊。

一四　蓝　门

　　现在再往南走几步，与灶头间隔着一个明堂，就是台门里第四进屋的西端，本来这一进都是楼房，共有八间，但只有西边两间属于智房。再详细说是兴立两房所有的。后来立房断绝，在光绪乙巳丙午年间由兴房重建，楼下西偏是一条长弄堂，通到厨房后园去。东边一间是小堂前，后边为鲁老太太的卧房，中间朝南是祖老太太的卧房，东面向堂前开门，后半间作为通路，也就是楼梯的所在。楼上两间为鲁迅原配朱氏住处，后来在海军的叔父的夫人从上海回来，乃将西首一间让给她住。这是一九零五至一九一九年的情形，远在我们所讲的时代以后，现在只是插说一句，暂且按下不表。

　　这一带的房屋，在改建以前是很破碎荒凉的。弄堂本来是在中间，东边朝南的小间作为妈妈（女佣人的名称）的住室。后面即是仓间，楼板楼窗都已没有，只是不漏罢了。西边的楼房也是同一情形，但楼下南向的一间也还可用，那便是立房主人惟一的住宅。那两扇门是蓝色的，所以通称为蓝门。又在朝西的窗外有一个小天井，真是小得可以，大概是东西五尺，南北一丈吧，天井里却长着一棵橘子树，鲁迅小时候在那里读过书，书桌放在窗下，朝夕看着这树，所以那地方又别号橘子屋。虽然这个名称在小孩们以外并不通行。讲起蓝门里的故事来，实在很离奇而阴惨，现今只是一说这个背景，也觉得很有点相配。蓝门紧闭，主人不知何去，夜色昏黄，楼窗空处不晓得是鸟是蝙蝠飞进飞出，或者有猫头鹰似的狐狸似的嘴脸在窗沿上出现，这空气就够怪异的。小孩们惯了倒也不怕，只是那里为拖鸡豹果子狸的逋逃薮，很为主妇们所痛心，这却是小孩所不关心的事情了。

一五　橘子屋读书(一)

　　蓝门的事真是一言难尽,从哪里说起好呢? 根据橘子屋的线索,或是讲教书这一段吧,鲁迅在那里读《孟子》,大抵是壬辰年的事,在年代上也比较的早,应当说在先头。

　　蓝门里的主人比小孩们长两辈,平常叫他做明爷爷,他谱名乃是致祁,字子京。这里须得先回上去,略讲一点谱系,从始迁祖计算下来,致房的先人是九世,称佩兰公,智房十世瑞璋公,以下分派是十一世,兴房苓年公,行九,是鲁迅的曾祖,立房忘其字,行十二,诚房行十四,是兄弟三人。十二老太爷即是子京的父亲,在太平天国时失踪;据说他化装逃难,捉住后诡称是苦力,被派挑担,以后便不见回来,因此归入殉难的一类中,经清朝赏给云骑尉,世袭罔替。照例子京在拜忌日或上坟的时候是可以戴白石顶子的,可是他不愿意,去呈请掉换,也被批准以生员论,准其一体乡试。却又不知怎的不甘心,他还是千辛万苦的要去考秀才,结果是被批饬不准应试,因为文章实在写得太奇怪,考官以为是徐文长之流,在同他们开玩笑哩。实例是举不出来了,但还记得他的一句试帖诗,题目是什么“十月先开岭上梅”之类,他的第一句诗是“梅开泥欲死”,为什么泥会得死呢? 这除了他自己是没有人能懂得的了。

一六　橘子屋读书(二)

　　子京的文章学问既然是那么的糟,为什么还请他教书的呢? 这没有别的缘故,大概因为对门只隔一个明堂,也就只取其近便而已吧。他的八股做不通,“四书”总是读过了的,依样画葫芦的教读一下,岂不就·行了么。

　　可是他实在太不行了,先说对课就出了毛病。不记得是什么字面了,总之有一个荔枝的荔字,他先写了草字头三个刀字,觉得不对,改作木边三个力字,拿回家去给伯宜公看见了,大约批了一句,第二天他大为惶恐,在课本上注了些自己谴责的话,只记得末了一句是“真真大白木”。不久却又出了笑话,给鲁迅对三字课,用叔偷桃对父攘羊,平仄不调倒是小事,他依据民间读音把东方朔写作"东方叔"了。最后一次是教读《孟子》,他偏要讲解,讲到《孟子》引《公刘》诗云,"乃裹糇粮",他说这是表示公刘有那么穷困,他把活猢狲袋的粮食也咕的一下挤了出来,装在囊橐里带走,他这里显然是论声音不论形义,裹字的从衣,糇字的从食,一概不管,只取其咕与猴的二音,便成立了他的新经义了。传说以前有一回教他的儿子,问蟋蟀是什么,答说是蛐蛐,他乃以戒尺力打其头角,且打且说道,"虮子啦,虮子啦!"这正是好一对的故典。鲁迅把公刘抢活猢狲的果子的话告诉了伯宜公,他只好苦笑,但是橘子屋的读书可能支持了一年,从那天以后却宣告中止了。

一七　立房的三代

十二老太爷死难当在咸丰辛酉(一八六一)年,可是十二老太太寿命很长,至庚子后尚在,至少要多活四十年以上。她有一个女儿,嫁给杭州人唐子敦,是以前学老师唐雪航的儿子,住在古贡院,老太太差不多通年就住在唐家。子敦也在家里教书,教法却与他的内弟子京截然不同,据鲁迅的祖父介孚公说,他叫儿子们读书,读多少遍给吃一颗圆眼糖,客人来时书不再读了,小儿们看了碟子里的糖觉得馋,趁主人和客谈话,偷偷的拿起一颗来,放在嘴里舐一下,又去搁在原处。只就这一件事来看,也可以推想这个塾师不大怎么可怕了吧。

子京的夫人早已去世,留下两个儿子,一叫八斤,一叫阿桂,一个是诞生时的分量,一个是月份吧。不知什么缘故他们都出奔了,有人说是因为打的太凶,这也正是可能的事。其中有一个,记不清是谁了,在出奔之后不时常来访问老家,特别是在他的母亲的忌日那天,遇着上供,他算是拜忌日来的,穿着新的蓝布长衫,身上干干净净的,听说给一个什么店家做了养子,关于这事他自然一句不说。他们父子相见很是客气,拜过忌日,主人留客说,"吃了忌日酒去",客回答说,"不吃了,谢谢",于是作别而去。这种情形有过多少次难以确说,但我总记得见到过两次,虽然来的是不是同一个人,现在也有点弄不清楚了。

一八 白 光

立房的人们如上文所述,分散得七零八落,只有子京一人还常川在家,这就是说在蓝门里教书这一段落。最初只是发现些不通的地方,难免误人子弟,后来却渐有不稳的举动,显出他的精神有病来了。这还是在那读书散伙以前的事,每天小孩虽然去上学,可是蓝门里的生活全不注意,至今想起来也觉得奇怪,不知道那时先生的茶饭真是怎么搞的。但是他家里有一个老女人,叫做得意太娘,那却是清楚的记得的。她的地位当然是老妈子,可是始终不曾见她做老妈子的事,蓬头垢面,蓝衣青布裙,似乎通年不换,而且总是那么醉醺醺的,有个儿子是有正业的工人,屡次来找她却终于不肯回去。有一天下午,她喝醉了撞进书房来,坐在床前的一把太师椅上,东倒西歪的坐不住,先生只好跑去扶住她,她忽然说道,"眼面前一道白光!"我想她大概醉得眼睛发花了,可是先生发了慌,急忙问道,"白光,哪里?"他对学生说今天放学了,不久他自己也奔了出去,带回石作土工等人,连夜开凿,快到五更天才散。第二天仍然放学,据说地上掘了一个深坑之后,主人亲自下去检查,摸索到一块石头的方角,很有点像石椁,他一惊慌赶紧要爬上来,却把腰骨闪了,躺了好两天不能教书。这是他的掘藏工作。不知道从那里来的,相传有两句口号,叫做"离井一牵,离檐一线",因为只是口耳传授,也不晓得这字写得对不对,总之说宅内藏有财物,能够懂得这八个字的意思,就能找到那埋藏的地点。败落大人家的子弟谁都想发财,但是听了这谜语,无法下手,只好放弃,惟有子京不但有兴趣而且还很有把握,在蓝门以内屡次试掘,有一次似乎看得十分准了,叫工人来把石板凿出圆洞,大概可以与埋着的缸口相当吧,在房屋改造以前那个用砖石填补的痕迹一直留存着。这一回比较的大举,还有白光的预兆,所以更是有名,又有小说《白光》加以描写,所以更值得一说。或云朱文公的子孙买了百草园去,在什么地方掘得了那一笔藏,那恐怕也只是谣言吧。

一九 子京的末路

子京的精神病严重起来,他的末路是很悲惨的。书房散伙之后,有一个时候他还住在蓝门里，后来到近地庙里去开馆，自己也就住在那里了。他的正式发呆是开始于留居蓝门的期间，因为在上学的那时期总还没有那种事情，否则就该早已退学，不等到讲《孟子》了。那是一个夜里，他在房里自怨自艾，不知道为的什么事，随后大批巴掌，用前额磕墙，大声说不孝子孙，反复不已。次早出来，脑壳肿破，神情凄惨，望望然出门径去，没有人敢同他问话。人家推测，难道他是在悔恨，十二老太爷死在富盛埠，他没有去找寻尸骨，有失孝道，还是在受鬼神谴责呢，谁也不能知道。总之他是那么的自责，磕头打嘴巴，时发时愈，后来大家见惯，也就不大奇怪了。

他开馆授徒的地方是在惜字禅院，即穆神庙的北邻，可以说是在塔子桥南埸路西。在那里教了几年，现今无从计算，但末了一年是光绪乙未(一八九五)年，那是很的确的。因为致房一派有一个值年，是佩兰公的祭祀，那年冬天轮到立房承值，所以年月有可查考。照例冬天先收祭田租，从除夕设供办起，至十月拜坟送寒衣止，除开销外稍有利润。可是子京等不到收租，于春间早以廉价将租谷押给别人，拿这钱来要办两件大事，即是养儿防老，积谷防饥。媒婆给他说亲，同人家串通了，借一个女人给看一面，骗了钱去，这个他固然无从知道，租谷是自己押掉的，却拿这钱来在庙里修造仓间，那更是冤枉透了。进行了这样一个计划之后，在三伏中间他忽然大举的发狂，结束了以前一切的葛藤。他先来一套自责自打，随后拿剪刀戳破喉管，在胸前刺上五六个小孔，用纸浸煤油点火，伏在上边烧了一会，再从桥边投入水里，高叫曰"老牛落水哉"。当初街坊都不敢近去，落水后才把他捞起，送回蓝门里去，过了一日才死，《白光》里说落水而死，只是简括的说法罢了。租谷虽已无着，祭祀总不可缺，丙申年的值祭由伯宜公答应承当，但是值年还未完了，他却先自去世了。

二○　兴房的住屋

与蓝门隔着一个明堂，南边的一排楼房，是第三进房屋，与东边的堂屋是并排接连着的。"大堂前"左右各一大间带后房，又西边一间，都属于诚房所有，再往西一共五间带楼，西端的一楼一底，由立房典给外姓,居中"小堂前",后为过廊不计外,其楼上四间,楼下三间前后房,悉归兴房使用,大概其中或有典租立房的也不可知,不过以前的事现今也没有人记得了。南窗外照例有很深的廊,所以南向的房反而阴暗,有后房的感觉,白天大抵都在朝北的屋里,这是北方的人听了觉得有点稀奇的。廊外是狭长的明堂,南面一堵高墙,墙外这西南一角也属于宅内,可是别一区域,后面再说。明堂中左右种着两株桂花,直径几及一尺,因此那地方就叫做桂花明堂。廊下东头偏南有门,是内外通路,门用黄色油漆,名为黄门,门外过廊,南北通诚房住屋,东通堂前廊下,那里的门名为白板门,因为是用白木做的。

以上很简率的大概已把这一部分的房屋说明,因为这是鲁迅以上三代所居住的地方,多少要分别得清楚一点,再来加上一种符号,便是以小堂前为中心,两边的屋称为东一东二,西一西二,各分前后房,堂后过廊依俗名叫做退堂,前廊则称为廊下。这些房子住过好几代,很有些变迁,这里也得说明一下。简单的说可以分为三个段落,第一是光绪癸巳以前,曾祖母尚在时的状况。第二是癸巳至甲辰,曾祖母去世,祖父回家以后的状况。第三是乙巳至辛亥,以至民国八年北迁为止,讲蓝门的时候已略说及。现在我们所要谈的大抵是戊戌以前的事,所以这里涉及第一、二两段落,下文也当分作两截来讲了。

二一 吃 饭 间

说到癸巳以前,那时我还不到十岁,记性本来不好,现今记得清楚的恐怕实在很少了。但是有几间房屋的情形却还记得个大略。小堂前的东边,就是上文所说的东一,南向的前房是曾祖母的住屋,后房作为吃饭及一切杂用的地方,东二前后房归祖母使用,姑母住在楼上,就是东二上面的一间。伯宜公住在西一,至于西二由立房典给人家,系三个女人品住,都是做"送妈妈"的,《越谚》注云"随新嫁娘往男家之人",不晓得别处有没有这种职业,叫做什么名字。

我所清楚记得的便是那吃饭的房间,因为那里改变得顶少,就是在癸巳以后至于庚子以前,也多少还是那个样子。那里前后房的隔断很是特别,中间四扇上半花格子的门,左右都是大的实木门,东边开着,西边的外面摆着一只放食器的板厨,往东去是一把太师椅,上面放着上下两层的大食篮,一把小孩坐的高椅子,又是太师椅,已在开着的房门口,那是曾祖母的坐位了。高椅子前面一顶方桌,即是饭桌,有一处火烧焦了留下一个长条的洼,周围放着些高的圆凳。东面靠墙孤立着一顶茶几,草囤里一把锡壶,满装着开水。

朝北是四扇推窗,下半实木,上半格子糊纸,不论冬夏都把左右端的两扇推开,放进亮光来。窗下西端石墩上放水桶,中有椰瓢,是洗脸用的,接连着是长方小桌,上放圆竹筐,中置碗筷,又三抽斗桌,桌上有茶缸,茶叶泡浓汁,任人随意加开水冲饮,桌旁有一大方凳,约二尺见方,再过去便是往祖母后房去的房门了。

二二　曾　祖　母

苓年公行九,曾祖母通称九太太,以严正称,但那时已经很老,也看不出怎么。她于壬辰除夕去世,只差一天就是八十岁了。现今所记得的只是一二琐事,特别是有关于我们自己的。平常她总是端正的坐在房门口那把石硬的太师椅上,那或者是花梨紫檀做的也说不定,但石硬总不成问题,加上一个棉垫子也毫无用处,可是她一直坐着,通年如此。有时鲁迅便去和她开玩笑,假装跌跟斗倒在地上,老太太看见了便说:"阿呀,阿宝,衣裳弄脏了呀。"赶紧爬了起来,过了一会又假装跌了,要等她再说那两句话,从这个记忆说来,觉得她是一点都没有什么可怕的。

老太太年纪大了,独自睡在一间房里,觉得不大放心,就叫宝姑去陪她睡。宝姑那时大概有十七八岁,在上海说就是大姐,但是乡下的名称很奇怪,叫做"白吃饭",有地方叫"白摸吃饭",如《越谚》所记,大约从前是没有工钱的吧,但后来也有了,虽然比大人要少些。老太太床朝南,宝姑睡在朝西的床上,总是早睡了,等到老太太上床睡好了,才叫宝姑吹灯。因为老太太耳朵重听,宝姑随即答应,探头帐子外边,举起缚在帐竿上的芭蕉扇来,像火焰山的铁扇公主似的,对着香油灯尽扇,老太太还是在叫,"宝姑,宝姑,吹灯。"直到扇灭为止。老太太晚年的故事,家里人一般都记得的,大概就只是这一件吧。

介孚公在京里做京官,虽然还不要用家里的钱,但也没有一个钱寄回来,这也使得老太太很不高兴。有时候有什么同乡回来,托他们带回东西,总算是孝敬老太太的,其实老太太慢说不要吃,其实也吃不动。有一回带来的东西不知道为什么装在一只袋皮就是麻袋内,打开看时是两只火腿,好些包蘑菇蜜饯之类,杏脯蜜枣等不晓得是不是信远斋的,但在小孩总是意外的欢喜,恨不得立刻就分,老太太却正眼也不看一眼,只说道:"这些东西要他什么!"后来她的女婿请画师叶雨香给她画喜容,眉目间略带着一种威,过年时挂像看见,便不禁想起多少年前那时的情景来了。

二三 房间的摆饰

靠东边的屋就是所谓东二,在癸巳以前是祖母蒋老太太住的,我从小跟了她睡,大概在那里也住过六年以上,可是那房间里的情形一点都记不得了。曾祖母去世后,祖母搬移到东一,那里边摆饰完全照旧不动,这以后的事我就都记得,大致是如此。祖母的床靠西北角,迤南是马桶箱,八仙桌左右安放大安乐椅,都是什么紫檀之类的,壁上子母阁,放着好几个皮制和板制的帽盒。东北角房门内是一只米缸,高大的衣橱,再下去是一张中床,即宝姑睡处,后来归我使用,不过那已在戊戌之后了。东南角有小门,通往东二,南窗下并列着两个很大的被柜,上边靠窗排列着忌辰祭祀时所用的香炉烛台,以及别的什物,柜的西头是一个油墩甏,中盛菜油,够一年点灯之用,这里西南角开门出去,即是小堂前了。这样器具的排列,在那时代恐怕是一般如此,没有什么特性,这里只有屋角的米缸油甏,表示出是主妇的房间,与别处略有不同而已。

鲁迅的母亲鲁老太太与伯宜公住在西一,癸巳以后移居东二,至乙巳又移居第四进新修的屋里。那西一前房的情形也不清楚了,虽然大床坐北朝南,原是一定的摆法,靠着东壁放有画桌和四仙桌,上下两把藤心椅子,都是照例的东西。后房向东开门,共是四扇,中间两扇略窄,倒还整齐,左右各一较宽的门扇却并不一样,也是太平天国后随便配来应用的。北窗斜对往厨房及后园去的通路,冬天"弄堂风"大得很,因此在那里特别做有一副风窗,底下是一块横长的格子窗,五分之三糊纸,其二嵌有玻璃,上面格子窗三块,可以自由装卸。窗下有四仙桌,它的特色是抽斗拉手的铜环上结着长短不一的钱串绳,那种用什么草叶搓成,精致可喜的绳索现在早已不大有人知道了。靠窗东边有一张黄色漆柱的单人床,这床后来装在东二前房的西北隅,伯宜公在病革的前一天为止一直是睡在那里的。

二四　诚房的房客

写到这里,笔又要岔开去,关于诚房的事,先来说几句。诚房的先人是十四老爷,与兴房的苓年公是亲兄弟,他生有两个儿子,长号子林,次号子传。子林的妻早死,他在河南作客,就死在那里,儿子凤桐,养在外婆家,后来回到周宅,有些轶事,收在《阿 Q 正传》里,下文再说。子传通称二老爷,其妻二太太即是《朝花夕拾》中的衍太太,儿子凤岐字鸣山,小名曰方,比鲁迅才大五岁,虽是叔侄,却也是小朋友。诚房的房屋在大堂前左右,东边一大间前后房自己居住,其余都出租给人家,就癸巳以前情形来说,大堂前以西两大间,即是与兴房楼屋连接的,以及白板门内过廊迤南的一部分,租给李家居住,在那里是一方块,东北方面各有房屋两间,作曲尺形,前面一个明堂,通称兰花间,大概是先代收藏兰花之处,朝南两间特别有地板,或者是其证据。李家主人是个高大汉子,诨名"李臭大",是李越缦的堂兄弟,光绪庚寅(一八九〇)年越缦考取御史,有报单送来贴在大厅墙上。在他家里又寄居着一家沈姓,不知是什么亲戚关系,其中一个是"沈四太太",口说北方话,年纪约有五六十吧,关于她的事,在《朝花夕拾》第八篇《琐记》中有一节云:

> ……冬天,水缸里结了薄冰的时候,我们大清早起一看见,便吃冰。有一回给沈四太太看到了,大声说道:"莫吃呀,要肚子疼的呢!"这声音又给我母亲听到了,跑出来我们都挨了一顿骂,并且有大半天不准玩。我们推论祸首,认定是沈四太太,于是提起她就不用尊称了,给她另外起了一个绰号,叫作"肚子疼"。

那有薄冰的水缸就在堂前西屋的后窗外,所以给沈四太太看见了,叫她绰号的原因自然一半是怪她多话,一半也因为她的北方话,这在乡下人听来正是"拗声",都是有点可笑的,沈家还有一个女人,大概是寡妇吧,生活似乎颇清苦,带着三个小孩,男孩名叫八斤,女孩是兰英与月英,年纪大抵六七岁吧,夏天常常光身席地而坐。

二五　漫画与画谱

上文已经将沈八斤的名字提出,现在要继续讲那关于小床的记忆了。八斤那时不知道是几岁,总之比鲁迅要大三四岁吧,衣服既不整齐,夏天时常赤身露体,手里拿着自己做的竹枪,跳进跳出的乱戳,口里不断的说,"戳伊杀,戳伊杀!"这虽然不一定是直接的威吓,但是这种示威在小孩子是很忍受不住的,因为家教禁止与别家小孩打架,气无可出,便来画画,表示反抗之意。鲁迅从小就喜欢看画书,也爱画几笔,虽然没有后来画活无常的那么好,却也相当的可以画得了。那时东昌坊口通称"胡子"的杂货店中有一种荆川纸,比毛边薄而白,大约八寸宽四寸高。对折订成小册,正适于抄写或是绘画。在这样的册子上面,鲁迅便画了不少的漫画,在窗下四仙桌上画了,随后便塞在小床的垫被底下,因为小孩们并没有他专用的抽屉。有一天,不晓得怎么的被伯宜公找到了,翻开看时,好些画中有一幅画着一个人倒在地上,胸口刺着一枝箭,上有题字曰"射死八斤",他叫了鲁迅去问,可是并不严厉,还有点笑嘻嘻的,他大概很了解儿童反抗的心理,所以并不责罚,结果只是把这页撕去了。此外还有些怪画,只是没有题字,所以他也不曾问。

还有一回是正月里,小孩们得到了一点压岁钱,想要买点什么玩意儿,其实每人所得至多不过二三百文大钱,也并没有东西可以买得。这一回除别的零碎东西外还品买了一册《海仙画谱》,后来知道是日本刻本,内容是海仙十八描法,画了些罗汉,衣纹各别,有什么枣核描、鼠尾描、钉头描等名称,倒也颇有意思。《朝花夕拾》中讲《二十四孝》的地方,说有一本是日本小田海仙所画,也就是这个人,他的画大概是稍为有点特别的。小孩买书当时不知道为什么缘故还是秘密的,这册十八描法藏在楼梯底下,因了偶然的机会为伯宜公所发见,我们怕他或者要骂,因为照老规矩"花书"也不是正经书,但是他翻看了一回,似乎也颇有兴趣,不则一声的还了我们了。他的了解的态度,于后来小孩们的买书看的事是大大的有关系的。

二六 烟与酒

为什么关于小床特别有些记忆的呢?这理由一半是因为伯宜公久病,总躺在这床上,一半是常看见他在那里吃鸦片烟。他的吃烟与所谓衍太太家里也是有关的。他在少年时代进了秀才,在家里没有什么事,本家中子传房分最近(子京也一样的近,可是那么样的古怪),人很和气,太太又极能干,便常去谈天。子传夫妇都吃鸦片烟,"抽一筒试试吧",劝诱的结果乃上了瘾,可是他一直自己不会煮烟,须得请他们代办,其被揩油也正是不得免的了。鲁迅对于衍太太个人固然多有反感,如《琐记》中所说鼓励阿祥转旋子以至磕破头,即是实例,但上边这事也是一个很大的原因。阿祥本名凤琯,字仲阳,小名曰服,比鸣山小一岁,是《阿长与〈山海经〉》一篇中所说远房的叔祖玉田的儿子。

伯宜公的晚酌,坐在床前四仙桌的旁边,这记忆比他的吃烟还要明了。他的酒量,据小时候的印象来说似乎很大,但计算起来,他喝黄酒恐怕不过一斤吧,夏天喝白酒时用的瓷壶也装不下四两,大概他只是爱喝而已。除了过年以外,我们不记得同他吃过饭,他总是单吃,因为要先喝酒,所以吃饭的时间不能和别人的一致,平常吃酒起头的时候总是兴致很好,有时给小孩们讲故事,又把他下酒的水果分给一点吃,但是酒喝得多了,脸色渐变青白,话也少下去了,小孩便渐渐走散,因为他醉了就不大高兴。他所讲的故事以《聊斋》为多,好听的过后就忘了,只有一则《野狗猪》却一直记得,这与后来自己从《夜谈随录》看来的戴髑髅的女鬼,至今想起来还觉得可怕。因此我觉得在文学艺术上,恐怖的分子最为不好,于人有害。大抵神鬼妖怪还不怎么样,因为属于迷信的,随后与事实相比较,便不相信了,正与猫狗说话一样,不留下什么影子。可怕的还是实物,如故事中所说从顶棚上落下的半爿身体、首级、枯骨之类。甲午秋天小姑母死于难产,金家在长庆寺做水陆道场,鲁迅回来同伯宜公说佛有许多手,还有拿着骷髅的,我当初不懂这个字义,问清楚了之后乃大感恐怖,第二天到寺里不敢再去看大佛了。

二七　两个明堂(一)

　　这一进屋的前后各有一个明堂,北面的本有六间房那么长,可是因为第四进的东头三楼四底归仁房所有,在那里打上一堵曲尺形的高墙,划去三分之二,只剩三分之一宽的天井给这边,至于西头一部分还是整个的明堂,与东南的一溜天井相接连。伯宜公的住房最初是正对这大明堂的中间,夏天在明堂中叫木匠来搭起两间凉棚,租用他们的杉木,连搭卸工钱大概总共一千文吧,用自己的晒谷竹簟两张,可以随意卷舒,遮住了烈日。在这凉棚底下,小孩可以玩耍,特别在傍晚时候,将簟卷起,石板上泼了井水,拿出板桌板凳来放好,预备吃晚饭,饭后又可以乘风凉,猜谜说故事。癸巳春间,祖父介孚公丁忧回家,伯宜公移居东二,让出那房子给他和潘姨太太与小儿子伯升居住,伯升名凤升,字仲升,因为说与北方话"众生"音相同,所以把仲字改为伯字了。东一二的北窗外是狭天井,漏下日光来显得更强烈,所以设法做了一种遮阳,是一块长方形梅花眼的竹簟,上绷绿纱布,放在横木上,不用时拉进房檐下,这与天井的宽度好在差不多少。那檐下没有砌好石阶,只放着几条粗的石材,上面有几个小酒坛,用盐卤泡着圆肥皂即是皂荚子,当做洗衣肥皂的代用品。

　　南面的明堂有五间房那么长,因为东头的一间与白板门的过廊相接,所以不包括在内。这里有一个特色,左右种着两株桂花,直径有好几寸粗,因此便叫做桂花明堂,不过那花是黄的,称为金桂,不能和在茶或糖里,不为人所看重。靠着南墙有一人那么高的石条凳,三条相连,是搁花盆用的,两边石池各一,系用大石板在地上砌成。北边与廊下相连的半墙内面刷石灰,外面即明堂那一面的却用淡青灰刷过,再以粉笔画作长方格,充作磨光的大砖所砌。在那横长的格子内,有些鲁迅用铁钉划出的图像,其中有一个尖嘴鸡爪的雷公更是明显,这大抵是庚寅辛卯时所画,但直至卖给朱文公的子孙的时候,这画还是在那里。

二八　两个明堂(二)

　　桂花明堂全部铺着石板,只有桂花树下用小石条砌出一个六角形,那里是泥土,夏天发现许多圆孔,是蝉从地下钻出来所留下的痕迹。可是那里虽然到处都只是砖石,却也生出了不少的花草来。最特别的是桂花树干上所生的牌草,其次是凤尾草与天荷叶,那也是只要一点土就可以生长的,石池南面与墙相靠的地方,有两寸宽的一长条充满泥土,生着这些草以及蝴蝶花之类,还有一丛天竹,则是伯宜公所手植的。石条凳上只是中间搁着一盆万年青,是人家照例种了避火烛的,旁边生长出盐酸草来,叶小孩爱吃,结的种子像是豆荚,也是很好玩的东西。

后明堂里没有泥地可以种花木,只在东头于石墩上叠着三块厚石板,上边摆着些花盆,大小有七八个吧。其中一盆是伯宜公手植的纹竹,俗称盆竹,有纪念性质,此外都是些普通的,如郁李、石竹、映山红和牛郎花,老弗大即平地木,都是在上坟时候从山上拔来的野草,却是在人家很难种得好。平地木结红子如天竹,在山里有三棵的已不易得,种起来可以有四五棵。小松树与刺柏也种,很不肯长大,有一盆后来放到外边桂花明堂里去了。这院子里虽然比较寂寞,但也有一种补偿,西邻便是梁家的竹园,墙外矗立着百十竿淡竹,终日萧萧骚骚的作响,鸟雀也特别多,又有一株棕榈树,像蓬头鬼似的向着这边望,借给好些的绿色。伯宜公隔窗望见,时常感慨的说,能够在竹林中有一间小楼居住,最是快乐,他这话里多少含有黄冈竹楼及临皋亭的影响,但大半出于直接的感觉也是无可疑的。

二九　廊下与堂前

那五间一排房屋的中央是小堂前,南面照例有廊,称曰廊下,有六尺以上宽吧,与明堂交界是一堵半墙,上半应有花窗糊纸,但这里没有,连外面厅堂也都如此,原因是在太平天国时被毁了,一直没有修配。这样也是好的,不但是看惯了不觉得怎么不好,而且以房屋构造来说,廊深窗小,里面已经够阴暗了,廊下再有一道窗户,将更是沉闷,所以没有倒反是很好了。房内铺地都用名叫地平的大方砖,廊下则同走路和明堂一样,用的是大石板,不知什么缘故在好些石头上多有一种暗色的痕迹,到了阴雨泛潮时候,尤其明显。相传这是杀过人流血的遗迹,这自然不是事实,从南京明故宫的血迹石说起,大家知道是假的,而且各块石板的痕迹不相连接,更是明证,所以虽有此说,就是最迷信多忌讳的阿长也并不介意,黑夜里点个油纸捻,还是敢在廊下行走的。

堂前平时只当做通路走,其用处乃是在于祭祀的时候。顶重要的当然是除夕至新年,悬挂祖像至十八天之多,其次是先人的忌日,中元及冬夏至,春秋分则在祠堂设祭。堂中原有八仙桌一二张分置两旁,至时放到中间来,须看好桌板的木纹,有"横神直祖"的规定,依了人数安置坐位和碗筷酒饭,菜用十碗,名十碗头,有五荤五素至八荤二素不等,仪式是年长者上香,男女依次跪拜,焚化银锭,男子再拜,先为四跪四拜,次则一跪四拜,俟纸钱焚讫乃奠酒,一揖灭烛,再一揖而礼成。中元冬夏至于祭祖后别祭地主,即是过去住过这屋的鬼魂,由小孩及佣人们行礼,多在廊下举行,有时也在后园门内设祭,在别家有否不曾调查。

三〇 伯 宜 公

伯宜公本名凤仪,改名文郁,考进会稽县学生员,后又改名仪炳,应过几次乡试,未中试。他看去似乎很是严正,实际却并不厉害,他没有打过小孩,虽然被母亲用一种叫做呼筱(音笑)的竹枝豁上几下的事情总是有的。因为他寡言笑,小孩少去亲近,除吃酒时讲故事外,后来记得的事不很多。有一次大概是光绪辛卯(一八九一)年吧,他从杭州乡试回家,我们早起去把他带回来的一木箱玩具打开来看,里边有一件东西很奇怪,用赤金纸做的腰圆厚纸片,顶有红线,两面各写"金千两"字样,事隔多年之后才感到那箱玩具是日本制品,但是别的有些什么东西却全不记得了。此外有几张紫砂小盘,上有鲤鱼跳龙门的花纹,乃是闰中给月饼吃时的碟子,拿来正好作家事游戏,俗语云办人家。又一回记得他在大厅明堂里同两三个本家站着,面有忧色的在谈国事,那大概是甲午秋冬之交,左宝贵战死之后吧。他又说过,现在有四个儿子,将来可以派一个往西洋去,一个往东洋去做学问,这话由鲁老太太传说下来,当然是可靠的,那时读书人只知道重科名,变法的空气还一点没有,他的这种意见总是很难得的了。他说这话大抵也在甲午乙未这时候吧,因为他的四子生于癸巳六月,而他自己则是丙申九月去世的,距生于咸丰庚申,年三十七岁,乡下以三十六岁为本寿,意思是说一个人起码的寿命,犹如开店的本钱,他的生日在十二月,所以严格的说,整三十六年还差三个月。

三一　介孚公(一)

介孚公本名致福,改名福清,光绪辛未由翰林院庶吉士散馆,授编修,后来改放外官,这里还是散馆就外放,弄不大清楚,须得查家谱,但据平步青说,他考了就预备卷铺盖,说反正至少是个知县。最初选的是四川荣昌县,他嫌远不去,改选江西金溪县。翰林外放知县在前清叫做老虎班,是顶靠硬的,得缺容易,上司也比较优容,可是因此也容易闹出意见来,介孚公当然免不了这一例。那时上司大概不是科甲出身,为他所看不起,所以不久就同抚台闹了别扭,不知道做了多少年月,终于被参劾,被改为教官。他不情愿坐冷板凳去看守孔庙,便往北京考取内阁中书,一直在做京官,到了癸巳年丁忧,才告假回家去。

他在北京的情形现在已不能知道,偶然在王继香日记中庚寅这一册里看见有些记事,可作资料。如七月十一日项下云,"周介孚柬招十三饮。"十三日下午云:

> 飞鞚出海岱门,循城根至前门,令经南大街至骡马市,马疲泥涩,仆坐不动,怒叱之。久之始至广和居,则周介夫(原文如此)果已与客先饮,同席者汪笙叔鲍敦夫戚升淮陶秀充,略饮即饭,不烟而回。强敦夫同车,托词而止,及余车回,敦夫方步入门,盖敦以介夫境窘,故不坐车,而诘之则仍以他词饰,可谓诈矣。

介孚公在北京于同乡中与吴介唐鲍敦夫似还要好,王子献便不大谈得来,看日记中口气可知,但如介孚公的日记尚在,那么在那里面对于这些人他也一定是说的很不客气的吧。

三二　介孚公(二)

癸巳年春天介孚公携眷回家,住在西一的屋内,同来的是少子凤升,生母章已早死,年十二岁,妾潘,是和小姑母同年的,可以推定是二十六岁,介孚公是五十八岁。曾祖母于壬辰除夕去世,那时已有电报和轮船,所以不到一个月就赶到了家,这有一件确实的证据,因为曾祖母五七那一日,他大发脾气,经验着的人不会忘记,虽然现在知道的也只有我一个人了。

那年乡试,浙江的主考是殷如璋和周锡恩,仿佛又记得副主考是郁昆,但郁是萧山人,所以是不确的。大概是六七月中,介孚公跑往苏州去拜访他们,因为都是什么同年,却为几个亲戚朋友去通关节,随即将出钱人所开一万两银子的期票封在信里,交跟班送到主考的船上去。那跟班是一个乡下人名叫徐福,因为学会打千请安,口说大人小的,以当"二爷"为职业,被雇带到苏州去办事,据说那时副主考正在主考船上谈天,主人收到了信不即拆看,先搁下了,打发送信的回去,那二爷嚷了起来,说里边有钱,怎么不给收条?这事便发觉了,送到江苏巡抚那里,交苏州府办理,介孚公知道不能躲藏,不久就去自首,移到杭州,住在司狱司里,一直监候了有七年,至辛丑一月,由刑部尚书薛允升附片奏请,依照庚子年刑部在狱人犯悉予宽免的例,准许释放,乃于是年二月回家,住在原来的地方。

那时候凤升改名文治,已于丁酉年往南京,进了江南水师学堂,所以介孚公身边只剩了潘姨太太一人。她这人并没有什么不好,只是地位不好,造成了许多人己两不利的事情。介孚公回家之后,还是一贯的作风,对于家人咬了指甲恶骂诅咒,鲁迅于戊戌离家,我也于辛丑秋天往南京,留在家里的几个人在这四年中间真是够受的了。介孚公于甲辰年夏天去世,年六十八岁。

介孚公平常所称引的只有曾祖苓年公一个人,此外上自昏太后、呆皇帝(西太后、光绪),下至本家子侄辈的五十、四七,无不痛骂,那老同年薛允升也被批评为胡涂人,其所不骂的就只潘姨太太和小儿子,说他本来笨可原谅,如鲁迅在学堂考试第二,便被斥为不用功,所以考不到第一,伯升考了倒数第二,却说尚知努力,没有做了背榜,这虽说是例,乃是实在的事。

三三　王府庄

鲁迅自己说过,小时候有一个时期寄食于亲戚家,被人说作乞食。这便是癸巳秋后至甲午夏天的事情,亲戚家即是鲁老太太的母家,那时外祖父早已去世,只是外婆和两房舅舅而已。外祖父晴轩公,名希曾,是前清举人,在户部做过主事,不久告假回家,不再出去,他于甲申年去世,到那时正是十年了。偶然翻阅范啸风的《癸俄尺牍》稿本,中间夹着一张纸,上写答周介孚并贺其子入泮,下署鲁希曾名,乃是范君笔迹,代拟的一篇四六信稿,看来实在并不高明。可惜上边没有年月,依照别的尺牍看来,可能是光绪五六年(己卯庚辰)的事。信中有云,"弟自违粉署,遂隐稽山,蜗居不啻三迁,蠖屈已将廿载,所幸男婚女嫁,愿了向平,偍侍孙嬉,情娱垂晚。"又云,"弟有三娇,从此无白衣之客,君惟一爱,居然继黄卷之儿。"这里自述倒还实在,他有两个儿子,长字怡堂,次字寄湘,都是秀才,还有一个小孩们叫做"二舅舅"的,即是所说的侄儿,其名号却是忘记了。孙是怡堂的儿子,名佩绅,二舅舅的儿子名佩紫,都比鲁迅要大三四岁。晴轩公的三个女儿,长适啸唫乡阮家,次适广宁桥郦家,三适东昌坊口周家,阮士升与郦拜卿都是秀才,这次伯宜公也进了学,所以信里那么的说,显出读书人看重科名的口气,在现今看来觉得很有点可笑了。

鲁家的旧宅是在靠近海边,去镇塘殿不远的安桥头,规模狭小,连旧时那么重视的"文魁"匾额都没有地方挂,因此暂时移居在外边,写这信时是住在王府庄,与范啸风恰好是邻居。那地方口头叫做王浦庄,到底不知道那三个字是怎么写法,范啸风在《皇甫庄陈山庙社供田记》中说:"予乡皇甫庄在会稽县东三十里,或曰宋时为赵王府第,因以成庄,或曰是村权舆姓皇甫者居之,故曰皇甫庄。"在那村里范沈二姓居多,寄湘的外家姓沈,大抵因为这个关系,所以一时住在那里,鲁迅寄食的时候正是鲁宅在王府庄的最后的一年。

三四　《荡寇志》的绣像

鲁迅在大舅父处寄食,前半是在王府庄,后半则跟了鲁宅迁移,又到小皋埠去了。大舅父的住房只记得有楼房两间,他住在西边的前房里,平常不大出眠床来,因为他是抽鸦片烟的,午前起得很迟,短衣裤坐在床上,吃点心吃饭就在一张矮桌上面,没有什么特别事情是不穿鞋下来的。他有一子一女,夫人是后母,无所出,是很寂寞的脸相,他们大概住在东边前房吧,那间房和楼下的情形几乎全不记得,只是后房里,因为看他们影写绣像,所以还没有完全忘记。鲁迅所画的完全的绣像有一套《荡寇志》,从张叔夜起头,一直足足有好几十幅。画只有鲁迅来得,后半幅的题词则延孙(佩绅的号)居一日之长,字写得不错,也帮着来影写,只有佩紫有一天试写一篇,有一两笔很粗笨难看,中途停止,由鲁迅补写完成,这纪念就留在册上。以前只晓得用尺八纸和荆川纸,这时在乡下杂货铺里却又买到一种蜈蚣(读若明公)纸,比荆川稍黄厚而大,刚好来影写大本的绣像,现在想起来也就是一张八开的毛太纸罢了。这《荡寇志》画像就是用这种纸影写的,原价大概是一文钱一张吧,草订成一大册,后来带回家去,不久以二百文卖给了别人。关于这事,在《从百草园到三味书屋》中有这一节文章云:

　　……最成片段的是《荡寇志》和《西游记》的绣像,都有一大本。后来,因为要钱用,卖给一个有钱的同窗了。他的父亲是开锡箔店的,听说现在自己已经做了店主,而且快要升到绅士的地位了。这东西早已没有了吧。

这位同窗名叫章翔耀,住在东昌坊口往西不远的秋官第地方,他的锡箔店在民国八年底还是开着,虽然以后情形不能知悉。《朝花夕拾》那文章虽是说三味书屋的事,《荡寇志》的图却确有年月可考,是在王府庄避难时所画的,但癸巳前后他都在三味书屋读书,所以那么地一总写在一起了。《西游记》图或者是在书房里所画,只是没有明白的记忆,因为关于那本绣像没有什么故事,也就容易见过忘记了。

三五　娱　园

　　大概因为是王府庄的房屋典期已满,房东赎回去了的缘故吧,在癸巳年的年底鲁宅乃分别移居了,小舅父同了外祖母回到安桥头老家去,二舅父搬到鸡头山,大舅父则移往小皋埠,寄食的小孩们自然也跟了过去。那里也是一个台门,本是胡秦两家,大舅父的前妻出于秦氏,所以向秦家借了厅堂以西的一部分厢房来住。这胡秦合住的关系不大清楚,或者是胡家典得东部的一半也未可知,因为秦家后面有花园,不像是借用人家的房屋的。秦家主人本名树钰,字秋伊或秋渔,别号勉钼,记不清是举人还是进士了,他以诗画著名,虽然刊行的只有四卷《娱园诗存》,四分之三是别人的诗文,为娱园而作,而照着古文的通例,这介绍花园也说的并不周全。那时诗人早已死了,继承的是他的儿子少渔,即大舅父的内弟,小孩们叫他做"友舅舅",倒很是说得来,大概因此之故鲁迅也就不再影画绣像了,时常跑去找他谈天。秦少渔也是抽鸦片烟的,但是他并不通日在床上,下午也还照常行动,那时便找他画花,他算是传了家法,喜画墨梅,虽然他的工夫能及得秋渔的几分,那自然不能知道。他又喜欢看小说,买的很多,不是木版大本,大都是石印铅印的,看过都扔在一间小套房里,任凭鲁迅自由取阅,只是乱扔一堆,找寻比较费事,譬如六本八本一部,往往差了一本,要花好些时光才能找全,这于鲁迅有不少的益处,从前在家里所能见到的只是《三国》、《西游》、《封神》、《镜花缘》之类,种种《红楼梦》,种种侠义,以及别的东西,都是无从见到的。此外游花园也是一种乐事,虽然那种蟋蟀笼式的构造并不怎么好玩,或者还不及百草园的有意思,但比在王府庄的时候总是活动得多了。被人家当乞食看待,或是前期的事,在这后期中多少要好一点,但是关于这事我全无所知,所以也不能确说。在小皋埠大约住了半年,于甲午年春夏之间,被叫回家去,鲁迅仍进三味书屋去读书,我于乙未年正月才去,从《中庸》上半本念起,所以在娱园的小说的益处一点都未能得到。

三六 鲁 家

现在来把鲁家的事情简单的结束一下。怡堂的儿子延孙娶了东关金家的姑娘,她是鲁迅的小姑母的堂房小姑,由她做媒折了辈分嫁过去的,在怡堂去世不久之后延孙病故,他的夫人在民国以前也已亡故,没有子女。怡堂那位女儿早已出嫁，记得是南门李家，"李大少爷"是有名的外科医生，我就很请教过他，新郎是他的儿子叫李孝谐，又是鲁迅的三味书屋的同窗。寄湘生有四女一子，长女嫁在谁家未详，次女适沈，即是她母亲的内侄，三女适陈，四女未出阁前病殁。儿子名佩纹，在师范学校肄业，很是好学，稍有肺病，强令早婚，又医疗迟误，遂以不起。寄湘已衰老，亲属力劝纳妾，其次女为物色得一收房婢女生过小孩而遣出者，以为宜男，购得之后托鲁老太太代存，其时寄湘入京依其内亲沈吕生，希望得一职业，久之无所得，乃复回家，令遣妾不纳，未几，亦去世，承继鸡头山的佩紫之子为佩纹后，这大概是民国六七年间的事。

安桥头的旧宅看来是中富农住屋的模样，中间出了读书中科第的人，改变了生活方式，但是不及一百年又复没落，其中虽有医药卫生的错误为其小原因，总之这大势是无可挽回的。现在鲁家的核心差不多复归于安桥头，经过土改以后，可能由正当状态再行出发，实行所谓卷土重来，庶几乎在地里扎得根下去，可以成为道地的安桥头人。偶记外婆家衰亡之迹，说到这里，其实对于他们的希望还在其次，我主要的意思乃是表示对于安桥头住屋的喜欢，觉得比台门屋要好得多，那岂不是乡下一家族的合理的住处么。

三七　三味书屋

癸巳上半年，鲁迅往三味书屋读书，他去那里是这年为始，还是从前一年就已去了呢，这已记不清楚了。自百草园至三味书屋真正才一箭之路，出门向东走去不过三百步吧，走过南北跨河的石桥，再往东一拐，一个朝北的黑油竹门，里边便是三味书屋了。书屋不在百草园之内，所以不必细写，只须一说那读书的两间房屋就行。我去读书是从乙未年起的，所记情状自然只能以那时为准，但可能前两年也是大概差不多的。书房朝西两间，南边的较小，西北角一个圆洞门相通，里面靠东一部分有地板，上有小匾曰"停云小憩"，小寿先生洙邻名鹏飞在此设帐，教授两个小学生，即是我和寿禄年，外边即靠北的一大间是老寿先生镜吾名怀鉴的书房，背后挂一张梅花鹿的画，上有匾曰"三味书屋"。老寿先生的大儿子涧邻名鹏更，在乡间坐馆，侄儿孝天同住一门内，则在迤北一间书房开馆授徒,后来往上海专编数学书,不再教读了。

老寿先生教的学生很多,有南门的李孝谐,秋官第许姓,又余姓身长头小绰号"小头鬼"的,都是大学生,桌子摆在西窗下一带,北墙下是鲁迅和勇房族叔仁寿,南墙下是中房族弟寿升,商人子弟的胡某和章翔耀,他的桌子已在往小园去的门口了。还有中房族兄寿颐,桌子不知道放在哪里,可能是在北墙下靠东的地方吧。从北京跟了介孚公回家的凤升也于乙未年去上学,他于癸巳上半年同我在厅房里从仁房族叔伯文读书,中途停顿,这时才继续前去,书桌放在"停云小憩"的西北窗下,但书还是由老寿先生教读的。

三八　老寿先生

老寿先生是本城中极方正,质朴博学的人,可是并不严厉,他的书房可以说是在同类私塾中顶开通明朗的一个。他不打人,不骂人,学生们都到小园里去玩的时候,他只大声叫道:"人都到哪里去了?"到得大家陆续溜回来,放开喉咙读书,先生自己也朗诵他心爱的赋,说什么"金叵罗,颠倒淋漓噫,千杯未醉荷……",这情形在《朝花夕拾》上描写得极好,替镜吾先生留下一个简笔的肖像。先生也替大学生改文章即是八股,可是没有听见他自己念过,桌上也不见《八铭塾钞》一类的东西,这是特别可以注意的事。先生律己严而待人宽,对学生不摆架子,所以觉得尊而可亲,如读赋时那么将头向后拗过去,拗过去,更着实有点幽默感。还有一回先生闭目养神,忽然举头大嚷道,"屋里一只鸟(都了切),屋里一只鸟!"大家都吃惊,以为先生着了魔,因为那里并没有什么鸟,经仔细检查,才知道有一匹死笨的蚊子定在先生的近视眼镜的玻璃外边哩。这蚊子不知是赶跑还是捉住了,总之先生大为学生所笑,他自己也不得不笑了。

《朝花夕拾》上说学生上学,对着那三味书屋和梅花鹿行礼,因为那里并没有至圣先师或什么牌位,共拜两遍,第一次算是拜孔子,第二次是拜先生,那时先生便和蔼地在一旁答礼。行礼照例是"四跪四拜",先生站在右边,学生跪下叩首时据说算在孔子账上,可以不管,等站起作揖,先生也回揖,凡四揖礼毕。元旦学生走去贺年,到第二天老寿先生便来回拜,穿着褪色的红青棉外套(前清的袍套),手里拿着一叠名片,在堂前大声说道,"寿家拜岁"。伯宜公生病,医生用些新奇的药引,有一回要用三年以上的陈仓米,没有地方去找,老寿先生不知道从哪里弄到了一两升,装在"钱搭"里,亲自肩着送来。他的日常行为便是如此,但在现今看去觉得古道可风,值得记载下来,还有些行事出自传闻,并非直接看见,今且从略。

三九　广　思　堂

　　三味书屋里虽然备有戒尺,有罚跪的规则,却都不常用。罚跪我就没有看见过,在我上着学的这两年里,戒方则有时还用,譬如有人在园里拿了腊梅梗去撩树上的知了壳(蝉蜕),给他看见了,带到书房里,叫学生伸出手来,他拿戒方轻轻的扑五下,再换一只手来扑五下了事。他似乎是用蒲鞭示辱的意思,目的不在打痛,不像别的私塾先生打手心要把手背顶着桌角,好似捕快在拷打小偷的样子。仁房的伯文在乡下坐馆,用竹枝打学生的脊背,再给洒上擦牙齿的盐,立房的子京,把学生的耳朵放在门缝里夹,仿佛是小孩的轧核桃,这固然是极端的例,但如统计起来,说不定还是这一类为多,因为这里就有两位仁兄,三味书屋却只是一例。在百草园往东隔着两三家有广思堂王宅,是一个破落的大台门,大厅烧了就只剩一片空地,偏西的厢房里设着私塾,先生当然姓王,逸其名字,大家只叫他的绰号"矮癞胡",他打手心便是那么打的,又有什么撒尿签,大概他本是模仿古人出恭入敬牌的办法的吧,但学生听了这传说大为愤慨,因为三味书屋完全自由,大小便径自往园里去,不必要告诉先生的。有一天中午放学,鲁迅和章翔耀及二三见义勇为的同学约好,冲进"矮癞胡"的书房去,师生都已散了,大家便攫取笔筒里撒尿签撅折,将朱墨砚复在地上,笔墨乱撒一地,以示惩罚。"矮癞胡"未必改变作风,后事如何,却已忘记了。

　　三味书屋对于学生最严重的处分是退学,学生中间称为推出去。曾经有过一个实例,这人即是中房的寿升,号日如,是鲁迅的堂兄弟。老寿太太作客回来,先生帮着去从船里拿东西,寿升说道,先生给师母拎香篮哩。恰巧为先生所听见,决定把他推出去,虽然经寿升的叔父来道歉说情,终于没有成功。先生对于自己儿子也用同一方法,有一次大概鹏更的岁考成绩不好吧,先生叫他不必再读书了,将他的书册笔砚收起,捧着往里走,鹏更跟在后面说,"爹爹,我用功者,我用功者!"这事后来大约和解了结,但印象留着很深,鹏更虽然也是名秀才,大家看见他狼狈讨饶的情形以后,对于这位师兄的敬意就不免大为减少了。

四〇 贺家武秀才

三味书屋的学生相当规矩,这于先生是很有名誉的,他们在书房里没有打过架,有的犯规,也只是如上文所说,往园里去撩树上的知了壳,若是偷偷的画花,或者用纸糊的盔甲套在指头上做戏,先生不会发见,更是没有关系了。但在外边还不免要去闹事,惩罚"矮癞胡"先生的事情已经说过,其次是惩罚贺家武秀才,这件事可能闹大,可是幸而居然能够避免。原因是有人报告,小学生走过绸缎弄的贺家门口,被武秀才所骂或是打了,这学生大概也不是三味书屋的,大家一听到武秀才,便不管三七二十一的觉得讨厌,他的欺侮人是一定不会错的,决定要打倒他才快意。这回计划当然更大而且周密了,约定某一天分作几批在绸缎弄集合,章翔耀仍然是首领之一,鲁迅还特地去从楼上把介孚公做知县时给金溪县民壮挂过的腰刀拿了出来,隐藏在大褂底下,走到贺家门口去。这腰刀原是一片废铁,当然没有开口,但打起架来就是头上凿一下,也会开一个窟窿,不能不说是很有危险的事。但是这几批人好像是《水浒》的好汉似的,分散着在武秀才门前守候,却总不见他出来,可能他偶尔不在,可能他事先得到消息,怕同小孩们起冲突,但在这边认为他不敢出头,算是屈服了,由首领下令解散,各自回家。这一仗没有打成,参加的学生固然是运气,实在还是三味书屋之大幸,因为否则将使得老寿先生教书的牌子大受损伤,虽然这并非他管教不严之故,从另一方面来说,学生要打抱不平,还有点生气,正是书房的光荣,若是在广思堂受撒尿签的统治既久,一点没有反抗的精神,自然不会去闹事,却也变成了没有什么用处的人了。

四一 沈家山羊

　　从家里到塾中不过隔着十几家门面，其中有一家的主人头大身矮，家中又养着一只不经见的山羊（后来才知道这是养着厌禳火灾的），便觉得很有一种超自然的气味。同学里面有一个身子很长，虽然头也同平常人差不多少，但在全身比例上就似乎很小了。又有一个长辈，因为吸鸦片烟的缘故，耸着两肩，仿佛在大衫底下横着一根棒似的。这几个现实的人在那时看了都有点异样，于是拿来戏剧化了，在有两株桂花树的院子里扮演这日常的童话剧。大头不幸的被想象为凶恶的巨人，带领着山羊，占据了岩穴，扰害平人，小头和耸肩的两个朋友便仗了法力去征服他，小头从石窝缝中伸进头去窥探他的动静，耸肩等他出来，只用肩一夹，就把他装在肩窝里捉了来了。这些思想尽管荒唐，而且很有唐突那几位本人的地方，但在那时觉得非常愉快，我们也扮演喜剧，如打败贺家武秀才之类，但总是太与现实接触，不能感到十分的喜悦，所以就经验上说，这大头剧要算第一有趣味了。

　　这是我在一九二三年所写关于儿童剧的一节话，正说及三味书屋的事，现在可以用在这里，只将那几位本人说明白了就好。小头即是上文说过的余姓大学生，当初大家对他印象很不好，有一次互相嘲弄，他在纸上画了一个脸，说这是某人，我们这边的人便去告诉先生，急得他吃吃辩说，"学生弗会画菩萨头"，样子非常狼狈，这之后忽然对他谅解，童话剧中拉他来做了同盟军了。养山羊的是沈家，即在王广思之东，主人沈老八与周家还有点老亲，但是样子生得奇怪，他家的山羊常在路旁吃刺苋，章翔耀等人要去骑它，往往为那看羊的独眼老婆子所骂，把大头派为凶人的原因一半即在于此。耸肩的是中房的芹侯，通称"廿八公公"，是祖父辈最小的一个，人很聪明，学过英文，会得照相修钟表。就只是鸦片瘾大，以致潦倒不堪，这里派他的脚色别无理由，单是因为他的肩头耸得特别的高而已。

四二 童 话

在阿耳考忒夫人的小说《小女人》里有这几句话：

> 在仓间里的演剧，是最喜欢的一种娱乐。我们大规模的排演
> 童话。我们的巨人从阁楼上连走带跌的下来，在甲克把缠在梯子
> 上的南瓜藤当做那不朽的豆干砍断了的时候。灰丫头坐了一个大
> 冬瓜驰驱而去，一支长的黑香肠经那看不见的手拿来长在浪费了
> 那三个愿望的婆子的鼻头上。

西洋的小孩有现成的童话书，什么《杀巨人的甲克》、《灰丫头》、以
及《三个愿望》等，拿来排演并不费事，我们没有这些，只是口耳相承的
听到过《蛇郎》和《老虎外婆》等几个故事，不知怎的也没有兴趣演，可是
演童话剧的趣味还是有的，结果是自己来构造，如那大头便是一例。说
也奇怪，那平凡现实的几个人，拿来拼凑一下，做成一段妖怪故事，虽然
不能说没有《西游》的影响，但整个儿还是童话的空气，在《西游》中也只
是有稚气的一二段才可以比拟得上。在乙未年鲁迅是十五岁了，对于
童话分子（虽然那时还没有这名目）还很是爱好，后来利用那些题材，写
成《故事新编》，正不是无因的事吧。

前几年我写了些讲儿童生活的打油诗，其一首云："幻想山居亦大
奇，相从赤豹与文狸，床头话久浑忘睡，一任檐前拙鸟飞。"注云，"空想
神异境界，互相告语，每至忘寝。儿童迟睡，大人辄警告之曰，'拙鸟飞
过了'，谓过此不睡，将转成拙笨也。"这里边也有本事，有一时期鲁迅早
就寝而不即睡，招人共话，最普通的是说仙山。这时大抵看些《十洲》、
《洞冥》等书，有"赤蚁如象"的话，便想象居住山中，有天然楼阁，巨蚁供
使令，名阿赤阿黑，能神变，又炼玉可以补骨肉，起死回生，似以神仙家
为本，而废除道教的封建气，完全童话化为以利用厚生为主的理想乡，
每晚继续的讲，颇极细微，可惜除上记几点之外全都已记不得了。伯宜
公的病大概是起于乙未年，但当时还觉得不太严重，所以大家有此兴
致，到了次年情形就很有些不同了。

四三　祖　母(一)

关于祖母的事，须要略为补说一下。前一个祖母姓孙，母家在偏门外跨湖桥，是快阁的左邻，她的生卒年月记在家谱，不及查考，只于咸丰戊午(一八五八)年生一女，庚申(一八六〇)年生伯宜公，大约不久去世了。后来的祖母姓蒋，母家在昌安门外鲁墟，恰巧也是放翁的故里，生于道光壬寅(一八四二)年，至宣统庚戌(一九一〇)年去世，寿六十九岁。她有一个女儿，是同治戊辰(一八六八)年生的，比鲁迅才大十二三岁，性情又和善，所以同小侄儿们特别要好，大家跟着她游戏说故事，到她出嫁那一天，小孩不让她走，有的要同她坐了轿子去。夫家在东关姓金，姑夫名雨辰，是个秀才，因为是独子，左耳上戴着小金环，显得有点女性似的，但他们夫妇感情很好，有一个女儿阿珠，是光绪辛卯(一八九一)年生的。但是姑妇之间总不免有些问题，癸已年介孚公下狱后又听到传闻，亲家公有什么闲话，他便大怒，严命家中与金家绝交，这事固难实现，但使得关系更坏，至次年甲午八月小姑母以难产去世，这悲剧才算结束了。她病中谵语，说有红蝙蝠来迎接，鲁迅后来特为作文讨红蝙蝠，或是诘责神明，为何不使好人有寿，语多不逊。不过小姑母的死对于小孩们固是一个打击，在祖母这打击乃是更大而且彻底的了。她本是旧式妇女抱着黑暗的人生观的，做了后母没有自己的儿子，这一个女儿才是一线的光明，现在完全的灭了。她固然常于什么菩萨生日，点起一对三拜蜡烛三支线香，跪在大方凳上向天膜拜，却不念佛或上庙烧香去，有一回近地基督教女教士来传道，劝她顾将来救灵魂，她答道，"我这一世还顾不周全，那有工夫去管来世呢。"她的后半生，或者如外国诗人所说的病狼大旨有点相像吧。

四四　祖　母(二)

祖母蒋老太太于辛亥前一年去世，鲁迅正在杭州两级师范学堂做教员，所有丧葬的事都由他经理，我没有能够回来，风升改名文治，在江南水师的什么兵轮上当二管轮(通称二伕)吧，大概是后来奔丧去的。

那时的事情本来我不知道,在场的人差不多已死光了,可是碰巧在鲁迅的小说里记录有一点,在《彷徨》里所收的一篇《孤独者》中间。这里的主人公魏连殳不知道指的是什么人,但其中这一件事确是写他自己的。连殳的祖母病故,族长,近房,祖母的母家的亲丁,闲人,聚集了一屋子,筹划怎样对付这承重孙,因为逆料他关于一切丧葬仪式是一定要改变新花样的。聚议之后大概商定了三大条件,要他必行,一是穿白,二是跪拜,三是请和尚道士做法事。总而言之,是全部照旧。哪里晓得这"吃洋教的新党"听了他们的话,神色也不动,简单的回答道,"都可以的。"大殓之前,由连殳自己给死者穿衣服。"原来他是一个短小瘦削的人,长方脸,蓬松的头发和浓黑的须眉占了一脸的小半,只见两眼在黑气里发光。那穿衣也穿得真好,井井有条,仿佛是一个大殓专家,使旁观者不觉叹服。寒石山老例,当这些时候,无论如何,母家的亲丁是总要挑剔的,他却只默默地,遇见怎么挑剔便怎么改,神色也不动。"入殓的仪式颇为繁重,拜了又拜,女人们都哭着说着,连殳却始终没有落过一滴泪,只坐在草荐上,两眼在黑气里闪闪地发光。大殓完毕,大家都怏怏地,似乎想走散,但连殳还坐在草荐上沉思。"忽然,他流下泪来了,接着就失声,立刻又变成长嚎,像一匹受伤的狼,当深夜在旷野中嗥叫,惨伤夹杂着愤怒和悲哀。"这篇是当做小说发表的,但这一段也是事实,从前也听到鲁老太太说过,虽然没有像这样的叙述得有力量。所谓近房当然是指诚房的"衍太太",祖母母家的亲丁是她的内侄,这位单名一个珍字,号叔田,小孩叫他玉叔叔。他最喜欢捵酒。伯宜公很爱喝酒而厌恶人强劝,常训诲儿子们说,"你们到鲁墟去,如玉叔叔捵酒,一口都不要喝,酒盅满了也让它流在桌子上面。"他们表兄弟的性情本来就是不相合的。

四五　关于穿衣服

祖母大殓之前,鲁迅自己给死者穿衣服。这穿衣服的事,实在很不容易,仿佛要一种专门本领,其实也只是精细与敏捷,不过常人不大能够具备或使用罢了。别处的情形不知道,乡下的办法是死者的小衫裤先穿好,随后把七件九件以至十一件的寿衣次第在一支横竹竿上套好,有的是由孝子代穿的,拿去从下向上的将两手放在袖子里,整理好领口,便可以一件件裹好,结上替代纽扣的带子,大事就告成了。在殡仪馆出现以前,大殓专家计有两种,其一是裁缝,其二是土工。但是用裁缝的须得是大绅商,他们要用丝绵包裹尸首,使得骨胳不散,有如做木乃伊之大费工本,不是一般人所能担当,土工则善于收拾破碎变作的尸体,又是别有一功的。所以平常人家总是由亲人动手,亲族加以帮助,在这中间会得穿衣服的人虽然不是凤毛麟角,总之也是很不易得的了。

话虽如此,有些事情也是很难说的。台门里的子弟本来都是少爷,可是也有特别的人,会得这些特别的事,伯宜公就是其一人。在这上边可以同他相配的,是中房的一位族兄慰农,他们两人有一回曾为本家长辈(大概是慰农的叔伯辈吧)穿衣服,棋逢敌手,格外显得出色,好些年间口碑留在三台门里。他们别的事也都精能,常被邀请帮忙,但是穿衣服这种特殊的事,非自告奋勇,人家不好请求,只有甲午八月他赴金家妹子之丧,由他给穿衣服,这是一生中最后的一次了。他在那里也是母家的亲人,可是并不挑剔什么,只依照祖母的意见,请求建设了一个水陆道场。伯宜公平常衣着都整齐,早起折裤脚系带,不中意时反复重作,往往移晷,这是小事情,却与穿衣服的事是有连系的。鲁迅服装全不注意,但别有细密处,描画,抄书稿,折纸钉书,用纸包书,都非常人所能及,这也与伯宜公是一系的,虽然表现得有点不同。

四六　阿长的结局(一)

顺便来一讲阿长的死吧。长妈妈只是许多旧式女人中的一个,做了一辈子的老妈子(乡下叫做“做妈妈”),平常也不回家去,直到了临死,或者就死在主人家里。她的故事详细的写在《朝花夕拾》的头两篇里,差不多已经因了《山海经》而可以不朽了,那里的缺点是没有说到她的下落,在末后一节里说:

　　我的保姆,长妈妈即阿长,辞了这人世,大概也有了三十年了罢。我终于不知道她的姓名,她的经历,仅知道有一个过继的儿子,她大约是青年守寡的孤孀。

这篇文章是一九二六年所写的，阿长死于光绪己亥即一八九九年，年代也差不多少，那时我在乡下，在日记上查到一两项，可以拿来补充一下。

戊戌（一八九八）年闰三月十一日，鲁迅离家往南京进学堂去。同年十一月初八日，四弟椿寿以急性肺炎病故，年六岁。这在伯宜公去世后才二年，鲁老太太的感伤是可以想象得来的，她叫木匠把隔壁向南挪动，将朝北的后房改作卧室，前房堆放什物，不再进去，一面却叫画师凭空画了一幅小孩的小像，挂在房里。本家的远房妯娌有谦少奶奶，平常同她很谈得来，便来劝慰，可以时常出去看戏排遣。那时只有社戏，雇船可以去看。在日记上己亥三月十三日项下云，"晨乘舟至偏门外看会，下午看戏，十四日早回家。"又四月中云：

"初五日晨，同朱小云兄，子衡伯拗叔，利宾兄下舟，往夹塘看戏，平安吉庆班，半夜大雨。"

"初六日雨中放舟至大树港看戏，鸿寿堂徽班，长妈妈发病，辰刻身故，原船送去。"

长妈妈夫家姓余，过继的儿子名五九，是做裁缝的，家住东浦大门楼，与大树港相去不远。那船是一只顶大的"四明瓦"，撑去给他办了几天丧事，大概很花了些钱。日记十一月十五日项下云，"五九来，付洋二十元，伊送大鲢鱼一条，鲫鱼七条。"他是来结算长妈妈的工钱来的，至于一总共付多少，前后日记有断缺，所以说不清楚了。

四七　阿长的结局（二）

关于前回的事，还有补充说明之必要。那一次看戏接连两天，共有两只大船，男人的一只里的人名已见于日记，那女人坐的一只船还要大些，鲁老太太之外，有谦少奶奶和她的姑蓝太太，她家的茹妈及其女毛姑，蓝太太的内侄女。《朝花夕拾》中曾说及一个远房的叔祖，他是一个胖胖的，和蔼的老人，爱种一点花木，他的太太却正相反，什么也莫名其妙，曾将晒衣服的竹竿搁在珠兰的枝条上，枝折了，还要愤愤地咒骂道，"这死尸！"所说的老人乃是仁房的兆蓝，字玉田，蓝太太即是他的夫人，母家丁家軕朱姓,大儿子小名曰谦,字伯挢,谦少奶奶的母家姓赵,是观音桥的大族,到那时却早已败落了。她因为和鲁老太太很要好,所以便来给鲁迅做媒,要把蓝太太的内侄孙女许给他,那朱小云即是后来的朱夫人的兄弟。长妈妈本来是可以不必去的,反正她不能做什么事,鲁老太太也并不当做佣人看待,这回请她来还是有点优待的意思,虽然这种戏文她未必要看。她那时年纪大概也并不怎么大,推想总在五十六十之间吧,平常她有羊癫病即是癫痫,有时要发作,第一次看见了很怕,但是不久就会复原,也都"司空见惯",不以为意了。不意那天上午在大雨中,她又忽然发作,大家让她躺倒在中舱船板上,等她恢复过来,可是她对了鲁老太太含糊的说了一句,"奶奶,我弗对者!"以后就不再作声,看看真是有点不对了。

大树港是传说上有名的地方,据说小康王被金兵追赶,逃到这里,只见前无去路,正在着急,忽然一棵大树倒了下来,做成桥梁,让他过去,后来这树不知是又复直起,还是掉下水去了。那一天舱位宽畅,戏班又好,大家正预备畅看的时候,想不到这样一来,于是大船的女客只好都归并到这边来,既然拥挤不堪,又都十分扫兴,无心再看好戏,只希望它早点做完,船只可以松动,各自回家,经过这次事件之后,虽然不见得再会有人发羊癫病,但开船看戏却差不多自此中止了。

四八 《山海经》(一)

如《朝花夕拾》上所说,在玉田老人那里他才见到了些好书。

> ……在我们聚族而居的宅子里,只有他书多,而且特别。制艺和试帖诗,自然也是有的;但我却只在他的书斋里,看见过陆玑的《毛诗草木鸟兽虫鱼疏》,还有许多名目很生的书籍。我那时最爱看的是《花镜》,上面有许多图。他说给我听,曾经有过一部绘图的《山海经》,画着人面的兽,九头的蛇,三脚的鸟,生着翅膀的人,没有头而以两乳当做眼睛的怪物,……

但是他自己有书,乃是始于阿长的送他一部《山海经》。《朝花夕拾》上云：

> 这四本书，乃是我最初得到，最为心爱的宝书。
>
> 书的模样，到现在还在眼前。可是从还在眼前的模样来说，却是一部刻印都十分粗拙的本子。纸张很黄；图像也很坏，甚至于几乎全用直线凑合，连动物的眼睛也都是长方形的。但那是我最为心爱的宝书，看起来，确是人面的兽；九头的蛇；一脚的牛；袋子似的帝江；没有头而"以乳为目，以脐为口"，还要"执干戚而舞"的刑天。
>
> 此后我就更其搜集绘图的书，于是有了石印的《尔雅音图》和《毛诗品物图考》，又有了《点石斋丛画》和《诗画舫》。《山海经》也另买了一部石印的，……木刻的却已经记不清是什么时候失掉了。

这里说前后两段关系很是明白，阿长的描写最详细，关于玉田虽只是寥寥几行，也充满着怀念之情，如云，"这老人是个寂寞者，因为无人可谈，就很爱和孩子们往来，有时简直称我们为'小友'。"这种情事的确是值得纪念的，可是小时候的梦境，与灰色的实生活一接触就生破绽，丙申年伯宜公去世后，总是在丁酉年中吧，本宅中的族人会议什么问题，长辈硬叫鲁迅署名，他说先要问过祖父才行，就疾言厉色的加以逼迫。这长辈就是那位老人。那时我在杭州不知道这事，后来看他的日记，很有愤怒的话。戊戌六月老人去世，鲁迅已在南京，到了写文章的时候，这事件前后相隔也已有三十多年了。

四九 《山海经》(二)

鲁迅与《山海经》的关系可以说很是不浅。第一是这引开了他买书的门，第二是使他了解神话传说，扎下创作的根。这第二点可以拿《故事新编》来做例子，那些故事的成分不一样，结果归到讽刺，中间滑稽与神话那么的调和在一起，那是众所周知的事了。嫦娥奔月已经有人编为连环图画，后羿的太太老是请吃乌鸦炸酱面，逼得她只好吞了仙丹，逃往冰冷的月宫去，看惯了不以为奇，其实如不是把汉魏的神怪故事和现代的科学精神合了起来，是做不成功的。可惜他没有直接利用《山海经》材料，写出夸父逐日来，在他的一路上，遇见那些奇奇怪怪的物事，不但是一脚的牛，形似布袋的帝江，就是贰负之尸，和人首蛇身衣紫衣的山神（虽然蛇身怎么穿紫衣，曾为王崇庆在《山海经释义》中所笑），也都可以收入，好像目连戏中的街坊小景，那当成为一册好玩的书，像《天问图》似的，这在他死后就再也没有人能做或肯做的了。

阿长的《山海经》大概在癸巳年以前，《毛诗品物图考》初次在王府庄看见，所以该是甲午年所买，《尔雅音图》系旧有，不知伯宜公在什么时候买来的。木版大本却是翻刻的《花镜》，从中房族兄寿颐以二百文代价得来，那时他已在三味书屋读书，所以年代也该是甲午吧。此外有图的书先后买来的，有《海仙画谱》、《百将图》、《点石斋丛画》、《诗画舫》、《古今名人画谱》、《海上名人画稿》、《天下名山图咏》、《梅岭百鸟画谱》，都是石印本。又王冶梅的《三十六赏心乐事》，马镜江的《诗中画》，和《农政全书》本的王磐的《野菜谱》，大概因为买不到的缘故，用荆川纸影写，合订成册，可以归在一类。在戊戌前所买的书还有《郑板桥集》、《徐霞客游记》、《阅微草堂笔记》、《淞隐漫录》、影印宋本《唐人合集》、《金石存》、《酉阳杂俎》，这些也都是石印本，只有《徐霞客游记》是铅印，《酉阳杂俎》是木版翻刻本。书目看去似乎干燥杂乱，但细看都是有道理的，这与后来鲁迅的工作有关联，其余的可惜记不得了，所以不能多举几种出来。

五〇　仁房的大概

关于各房的事未曾说及，现在因为讲到玉田，所以把仁房提前来一说吧。仁房底下也分作三派，以礼义信为名。礼房的长辈已先死，剩下的是十三世，那里又分两房，长房三弟兄，以小名为号，六四字菉史，四七字思戴，五十字衍生，只有六四娶妻成家，有子名连元，字利宾，女名阿云。次房子衡，小名曰惠，过四十后始娶，有子女，名字不具详。义房十二世弟兄甚多，在癸巳前后只存花塍，是个秀才，椒生名庆蕃，是举人，玉田是秀才，藕琴在陕西。椒生有二子，长伯文，次仲翔，是秀才，玉田有二子，长伯扬是秀才，次仲阳。花塍无子，以伯文为后，信房十二世吉甫在平湖做教官，死于任所，无子女，以仲阳为后。那时住屋分配，第四进五进东头两幢归于礼房，中部是义信两房的，因承继关系差不多都为义房所有了。那里也是一个小堂前，西边后房花塍死后，为椒生住室，后房是玉田所居，将廊下隔断，改造为小书房，南窗下放着书桌，鲁迅所说各种名目很生的书籍，便是在这地方看见的。那小堂前和小书房其实即与兴房的东一东二正相对，中间是一个不大的明堂，却用曲尺形的高墙隔开了，南面只剩了一条狭长的天井，北面的小明堂也就并不宽大，阳光不多，这于爱种珠兰建兰的人是很不方便的。从白板门出去，走过大堂前，弯到那里去很有一大段路，但如没有那墙，就只有一个院子之隔，不过十步左右而已。戊戌以后，伯挚夫人为得慰问鲁老太太丧儿之痛，时相过从，那时玉田公也去世了，她有时候便隔着墙叫话，问候起居，吃过饭没有，便是利用这房屋特别的构造，若是两间相并的房间，倒反而不能那么容易传声了。

五一　玉　田

玉田进秀才时，名兆蓝，这与他的小名蓝和玉田的号是相合的，后来有一时他改名瀚清，玉田也改了一字成为玉泉，又别号琴逸，我曾买到他的一部遗书，翻刻小本的《日知录集注》，书面有他的题字，就用这个别号，和"玉泉"与"臣瀚清印"的两方印章。介孚公点了翰林的时候，族中从兄弟有的改名用"清"字排行，如这"瀚清"是合格的，但子京本名致祁，与介孚公旧名致福原是排行，却改名为福畴，硬用福字去做排行，忘记了这是人家的小名，弄成了笑话，可是他自以为是，后来一直还是使用着。

玉田去世很早，我赶不上同他往来，所以他的学问志趣不很明了，所记得的只是在他那里看见过《毛诗草木鸟兽虫鱼疏》和《笃素堂文集》，那桐城张氏父子的处世哲学还不能理解，其中一卷《饭有十二合说》却觉得有意思，虽然那里说的是些什么话，于今也完全忘记了。后来收集本乡人的著作，得着两册一部《瘦吟庐诗钞》，也是他的旧藏，从这零星的材料推测起来，他大概是一个较有学问艺术趣味的文人，虽是没有什么成就，但比那时只知道做八股的知识阶级总是好得多了。

鲁迅手抄本中有一册《鉴湖竹枝词》,共一百首,是玉田所著,乃是从手稿中抄出来的,卷末有小字记年月,侄孙樟寿谨录字样,大概是戊戌前半年吧,已在那次族中会议之后,但对他的感情还仍是很好,这也很可注意,可知他给鲁迅的影响不浅,关系始终不坏。在旧日记中梅里尖扫墓项下,抄有一首竹枝词云:

> 竿尖遥瞻梅里尖,孤峰高插势凌天,露霜展谒先贤兆,诗学开科愧未传。

原注云,"先太高祖韫山公讳璜,以集诗举于乡。"诗并不佳,只是举例罢了,韫山公是第六世,坟墓在梅里尖地方。

五二　藏　书

这里笔又要岔开去,一谈家中旧有的藏书了。鲁迅在说玉田的地方曾云,"在我们聚族而居的宅子里,只有他书多,而且特别。"这就间接的把自己家里也评定在里边了。在有些本家的房间里,的确看不到什么书,除了一本上写《夜观无忌》四字的时宪书,乡下只叫做历日本,也不叫黄历。这边算是书香人家,当然不至于那样,可是书并不能说多,而且更其缺少特别的书,换句话说就是制艺试帖关系以外的名目很生的书籍。可能有些是毁于太平天国之战,有些是在介孚公的京寓吧,总之家里只有两只书箱,其一是伯宜公所制的,上面两个抽屉,下面两层的书橱,其他是四脚的大橱,放在地上比人还高,内中只分两格,一堆书要叠得三尺高,不便拿进拿出,当做堆房而已。橱里的书籍可以列举出来的,石印《十三经注疏》,图书集成局活字本《四史》,《纲鉴易知录》,《古文析义》,《古唐诗合解》为一类,《康熙字典》大本和小本的各一部,也可以附在这里。近人诗文集大都是赠送的,特别的是《洗斋病学草》和《娱园诗存》,上有伯宜公的题识,《说文新附考》,《诗韵释音》,虽非集子也是刻书的人所送,又是一类。此外杂的一类,如《王阳明全集》,《谢文节集》,《韩五泉诗》,《唐诗叩弹集》,《制义丛话》,《高厚蒙求》,《章氏遗书》即《文史通义》,《癸已类稿》等。现在末一种书尚存,据说是伯宜公的手泽书,虽然没有什么印记,实在那些书中也就是这最有意义,至今还可以看得,《叩弹集》也还在,这是晚唐诗的选集,同类的书不多,但少有时间与兴趣去看它了。这与玉田的书相比,其启发诱掖的力量当然要小不少,但很奇怪的是有一部科举用书,想不到其力量在上记一切之上。这是石印的《经策统纂》,石印中本,一共有好几十册,是伯宜公带到考场里去用的,但里边收的东西很不少,不但有《陆玑诗疏》丁晏校本,还有郝氏《尔雅义疏》,后面又收有《四库提要》的子集两部分,这给予很大的影响,《四库简明目录》之购求即是从这里来的。《经策统纂》本来是十夹板吧,改用定做的小木箱装盛,不可思议地经过好些灾难却还是保存着。

五三 抄　书

没有什么好书,可以引起小孩读书的兴趣,但是他们自己能活动时,也可以利用,有如大人的破朝靴,穿了会得跳钟馗捉鬼,表现得很好玩的。这总在癸巳以前,在曾祖母卧室的空楼上,南窗下放着一张八仙桌,鲁迅就在那里开始抄书的工作。说也奇怪,房间与桌椅空闲的也有,小孩却一直没有自己的书桌,不用说什么自修室了,这是乡下风习如此,反正功课都在书房里做了,并没有宿题带回家来的。至于读夜书,那是特别热心科举的人家才有,伯宜公自己不曾看见在读八股,所以并不督率小孩,放学回来就让他们玩去好了。那时楼上有桌子,便拿来利用,后来鲁迅影写《诗中画》,是在桂花明堂廊下,那里也有桌子一两张闲放着。最初在楼上所做的工作是抄古文奇字,从那小本的《康熙字典》的一部查起,把上边所列的所谓古文,一个个的都抄下来,订成一册,其次是就《唐诗叩弹集》中抄录百花诗,如梅花桃花,分别录出,这也搞了不少日子,不记得完成了没有。这些小事情关系却是很大。不久不知道是不是从玉田那里借来了一部《唐代丛书》,这本是世俗陋书,不大可靠,在那时却是发见了一个新天地,这里边有多少有意思的东西呀。我只从其中抄了侯宁极其实大概是陶谷假造的《百药谱》和于义方的《墨心符》,鲁迅抄得更多,记得的有陆羽《茶经》三卷,陆龟蒙的《耒耜经》与《五木经》等。这些抄本是没有了,但现存的还有两大册《说郛录要》,所录都是花木类的谱录,其中如竹谱笋谱等五六种是他的手抄,时代则是辛亥年春天了。不知道在戊戌前的哪一年,买到了一部《二酉堂丛书》,其中全是古逸书的辑本,有古史传,地方志,乡贤遗集,自此抄书更有了方向,后来《古小说钩沉》与《会稽郡故书杂集》就由此出发以至成功,虞喜谢沈等人的遗文则尚未能成就。那些谱录的抄写,全是在做这辑录工作时候的副产物,而其线路则是与最初《茶经》有关连的,这类东西之中他想校勘《南方草木状》和《岭表录异》,有过若干准备,却可惜也终于未曾做成。

五四 椒 生

鲁迅于戊戌年春间往南京进学堂去,这与仁房的椒生很有关系,现在要来说明一下。椒生名庆蕃,小名曰庆,鲁迅这一辈叫他做庆爷爷,又因为他的大排行系十八,所以鲁迅从前的日记上常写作十八叔祖。他是个举人,这科名在以前不容易得到手,秀才只能称相公,中了举就可以叫老爷了,所以他自己也颇自傲,虽然"新台门周家"大家知道,他总要信上写明"文魁第周宅"的,可是他的举人乃是属于最多数的一种,即是只能做八股,或者比一般秀才高一点,至于文章与学问还是几乎谈不到的。他以候补知县的资格到南京去投奔妻族的长亲,一个直乐施人姓施的,是个老幕友,以办理洋务名,一直在两江总督衙门里,东家换了,这位西席总是不动的,因了他的帮忙,被派在江南水师学堂教汉文,兼当监督。那时校长名叫总办,照例由候补道充任,监督用州县,仿佛是学监兼舍监的性质,不过那些官僚不懂得文化,只能管得宿舍的事情罢了。水师学堂原有驾驶管轮和鱼雷三班,椒生所任的是管轮堂监督,大概前后有十年之久。周氏子弟因了他的关系进那学堂的共有四人,最早是诚房的鸣山,本名凤岐,由椒生为改作行芳,那时学校初办,社会上很看不起,水陆师学生更受轻视,以为是同当兵差不多,因此读书人觉得不值得拿真名字出去,随便改一个充数。鸣山大抵是考的分数不够,据他说是不幸分派在驾驶班,那边的监督蒋超英和椒生有意见,所以把他开除了。其次是伯升改名文治,于丁酉年入学,甲辰年毕业。得到"把总"的顶带,上兵船去练习,仕至联鲸军舰正管轮。鲁迅是戊戌春间进去的,名字也是椒生所改,但他觉得里边"乌烟瘴气",于次年退学,改入陆师附设的矿路学堂,至辛丑冬毕业,壬寅派往日本留学。我是末了的一个,辛丑秋天才进去,后来因为眼睛近视,改派学土木工程,于丙午夏离开学校了。在校的末后两三年间,椒生已休职回家,总办是那位蒋超英,他的水手(这名称里不含恶意)与副官气的官僚作风在同学中虽然很被笑话,可是人并不坏,这是我和鸣山的意见全不相同的。

五五 监 督(一)

鲁迅本名樟寿,字豫山,本来是介孚公给取的,后来因为同窗开玩笑叫他做雨伞,告诉祖父要改号,乃改一字曰豫才,及往南京去时,椒生为易名树人,这与豫才的意义也拉得上,所以不再变换,虽然自己所喜欢的还是从张字出来的"弧孟",又取索居之意号云"索士"或"索子"。那时候考学堂本不难,只要有人肯去无不欢迎,所以鲁迅的考入水师,本来并不靠什么情面,不过假如椒生不在那里,也未必老远的跑到南京去,饮水思源,他的功劳也不可埋没。鲁老太太因此对他很是感激,在戊戌后每逢他年假回家的时候,总预备一只炖鸡送去,再三谢他的好意。但是好意实在也就只能说到这里为止,此后如在他的监督治下做学生,即使在他仍是很好的意思,但在者便不免要渐引起反感来了。他以举人知县候补,几次保举到四品衔即用直隶州知州,根本上是个封建社会的士大夫,信奉三纲主义,附带的相信道士教(如惠定宇就注过《太上感应篇》),他每天在吃早饭之前也要在净室去朗诵《感应篇》若干篇,那正是不足为奇的。对于学生,特别是我们因为是他招来的本家,他最怕去搞革命,用心来防止,最初是劝说,措词妙得很,说"从龙"成功了固然好,但失败的多,便很是危险。看见劝阻无效,进一步来妨碍以至破坏,鲁迅东京来信以及毫不相干的《浙江潮》等,屡次被扣留,日后好容易才要回来,最后索性暗地运动把我们开除。可是到那时候,他自己的时运已经不济了,运动不能发生效力。辛丑壬寅总办是方硕辅,满身大烟气的道学家与桐城派,其时他很得意。癸卯来了黎锦彝,免去他的监督,让他单教汉文,可是还嫌他旧,到了秋天他只得卷铺盖回去了。这时候专办洋务的施师爷大概已归道山,否则总督即使由刘坤一换了魏光熹,也总还是要请他帮忙,而他假如坐在制台衙门里,候补道也要敷衍他一点,那么椒生的位置是不会失掉的。可是这也只能对付一个短时期而已,甲乙之间蒋超英以前游击衔回来做总办,椒生在那时也总不能不走了。

五六 监 督(二)

椒生回乡之后,因了他举人的头衔与办过学堂的资格,就得到一个位置,即是绍兴府学堂的监督。不知道是副监督还是什么名义呢,总之有一个副手,此人非别,乃是后来刺杀恩铭的徐锡麟。他那时是个贡生或是廪生,已经很是出名,暗地里同了陈子英在打算"造反",表面上却看不出,只是主张新学,自己勤勉刻苦,虽然世间毁誉参半,总之这与平常人是有点不同的。大概是甲辰的秋天,我到府学堂去,看见在客堂上放着直径五尺的地球仪,是徐伯荪自己糊的,那时他在教操,残暑尚在,他叫学生阴处稍息,独自兀立在太阳下,身穿竹布大衫,足着皮鞋,光头拖下一条细辫,留着当时心存不轨的人所常有的那样小顶搭,鼻架铁边的近视眼镜。这样的一个人,单就外表来看也可以知道那是和椒生的一套全合不来的,椒生穿的是上面三分之二白洋布,下面三分之一湖色绸的"接衫",袖子大而且长,俨然是《荡湖船》里的角色,他的那背诵《左传》,作"颖考叔论"的功课,也不吃香,其走向碰壁正是难免的了,不久之后他又下了野,其原因不很明了,但徐伯荪似乎也不长久干下去,大抵在甲辰年往日本去一转之后,就以道员往安徽去候补,两年后就动手杀了恩铭,椒生还以为他早看出这个乱党,自己有先见之明呢。

这之后,他只在家里教几个学生,从新做起塾师来了。辛丑年底藕琴从陕西回家,义房的住屋重行分配,旧日玉田椒生所用部分都归了他,玉田妻媳移住后一进,伯文仲翔住在礼房偏东前后进屋内,利宾则搬在大门内的大书房里去了。椒生回来的时候,里边没有房子可住了,乃向诚房借用白板门内的"兰花间",教书也就是在那里。他是以道学家自居的,可是到了晚年露出了马脚来,有一回因举动不谨,为老妈子所打,他的二儿媳从楼窗望见,大声说道,"打得好,打死这老昏虫!"这类的事情很多,暴露出士大夫的真相,也是有意思的事,但是因为顾惜笔墨与纸面,所以就径从节省了。

五七　轶　事

椒生有两个儿子。次子仲翔是个秀才,人颇机警,戊戌以后附和维新,与鲁迅很谈得来,有如朋友,清末在箔业小学教书,至民国八年时还在那里。长子伯文性稍暴烈,目睛突出,诨名曰"金鱼",当初和鲁迅也常往来,因为能仿写颜欧体字,故常请其题署,曾买得书贾以《龙威秘书》等版杂凑而成的丛书一部,名《艺苑捃华》,内有《汉武外传》,《南方草木疏》,以至《丽体金膏》,共二十四册,一一请其为写书面,又戊戌冬椿寿病故,其墓碑"亡弟荫轩处士之墓"八字,也是他所写的。他的故事很不少,最初是在乡间人家坐馆,因为责罚学生,用竹枝打后,再用盐擦,被东家解雇,这与子京的门缝里夹耳朵可称双绝,平心说起来,广思堂的私塾也还要文明得多了。其次是己亥年院试,仲翔以四十名入学,伯文落第,他乃大怒,拔院子里的小桂花树出气,自己卧地用尽力气,终于把它连根拔起。人家劝慰他,答道:"我并不是为了兄弟进学而生气,气的乃是我隔壁的一号入了选。"考试用弥封,院试揭晓初用字号,及复试后乃正式发表名字,他这里将考试与彩票摇彩一样看待,虽然说场中莫论文,却总被人说作笑话了。椒生晚年胡闹,儿子们很是狼狈,仲翔偶然走进去,看他正在写字,以为是什么正经文字,近前一看乃是在写凭票付洋若干,将来向儿子们好来要的债票,好在他重听不知道,仲翔便又偷偷的走了出来。有一天,诚房的子传太太走过,看见兰花间门口竖放着一条长板凳,问这是怎么的,谁也不知道,便移开完事。后来伯文私下告诉人,那是他装的"弶",让老昏虫碰着摔一个跟斗,就此送了老命。他虽是不第文童,可是他不赞成改革,痛恨革命党,对于兴房以后就很不好,虽然他们进学堂原先都是因了椒生的线索去的。辛亥冬天杭州已经光复,乡下谣言很多,伯文正上大街,忽然听传说革命党进城了,他立即双腿发软,再也站不起来,经旁人半扶半抬的把他弄回家来,自此以后虽是革命党并不来为难他,却是威风完全失尽,没有什么奇事可说,至癸丑年遂去世了。

五八 墓　碑

上文讲到椿寿的墓碑，所以连带的说下去。椿寿小名曰春，荫轩的号也是介孚公给取的。他死时才六岁，但那碑的格式却颇阔气，下署兄樟寿立，那时鲁迅正从南京告假回家，大概是十月中到家，查旧日记这月份缺少，只记十一月初六日县考，周氏去者数人，鲁迅在内，初七日椿寿病重，初八日辰时身故，十一日鲁迅往南京。廿九日县考出大案，凡十一图，鲁迅三图三七，仲翔头图廿四，伯文四图十九，案首为马福田，即马一浮是也。椿寿葬在南门外龟山，相去不远还有一座小坟，坟前立片石，上题"亡女端姑之墓"，下款是伯宜，但下文看不清楚了。龟山那里临河有一个废庙或庵的遗址，除门口两间住着看守人之外，其余都改作为殡屋，兴房也有一间，伯宜公的生母孙夫人的灵柩就停放在那里，大抵是为了这个缘故，伯宜公所以把他的亡女去葬在殡屋背后的空地上的吧。丙申年伯宜公去世，也殡在那里别一间屋里，和寿颐的父亲桂轩在一起，他们生前原颇要好，常是一处吃酒的。隔了一年，椿寿也被送往龟山，不能像大人那么停放，所以也就埋葬了，那里有点是丛冢性质，端姑的近旁没有地方了，就离开有一二十步的光景。在逍遥潵地方买有本家不用的寿坟三穴，蒋老太太去世后，就给介孚公和两位祖母下了葬，到了民八即一九一九年举家北迁的时候，添做了一穴给伯宜公用，葬在龟山的端姑和椿寿也都迁去附葬在那里了。这迁葬的事是鲁迅亲自经手的，后来在《彷徨》的《在酒楼上》一篇小说里，借了吕纬甫的口里来说过一个大略。那因为是小说，所以说小兄弟是三岁上死的，虽然实在乃是六岁，至于说坟里"什么也没有"了，那自然是事实。当初埋葬是我经办的，在寒风中看着泥水作庆福用砖铺地，放上棺木，再拿砖砌成墓穴，叫做"等棺打"，这情形一直记忆着，直至听到什么也没有的话以后，才算消了这个块垒。小妹妹比小兄弟的死要早十年，而且那时也还不到一周岁，虽然文中不曾说及，其完全复归于土当更是没有问题的了。

五九　讲《西游记》

　　义房的事情还有一部分没有讲到,现在来补说一下。义房第十二世亲兄弟共有九个,但是我们所能见到的后来只有四位罢了,末了的一个便是"九老爷",号叫藕琴,这二字不知是什么意思,大概或者是后来改的同音字吧。他从小在外边,大约是做幕友,却也不知道是刑名还是钱谷,只听说他向来在陕西韩城一带做事,到了辛丑壬寅之交就退休回乡,以后一直不再出门了。他的夫人是陕西人,他的一子一女,子号曰冠五,在陕西生长,连他自己都是陕西话,虽然他的自然不很道地,近于蓝青官话,但在乡下听起来总是"拗声"了。他回家已是在二十世纪,所以在我们百草园的老话中间,不讲到他也没有什么不可以,但是他的轶事有一说的价值,这一节说是有点破例也罢。

　　他从陕西回家的时候,介孚公也于大半年前从杭州回来了,至甲辰年介孚公去世为止,他们老兄弟有过三年盘桓,可是说也奇怪,这对于他好像是一桩苦事似的。介孚公平日常站在大堂前,和诚房的人聊天,里三房的人出入,经过那里,也拉作谈话的对手,因为介孚公喜欢批评人,大家都不大高兴听,这本是一般的实情,但藕琴是特别害怕,有时候要上大街去,不敢贸然出来,必须先叫冠五去一看,假如介孚公站在堂前,他的出行是只可无条件的延期了。他怕的是什么呢? 介孚公也并不怎么的麻烦他,一看见就同他谈《西游记》,特别是猪八戒的故事,即使他推说有事要急走,也不肯听,总要留住他讲几句的。介孚公的确喜欢《西游记》,平常主张小孩应该看小说,可以把它文理弄通,再读别的经书就容易了,而小说中则又以《西游记》为最适宜。他爱讲孙行者败逃,化成破庙,尾巴没法安排,变作一枝旗竿,竖在庙后门,立即被敌人看破,以为全是小孩想头,写得很好,这个我也同意。但不知对藕琴讲的是些什么,或是用意何在呢? 我们在百草园里破例记这件事,实在却也已经是老话了,上边说过的义房诸人现今只有冠五健在,多少知道这事的大概也就只是他了吧。

六〇 伯　升

　　介孚公身边的亲人，如他在日记信札上所称，是潘姨与升儿，因为他对家人有时过刻，所以大家对于他们或者未免有些不满，其实也并不一定，平心说起来，有的本来不坏，有的也是难怪的。伯升生于光绪壬午，生母章姨太太是湖北人，早年去世，他从五六岁(？)的时候归潘姨太太管领，可是他并不是她的一系，回家以后对于嫡母及兄嫂很有礼貌，一直没有改变。他于癸巳年同我在厅房里从伯文读书，乙未在三味书屋，丙申随潘姨太太往杭州，丁酉进了南京水师学堂，甲辰毕业，以后一直在船上，至民国七年戊午殁于上海，年三十七。他小时候在北京，生活大抵不差，后来却很能吃苦，平常总是笑嘻嘻的，这很是难得。但是他有一种北京脾气，便是爱看戏，在南京时有一个时期几乎入了迷，每星期日非从城北走到城南去一看粉菊花(男性)的戏不可。椒生正做着监督，伯升从他玻璃窗下偷偷走过，他本来近视也看不见，但是伯升穿着红皮底响鞋，愈是小心也就愈响得厉害，监督听到吱吱的响声，也不举起头来，只高叫一声道"阿升！"他就只好愕然站住，回步走到监督房里去，这一天已是去不成了。有时椒生苦心的羁縻他，星期六晚同他预约，明早到他那里吃特别什么点心，伯升唯唯，至期不到，监督往宿舍去找，只见帐门垂着，床前放着一双布马靴，显得还在高卧，及至进去一看，却已金蝉蜕壳，大概已走过鼓楼了。他实在是个聪明人，只可惜不肯用功，成绩一直在五成上下，那时标准颇宽，只要有五十分的分数就可及格，幸而也还有真是不大聪明的朋友，比他要少两分，所以他还巴得牢末后二三名，不至于坐红椅子。可是他并不为意，直弄到毕业，我觉得这也有点儿滑稽味的。

　　潘姨太太是北京人，据伯升说她名叫大凤。她是与介孚公的小女儿同年的，所以推算当生于光绪戊辰年。一夫多妻的家庭照例有许多风波，这责任当然该由男子去负，做妾的女子在境遇上本是不幸，有些事情由于机缘造成，怪不得她们，所以这里我想可以不必多说了。

六一　《恒　　训》

　　介孚公爱骂人，自然是家里的人最感痛苦，虽然一般人听了也不愉快，因为不但骂的话没有什么好听，有时话里也会有刺，听的人疑心是在指桑骂槐，那就更有点难受了。他的骂人是自昏太后、呆皇帝直至不成材的子侄辈五十、四七，似乎很特别，但我推想也可能是师爷学风的余留，如姚惜抱尺牍中曾记陈石士(?)在湖北甚为章实斋所苦，王子献庚寅日记中屡次说及，席间越缦痛骂时人不已，又云，"缦师终席笑骂时人，子虞和之，余则默然。"是其前例。他的骂法又颇是奇特，一种说是有人梦见什么坏人反穿皮马褂来告别，意思是说死后变成猪羊，还被害人的债，这还是平常的旧想头，别的是说这坏人后来孤独穷困，老了在那里悔。后者的说法更是深刻，古代文人在《冥土旅行》中说判定极恶的霸王的刑罚是不给喝孟婆汤，让他坐在地狱里，老在回忆那过去的荣华与威力，比火河与狗咬更要厉害，可以说有同样的用意了。

　　介孚公著有一卷《恒训》，大概是丙申年所写，是给予子孙的家训，原本已佚，只存鲁迅当时在南京的手抄本。这里边便留存有不少这类的话，此外是警戒后人勿信西医"戴冰帽"，据他说戴者必死，这大抵是指困冰枕头或额上搁冰袋之类吧，还有旅行中须防匪人，勿露钱财，勿告诉姓名等事。这一本家训算来几乎全是白写，因为大家没有记得一条，没有发生一点效用。但是他的影响却也并不是全没有，小时候可以看小说，这一件事的好处我们确是承认，也是永不能忘的。还有一件事是饭后吃点心，他自己有这个习惯，所以小时候我们也容许而且叫吃，这习惯也养成了，往往在饭前吃这一个月饼时，午饭就要减少，若是照例吃过午饭之后来吃，那么一个两个都可以不成问题。后来鲁迅加以新的解说，戏称之曰"一起消化"，五四前后钱玄同往绍兴县馆谈天，饭后拿出点心来的时候，他便笑道："一起消化么？"也总努力奉陪吃下一个的。

六二　病

　　关于伯宜公的病，《朝花夕拾》中有专写的一篇，但那是重在医药，对于江湖派的旧医生下了一个总攻击，其意义与力量是不可以小看的。但是病状方面只说到是水肿，不曾细说，现在想来补充几句，只是事隔半世纪以上，所记得的也不很多了。

伯宜公于丙申年九月初六日去世，这从旧日记上记他的忌日那里查到，但他的病是甚么时候起的呢，那就没有地方去查了。《朝花夕拾》中说请姚芝仙看了两年，又请何廉臣看了一百多天，约略估计起来，算是两年四个月吧，那么该是起于甲午年的四五月间。可是据我的记忆，伯宜公有一天在大厅明堂里同了两个本家弟兄谈论中日战争，表示忧虑，那至早也当在甲午八月黄海战败之后，东关金家小姑母八月之丧他也是自己去吊的，所以他的病如在那一年发生，可能是在冬季吧。

最早的病像是吐狂血。因为是吐在北窗外的小天井里，不能估量共有几何，但总之是不很少，那时大家狼狈的情形至今还能记得。根据"医者意也"的学说，中国相传陈墨可以止血，取其墨色可以盖过红色，于是赶紧在墨海里研起墨来，倒在茶杯里，送去给他喝。小孩在尺八纸上写字，屡次添笔，弄得"乌嘴野猫"似的，极是平常，他那时也有这样情形，想起来时还是悲哀的，虽是朦胧的存在眼前。这以后却也不再吐了，接着是医方与单方并进，最初作为肺痈医治，于新奇的药引之外，寻找多年埋在地下化为清水的腌菜卤，屋瓦上经过三年霜雪的萝卜菜，或得到或得不到，结果自然是毫无效验。现在想起来，他的病并无肺结核的现象，那吐血不知是从哪里来的。随后脚背浮肿，渐至小腿，乃又作水肿医治，反正也只是吃"败鼓皮丸"。终于肿到胸腹之间，他常诉说有如被一匹小布束紧着，其难受是可想而知的了。他逝世的时刻是在晚上，那时椿寿只有四岁，已经睡着了，特别叫了起来，所以时间大概在戌亥之间吧。

六三 大 书 房

要讲到礼房和诚房其他的事情，都与大书房有相关，须得先把大书房所在的那一部分地方先来说明。这便是新台门西南部分，自大厅以西，桂花明堂以南，西至梁宅，南至街为界。其间又可以划分为东西两部。西部另有街门，很早以前出租与人，曾祖母是古老严肃的人，不知怎的肯把这租给开棺材店,突出在东面一条墙上直行写道:"张永兴号龙游寿枋"。东部的北头一部分即是兰花间,上文已曾说及,往南下去则是所谓厅房,再下去即是大书房了。厅房是兴房所有,平常当做客室用,计朝西屋三间,朝北屋四间,成曲尺形,转角这一间有门无窗,别无用处,院子不大,却很有些树木,有月桂,虽不是每月,秋季以外常发出桂花香来,可见的确开花的,罗汉松结子如小葫芦,上青下红,山茶花、枇杷、木瓜各一株,北窗均用和合窗,窗外有长石凳高低四列,可知以前是很种过些花,大概与兰花间的名字是有关联的。大书房系南北大房各三间,中间一个明堂,靠西是一株桂花,东边一个花坛,种着牡丹,两边是过廊,与南北房相连接。大书房的朝南正屋虽高大,但与厅房的朝北四间是同一屋顶,所以进身不算深,正中间梁上挂着一块匾,写着四个字道:"志伊学颜",原来不知道是何人手笔,后来所见的乃是中房的芹侯所重写,他通称"廿八老爷",乃是第十二世中顶小的一位了。

大书房最初是玉田督率他子侄辈读书的地方,时代大概是癸巳甲午,那时牡丹桂花都还健在,伯文与仲阳常因下棋吵架,一个将棋盘撕碎,一个拿棋子撒满明堂中,过了一会又决定从新比赛,便分头去满地拣拾黑白子,或往东昌坊口杂货小铺买纸棋盘去了。本名孟夫子的那位孔乙己也常来枉顾,问有没有文件要抄写,也或顺手拿一部书出来,被玉田碰见,问为什么偷书,答说"窃书不是偷",这句名言也出在那里。这之后闲废一时,由礼房四七诚房桐生先后寄居,末了礼房利宾全家移入,一部分租给中房月如日如兄弟,阿Q的老兄也即是《在酒楼上》所说的长富父女,也借住一角,于是这大书房乃大为热闹起来了。

六四　礼房的人们

礼房底下大概也有分派房份,但是现在说不清楚了。只知道其一派是子衡,小名阿惠,曾当过朱墨师爷之类,早已赋闲在家,晚年才成家,住在第四进堂前的一间楼上。他独身时代是有名的"街樿",整天在外坐茶馆,听谣言,自称是狗眼,看得见鬼,说些鬼话吓唬女人们,别的坏处也还没有,却常被介孚公引为骂人的资料,与四七、五十同当做不肖子弟的实例。上文说过六四、四七、五十是三兄弟,只有六四娶妻,生有子一连元,女一阿云,四七与五十都始终是"光棍"。六四依靠姑夫陈秋舫,是个前清进士,荐在育婴堂里任司事,四七曾作长歌嘲之,于拜忌日时当众朗诵,起首云:"绍兴有个周六四,育婴堂里当司事。"此下有"雪白布头包银子"一句,其余惜已记不得了。他家里的事没有什么特别可记的,除了阿云的这一节。阿云是一个不大得人欢喜的小姑娘,我们小时候常要戏弄她,故意吃东西给她看,却不给她吃,害得她追着看。她于十二三岁时病死了,她的母亲非常哀悼,几乎寝食皆废,听到的人无不替她悲伤,虽然他们平时对于六四太太并没有多少好感。恰好不知从哪里来了一个"夜牌头",就是自称走阴差的,平常她们利用迷信骗人骗钱,一定要说那死姑娘怎么在地狱受苦,要她去设法救助可以放免,这回却并不然,她反肯排难解纷,说阿云现今在塔子桥的社庙里,给土地奶奶当从神,一切很好,比在家里还要舒服,也是一番鬼话,却发生了很好的效力。六四太太不但立即停止了她的哀悼,叫人拿了好些纸糊东西到庙里去焚化,给阿云使用,一面又逢人宣布她的喜信,阿云现在做了从神,在什么地方,是什么情形等。从前替她悲伤的人,这次听了她欢喜的报告,又感到一种别的悲哀,因为这明明是一颗吗啡止痛丸,看着她吞下去的,觉得人的受骗真是太容易了。这"夜牌头"的真相终于不曾明白,或者是她自动的说的也未可知,但一般推测是由于六四的计划,嘱咐她这样的说,那也是可能的事。

六五　四　七

　　四七与五十两人不知道是谁居长,但总之是年纪都要比伯宜公为大,因为小孩们叫他们为伯伯,却念作阳韵,上一字上声,下一字平声,虽然单读如某伯时也仍念作药韵。四七看他的脸相可以知道他是鸦片大瘾,又喜喝酒,每在傍晚常看见他从外边回来,一手捏着尺许长的潮烟管,一手拿了一大"猫砑碗"的酒(砑当是槽字的转变,指喂养动物的食器),身穿破旧龌龊的竹布长衫,头上歪戴了一顶瘪进的瓜皮秋帽,十足一副瘪三气。但是据老辈说来,他并不是向来如此的,有一个时候相当的漂亮,也有点能干,虽是不大肯务正路。介孚公于同治辛未(一八七一)年中进士,点翰林,依照旧时封建遗风,在住宅和祠堂的门口需要悬挂匾额,那时匾上二尺见方的大字即是四七所写,小时候看了一直觉得佩服。大概是癸巳年我同伯升在厅房里读书的时候,曾经请他写过字看,前后相去二十多年,手已发抖写不好了,可是看他的底子还在,比伯文自夸的颜欧各体要好得多。介孚公往江西做知县时,曾带了他去,但是照例官亲总不大能安分,所以不久同了介孚公的外甥一起被打发回家来了。这其间多少年的事情全不清楚,我所能记得的便是那一副落魄相了,脸上没有烟酒气,衣服整齐的时代该是哪么个样子,简直没法子想象,因为他后来的模样完全是一个流氓。

乡下的流氓有这些分类,由讼师式的秀才文童组成的名为破靴党,一般的低级的则叫做"破脚骨",积极的进行讹诈,消极的维持地盘,第一要紧的条件是禁得起打,他们的行话叫作"受路足"。四七在本家中间不曾有过讹诈的行为,但听他在吃忌日酒的时候自述,"打翻以(又)爬起,爬起以打翻",颇能形容出他的受路足的工夫。他的生活诚然穷苦,但每天的茶饭烟酒也相当要几个钱,不知道他是怎么筹划来的,现在想起来还觉得是一个不可解的谜。大概这是破落大家出来的长衫帮"破脚骨"的一派作风吧,如孟夫子应当也是这一路,但比起来却要狼狈得多,因为他的脚真是给人家打折了(参看《孔乙己》)。

六六 四七与五十

四七有一个时期住在后园的"三间头"里。上文已经说及那是仁房所有的房屋,在园的东北角,从大门口进去,要走通五进房子,再通过整个园地,这园里传说有一条大火练蛇,是要扑灯光的,夏天野草长得三四尺高,他于晚间在这当中来去自如,这倒也是很可佩服的。随后他迁移到大书房里,这不知道是在哪一时代,大抵已在他的晚年,他就在那里病殁,至于年月那也已无可考了。

在大宗族的祠堂里,举行春秋祭祀,饮胙时小辈自由坐下在每桌的上下两旁,只留下旁边的一把太师高椅,等辈分上排定的人来坐,这人反正是不认识的,辈分至少要高三辈,叫他做太公总是不会错的,可能是一个二三十岁的店伙,也可能是瘪三样的人,全是要碰巧。在宗祠里这种情形无法避免,平常吃忌日酒便比较好办,例如四七那副尊容,衣服不干净,而且口多微词,始终对于他的长兄夫妇丑诋恶骂,不肯休止;没有固定坐位的小孩们便可以自主的不到他那一桌上去,没有什么困难。可是假如你不避忌他,跑去坐在他那里,他也会知道你的好感,表示一点客气,虽然他的嘲骂或是朗诵未必因而有所改变。对于他,大概只有用这两极端中的某一种办法。

四七这人给予你以一种不愉快的印象,即使他的言动于你毫无关系,相反的是五十,他是个大阴谋家,可是人家见了他不但不害怕,而且反觉得可亲近。我想这好有一比,四七大抵有点像狗,特别是一只外国的牛狗,而五十则是一头猫吧。五十据说曾在县衙门的什么库房里做过事,不过我们认识他时,早已什么事都不干,只在诚房寄食,过着相当舒适的生活。这也是一个不可解的谜。他平常总说,"没有钱愁它什么,到时候总自会来的。"这句话不知有何事实或理论的根据,但在他却并不是说的玩话,因为我们的确看他没有穷过,说他有钱呢,那也当然并不是的,这些难问题我们无法解答,所能知道的也就只是表面的琐事罢了。

六七 五十在诚房

诚房的事情以前没有讲了,因为要等五十来补足,所以须得在说明了礼房以后再回过来说了。诚房的子林外出,子贞早死,只剩下子传夫妇和他们的儿子鸣山,住在大堂前东边的一间大房里。西边的两间和兰花间出租给李楚材,在子传死后,鸣山要结婚的时候,才收了回来,由子传太太和儿子媳妇分住,东屋就让给了五十,所以我们所有的五十的印象是与那间大房分不开的。

五十也吃鸦片烟,因此很瘦,夏天光着脊梁,辫子盘在头上,肋骨一根根的显露出来,像是腊鸭一样,可是面色并不如四七那么样的青白,穿着一条绸裤子,用长柄的竹锹搅着在铜锅里熬着的烟膏,在煮好了的时候,一锹(读如晓)一锹的装进白瓷圆缸里去,看他那细腻精致的作风,愉快满足的神气,简直是一个艺术家的样子。那寄主家里的鸣山虽是独养子,年纪也比他轻得多,舒服还比不上他,若是拿去与四七相比,那更有云泥之差,但是四七却只怨恨六四,对于五十不曾有一句不平的话,这在五十更是极不易得的幸运了。

五十平常无论对什么人都是笑嘻嘻的,就是对于年幼的弟侄辈也无不如此,你同他说话,不管是什么他总表示赞同,连说"是呀是呀",这在地方俗语里说作"是咭是咭",是字读如什蔼切,又急迫接连的说,所以音变如绍兴音的"孩业",小孩们遂给他起诨名曰"孩业",意思即以表明他拍马屁的工夫。因为这个缘故,大家对于他的一般的印象都很好,多和他去接交,结果不免受到他的若干损害。《朝花夕拾》中说小孩打旋子,衍太太鼓励他多做,乃至摔倒受伤了,她又说风凉话,"这是旋不得的",这是一例。还有重要的是探听消息,制造谣言,向爱听的人散布,引起纠纷,听了觉得高兴。介孚公一面骂五十聊荡不务正业,但是他或他们的话却是爱听的,虽然介孚公去世后已无所施其技,但在五十死时,祖母无意中念一句阿弥陀佛,也可见他影响之多么深远了。

六八 诚房之余

诚房里大房子林,通称林大老爷,据说是颇有心计的人,但是我没有见到他过,只是听人说罢了。他有一子凤桐,字桐生,生于光绪丁丑(一八七七)年,在这以后不久子林太太去世,他将儿子送往岳家代为抚养,自己便飘然往河南去找在那里做官的亲戚去了。以后回家来过一趟,又复出去,不再回来,就客死在外边,关于他的故事因此没有什么可说。只听老辈传说,他回来的那一次曾带了一个人同来,这是亲戚家子弟而生长在外边的呢,还是不相干的河南人,那也弄不清楚了,总之这人颇有点钱而似乎不大聪明,听了他的骗来到绍兴,大概算是来游览的吧。关于这人留下二三传说,可以作为上边评语的佐证。其一是说到了东郭门外,看见渡东桥下一片河水,大声惊叹道:"渡东桥是海罗!"其二是见了萧山的红皮甘蔗,非常赏识,每回买一苗篮,挂在脖颈下,一口气吃完。这位游览客不晓得在绍兴耽搁了几多天,末了银子用完了,只好回河南去,子林也就一同走了。这一节故事,只是由他所导演,还不是他自己的事情,以他这么一个能人却不曾留下一个故事,这实在是可惜的。

他的儿子桐生养在外婆家的时候,记得有一次曾回家来拜年,假如这是在癸巳年，那么他该是十七岁了，却还是由一个老妈子带领，显得有点迟钝，虽然衣冠楚楚，也穿得很整齐的。据人说子林太太有点精神不足，桐生生产便是落在马桶里的，因此又或迷信他的晦气所以很大，但是其一半原因也或出于后天，小时候什么教育都没有受，可能有很大的关系。不多几年他的外婆去世，舅父们不肯再管，就打发他归宗，这办法不能说不对，但他的厄运自此开始了。子传太太什么都不肯管，那是可以料到的，那么叫他到哪里去，怎么办呢？这一节不知怎的完全弄不清楚了，也不记得是哪一年，所有的印象只是住在门房里的身外无长物的一个人，名称还是被大家叫做桐少爷，但是其生活已远在"自手至口"雇工人之下了。

六九 桐 生(一)

桐生是败落大家子弟的另一派，与五十、四七等截然不同，在他的生活上没有什么谜，他简直的是没有法子生活。起初有一个时期在药铺里当伙计，那是义房的仲翔、伯扮等人替他弄到的职业。药铺名叫泰山堂，开在东昌坊口的西南角，店主人名申屠泉，本是看风水的，有了一点钱就开了药铺，他的拜年名片上写这个姓名，地方上只知道他是申屠，更知名的是诨号"矮癞胡"。他的特征是矮，胡只是有普通的胡须而已，癞则是秃发，并非腊梨头，这诨号三字相连，大抵只要有一二特征，这名称就应用得上，所以在广思堂里也有这名称的塾师，那或者只可以说是副牌吧。

桐生这药铺伙计也不知道他是怎么当的，他不认识什么字，更不必说那些名医龙蛇飞舞的大笔了，他替人家"撮药"不会弄错么？我们小时候买玉竹来当点心吃，到泰山堂去买，桐生倒也不曾拿错过，却是因为本家的缘故，往往要多给些，这在他是好意，不过我们也要担心，假如药方里有麻黄，他也照样的多给了，那岂不糟么？话虽如此，他在药铺里倒并不曾弄出什么麻烦来，只是药铺自身出了问题，所以他不能不连带的歇业了。申屠在家里忽然被外边抛进来的一块砖头打破了脑袋，主人死了，那个小店自然也就只好关门了。

他的别的职业是行商。仲翔给他募集一点钱，买了一套卖麻花烧饼的家伙,又替他向东昌坊口西北角的麻花摊担保,每天付给若干货色,至晚清算,如有短欠,由保人归还。祠堂里饮胙有坐位的长辈之中,有一个便是卖麻花烧饼的,所以这种行业虽小,却也是有名誉的。桐生卖了几时,倒也规规矩矩的,但是他有一个小毛病,便是爱喝老酒,做买卖得来的利润只够糊口,有时喉咙太干了,他就只好将付麻花摊的钱挪去给了酒家,结果要保人赔一天的钱,有时还把竹篮也卖掉了。这种事情有过二三次之后,大家觉得不是办法,只好中止,但是想不出别的方法来,于是他的行商也便因之停止了。

七〇　桐　生(二)

桐生住在大书房里不知始于何时,但是这里所说的一件事发生于他住在那里的时候,那总是确实的。他失掉了生活的道路以后的方法大抵是高卧。有一回大概是卖掉了竹篮之后,有好几天不曾出现,仲翔怕他饿下去不行,拿了些馒头之类到大书房去,对他说道:“桐店王(店王本是店主的意思,后来变为一般通称,店伙则称店官,似乎原来封建气很重的样子),起来吃点东西吧。”他却仍高卧不起,只说道:“搁下在那里吧,你怕我会得饿死么?”仲翔出来传述此事,他觉得桐店王的这股硬气倒是很有意思的。可是他有时候也很懂得情理,并非一味胡来。他没有四七、五十的谋生的手段,时常要挨饿,等到饥渴难忍的时候,他也只好出来向人借钱,一角两角钱可以过得一天了。但是他的渴比饥还要紧,所以往往借来的钱都喝了酒,肚子还是让它饿着。有一次他向鲁老太太借钱,鲁老太太对他说道:“钱可以借给你两角,但是你要拿去吃饭,不可买酒喝。”他正色道:“宜嫂嫂给我的钱,我决不买酒吃。”他说了果然做到,看他量了一升米,买柴买菜,回去准备煮饭去了。

桐生的智力短缺,照现代的说法大概可以说是属于低能的,但是有时说话也颇中肯,特别是对于他的父亲。关于自己的不幸的生活他只怨恨父亲,说他养儿子像是生蛆虫似的,生下就不管了。他还有一样好处,便是决不偷窃。他的笑话只有一件,那就是《阿 Q 正传》第四章《恋爱的悲剧》所记的事,他在义房的厨房里对老妈子跪下道:“你给我做老婆吧。”结果如正传所说,“蓬的一声,头上着了很粗的一下,他急忙回转身去,那秀才便拿了一支大竹杠站在他面前。"正传里说是被打的是阿Q,实际上却是他的事情,又拿竹杠的实在是伯文,乃是文童而非秀才,小说中说文童便没有什么意思了。

七一　月如与日如

在四七死后,大书房里增加了不少的住民。最早的要算是礼房的利宾夫妇,他们于父母去世后将原住房给了仲翔,自己带领了子女搬到外边来了。随后来的是中房慰农的两个儿子,寿恒字月如,小名泰,寿升字日如,小名升,他们和利宾都是周氏十四世,在那辈里是年长者,月如居首,利宾第二,日如比鲁迅稍小,但也不出前五名吧。

中房第十二世有名叫春农的,有三个儿子,叫做念农慰农忆农。慰农一派单独留住在老台门里,到他夫妇去世之后,下一代的人便放弃了老屋,也并到新台门来,这大概是大家没落的照例的初步。慰农人颇精明,但也是赋闲在家,与伯宜公很谈得来,族中有婚丧等事,常被委托照料,慰农总管,伯宜公则动文笔,曾见过他给"孝子"代做的一两篇祭文草稿,可惜现在都已散失了。有一年忆农结婚,请他们陪"亲送舅爷",看看花烛时刻将到,两人还是在吃酒谈天,并无准备着衣帽陪客的意思,新郎发急去催促,说婚姻大事,岂可迟误,他们听说回答道:"你尽管大事,于我们何干",反而更是悠然的吃起酒来了。结果是忆农说了好些好话,才哄得两人放下酒杯,去换衣服,这一件事附属于伯宜公轶事之部。曾听鲁老太太说过,所以流传下来的。

慰农平时为人精干,也稍严刻,但很有些例外。每逢祖先忌日,本家都聚集与祭,他目光炯炯的坐在厅上,看见小辈有不到的,便要问连元或是阿张为什么不来。仲翔不平,反问道:"阿泰来了么?"他没法只得答说:"他是在阳家弄。"慰农太太姓孙,原是阳家弄的大族。他又极喜打牌,那时还没有麻将牌,只有一种大湖,就是上海称为挖花的。他的工夫不差,但打牌多输赢,他并不计较,因为他所喜欢的是打牌,目的并不在钱上边。有一回他照例的输,可是忽然看见桌上发出来的牌中间有了六张"白拳头",即是普通骨牌中的么五,这显然是有弊了,因为白牌是只有四张的,可是他并不发怒,只说不再玩了,这一副有弊的牌的输赢他还是照算的。

七二 兰 星

中房的人移住到新台门来的，还有一个桂轩四太太。这一派的第十一世号叫一斋，是一个举人，《越缦堂日记》中提起他过，说他同介孚公要想把章实斋《文史通义》的版本铲去文字，重刻时文云云，其实这是错误的。一斋大抵不免是个"劣绅"，但他对于书籍也还有点理解，他曾将茹三樵的《越言释》缩刻为巾箱本，《啸园丛书》本即是依据这个重刊的，《文史通义》也由介孚公和他找到木版，送给浙江官书局，修补印行，见于《谭复堂日记》中。第十二世号揆初，曾重修本族的家谱，他的儿子就是桂轩，早已去世，留下一子寿颐，小名兰星，曾在三味书屋读书，鲁迅最初得到《花镜》，便是以二百钱代价问他买来的。介孚公去世，潘姨太太不久逸去，房屋空了出来，西偏吴送妈妈为首所典的一部分也早已期满，乃一并租给了桂轩太太，不过经常只是她一个人居住，因为兰星是给和记管事，住在那里不回来的。

周氏致、中两房都有相当支派，惟独和房一脉相传，因此资产集中，最为富有，因为曾经营商业，所以那一房特别称为"和记"，相仍不改。到了第十世没有儿子，便向大房即致房下的智房要了一个继承下去，那即是芩年公的幼弟，通称"十五老太爷"。他一直活到己亥年，但因失明终年不出眠床来，也就没有见过他的面。第十二世号星曹，小名咸，本家恨他吝刻，绰号为"海沙"，实在只是盐的别名而已。第十三世小名瑜，早卒，有一子一女，子名培生，也早卒，有遗腹子为第十五世了，女大概尚在，名从略。照上边所记系统说来，如以第十四世为本位，则和记与智房的人比较相近，但也是同高祖，若是别房的人乃是同第八世祖，比高祖还要远两代，在《尔雅》释亲中已经没有名称了。不久四太太来诉说，他的儿子不好，与那姑娘发生恋爱，于是本家中议论纷然，拜忌日时兰星也不便出来了。对于那些伪道学的长辈，鲁迅却非常厌恶，他虽不明白说出，遇见兰星便特别亲切接待，这种无言的声援的确也有不少力量，但那已是宣统年间事，距离庚子已经颇远了。

七三 阿有与阿桂

外姓人家住在新台门里的也有好几家,今均从略,只挑取在鲁迅小说中有得说及的一二件事来说一下。

其一是阿有。他姓谢,是有名的阿 Q 的老兄,他以给人家舂米为业,因此认得他的人很多,老太太多称之为有老官,算是一种尊称。乡下常说这个人曰葛老官,潘姨太太初到绍兴,听人家说话里常有这句话,心里很怀疑,为什么老是谈论乌鸦的呢,因为这和老鸹的发音的确相差无几。他的妻已死,只留下一个女儿,很是能干,就替他管理家务,井井有条。他们住在大书房里,不知是在哪一角落,大概总是朝北的这一排屋内吧。他给人家做短工,因为舂米费力,可以多得一点工钱,反正也多不到哪里去,但比起他兄弟来总好得不少了。阿桂本来也是做短工的,可是他不能吃苦,时常改卖旧货,有的受了败落人家的委托,有的就不大靠得住,这样就渐渐的降入下流,变成半工半偷的生活了。有时跑到哥哥那里来借钱,说近来生意不顺手,这便是说偷不到,阿有怒喝道:"你这什么话? 我要高声说给人家听了。"阿桂于是张皇的从大书房逃了出去,其实这问答的话大书房的人都已听见,已不是什么秘密了。

小说《在酒楼上》的主人公曰纬甫叙述奉母亲之命,买两朵剪绒花去送给旧日东邻船户长富的女儿顺姑,等到找着了的时候,才知道她已病故了。这长富就是阿有,顺姑的伯父偷鸡贼长庚自然是阿桂了,不过阿有的女儿的病不是肺病,乃是伤寒初愈,不小心吃了石花,以致肠出血而死。小说里说长庚去硬借钱,顺姑不给,长庚就冷笑说:"你不要骄气,你的男人比我还不如呢。"这也是事实,虽然并没有发生什么影响,因为他的未婚夫是个小店伙,本来彼此都是知道的,无论如何总不会得比不上阿桂的。剪绒花一节当然是小说的虚构,顺姑也不是本名。阿桂的事情出现于辛亥前后这两三年中,他们弟兄到民国八年还健在,以后的消息不知道了。

七四　单　妈　妈

　　其二是单妈妈。她前夫姓单,带着一个儿子名单阿和,年纪很小的养媳妇名阿运,住在大门内东首的一间门房内。但她虽是寡妇,却不是独身,因为她还有一个同居的男人,名叫阿绪,不知道是姓什么。他的职业是轿夫,平时固然也给人家抬轿,但他的专职是二府衙门的轿班,二府即是同知,衙门在南街,与东昌坊口相去不远。听说轿班是没有钱的,因为这算是人民给官服役,但是又须得出一笔钱才能得到这差使,仿佛叫做买轿杠的钱。人民去服役,还要用钱去捐,这事似乎离奇得很,实在却是很有理由的。轿班去给官骑在头上,可是他自己也就可以去骑在人民的头上,这岂不是一种权利么。轿班按时可以从市上摊贩收取例规钱,假如不给就要受到报复,据说最普通的一例是抬着官的轿子故意绕到那里,一脚踢掉那摊子,不但毁了一摊的货色,还要问他几乎撞倒官轿的罪。阿绪平常看见总是笑嘻嘻的,但是他当然也是在搞那一套,因为否则他天天喝老酒,也吃点鱼肉,哪里来的呢。阿和大概也是以抬轿为生,不过是否是什么官府的轿班那就不清楚了。他们两人的关系很是微妙,好的时候像朋友似的一起谈笑吃喝,有时怒目相向,不但互骂,而且有动手之势,单妈妈在背后着急,想制止阿和,连呼"爹咭爹咭",但了无用处,这时只有别的男子介入中间,硬把他们拉开,才能了事。阿绪与阿和都是颇为强壮的人,但是不知怎的在没有几年(说不定也有十年八年)之间相继病故,单妈妈和阿运在门房住了些时之后,搬到不知什么地方去了。

　　单妈妈的轶事今悉从略,只说小说《祝福》中祥林嫂问再嫁的女人死后是否要用锯解,这话的出典即是从她来的。她曾对鲁老太太诉说生平,幽幽的说道:"说是在阴司间里还要去用锯解作两爿的呢。"她关于这一类稀奇的事情一定知道得很多,我们只可惜没有机会听到她说,所以此刻也就不能多记了。《祝福》中捐门槛之说,或者可能也是她所说的,但是精通这种学问的女太太们很多,没有确证,不能断定一定是她。

七五　四百年前

百草园里的人物差不多都简略的讲到了,现在总结一下,上溯一点上去,谈一谈先代的事情。

会稽姓周的大族很不少,但和我们都是同姓不宗。他们家谱上的世系从南北宋列记下来,有的可以上达汉唐,有五六十代之多,我们的便不行,从始迁祖算起到我们这一辈才有十四代,以三十年一代计算,只有四百年的历史。实际上这也是对的,据说第一世逸斋公移至绍兴城内居住是在明正德年间,我们从正德元年(一五〇六)算起,至清末刚是四百年。一般家谱的办法,始迁虽是晚近或微末,却可以去别找一个阔的始祖来,最普通的是拉住那做过《爱莲说》的周茂叔,喜欢往上爬的还可以硬说是周公之后,大家弄惯了也不以为可笑,但是我们的家谱上不曾采用此法,干脆的说逸斋公以前不可考。其实逸斋公虽有其人,却也不大可考了,不但他从什么地方移来,是什么样的人,都无从知悉,便是名字也已失传,总之他带了两个儿子进城住下是事实,儿子长名寿一,次名寿二,以后世系完全存在,老太爷没有名字不好叫,后来修谱的人便送他这一个笔名,逸斋者言逸其名也。朱洪武做了皇帝,臣下替他出主意,叫他认道学正宗朱文公做祖宗,他不答应,洪武做皇帝后很有些无道的行为,但是他这一种老实的态度总是可以佩服的。

据我们推测,逸斋公的一家当初或者是务农的,但在他搬进城来的时候一定也已由农转而为商了,工也未始不可以,不过那更是空虚的揣测罢了。由农转商,生活大概渐见宽裕,又因为在城市里的便利,子弟可以进私塾,读书以至赶考,运气来时便又可由商工而进入士大夫队里去了。寿一寿二以后隔了三世,第六世韫山公以举人出现,这是一个转变,他的一个儿子乐庵公分到覆盆桥老屋来住,下一代寅宾公生有三个儿子,分为致中和三房,如上边所叙述。这三台门的组织维持了有百十年,在我们懂得人事的时候觉得渐已败落,看着它差不多与清朝同时终于"解纽"了。

七六　台门的败落

　　乡下所谓台门意思是说邸第，是士大夫阶级的住宅，与一般里弄的房屋不同，因此这里边的人，无论贫富老少，称为台门货，也与普通人有点不同。在家景好的时候可以坐食，及至中落无法谋生，只有走向没落的一路。根据他们的传统，台门货的出路是这几条，其原有资产，可以做地主，或开当铺钱店的，当然不在此限。其一是科举，中了举人进士，升官发财，或居乡当绅士。其二是学幕，考试不利，或秀才以上不能进取，改学师爷，称为佐治。其三是学生意，这也限于当铺钱店，若绸缎布店以次便不屑干了。可是第一第二都要多少凭自己的才力，若是书读得不通，或是知识短缺，也就难以成功，至于第三类也需要有力的后援，而且失业后不易再得，特别是当铺的伙计，普通尊称为朝奉，诨名则云夜壶镴，因为它不能改制别的器皿也。照这样情形，低不就，高不凑，结果只是坐吃山空，显出那些不可思议的生活法，末了台门分散，混入人丛中不可再见了。论他们的质地，即使不能归田，很可能做个灵巧的工人，或是平常的店伙，可是懒得做或不屑做，这是台门的积习害了他们，上文所说的好多人情形不一样，但其为台门悲剧的人物，原是根本相同的。

　　介孚公所写的《恒训》中有一节云，兄弟三人，长为官，次开大店铺，大概是绸缎店之类，三只开一爿豆腐作。后长次二家官败店关，后人无所依赖，被招至豆腐店工作，始得成立。《恒训》语多陈旧，现今看起来已过了时，但是这一节对于台门货的箴言，却是真实可取，这里可以抄来做个有诗为证的。

七七　祭祀值年

　　无名的《鲁迅的家世》中第三节云：

　　　　会稽周家是一个大家族，大家族的维持依靠一种经济的关系。各房的祖宗常留有田产，叫做祭田，由派下的各房轮流收租，轮流办理上坟祭扫及做忌辰等事情。比方复盆房公共的祖宗忌日这一天，由值年的叫工人向各房邀请拜忌辰，各房派下的男女老幼都须去拜忌辰，男女大约各有数十人。

这种祭祀值年的办法大概乡下一般多有，情形大同小异，现在只就周家来说一下。

承办一代祖先的一年间的祭祀，需要相当的费用，指定若干田地或房屋为祭田祭产，使值年的人先期收取，以便应用，大抵可以有些赢余作为酬劳，一年应办的事从年底算起，是除夕悬神像设祭，新年供养十八日，再设祭落像拜坟岁，这与三月上坟，十月送寒衣，系三次的墓祭，冬夏两至及七月半，以及忌日。忌日的日数不一定，普通自然是祖先两位生忌讳忌各二日，但也有续娶的便要加算。祠祭及三月上坟均用三献礼，此外只用普通拜法，此因乡风各别，多有异同，今就本族所行礼式略记于此。祭时家长先上香，依次行礼四跪四拜，拜毕焚纸钱，再各一跪四拜，家长奠酒，一揖，灭烛，再一揖，撤香礼毕。三献时人多，不能与祭者于献后分排行礼，四跪四拜毕即继以一跪四拜，中间不再间断。此种拜法不知始于何时，后半似近于明朝的四拜，四跪四拜礼数繁重，似属可省。乡下定例妇女只拜一次，大概还是肃拜的格式，男子的所谓拜则是叩首兼作揖，其一跪三叩首的拜法称为官拜，惟吊丧时用之。

七八 做 忌 日

在以前旧家族里做忌日是一个很重要的节目。据《越缦堂日记》中所记，很有斋戒沐浴的神气，虽然或者是笔下装模作样，但乡风各别，异同可能很多，因此琐屑记录下来，也是民俗调查研究的一部分资料。现在只就值年的做忌日来说一下。

普通说是忌日，分开来说时有生忌讳忌两种。祭祀形式完全相同，不过生忌的所供果品中在水果三品之外有面和馒首各一盘，讳忌则只有馒首没有面。家常祭祀只用香炉蜡烛台，值年公堂忌日改用五事，即是于香炉蜡烛台的两旁加上一对锡制方形瓶状的东西，本是插花用的，虽然总是空着。香花灯烛的说法恐怕是出自佛教，大概最初在寺院里开始使用,随后引用到家庭里来的吧,可是香烛照常焚点,花却省去了,于是那两个锡瓶就成为无用的长物,平常也随减五事为三事了。祭具是五事,前面挂红桌帏,小型三牲,即鸡一只,肉一方,鱼一尾,大抵用白鲞,水果面食,祭菜十碗,酒饭筷子依照所祭祀的人数。在冬夏至,根据冬至馄饨夏至面的成例,另添这一种食品,中元添加西瓜,与祭的人也得分享,有时候歉收瓜贵,非得供应不可,在值年人是一笔额外沉重的支出。

主办的人是做忌日,与祭者则是拜忌日。拜的情形上文略有说明,这里只补说一点蜡烛与拜的关系。蜡烛点上,算是祖先在享受祭祀了,及至拜毕,纸钱焚化毕,奠酒毕,乃灭一烛,向上一揖,告诉祖先这祭祀已毕,再灭烛一揖送别,便动手撤馔,有的更殷勤的把坐位移动一下,让祖先可以出来,但似乎不是一定的规矩。拜忌日时男左女右分立两面,男子有功名的着外套大帽,余人可用便服,但以长衣为限,妇女均须着有"挽袖"的女外套,头上戴"头笄",这是民间的礼服,与满清的典礼截不相同的,室女则便服,也不系裙。行礼时男子居先,同辈中叙齿,妇女同辈中室女居先,妯娌辈不论年岁,以其夫的次序为准,此正出于三从的礼法,称呼上叫丈夫的兄弟姊妹为伯叔诸姑,则又是低降了一辈了。

七九 忌 日 酒

《越谚》卷中饮食部下有云,"会酒,祀神散胙。忌日酒,祭祖散胙。上坟酒,扫墓散胙。三者皆筵席而以酒名。"这种筵席都是所谓"十碗头"。《越谚》注云,"并无盘碟,每席皆然,惟迎娶请亲送者有小碗盘碟,近二十年来亦加丰。"这如名字所示,用十大碗,《越谚》中"六荤四素"注云,"此荤素两全之席,总以十碗头为一席,吉事用全荤,忏事用全素,此席用之祭扫为多,以妇女多持斋也。"做忌日时与祭者例得饮胙,便吃这十碗头的忌日酒,丰俭不一定,须看这一代祭祀的祭产多少如何,例如三台门共同的七八世祖的致公祭,忌日酒每桌定价六百文,致房的九世祖佩公祭则八百文一桌,菜的内容很有些不同。十碗头的第一碗照例是三鲜什锦,主要成分是肉丸、鱼圆、海参,都是大个大片,外加笋片蛋糕片,粉条垫底,若是八百文的酒席改用细什锦,那些东西都是小块,没有垫底,加团粉烩成羹状,一称蝴蝶参,不知道是什么意义。其次是扣肉,黄花菜芋艿丝垫底,好的改用反扣,或是粉蒸肉,也一样的用白切肉,不过粗粗稍有差别罢了。鱼用煎鱼或醋溜鱼,鸡用扣鸡或白鸡,此外有烩金钩以及别的什么荤菜,却记不完全了。素菜方面有用豆腐皮做的素鸡,香菇剪成长条做羹名白素鳝,千张(百叶)内卷入笋干丝香菇等物名曰素蛏子,以及炖豆腐,味道都不在荤菜之下。夏天还有一种甜菜,系用绿豆粉加糖,煮好冻结切块,略如石花,颜色微碧,名曰梅糕,小孩最所爱吃,有时改用一碗糖醋拌藕片,夏至则一定用蒲丝饼,系以瓠子切丝瀹熟,和面粉做成圆片油炸,也是一样好吃的甜菜,虽然不及家庭自制的更是甜美。

吃忌日酒原是法定八人一桌,用的是八仙桌,四边各坐两个人,但是因为与祭的人数不齐,所以大抵也只是坐六人或七人而已。一桌照章是一壶酒,至多一斤吧,大家分喝只少不多,吃了各散,但在女桌便大为热闹了,她们难得聚会一处,喝了酒多少有醉意,谈话便愈多也愈响,又要等待同来的妈妈们吃饭,所以在大厅上男桌早已撤去之后,大堂前的女太太们总还是坐着高谈阔论哩。

八〇 风俗异同

乡下墓祭一年间共有三次。这种风俗在中国虽是大同,却多有小异,现在且来简单的说一下子。据顾铁卿的《清嘉录》卷一云,"上年坟,携糖茶果盒展墓,谓之上年坟。"注引钱塘黄书崖诗,按语云,"盖杭俗上年坟多以肴馔楮锭,吴俗则糖茶果盒而已。"又卷三云,"上坟,士庶并祭祖先坟墓,谓之上坟,以清明前一日至立夏日止,道远则泛舟具馔以往,近则提壶担盒而出,挑新土,烧楮钱,祭山神,奠坟邻,皆向来之旧俗也。凡新娶妇,必挈以同行,谓之上花坟。"注中引《程氏遗书》,谓"拜坟十一月拜之,感霜露也,寒食则从常礼祭之",但卷十一中无此一项,可见吴中没有这种风俗。范啸风《越谚》卷中风俗部下列有三项,其一云,"拜坟岁,上元之前,儿孙数人,香烛纸锭谒墓。"其二云,"上坟,即扫墓也,清明前后,大备船筵鼓乐,男女儿孙尽室赴墓,近宗晚眷助祭罗拜,称谓上坟市。"其三云,"送寒衣,十月祭墓之名,亦数人而已。"这里会稽的送寒衣为吴中所无,虽然与宋朝河南的风俗倒是相近的,拜坟岁又跳过了杭州而与苏州相同,假如广泛的调查比较起来,这倒也是很有意思的事。

就百草园的旧例来说,拜坟岁的办法倒是与黄书崖所说相合的,关于上坟可以说大旨都是一致,但是异同也仍不能免。例如同是住于东陶坊的人家,在百草园西边的梁家和迤东河南岸的寿家即三味书屋,他们扫墓的仪式便截不相像,两者都出于顾范的记录之外。百草园的近邻有一个名叫四十的,以摇船为生,他有一两只中船小船,屡次送梁家寿家去上坟,据他所说梁家仪式繁重,上午早到坟头,从献面盆手巾,茶碗烟袋起,演到吃中饭,要花上小半天工夫,寿家则用小船,父子二人祭毕下舟,怀中各出烧饼两个,吃了当饭,虽然没有说明,大概只备香烛纸锭,并无什么食品的。这固然是极端的例,但凑巧都在会稽的同一个街坊内,正是难得,至于周家那是极平常的一般的办法,与顾范二家所记大抵相同,或者可以说是最没有特色的一种吧。

八一　扫　墓

周家墓祭的规矩,拜坟岁和送寒衣都只有男子前去,佩公祭祖坟乌石头一处,致公祭祖坟调马场龙君庄两处,用船三四只不等。船在城内某一处会齐,由值年房分给每船茶炊一把,各人泡茶一碗,点心一桌,大抵是瓜子、花生、福禄糕、糖馒头之类,菜一桌及柴米等。坟前行礼毕,回船散胙,与做忌日时差不多相同,但因为是在冬天,所以三鲜什锦改用火锅而已。

清明上坟,规模就要大得多了,不但是妇女同去,还因为要举行三献礼,有些旧排场,所以于男女座船、火食船、厨司船之外,还有一只吹手船,多的时候一总可以有十只以上。关于扫墓成规,在平步青所编的《平氏值年祭簿》上记得很是详明,现在可以借用一下,其中记往娄公去的一项云:

　　　座船两只,今改大三道船一只,酒饭船一只,吹手船一只,吹手四名。向例每只约船钱银三钱几分不等,临时给船米七升五合,酒十五吊,鱼二尾,鸡蛋二个,折午饭九四钱百文,点心等俱无,后改一切俱包,回城上岸时每只给掸舱酒一升壶。

祀后土神祭品,肉一方,刀盐一盘,腐一盘,太锭一副,烧纸一块,上香,门宵烛一对,酒一壶,祝文。

墓前供菜十大碗,八荤两素,内用特鸡。三牲一副,鹅、鱼、肉。水果三色,百子小首一盘,坟饼一盘,汤饭杯筷均六副。上香,门宵烛一对,横溪纸一块,大库锭六百足,祝文。酒一壶,献杯三只。

在船子孙每房二人。值年房备茶,半路各给双料荤首两个,白糖双酥烧饼两个,粉汤一碗,近改用面。散胙六桌,八荤两素,自同治二年起减为两桌。每桌酒几壶不等,酱油醋各二碟。小桌二桌,三炉十碗。吹手水手半路各给小首两个,烧饼两个,粉汤一碗,近年改用面一中碗。管坟人给九四钱二百文,酒一升壶。

平氏虽属山阴,上记成规,却与会稽的周氏大抵一致,所以不妨借来应用,只有极小的地方略有不同,如祀后土及祭祖时普通用双响炮仗五个十个,这倒颇合于驱逐山魈的原意,平氏祭簿上没有,大概是特别的一种家风吧。

八二　祝　文

平氏祭簿所记上坟用三牲为鹅、鱼、肉,这里值得注意是有鹅而不是鸡,普通祭祀总是用特鸡的。乡下风俗上坟时必须用熏鹅,不知道是什么道理,这据《越谚》上说是斗门市名物,但别处也都能做,其实与北京的烤鸭子差不多,只是鹅不能像鸭那么养得肥,所以皮虽然也香脆,吃的还是那肉,用酱油醋蘸了吃,实在是很香甜的。祭簿上又有祝文,祭后土即山神的和祭祖先的各一篇,上边录有全文,是很好的例子。其一云:

> 维年月日,信士平某敢昭告于某地后土尊神之位前曰,惟神正直聪明,职司此土。今某等躬修岁事于几世祖考某某府君几世祖妣某氏太君之墓,惟时保佑,实赖神庥,敢以牲醴,用申虔告。尚

飨。

其二云：

> 维年月日，孝宗孙某等，谨以清酌庶羞之奠，致祭于几世祖考某某府君几世祖妣某氏太君之墓前曰，呜呼，岁序流易，节届清明，瞻拜封茔，不胜永慕。谨具牲醴，用申奠献。尚飨。

这两篇文都简要得体，祭祖先的一篇尤其朴质可取，而且通用于各地的祖坟，尤有意思。大抵祭祀原是仪式，需要庄重，因此仪文言动也有一定规律，乃得见其整肃，这祝文或祭文程式的一致，我想即其一端。庚子年日记三月初九日下，记"往梅里尖，为六世祖韫山公之墓，余与鸣山叔赞礼，祭文甚短，每首只十数句耳。"因此可知上代办法亦是如此，虽是一处单用，文句也还简单，不像后来的繁缛，如致祭佩祭所用的那么样，这些文章都已忘却了，只记得乌石头的祭文中有云，"山绕龙山，石蟠乌石"，声调响亮，文词华丽，却反失了诚实与庄严，不大合式了。

说到乌石头，令人联想到一件旧的悲剧来，鲁迅的小说《祝福》中说祥林嫂的小儿子在门口剥豆，给马熊拖去吃了，这实在乃是乌石头坟邻的女人的事情，她因此悲伤至于"眼睛哭瞎"了。大概鲁老太太曾经听见那女坟邻亲自对她讲过，所以印象很深，直到晚年提起来时还是为之惨然，近年我遇到在浙江大学教书的同乡，说抗战时住在山里，一个小孩为马熊所拖去，这更令我不能忘记，因为那比乌石头的事情又要迟五十年了。

八三　山头的花木

在旧时代里，上坟时节顶高兴的是女人，其次是小孩们。从前读书人家不准妇女外出，其惟一的机会是去上坟，固然是回娘家或拜忌日也可以出门，不过那只是走一趟路，不像上坟那样坐了山轿，到山林田野兜一个圈子，况且又正是三月初暖的天气，怎能不兴会飙举的呢？小孩们本来就喜欢玩耍，住在城市里的觉得乡下特别有趣，书房里关了两个月,盼望清明节的到来,其迫切之情是可以想象得来的。但他们的要求也只是游玩而已,乡下儿歌有云,"正月灯,二月鹞,三月上坟船里看姣姣。"虽然说得很好,却是成人替他们做的,因为这不能说是儿童的本心。某处地方有俗谚云,"花不如团子",我觉得可以接续一句云,"女人不如花",这至少在上坟船里的小孩们是可以如此说的。

查阅旧日记,见上坟记事中多记花木事,这与我的记忆是相符合的。如己亥三月往调马场,拔得刺柏四株,杜鹃花三株,折牛郎花数枝而回。十月往乌石头,拔得老弗大二三十株,此系俗名,即平地木,以其不长大故名,高二三寸,叶如榛栗,子如天竹,鲜红可爱,至冬不凋,乌石极多,他处亦有之。庚子三月日记云,"正月中旬往调马场拜坟岁,杜鹃花不多见,虽枝叶甚繁,而作花者只寥寥一二株,余家一树自去年十一月起烂熳不绝,至二月秒始毕,而今又复蓓蕾盈枝,亦一奇也。"田野间无花木可采取,妇孺多去拔田里的草紫,此本系肥料,故农夫也不很可惜,小孩采花朵作球,红紫可观,大人取茎叶用腌菜卤煮,味略如豌豆苗。旧作儿童生活诗之八云:

> 牛郎虽好充鱼毒,草紫苗鲜作夕供,最是儿童知采择,船头满载映山红。

注云,"牛郎花色黄,即羊踯躅,云羊食之中毒,或曰其根可以药鱼。草紫即紫云英,农夫多植以肥田,其嫩叶可瀹食。杜鹃花最多,遍山皆是,俗名映山红,小儿折取玩弄,或掇花瓣咀嚼之,有酸味可口。"

八四　上坟船里

上坟这事中国各处都有,但坐船去的地方大概不多,我们乡下可以算是这种特别地方之一。因为是坐船去,不管道路远近,大抵来回要花好大半天的工夫,于是必要在船上喝茶吃饭,这事情就麻烦起来了。据张宗子在《陶庵梦忆》卷一上所说,明末的情形是如此的:

> 越俗扫墓,二十年前,中人之家尚用平水屋帻船,男女分两截

坐，不座船，不鼓吹。后渐华靡，虽监门小户男女必用两座船，必巾，必鼓吹，必欢呼畅饮，下午必就其路之所近游庵堂寺院及士大夫家花园，酒徒沽醉必岸帻嚣嚷，唱无字曲，或舟中攘臂与俦列厮打。

在二百多年后的清末，情形也差不多，据过去的记忆，庵堂寺院并不游玩了，但吃上坟酒时大抵找一处宽适地方停泊，乌石头就在那山村河岸，龙君庄则到相距不远的百狮坟头去，儿童生活诗中有一首云：

> 扫墓归来日未迟，南门门外雨如丝，烧鹅吃罢闲无事，绕遍坟头数百狮。

注云，"百狮坟头在南门外，扫墓时多就其地泊舟会饮，不知是谁家坟墓，石工壮丽，相传云共凿有百狮，但细数之亦才有五六十耳。"调马场因路远，下山即开船，所以只能一面摇着船，一面吃着酒了。

船里叫号打架的事情从来没有，大家倒都是彬彬有礼的。大概是光绪丙申的春天，在拜坟岁的船中椒生发议各诵唐人诗句中有花字的，那时在三味书屋读书，先生每晚给讲《古唐诗合解》，所以记得不少，陆续背出了许多。三月乌石头扫墓，日记上记有仲翔口占一绝云：

> 数声箫鼓夕阳斜，记取轻舟泛若耶，双桨点波春水皱，清风送棹好归家。

数日后往龙君庄，伯捴仲翔诸人共作《越城鄙夫扫墓竹枝词》，惜诗未记录。又有一回不记何年，中房芹侯在往调马场舟中，为鲁迅篆刻一印，文曰"只有梅花是知己"，石是不圆不方的自然形，文字排列也颇好，不知怎地钤印出来不大好看。这印是朱文的，此外还有一块白文方印，也是他所刻，文曰"绿杉野屋"，似乎刻的不差，这两颗印至今还保存着，足以作为这位多才多艺而不幸的廿八叔祖的纪念。

八五 祝　福

祝福的名称因了祥林嫂的故事而流通于中国全国了,但是在年底有这祝福的风俗的地方可能很不少,至于通用这祝福的名称的恐怕就不很多了吧,《越谚》卷中风俗部下云"作福",注云,"岁暮谢年祭神祖名此,开春致祭曰作春福。"乡下读祝字如竹,但这里特别读如作,不过这还是祝而不是作字,因为旧时婚礼于新夫妇拜堂时请老年人说几句吉语,如多福多寿多男子之类,亦称曰作寿,可以为证,至于为什么不称祝福而称祝寿,原因不明,或者由于与祭名重复,又或者那老人是代表南极仙翁的,所以着重在寿,也未可知。《清嘉录》卷十二有过年一项云:

> 择日悬神轴,供佛马,具牲醴糕果之属,以祭百神,神前开炉炽炭,俗呼圆炉炭,锣鼓敲动,街巷相闻,送神之时多放爆仗,谓之过年,云答一岁之安,亦名谢年。

注引《说文》云,"冬至后三戌为腊,腊祭百神。"这是很对的,与《越谚》注的谢年说亦相合,但乡下称为祝福,则于报谢之外又重在将来的祈求了。

依照百草园的旧例,这事也由值年者主办,因为事关合台门的六房,须得联合举行,所以规定每年一房轮值,职务是主持祝福,除夜接神,元旦送神,新正五天布施乞丐,到第六天就再也没有他的事了。大概在送灶之后,由值年房预先规定一天,通知各房,到那一天的午前托付工人砍取新竹筱,缚长竿上,掸扫大厅,那就是挂着"德寿堂"匾的地方,周氏旧称宁寿堂,什么时候改为德字虽不可知,总当在道光初年因为避讳之故吧。随后又取一两担水来,将地面冲洗干净,偏向檐口放上四张八仙桌,到了后半夜即是次日的时辰已到,各房把三牲鸡鹅肉加活鲤鱼搬来陈列了,香烛爆仗茶酒盐腐以及神马由值年房置备,各房男子齐集礼拜。照祭神的例,桌子看木纹横摆,与祭祖相反,叫做横神直祖,拜时也与祭祖不同,却在神马后面向着外边行礼,只拜一遍,焚化元宝(这与太锭都只用于神祇,有金银两色,祭祖用的是银锭,用锡箔折成的名稞子),燃放爆仗,这祀典就算完成了。小孩参加的在家里可以吃到小碗鸡汤面,这是鼓励他半夜起来的东西,但这所谓小孩大抵也须得十多岁才行。

八六 分 岁

除夕在乡下称为大年夜,亦称三十日夜,大人小孩都相当重视,不过大人要应付账目,重在经济方面,还是苦的分子为多,所以感觉高兴的也只有儿童罢了。这一天的行事大抵有三部分,一是拜像,二是辞岁,三是分岁。拜像是筹备最长,从下午起就要着手,依照世代尊卑,把先人的神像挂在墙上,前面放好桌子,杯筷香炉蜡烛台,系上桌帏,这是第一段落。其次是于点上蜡烛之后,先上供菜九碗,外加年糕粽子,斟酒盛饭,末后火锅吱吱叫着端了上来,放在中间,这是最后的信号,家主就拿起香来点着,开始上香,继以行礼了。这行礼只有一次,也不奠酒,因为祖先要留在家里,供奉十八天,所以不举行奉送的仪式。神像是依世代分别供奉的;所以桌数相当的多,假如值年祭祀也都在本台门内,那么一总算起来共有五桌,在伯宜公去世后又多添了一桌了。这还是说的直系,有时候对于诚房的两代也要招呼,则仆仆亟拜,虽是小孩不大怕疲劳,却也够受的了。这之后是辞岁,又是跪拜,而且这与拜年不同,似乎只限于小辈对尊长施礼,平辈的人大抵并不实行。压岁钱大概即是对于小辈辞岁的酬劳,但并不普遍,给的只是祖母和父母,最大的数目不过是板方大钱一百文而已。

分岁所用的饭菜与拜像用的祭菜一样,仍是十碗头,其中之一是火锅,称曰暖锅。暖锅里照例是三鲜什锦,此外特别的菜有鲞冻肉,碗面上一定搁上一个白鲞头,并无可吃的地方,却尊称之曰"有想头",只看不吃,又有一碗煎鱼也是不吃的,称做"吃过有余"。处州的菜笋,米泔水久浸,油煎加酱醋煮,又藕切块,加白果红枣红糖煮熟,名为"藕脯",却读若油脯,也是必要的,盖取"偶偶凑凑"之意云。最特殊的是年糕之外必配以粽子,义取"高中",这种风俗为别府所无,说也奇怪,到了端午却并不吃粽子,这个道理我至今还不明白。粽子都是尖角的,有极细尖的称"尖脚粽",又有一大一小或一大二小并裹在一起的叫做"抱儿粽",

儿读作倪,大抵纯用白米,不夹杂枣栗在内。

八七 祭 书 神

除夕夜里有些人家实行守岁,这是一种古风,也觉得有意思,但实行有困难,明日新年很有些事情,昏昏沉沉的怎么弄得来。小孩们在吃过年夜饭之后,大抵只在守岁的大红烛底下玩耍一会儿,等分到了压岁钱,便预备睡觉,到明朝一觉醒来,在枕上吃橘子,依照阿长的嘱咐说"恭喜恭喜"了。

旧日记从戊戌年写起,戊己两年的除夕没有什么特别记事,庚子年的稍详,文曰,"晴,下午接神,夜拜像,又向诸尊长辞岁,及毕疲甚。饭后祭书神长恩,豫才兄作文祝之,稿存后,又闲谈至十一点钟睡。"祭书神文如下:

上章困敦之岁,贾子祭诗之夕,会稽戛剑生等谨以寒泉冷华,祀书神长恩,而缀之以俚词曰:

今之夕兮除夕,香焰绌缊兮烛焰赤。钱神醉兮钱奴忙,君独何为兮守残籍。华筵开兮腊酒香,更点点兮夜长。人喧呼兮入醉乡,谁荐君兮一觞。绝交阿堵兮尚剩残书,把酒大呼兮君临我居。缃旗兮芸舆,翠脉望兮驾蠹鱼。寒泉兮菊菹,狂诵《离骚》兮为君娱。君之来兮毋徐徐。君友漆妃兮管城侯,向笔海而啸傲兮,倚文冢以淹留。不妨导脉望而登仙兮,引蠹鱼之来游。俗丁伧父兮为君仇,勿使履阈兮增君羞。若弗听兮止以吴钩,示之《丘》《索》兮棘其喉。令管城脱颖以出兮,使彼慅慅以心忧。宁召书癖兮来诗囚。君为我守兮乐未休,他年芹茂而樨香兮,购异籍以相酬。

八八 茶 水

这里详细叙述乡下的风俗,如婚丧及岁时仪节,不是我的本意,实在也在能力之外,因为有许多事体都已忘记,或是记不清了,家中现在又以我为最年老,此外没有人再可以请教,所以即使想要这样做,也是心有余而力不足了。我所想做的只是把生活的细微的几点,以百草园的情形为标准,再记录一点下来,这第一件就是关于饮食的。

同是在一个城里或乡里,饮食的方式往往随人家而有差异,不必说是隔县了。即如兴房旧例,一面起早煮饭,一面也在烧水泡茶,所以在吃早饭之前就随便有茶水可吃,但是往安桥头鲁家去作客,就大不方便,因为那里早晨没有茶吃,大概是要煮了饭之后再来烧水的。在家里大茶几上放着一把大锡壶,棉套之外再加草囤,保护它的温度,早晚三次倒满了,另外冲一闷碗浓茶汁,自由的配合了来吃。夏天则又用大钵头满冲了青蒿或金银花汤,等凉了用碗舀,要吃多少是多少。平常用井水煮饭做菜,饮料则用的是天落水,经常在一两只七石缸里储蓄着,尘土倒不要紧,反正用明矾治过,但蚊子的幼虫(俗名水蛆)却是不免繁殖起来,虽然上面照例有两片半圆的木板盖着。话虽如此,茶水里边也永看不见有煮熟了的水蛆,这理由想起来也很简单,大抵打开板盖,把"水竹管"(用毛竹一节削去大部分外皮,斜剌的装一个柄,高可五寸,口径二寸余的舀水竹筒)放进水里去的时候,咕咚一下那些水蛆都已乱翻跟斗的逃开了,要想舀它也不容易。向来习惯只吃绿茶,请客时当然也用龙井之类,平时只是吃的一种本山茶,多出于平水一带,由山里人自做,直接买卖,不是去问茶店买来的。绍兴城里的茶店都是徽州人开的,所卖大概都是徽杭的出品,店伙对客人说绍兴话,但他们自己说话便全用乡谈,别人一句都听不懂了。

八九　饭　菜

隔着一条钱塘江的杭州,每天早晨大都吃水泡饭,这事便大为绍兴的老百姓所看不起,因为他们自己是一天三顿煮饭吃的。每顿剩下来的冷饭,他们并不那么对付的吃了,却仍是放到锅(本地叫做爨)里同米一起煮,而且据说没有这个便煮不好饭,因为纯米煮成的饭是不"涨"的。因了三餐煮饭的关系,在做菜的方法上也发生了特别的情形,这便是偏重在蒸,方言叫做镬,这与用蒸笼去蒸的方法不同,只是在饭锅内搁在"饭架"上去,等到生米成为熟饭,它也一起的熟了。

普通的家常菜顶简单而又是顶重要的是干菜、腌菜、霉苋菜梗,其次是红霉豆腐与臭霉豆腐。干菜这里所说的是白菜干,外边通称为霉干菜,其实并没有什么霉,是整棵的晒干,吃时在饭上蒸过,一叶叶撕下来,就是那么咬了吃,老百姓往往托了一碗饭站着吃着,饭碗上蟠着一长条乌黑的干菜。此外有芥菜干,是切碎了再腌的,鲜时称备瓮(读作佩翁)菜,晒干了则名叫倒笃菜,实在并不倒笃,系装在缸甏里,因为它是怕潮湿的。腌菜也用白菜,普通都是切段蒸食,一缸可供一年的使用,生腌菜细切加麻油,是很好的粥菜,新的时候色如黄金,隔年过夏颜色发黑,叫做臭腌菜,又别有风味,但在外乡人恐怕不能领略,虽然他们也能吃得"臭豆腐"。苋菜梗据《越谚》卷中饮食部说,苋菜其梗如蔗,段之腌之,气臭味佳,最下饭。我的旧文章里也曾说及:"苋菜梗的制法,须俟其抽茎如人长,肌肉充实的时候,去叶取梗,切作寸许长短,用盐腌藏瓦坛中,候发酵即成,生熟皆可食。民间几乎家家皆制,每食必备,与干菜等为日用的副食物,苋菜梗卤中又可浸豆腐干,卤可蒸豆腐,味与柳豆腐相似,稍带苦涩,别有一种山野之趣。"这里的话并没有说错,但是遗漏了一点,便是腌苋菜梗要搁上些盐奶,所以它会得和柳豆腐相像,有点儿涩味。据《越谚》说,煎盐时卤漏箦缝,遇火成乳,研食味较鲜于盐云,这在柳豆腐中是不可缺的作料,但真的难得,或以竹箸包盐火烧制成,只是约略近似而已。

九〇 蒸 煮

饭锅上蒸了吃的菜里,最普通的是打鸭子和柳豆腐。这柳字是假借用的,也有人写作溜,但那是一种动作,读作上声,或者应当照柳字之例,于剔手旁写一个卯字,但是铅字里没有,所以不好使用。这豆腐的制法很简单,豆腐放在陶钵内(实在乃是缸钵,因为是用做缸的土质烧成的),用五六只竹筷捏在一起,用力圆转,这就叫做柳,柳得愈多愈好,随后加研细的盐奶,或者是融化的水,蒸熟即成。这里还有一层秘密,便是柳豆腐不贵新鲜,若是吃剩再蒸,经过两次蒸煠之后,它的味道就更厚实好吃,这对于寒俭的家庭是非常有利的。打鸭子即是北京的溜黄菜,有地方叫做鸡蛋糕,本地人却很听不惯,因为点心里有这一种名称,觉得容易相混。打与柳的意思相去不远,动作也相像,不同的地方在于柳的物质多少是半固体,鸡鸭蛋的内容差不多是液体,而且乡下人俭约,碗里还要掺大半的水,用筷子可以很爽利地打去,所以这就不叫做柳了。

此外的东西我们只好简要的一说。豆腐一项,可以加上切碎的干菜去蒸,又或芋艿切片别蒸,随后与蒸过的豆腐同拌加酱麻油,芋艿也可以拌千张(即百叶)或豆腐皮,不过芋艿千张都切了丝。说也奇怪,北方也有芋头,只是没有那么的粘滑,所以就不适用,想要仿做亦不可能。茄子茭白之类便整个的放在饭里,叫做煁,熟后用手撕片,浇上麻油酱油,吃起来味道特别好,与用刀切的迥不相同。荤菜也同样的蒸熯,白鲞或鳖鱼鲞切块,加上几个虾米(俗名开洋),加水一蒸,成为很好的一碗鲞汤。鲢鱼或胖头鱼的小块,用盐腌一晚,蒸了吃不比煎鱼为差。青虾用盐干烤固佳,平常也就只放在碗内,用碟子盖住,防它跳出来,加酱油一蒸即好。大虾挤虾仁后与干菜少许,老笋头蒸汤,内中无甚可吃,可是汤却颇好,这种虾壳笋头汤大概在别处也是少见的。乡下常有老太太们吃素,但同一锅内蒸荤菜却并不犯忌,这不是没有注意到,大概因为这事牵涉家庭经济,没法改变,所以只好默认了吧。

九一 灯 火(一)

这里题目写的是灯火,但里边所包含的实在有发火与照明两个问题。在甲午前后,大概家里也已有火柴了,现今通称洋火,乡下则称自来火,第一字又或读为筻,意思是擦,可以解作擦一下有火出来吧。不过那只是用在内房里,若是厨房或是退堂后放着小风炉的地方,那还是用的打火的家伙,藤编的长形容器内放着火石、铁片,毛头纸的粗纸煤插在竹管内的,这都还清楚的记忆着。"开火"工作很不容易,如不熟练不但点不着纸煤,连火星也不大出来。乡下有一句谚语道,"一贼,二先生,三撑船,四老伻",《越谚》注云:"此言火刀火石取火,快者一刀即着,二三四各分其人。"贼人事主家,假如点不着火,老是笃笃的用火刀敲着火石,未免要误事,这是容易了解的,教书先生为什么那么敏捷,他开火只要两刀,他的本领还超出"撑船人客"(妇孺们叫舟夫的名称)之上呢?

这理由范啸风不曾说明,我也至今不得其解。老伻即是看门的人,伻读如上海的浜字,我想这或者是伯字之转也未可知,因为乡下对于帮工的人常用叔伯称呼,有如上文说及过的庆叔王甫叔。不过这类考据易涉牵强,所以这里只作为闲谈,随便说说罢了。

　　洋油灯自然也早有了吧,但据我的记忆所及,曾祖母不必说,祖母房里在辛丑年总还是点着香油灯的。这灯有好几种,顶普通的是用黄铜所制,主要部分是椅子背似的东西,头部宽阔,镂空凿花,稍下突出一个铜圈,上搁灯盏,底部是圆的铜盘,高可寸许,中置陶碗,承接灯盏下的滴油,以及灯花余烬等。这名叫灯盏,又一种可以叫做灯台,大抵是锡做的,形如圆的烛台,不过顶上是一个小盘,搁着油盏而已。曾见过一个瓷的灯台,承油盏的直柱只有二寸高,下面即是瓷盘,另有一个圆罩,高七八寸,上部周围有长短直行空隙,顶上偏着开一孔,可以盖在灯上,使得灯光幽暗,只从空隙射出一点来,像是一堵花墙,这是彻夜不灭灯时所用,需要亮光时把罩当做台,上边搁上灯盏,高低也刚适合。这东西在曾祖母时已用着,至少也是百年前物了,现今假如还有这样古雅的器物,固然已经不适用,但实在做得很好,值得保存在国家美术馆里的。

九二　灯　火(二)

　　上边所说的灯是不能够移动的一类,此外还有一类可以移动,即是可以拿着走路的,也需要来说一下。这里面最重要的自然是灯笼,不过那是外出时才用,假如在大门内,即使有好一段路,大抵也不提灯笼而是用别的东西的。这可能是蜡烛台,其实和灯笼差不多,只是插蜡烛的方法不同,比起灯笼来要轻便得多,但也有一个缺点,即是风吹了要流泪,所以在那时候是不很合宜的。其次是油纸捻,俗称纸捻头,大抵利用包药材的药纸,酌量需要,搓成长短大小适中的纸捻,蘸上香油,点起火来,拿在手里即是很好的手灯。这次点剩了一部分,可以放在灯盏下陶碗内,下次再用,但是中途不够了的时候便没有办法,能够补救这缺点的就是这其三的所谓水蜡烛了。名称是水蜡烛,实际仍是香油灯,用黄铜作壶,约容油二两,口作螺旋,孔中出棉线灯芯,壶下短柱与底台接连,壶与台之间装一把手,以便执持。这有油纸捻的便利,即是用香油点火,禁得起风吹,不会熄灭,油量充足,又无匮乏之虞,在那时候可以说是最实用的移动照明具了。我所说的只是根据自己的经验,不知道别人家是否如此,仔细回想起来,仿佛祖母房里便没有这种家伙,只有鲁老太太常在使用水蜡烛,也不记得本家的谁用过,难道这是安桥头来的系统么,这个问题现在却也无从弄得清楚了。

点用洋油灯最早的大概是伯宜公的房里,所用的洋灯也是国货,是用锡做的,略为扁圆的油壶上装着一螺旋,可以配上"龙头",再加玻璃罩就可以点了。不过不知怎的,关于洋油灯的印象一直很是微弱,没有什么值得说的。大抵小时候睡得很早,后来的习惯也不在灯下做什么事情,无论用功或是游玩,所以对于灯缺少亲近的感觉,古人云,"青灯有味似儿时",那是很幸福的经验,我却是没有。

九三 寒 暑

绍兴是故乡,百草园是故居,在人情上不能没有什么留恋。但是这到底有什么好呢?那么具体的也说不出什么来。譬如说气候吧,这不能比别的地方好。冬天其实并不冷,这只要看河水不冻冰,有许多花木都可以在屋外过冬,有如梅花桂花,杜鹃山茶之类,这些在北京如不入花窖,也总须放到屋里去才能保存的,可以知道。但因为房屋构造的关系,门窗洞开,屋顶砖瓦缝中风雪可以进来,坐在屋里与在外边所差无几,只靠棉衣和暖炉的力量实在有点敌不过来。别的不说,手脚的冻瘃就不能免,我在民国初元乡居六年,后来住在北方经过三十多年之久,手上看不出了,脚跟上冻疮的痕迹至今还是存在,这是一个显明的例证。冬天睡在床上半夜里的冷醒,与夏天半夜里的热醒,都是极平常的事,不说也罢,单讲夏季的蚊子就很受不了,这不但非铁纱门所能防,恐怕"滴滴涕"也有点应付不过来。房间高大,几乎每一立方寸的空间都飞着蚊子,黄昏蚊市中行走,嘴不闭好固然有蚊子会得飞进几个去,就是不给它这机会,也要在眼睛鼻头上乱碰,这时间喷药水要几何才能有效呢?乡下的土法子是点"蚊烟药",它的方法是日夜不断地放出一种烟幕,把目的物不管是人或眠床整个地包在里面,至于上下四旁任凭蚊子在空间活动,只要不能侵入烟幕里来就得。小时候的事情不算,就那六年的经验来说,正如冬天苦寒苦冻瘃一样,夏天便在苦蚊,终日钻在蚊烟里,熏得个不亦乐乎,结果还要时常被咬几口去,最初是搔和掐,搽唾沫,后来是涂阿摩尼亚水,虽然手脚上不留什么痕迹,也实在是很不愉快的事。可是在这种不讨人喜欢的气候中间,冬天的鳌冻肉与糟鸡等,夏天的笋或杨梅,真的石花,再迟下去是大菱,却都是好的,都值得记忆。因此我们或者可以说,关于故乡的回忆大抵以风俗与物产为主,地方名胜在其次,至于天时自然是最少关系的了。

九四　园 的 最 后

百草园的事情说来很长,但是按下去说,它的历史实在是相当的短的。宁寿堂的匾额改为德寿堂,显然为了避清道光的讳,这已是十九世纪的事,即使说新台门的成立提早在嘉庆时代,也还是十八世纪末年而已。至于园的作用时间更是短了,以前以后仍是一个荒园或菜园,只有在中间这几年发挥了百草园的作用,如《朝花夕拾》中所说的,大概至多不过七八年,即自癸巳至庚子之间。鸣蝉与黄蜂,蟋蟀与斑蝥,何首乌与覆盆子,它们可能长久存在,如没有人和它们发生联系,那么这也是徒然的,只是应时自生自灭罢了。

新台门于民国八年如《朝花夕拾》上所说卖给了朱文公的子孙了,可是那园却早已半身不遂,也可以说被阴间小鬼锯作两爿,简直不成样子了。朱家最初住在东邻,后来逐渐向外发展,收买了王广思堂的北部,在咸欢河沿开门,接着也归并了百草园贴邻的孙家房屋。民国二三年顷,仁房的人公议出卖园地,作价一千元,让与朱家,乃于园中央筑上一堵高墙,东半部拿去不打紧,剩下的西半部也成了一长条,显得狭小,虽然种菜还是可以。东边本来有孙家的高墙,但那边大概是住宅,严密也还当然,幸而园地宽大,西边梁家交界只是泥墙,既低而又多倾圮,西南一片淡竹林映影过来,仿佛是在一个园里的样子,所以并不觉得怎么,如今碉堡似的砖墙直逼到园中心来,这园至少也总是死掉了一半了。在北伐军入北京以前,大家来往过金鳌玉蝀桥,看见桥上靠南那一堵大墙,非常感觉不愉快,事情大小不一样,但是感觉却是很有点相像的。北海桥上的墙现今早已拆除,百草园中间的墙大概也是拆了吧,即使别的方面不能恢复原状,这一点却是必要的,因为在《朝花夕拾》上,在我这文章上所说的都是整个的百草园,中间是没有什么间隔的。

第二分 园的内外

一 孔乙己的时代

　　这题目该是孔乙己时代的东昌坊口，因为太长一点，所以从略，虽然意思稍欠明了。孔乙己本来通称孟夫子，不知道住在什么地方，但是他时常走过这条街，来到咸亨酒店吃酒，料想他总是住的不远吧。那时东昌坊口是一条冷落的街，可是酒店却有两家，都是坐南朝北，西口一家曰德兴，东口的即咸亨，是鲁迅的远房本家所开设，才有两三年就关门了。这本是东西街，其名称却起因于西端的十字路口，由那里往南是都亭桥，往北是塔子桥，往西是秋官第，往东则仍称东昌坊口，大概以张马桥为界，与覆盆桥相连接。德兴坐落在十字路的东南角，东北角为水果莲生的店铺，西边路北是麻花摊，路南为泰山堂药店，店主申屠泉以看风水起家，绰号"矮癞胡"更为出名。路南德兴酒店之东有高全盛油烛店，申屠泉住宅，再隔几家是小船埠头，傅澄记米店，间壁即是咸亨，再过去是屠姓柴铺和一家锡箔铺，往南拐便是张马桥了。路北与水果铺隔着两三家有卖扎肉腌鸭子的没有店号的铺子，养荣堂药店，小船埠头的对过是梁姓大台门，其东为张永兴棺材店，鲁迅的旧家，朱滋仁家，到了这里就算完了，下去是别一条街了。中间有些住宅不能知道，但是显明的店铺差不多都有了，关于这些有故事可说的想记一点出来，只是事隔半世纪，遗忘的恐怕不少，也记不出多少罢了。

二 咸亨的老板

　　咸亨酒店的老板之一是鲁迅的远房本家,是一个秀才,他的父亲是举人,哥哥则只是童生而已。某一年道考落第后,他发愤用功,一夏天在高楼上大声念八股文,音调铿锵,有似唱戏,发生了效力,次年便进了学,他哥哥仍旧不成,可是他的邻号生考上了,好像是买彩票差了一号,大生其气,终于睡倒在地上把一棵小桂花拔了起来。那父亲是老举人,平常很讲道学,日诵《太上感应篇》,看见我们上学堂的人有点近于乱党,曾致忠告云,"从龙成功固好,但危险却亦很多。"这是他对于清末革命的看法。晚年在家教私塾,年过从心所欲,却逾了矩,对佣媪毛手毛脚的,乱写凭票予人,为秀才所见,大骂为老不死,一日为媪所殴,媳妇遥见,连呼"老昏虫该打"。有一回,本家老太太见童生匆匆走去,及过举人房门外,乃见有一长凳直竖门口,便告知主人去之,后问童生,则笑答是他装的弶,盖以孝廉公为雉兔之类,望其触弶一跌而毙也。同时在台门内做短工的有一个人,通称皇甫,也不知道还是王富,有一天在东家灶头同他儿子一起吃饭,有一碗腌鱼,儿子用筷指着说道,"你这娘杀吃吃。"父亲答道,"我这娘杀弗吃,你这娘杀吃吧。"娘杀是乡下骂人的恶话,但这里也只当做语助词罢了。这两件都是实事,我觉得很有意思,多少年来一直记着,现在写了出来,恰好作为孔乙己时代之二吧。

三 小酒店里

　　无论咸亨也罢,德兴也罢,反正酒店的设备都是差不多的。一间门面,门口曲尺形的柜台,靠墙一带放些中型酒瓶,上贴玫瑰烧五加皮等字,蓝布包砂土为盖。直柜台下置酒坛,给客人吊酒时顺便掺水,手法便捷,是酒店官本领之所在,横柜台临街,上设半截栅栏,陈列各种下酒物。店的后半就是雅座,摆上几个狭板桌条凳,可以坐上八九十来个人,就算是很宽大的了。下酒的东西,顶普通的是鸡肫豆与茴香豆。鸡肫豆乃是用白豆盐煮滗干,软硬得中,自有风味,以细草纸包作粽子样,一文一包,内有豆可二三十粒。为什么叫做鸡肫豆的呢? 其理由不明白,大约为的嚼着有点软带硬,仿佛像鸡肫似的吧。茴香豆是用蚕豆,即乡下所谓罗汉豆所制,只是干煮加香料,大茴香或是桂皮,也是一文起码,亦可以说是为限,因为这种豆不曾听说买上若干文,总是一文一把抓,伙计也很有经验,一手抓去数量都差不多,也就摆作一碟。此外现在的炒洋花生,豆腐干,盐豆豉等大略具备,但是说也奇怪,这里没有荤腥味,连皮蛋也没有,不要说鱼干鸟肉了。本来这里是卖酒附带吃酒,与饭馆不同,是很平民的所在,并不预备阔客的降临,所以只有简单的食品,和朴陋的设备正相称。但是五十年前,读书人都不上茶馆,认为有失身份,吃酒却是可以,无论是怎样的小酒店,这个风气也是很有点特别的。

四　泰山堂里的人

泰山堂药店在东昌坊口的西南拐角,店主是申屠泉,有鲁迅的一个同高祖的堂叔在里边做伙计,通称桐少爷。他的父亲浪游在外,客死河南,人极乖巧,有点偏于促狭,而其子极愚钝,幼育于外婆家,外婆殁后送还本家,其叔母不肯收容,遂流落宿门房中。曾以族人保荐,申屠用为伙计,本家人往买苏叶薄荷或苍术白芷,辄多给好些,但亦有人危惧,如买大黄麻黄而亦如此,那就大要误事了。申屠家临街北向,内即堂屋,外为半截门,称曰摇门,摇读作去声,一日申屠方午饭,忽有人从门外抛进一块砖头来,正打中他的秃头,遂以毙命,凶手逃走无踪,街坊上亦无人见者,成为疑案。或云,申屠为人看风水,图别家坟地,因而招怨,亦未可知,惟抛砖暗杀,方法甚奇,一击命中,如此本领亦属少有,或只因妒其暴发,略施骚扰,不意击中耳。

申屠既死,桐少爷遂复失业,族人酿资,令卖麻花烧饼,聊以自给,但性喜酒,好好的卖了几天之后,常去喝一次,不但本钱即竹篮也就不见了,归来愧见本家,则掩户高卧,族人恐其饿死,反加劝慰,再买一篮予之。桐少爷虽愚钝而颇质直,平生不作窃盗,有时出语亦殊有理致,一日自叹运蹇,詈其父曰:"只是下蛆似的下了就算。"我们局外人传开了这句话,也着实替他感到一种心痛,诚如鲁迅昔时戏言,父范学堂之设置,其切要正不下于师范也。

五　水果莲生

东昌坊口东北角的水果摊其实也是一间店面，西南两面开放，白天撤去排板门，台上摆着些水果，似摊而有屋，似店而无招牌字号，主人名莲生，所以大家并其人与店而称之曰"水果莲生"云。平常是主妇看店，水果莲生则挑了一担水果，除沿街叫卖外，按时上近地各主顾家去销售。这担总有百十来斤重，挑起来很费气力，所以他这行业是商而兼工的，主顾们都是街坊，看他把这一副沉重的担子挑到堂前来，觉得不大好意思让他原担挑了出去，所以多少要买他一点，无论是杨梅桃子或是香瓜之类。东昌坊口距离大街很远，就是大云桥也不很近，临时想买点东西只好上水果莲生那里去，其价钱较贵也可以说是无怪的。近处有一个小流氓，自称姜太公之后，他曾说水果莲生所卖的水果是仙丹，所以那么贵，又一转而称店主人曰华陀，因为仙丹只有那里发售，但小孩们所怕的却并非华陀而是华陀太太，因为她的出手当然要更紧一点了。这店里销路最好的自然是甘蔗荸荠，其中更以甘蔗为大宗，虽然初夏时节的樱桃，体格瘦小，面色苍白，引不起诗人的兴趣来的，却大为孩子们所赏识，一堆一堆的也要销去不少。至于大颗的，鲜红饱满的那种樱桃呢，那只有大街里才有，价钱当然贵，可是一听也并不怎么大，因为卖樱桃照例用的是"老十六两"秤，原来是老实六两，那么半斤也只是说三两的价钱而已。

六　傅澄记米店

在小船埠头与张马桥之间，只有几家人家，即是傅澄记米店，咸亨酒店，某姓栈房，屠家小店，又一家似是锡箔店老板的住宅。傅澄记在人们口头上只称傅通源，因为是从那里分出来的，老主人竭力声明，他是傅澄记，招牌上也明明写着，可是大家都不理会，在他们看来这似乎是多事，而且说惯了也难改。那小主人通称小店王，年少气盛，又有点傻头傻脑的，常与街坊冲突，碰着破落大家子弟，便要被"投地保"，结果讨饶了事，拿一对红蜡烛，和一堂小清音，实在只几个人乱吹打一阵，算是赔礼,这样的事不止一次,有一回和咸亨的那文童吵架,大家记得最是清楚。他娶妻后几年没有儿子,乃根据不孝有三,无后为大的道理,又娶了一房小,可是米店从此就大为热闹,风潮不断发生,时常逼得小店王走投无路,只要寻死。有一天他大叫要去投河,可是后门临河他并不跳,却要往禹迹寺前去,相距有半里以上,适值下雨,他又穿起钉鞋,撑了雨伞,走出店门,街上看的人不少,都只当做戏文看,没有一个人去拦阻他,直等他一面喊着投河去,在雨中走了几丈路之后,这才由店里的舂米师傅挽着"扭纠头",赤着膊冒雨追上去,拉了他回来。这个喜剧如不真是有人看见,大抵说来不易相信,真好像是《笑林广记》里的故事,而且还是编得不大好的,但这实在是街坊的一个典故,不单是知道,就是看见的人也还有,可以说是一点没有虚假,就只是太简略,但存一个梗概罢了。

七　屠家小店

　　屠家小店没有字号,但他们自称是屠正泰,大概从前曾经开过这么一个店,所以名号还保存着,现在的却是牌号什么都没有,只是临街一间店面,也没有柜台,当街一个木栅栏,直角放着钱柜,也算是曲尺形。檐下横放铺板,陈列十几堆炒豆炒花生之类,每堆一文钱,一个长方木盒,上盖玻璃,中分数格,放置圆眼糖,粽子糖,茄脯梅饼,也是一文一件,还有几块长方的梨膏糖,每块四文,那销路就比较的钝了。里边存放着多少松毛柴和小塘柴,这小店的货色便尽于此了。店里的主人是个老太婆,名叫宝林太娘。娘家在山里,那些柴便是由她的兄弟随时送来的,两个儿子都在外路学生意,身边只留存一个女儿,近地小孩们去买豆和糖,和她很稔熟,称之曰宝姊姊。老太婆照例念佛宿山,这位宝林太娘却更是热心,每年夏天发起宣卷,在本坊捐集一点钱,在她小店的对过搭起台来,高宣宝卷。宝姑娘每日坐在小店里砑纸,可是听熟了宝卷,看惯了台门里人的斯文生活,影响了她的人生观,造成小小的悲剧。她从小许给山里的远亲,家贫不能备礼,男家便来抢亲,她从后楼窗爬出,想逃往东邻的楼里去,失足落水,河里恰泊着男家的船,被捞起来载了去了。她终于不肯屈服,末了提出条件,要新郎不骂娘杀,不赤脚,才可成婚,男人是种田,实在办不到,结果只好退还聘礼解约。她回到家里以后,常在楼上,店头就少看见,不久病死了,在乡下说是女儿痨,大概只是肺病吧,这时期与孔乙己之归道山当相去不远。这种事在乡下常有,是一个小悲剧罢了,但这事实在却是很可悲的。

八　长　庆　寺

　　鲁迅在小说《怀旧》中说及张睢阳庙,原是指塔子桥的唐将军庙,不过事实上还有点出入。唐将军附属在长庆寺里,只有一间庙,一座坟,不能摆下几桌酒席,所以实际上或者要间壁的穆神庙才能应付,那里在清末曾经办过小学堂。长庆寺是坐西朝东的一个大寺,小姑母家在那里做过水陆道场,我住了好几天,知道得很清楚,那时的住持是传忠传荣与阿和这一代,但是上一代更有名,便是鲁迅的记名师父,阿隆师父,他法名的一字失传,当面只叫隆师父,背后通称阿隆而已。据先君说,有一天他在那里,阿隆正躺在大烟榻上,听见隔壁房内两个小和尚吵闹扭结,问知乃是抢夺解结钱,起来大声喝止,这一件小事很能传出禅房里的空气来。人家做法事,有"解结"一段落,用黄头绳各串二三十文制钱,由闺秀打成各种复杂花结,装瓷盘内,和尚们口念"解结解结解冤结"等歌词,一面把结解开,连绳带钱都放进袖子里去,算是一宗外快。那小和尚便是传忠传荣,是阿隆的嫡传法嗣,此外还有一个阿和,则是普通的徒弟,法名应是"传和",却也失传了。民国以来的第三代通称阿毛或毛师父,似乎已经没有法名,有人问他家在哪里,他回答说的是哪一个家,因为他家有三个,即寺里、父家与妻家,真是所谓出了家更忙了。

　　隆师父自必有其隆师母,传荣法师曾有名言,说"要不然小菩萨是哪里来的呢",只是未见经传,齐甘君的连环图画上所见的大概是她惟一的喜容吧(见《鲁迅的童年》上册中)。

九　两种书房

　　现代的青年大都没有受过塾师的薰陶,这是一种幸福,但依据塞翁得马的规律,同时也不免是损失。私塾里的教法多是严厉烦琐得不合理的,往往养成逃学,不爱用功的习惯,能够避免这种境遇是很好的事,但因此不知道书房的情形,看小说或传记时便不很能了解。例如鲁迅在《朝花夕拾》里所讲三味书屋的先生,和《怀旧》里的秃先生不是一回事,这在文章的性质上,一是自述,一是小说,固然很明了,在所记事件上也一样的清楚,不可能混为一谈的。因为三味书屋是私塾,先生在家里开馆授徒,每节收束修若干,学生早出晚归,路近的中午也回家去吃饭,有钱人家则设家塾,雇先生来教书,住在东家的家里,如秃先生那样,这完全是两种办法。鲁迅家里一直请不起先生,只是往先生家走读,所以三味书屋当是实在情状,《怀旧》里的家塾则是虚拟的描写,乃是小说而非真的回忆,即如读夜书,非在家塾也是没有的事。有人讲鲁迅的故事,把这两件事团作一起,原因一半是由于不明白从前书房的区别,但是把人品迥不相同的两位先生当做一个人,未免对于三味书屋的老先生很是失敬了。《怀旧》里影射辛亥革命时事,那时鲁迅已是三十一岁,自然也不能据为信史,说他是正在读《论语》了吧。

一○　秃先生是谁

　　鲁迅的第一篇小说,民国元年用文言所写的,登在《小说月报》上面,经发见出来,在杂志上转载过,虽然错字甚多,但总之已有人注意了。不过这里发生一个误解,有好些人以为秃先生就是三味书屋的主人,这是一个很大的错误。鲁迅在书房里的老师只有这一位寿怀鉴先生,是个饱学秀才,方正廉介,书钱一年四节,每节两元,不论所读何书,鲁迅曾从他读过《尔雅》,这在全城里塾中也是没有的事。在《朝花夕拾》中著者对于他有相当敬意,那两句“金叵罗颠倒淋漓,千杯未醉,铁如意指挥倜傥,一座皆惊”,显出老先生的神气,却不是仰圣先生模样,这和《怀旧》比较就可以知道的。秃先生的名称或者从王广思堂坐馆的矮癞胡先生出来也未可知,其举动言语别无依据,只是描写那么一个庸俗恶劣的塾师,集合而成的罢了。但中间叙说他,“先生能处任何时世,而使己身无几微之痂,故虽自盘古开辟天地后,代有战争杀伐,治乱兴衰,而仰圣先生一家,虽不殉难而亡,亦未从贼而死,绵绵至今。”深刻的嘲骂乡原，与后来的小说同一气脉，很可注意。耀宗拟设席招待，乃是实事，所谓张睢阳庙则是指那狙击元将琶八之宋卫士唐将军祠也。后圃古池虽系实有，却亦不明晰，至于扑萤堕芦荡事乃是涉笔成趣，未可据为典故，正如起首云："门外有青桐一株，高可三十尺，每岁实如繁星"，也并非事实，不过所写的那个景象的确是极好的。

一一　寿先生（一）

复盆桥寿家，即是三味书屋，前清末年在绍兴东半城是相当闻名的。寿先生名怀鉴，字镜吾，是个老秀才，以教读为生，他的书房是有规矩而不严厉，一年四节，从读《大学》起至《尔雅》止，一律每节大洋两元，可是远近学生总是坐满一屋的。说也奇怪，学生中间并不曾出若干秀才举人，大抵只是为读书识字而来，有大部分乃是商家子弟，有的还做着锡箔店的老板吧。寿先生教书与一般塾师有不同的一点，给学生上书时必先讲解一遍，大概只有一个例外，便是鲁迅读完"五经"和《周礼》之后，再读一部《尔雅》，这"初哉首基俶落权舆"一连串无可发挥，也只好读读而已。先生居家很是俭朴，有一年夏天，只备一件夏布大衫，挂在书房墙壁上，他有两个成年儿子，一矮一长，父子三人外出时轮流着用，长的（先生身材也很高）觉得短一点，矮的穿了又很有点拖拖曳曳了。这已是光绪戊戌以前的事，寿先生的次子移居北京，现今住在三味书屋的已经都是孙辈，对于那时的事情什么都不能知道了。

一二　寿先生（二）

凡是品行恶劣的人，必定要装出一副道学面孔，而公正规矩，真正可以称得道学家的，却反是平易近人，一点都不摆什么架子。我有一个本家长辈，是前清举人，平日服膺程朱，不以词色假人，每早又必朗诵《阴骘文》若干遍，可是晚年渔色，演出种种丑态。相反的是三味书屋的寿先生，他持身治家十分谨严，一介不取与，叫儿子往街换钱，说定九八通行制钱，回来一百百的复算，发见中间一处有缺，立即叫儿子肩了去要求补足，他拿出给人家时也总是实数（九八、九六或五四，依照惯例，不再缺少),可以通用的钱,决不掺杂标准以下的小钱以及沙壳白板。他的儿子进了秀才,报单到时,他托出三百文板方大钱来,门斗嫌少,他便说这是父亲时代传来的老规矩,如若不满意,可以把秀才拿回去吧。但是他平常对人无论上下总是很和气的,在书房里也决不看《阴骘文》等异端的书或《近思录》,只是仰着头高吟,"金叵罗颠倒淋漓,千杯未醉荷,铁如意指挥倜傥,一座皆惊唉。"这两句话记在鲁迅的《朝花夕拾》中,却不知道是什么人的赋,或者是吴谷人的吧。

一三 马 面 鬼

中国向来不大赞成无鬼论,至少如书中所记录,《晋书》的阮瞻,《玄怪录》的崔尚,《睽车志》的宗岱,著了无鬼论,终于被鬼现形所折服,其论亦遂不传。我虽然做不出什么论,可是也不相信有鬼的,这样我说得稍为客气点,留出余地让人家可以也相信有鬼,我自己则深信形灭神不能独存,也没有见过鬼形听到鬼声的经验。这种经验是可以有的,我们见闻好些这一类的报告,并不一定是虚谎,有一部分是精神错乱的幻觉,一部分是疑心生暗鬼的误会。二者之中以后者比较的为多,譬如说看见一团白物,这可能是白衣人或一只白狗,听见吱吱呷呷的鬼叫,这或者本来就是老鼠蝙蝠以及鸭子。先君是不信鬼的,却见过鬼,有一回在光绪初年他在亲戚家吃酒,回家时已过半夜,提着一盏灯笼独自走着,走进一条小弄的时候,忽然看见不远地方站着一个矮鬼,身子只有三尺,脸狭而长却有一尺多,披着长头发分散两边。他心想这回倒好,有运气看到鬼了,一直走上去,那鬼也不退避,还是站在那里,及至走得很近,举起灯笼来在鬼面上一照,这才呼了一声掉转头跑了去了。原来外边是个废园,泥墙半坍了,有一匹白马在缺处伸出头来观望着。后来先君常说:"我好容易见到了马面鬼,就只可惜乃是一匹真的马。"他很顽固的主张无鬼,说他死了也不会变鬼的,在他三十七岁故去的时候还说一无所见,这个庭训我总是真心遵守的。

一四 三个医生

《朝花夕拾》第八篇是《父亲的病》,里边讲到三个医生,虽然只说出了一个人的名字,即是陈莲河本名何廉臣,是最后的一个。说"舌乃心之灵苗",一种什么丹点在舌头上,可以见效的,实在乃是最初的医生,只记得姓冯,名字已失传,当时病人还能走出到堂前廊下来看病,可以为证。他大概只来了两三回,就不再请了,这倒与心之灵苗无关,原因是上一次说"老兄的病不轻,令郎的没有什么",下回来时却说的相反了,他穿了古铜色的夹绉袍,酒气拂拂,其说不清楚或者也是无足怪的。灵苗一说未曾和他的大名一同散逸,却也成了佚文,没有归宿,所以便借挂在何大夫的账上,虽然实在并不是他所说的。中间的医生是姚芝仙,医方的花样最多,仿佛是江湖派的代表,至于篇首所记的一个名医的故事,那时候的确有这传说,事实究竟如何,现在不能确说。此外有盛名的医生本来还有一个朱滋仁,就住在东边贴间壁,几乎有华陀转世的名誉,可惜他自己先归道山了,来不及请教他,他虽然在上海洋场上很久,可是江湖气似乎还不很重。《从百草园到三味书屋》中说园与房子现在卖给了朱文公的子孙,那就是他的儿子朱朗仙是也。

一五 鲁老太太

鲁老太太是鲁迅的母亲;她母家姓鲁,住在会稽的安桥头,住民差不多全是姓鲁的。她的父亲号晴轩,是个举人,曾在户部当主事,因病辞职回家,于光绪甲申年去世。她有两个姊姊,一个哥哥,号怡堂,一个兄弟,号寄湘,都是秀才,大约在民国前后也都故去了。她生于清咸丰七年即一八五七年,于民国三十二年(一九四三)在北京去世,年八十七年。她没有正式读过书,却能识字看书,早年只读弹词说部,六十以后移居北京,开始阅报,日备大小报纸两三份,看了之后与家人好谈时事,对于段张冯蒋诸人都有批评。她是闺秀出身,可是有老百姓的坚韧性。清末天足运动兴起,她就放了脚,本家中有不第文童,绰号"金鱼"的顽固党扬言曰:"某人放了大脚,要去嫁给外国鬼子了。"她听到了这话,并不去找"金鱼"评理,却只冷冷说道:"可不是么,那倒真是很难说的呀。"她晚年在北京常把这话告诉家里人听,所以有些人知道,别的事情也有可以讲的,但这一件就很足以代表她的战斗性,不必再多说了。"金鱼"最恨革命党,辛亥光复前夕往大街,听谣言说革命党进城了,立即瘫软走不成路,由旁人扶掖送回,传为笑柄。

一六 一 幅 画

我有一幅画,到我的手里有八九年了,我不知道怎么办才好。这如说是画,也就是的,可是又并不是,因为此乃是画师想象出来的一个人的小像。这人是我的四弟,他名叫椿寿,生于清光绪癸巳(一八九三)年,四岁时死了父亲,六岁时他自己也死了,时为光绪戊戌。他很聪明,相貌身体也很好。可是生了一种什么肺炎,现在或者可以医治的,那时只请中医看了一回,就无救了。母亲的悲伤是可以想象的,住房无可掉换,她把板壁移动,改住在朝北的套房里,桌椅摆设也都变更了位置。她叫我去找画神像的人给他凭空画一个小照,说得出的只是白白胖胖的,很可爱的样子,顶上留着三仙发。感谢那画师叶雨香,他居然画了这样的一个,母亲看了非常喜欢,虽然老实说我是觉得没有什么像。这画画得很特别,是一张小中堂,一棵树底下有圆扁的大石头,前面站着一个小孩,头上有三仙发,穿着藕色斜领的衣服,手里拈着一朵兰花。如不说明是小影,当做画看也无不可,只是没有一点题记和署名。她把这画挂在房里前后足足有四十五年,在她老人家八十七岁时撒手西归之后,我把这画卷起,连同她所常常玩耍、也还是祖母所传下来的一副骨牌,拿了过来,便一直放在箱子里,没有打开来过。这画是我经手去托画的人裱好拿来的,现在又回到我的手里来,我应当怎么办呢?我想最好有一天把它火化了吧,因为流传下去它也已没有意义,现在世上认识他的人原来就只有我一个人了。

补 记

在本文发表之后,这所说的一幅画,已由我的儿子拿去捐献给文化部,挂在鲁迅故居的原来地方了。

一七 姑母的事情

我有过两个姑母,她们在旧式妇女并不算怎么不幸,可是也决不是幸福,大概上两代的女人差不多就是那么样吧。大姑母生于清咸丰戊午(一八五八)年,出嫁很迟,在吴融马家做继室,只生了一个女儿,有一年从母家回乡去,坐了一只小船,中途遇见大风,船翻了,舟夫幸而免,她却淹死了。小姑母生于同治戊辰(一八六八)年,嫁在东关金家,丈夫是个秀才,感情似颇好,可是舅姑很难侍候,遇着好许多磨折。她不知是哪一年出嫁的,她有一个女儿是属兔的,即光绪辛卯(一八九一)年所生,算来结婚当是己丑庚寅之间吧,她平常对几个小侄儿都很好,讲故事唱歌给他们听,所以她出阁那一天,大家特别恋恋不舍,这事情一直到后来还不曾忘记。至甲午(一八九四)年她产后发热,不久母子皆死,这大抵是产褥热,假如她生在现代,那是不会得死的。她的死耗也使得内侄们特别悲伤,据说她在高热中说胡话,看见有红蝙蝠飞来,当时鲁迅写过祭文似的东西,内容却是质问天或神明的,里边特别说及这红蝙蝠的问题,这是神的使者还是魔鬼呢,总之它使好人早夭,乃是不可恕的了。鲁迅后来在日记上记着她的忌日,可见他也是很久还记忆着的。

一八　丁　耀　卿

　　丁耀卿这名字,大概现今知道的人已经很少了吧。我当初也不认识他,辛丑八月中我同了封德三的一家从乡下来到南京,轮船在下关靠了趸船的时候,有几个人下来迎接,有一个据说是封君的母族长辈,年纪却很轻,看他在讲话,可是我一句都听不出。原来他就是丁耀卿,绍兴人,矿路学堂本届毕业生,是鲁迅的同班至友,生了肺病,如今结核菌到了喉头,所以声带哑了,说起话来没有声音。这之后我就没有机会看见他,到了十二月初,就听见人说丁君已于上月廿六日去世,这一条写在旧日记上,还录有两副人家送给他的挽联。其一署名豫才周树人,文曰:

　　　男儿死耳,恨壮志未酬,何日令威来华表;魂兮归去,知夜台难瞑,深更幽魄绕萱帏。

　　其二署名秋平蒋桂鸣,文曰:

使君是终军长吉一流,学业将成,三年呕尽心头血;故乡在镜水稽山之地,家书未达,千里犹缝游子衣。

蒋君大概是陆师学堂的学生,记得年纪较大,在前清还有点功名,不知道是秀才还是廪生了,也是浙江人,或者是台州人也说不定(鲁迅在南京时的日记如尚保存,当有更多的资料可以找到)。

一九 胡 韵 仙

胡韵仙为铅山胡朝梁(诗庐)的兄弟,初名朝栋,进水师学堂,与鲁迅同学,及鲁迅退学,他也因事出来了。过了些时改名胡鼎,和我同考"云从龙风从虎论",以第一名录取,补副额(即三班),洋汉文功课均佳。壬寅二月鲁迅将往东京,韵仙拿了三首诗来送他,今录于下:

忆昔同学,曾几何时,弟年岁徒增,而善状则一无可述,兹闻兄有东瀛之行,壮哉大志,钦慕何如,爰赋数语,以志别情,犹望斧正为荷。

英雄大志总难侔,夸向东瀛作远游。极目中原深暮色,回天责任在君流。

总角相逢忆昔年,美君先着祖生鞭。敢云附骥云泥判,临别江干独怆然。

乘风破浪气豪哉,上国文光异地开。旧域江山几破碎,劝君更展济时才。

这几首在他的诗里不算是佳作,我请他写一个扇面,写的是自作的两首诗,一是彭蠡遇风,一是送兄之作,暑假时拿回去为祖父所见,询是同班学生,曾郑重的说,同学中有这样人才,不可大意,需要加倍用功。韵仙很有才气,能说话,能写文章,能做事,在我们少数的朋友中间,没有一个人及得他来。他曾自评云,"落拓不羁,小有才具。"自谦之中也有自知之明。他在驾驶堂的宿舍,独占一间,末了一个时期忽将板床拆去,只留三张半桌,放在房子中间,晚上便在这上边睡觉,平常将衣服打成背包,背着绕了桌子走。问他是什么意思,答说中国这样下去非垮台不可,大家学习逃难要紧。听的人都以为狂,其实他自然是在锻炼吃苦,想去参加革命,转入陆师后环境较好,同志也可能多一点,但是他不久病故,所以并没有能够干得什么事,倒是他的老兄到民国初年尚在,在教育部做官,专门做江西派的诗,当年的志气也一点都没有了。

二〇　秋　　瑾

秋瑾与鲁迅同时在日本留学。取缔规则发表后,留学生大起反对,秋瑾为首,主张全体回国,老学生多不赞成,因为知道取缔二字的意义并不怎么不好,因此这些人被秋瑾在留学生会馆宣告了死刑,有鲁迅许寿裳在内,鲁迅还看见她将一把小刀抛在桌上,以示威吓。不久她归国,在江浙一转,回到故乡去;主持大通体育学堂,为革命运动机关,及徐锡麟案发被捕,只留下"秋雨秋风愁煞人"的口供,在古轩亭口的丁字街上被杀,革命成功了六七年之后,鲁迅在《新青年》上发表了一篇《药》,纪念她的事情,夏瑜这名字很是显明的,荒草离离的坟上有人插花,表明中国人不曾忘记了她。在日本报上见到徐案消息的时候,留在东京的这一派人对于与徐秋有关的人的安全很是忧虑,却没有人可以前去,末后托了一个能懂中国话的日本同志,设法混进绍兴去,可是一切混乱,关系的人一个都找不到,竺绍康王金发大概逃回山里,陶成章陈子英等人随即溜到东京来了。这个探信的人大抵未曾留辫子,异言异服的,不曾被做公的抓了去,实属运气之至,可见清朝稽查还不密,那时城中还没有客栈,所以无处安身,只好在一家鸦片烟馆里混了两晚,他也不会抽大烟,不知道是怎么的对付过来的。他的姓名现在已不记得,这事件远在四十多年以前,所以知道的人现在活着的也只有一两个人了吧。

二一　袁文薮与蒋抑卮

袁文薮与蒋抑卮都是鲁迅的老朋友。鲁迅从仙台医学校退了学,来到东京，决心要做文学运动，先来出一个杂志，定名叫做《新生》，是借用但丁的一本书名的。他拉到了两个同乡友人，给《新生》写文章，一个是许季茀，一个即是袁文数。许是在东京高等师范念书，袁不知学的是什么，但未曾毕业，不久转往英国留学去了。袁与鲁迅很是要好；关于办杂志谈得很投合吧，可是离开了东京之后就永无音信，所以这里关于他的故事也终结了。蒋抑卮是杭州的银行家，大概是浙江兴业银行的理事吧，他本与许季茀相识，一九〇八年他往东京割治耳病，先到本乡许处寄居，鲁迅原住在那里，所以认识了。他虽是银行家，却颇有见识，旧学也很好，因此很谈得来，他知道鲁迅有介绍外国小说的意思，愿意帮忙，垫付印刷费，卖了后再行还他。这结果便是那两册有名的《域外小说集》，第一册一千本，垫了一百元，第二册减少只印了五百册，又借了五十元，假如没有这垫款，那小说集是不会得出世的。此书在东京的群益书社寄售，上海总经售处是一家绸缎庄，很是别致，其实说明了也极平常，因为这铺子就是蒋家所开的。《域外小说集》的故事已经有些人讲过了，但是关于出资的人似尚未提及，我觉得也值得介绍一下。民国以后，鲁迅在北京的时候，蒋抑卮北来必去拜访，可见他们的交情一直是很好的了。

二二 蒋 观 云

　　鲁迅在东京的朋友不很多，据我所知道的大概不过一打之数，有的还是平常不大往来的。现在我便来讲这样的两个人，即是蒋观云与范爱农。观云名蒋智由，是那时的新党，避地东京，在《清议报》什么上面写些文章，年纪比鲁迅总要大上二三十岁了，因为他是蒋伯器的父亲，所以同乡学生都尊他为前辈，鲁迅与许季茀也常去问候他。可是到了徐锡麟案发作，他们对他就失了敬意了。当时绍兴属的留学生开了一次会议，本来没有什么善后办法，大抵只是愤慨罢了，不料蒋观云已与梁任公组织"政闻社"，主张君主立宪了，会中便主张发电报给清廷，要求不再滥杀党人，主张排满的青年们大为反对。蒋辩说猪被杀也要叫几声，又以狗叫为例，鲁迅答说，猪才只好叫叫，人不能只是这样便罢。当初蒋观云有赠陶焕卿诗，中云，"敢云吾发短，要使此心存。"鲁迅常传诵之,至此时乃仿作打油诗云:"敢云猪叫响,要使狗心存。"原有八句,现在只记得这两句而已。蒋著有《海上观云集》,在横滨出版,以旧诗论大概还有价值,可是现今知道的人恐怕已经不多了吧。

二三 范 爱 农

范爱农是《越谚》著者范寅的本家,在日本留学大概是学理工的,起初与鲁迅并不认识,第一次相见乃是在同乡学生讨论徐案的会场上。其时蒋观云主张发电报给清廷,有许多人反对,中间有一个人蹲在屋角落头(因为会场是一间日本式房子,大家本是坐在席上的),自言自语的说道,"杀的杀掉了,死的死掉了,还发什么屁电报呢?"他也是反对电报的,只是态度很是特别,鲁迅看他那神气觉得不大顺眼,所以并未和他接谈,也不打听他的姓名,便分散了。这是一九○六年的事情,事隔五年之后,辛亥革命那年,绍兴光复,王金发设立军政分府,聘请鲁迅为师范学校校长,范某为副校长,就任之日一看原来即是那蹲在屋角落头的人,这时候才知道他叫范爱农,所用的官名大家都已不记得了。自此以后他们成为好友,新年前后常常头戴农夫的毡帽,钉鞋雨伞雪夜去访鲁迅,吃老酒谈天到二三更时候。不久鲁迅往南京进教育部,范爱农离开师校,很不得意,落水而死,鲁迅作五律二首哀之,今收在集里。

二四 蒯 若 木

蒯若木在日本不知道学的是什么,仿佛似是工业,却也不大像。他与鲁迅来往很少,但颇稔熟,大概是在南京时相识的吧。他看见鲁迅总谈佛法,鲁迅很看过些佛书,可是佛教却是不相信,所以话不能投机,却还是各说各的。一九○六年以后鲁迅热心学习德文,若木便说,"你还是先学佛法,学成之后自有神通,其一是他心通,那时什么外国语都自然能够通解了。"事隔十年,大约是"五四"直前的时候,若木搞什么政治活动,在北京出现,鲁迅在路上遇到他,后来对朋友笑说,"若木似乎佛法也还未学成,因为前天我路上遇见他坐了马车走过,要不然有了神足通,何必再要什么马车呢。"若木又有一句口头禅云"现居士身而说法",

鲁迅说起他时,常要学他的合肥话,把而字读作挨,又拉得很长的。关于这句话,还附带的有一件故事,很有点可笑,现在且从略。鲁迅对于蒯若木虽然有时要讥笑,可是并无什么恶意,因为他们本是两个境界的人,意见合不来,也不会发生正面冲突,所以不妨各说各的,旋各自散去也。

二五 周瘦鹃

关于鲁迅与周瘦鹃的事情,以前曾经有人在报上说及,因为周君所译的《欧美小说译丛》三册,由出版书店送往教育部审定登记,批复甚为赞许,其时鲁迅在社会教育司任科长,这事就是他所办的。批语当初见过,已记不清了,大意对于周君采译英美以外的大陆作家的小说一点最为称赏,只是可惜不多,那时大概是民国六年夏天,《域外小说集》早已失败,不意在此书中看出类似的倾向,当不胜有空谷足音之感吧。鲁迅原来很希望他继续译下去,给新文学增加些力量,不知怎的后来周君不再见有著作出来了,直至文学研究会接编了《小说月报》,翻译欧陆特别是弱小民族作品的风气这才大兴,有许多重要的名著都介绍来到中国,但这已在五六年之后了。鲁迅自己译了很不少,如《小约翰》与《死魂灵》都很费气力,但有两三种作品,为他所最珍重,多年说要想翻译的,如芬兰乞食诗人凡威林太的短篇集,匈牙利革命诗人裴彖飞的惟一小说,名叫《绞吏之绳》的,都是德国"勒克兰姆"丛刊本,终于未曾译出,也可以说是他未完的心愿吧(在《域外小说集》后面预告中似登有目录,哪一位有那两册初印本的可以一查)。这两种文字都不是欧语统系,实在太难了,中国如有人想读那些书的,也只好利用德文,英美对于弱小民族的文学不大注意,译本殆不可得。

二六 俟堂与陈师曾

鲁迅在教育部的同事中有几个熟朋友,以时代先后为序是张燮和,陈师曾,其次是许季黻。他于清戊戌(一八九八)年考入江南陆师学堂附设的矿路学堂,同宿舍的便是张邦华,字燮和,还有芮体乾,毕业后改名顾琅,字石臣。陆师学堂的总办最初是钱德培,后来换了俞明震,陈师曾是俞家的近亲,那时便住在学堂里,虽然原是读书人,与矿路学生一样的只穿着便服,不知怎的为他们所歧视,送他一个徽号叫做"官亲"。及至矿路班毕业,选送日本留学,师曾也一同自费出去,这个歧视才算解除,在高等师范肄业,已与鲁迅开始交往,若干年后在教育部重逢,那时师曾的书画篆刻已大成就,很为鲁迅所重,二人的交谊也就更深一层了。洪宪发作以前,北京空气恶劣,知识阶级多已预感危险,鲁迅那时自号俟堂,本来也就是古人的待死堂的意思,或者要引经传,说出于"君子居易以俟命"亦无不可,实在却没有那样曲折,只是说"我等着,任凭什么都请来吧。"后来在《新青年》上面发表东西,小说署名鲁迅,系用从前在《河南》杂志寄稿时的笔名迅行,冠上了一个姓,诗与杂感则署唐俟,即是俟堂二字的倒置,唐像是姓,又照古文上"功不唐捐"的用例,可作空虚的意思讲,也就是说空等,这可以表明他那时候的思想的一面。师曾给鲁迅刻过好几块印章,其中刻"俟堂"二字的白文石章最佳,也有几张画,大家都想慢慢的再揩他的油,却不料他因看护老太爷的病传染了伤寒,忽然去世了。

二七　陈师曾的风俗画

陈师曾的画世上已有定评,我们外行没有什么意见可说,在时间上他的画是上承吴昌硕,下接齐白石,却比二人似乎要高一等,因为是有书卷气,这话虽旧,我倒是同意的,或者就算是外行人的代表意见吧。手边适值有师曾的《北京风俗图》影印本二册,翻阅一过,深觉得这里有社会的意义,学问与艺术的价值,不是一般画师所能到的。画上有各人题句,是民国五六年所书,大略可以知道作画的年代。其时鲁迅在教育部,时常邀集二三友人到绒线胡同西口路南的回教馆楼上吃牛肉面,从东铁匠胡同斜穿马路过去,路没多远。有一次适有结婚仪仗经过,师曾离开大家,独自跟着花轿看,几乎与执事相撞,友人们便挖苦他,说师曾心不老,看花轿看迷了,随后知道他在画风俗图,才明白他追花轿的意思,图中有吹鼓手打执事,都是属于这一类的。印本题曰《菉猗室京俗词题陈朽画》,前后各十七阕,姚茫父自书所作词,朽道人即师曾画北京风俗共三十四幅,有陈孝起、程穆庵、何芷舲等人题句,淳菁阁印行,早已绝版。其第十九图送香火,画作老妪蓬首垢面,敝衣小脚,右执布帚,左持香炷,逐洋车乞钱,程穆庵题曰:

> 予观师曾所画北京风俗,尤极重视此幅,盖着笔处均极能曲尽贫民情状,昔东坡赠杨耆诗,尝自序云,"女无美恶富者妍,士无贤不肖贫者鄙。"然则师曾此作用心亦良苦矣。

其实这三十几幅多是如此,除旗妆仕女及喇嘛外皆是无告者也,其意义与《流民图》何异,只可惜朽道人死后此种漫画作风遂成了"广陵散"了。

二八 鲁迅在 S 会馆

S 会馆的名称始见于《呐喊》自序中。这本名山会邑馆,是山阴会稽两县人的会馆,在李越缦日记中常有提及,清末山会合并称为绍兴县,也就改名绍兴县馆。出宣武门一直往南,到了前清杀人的地方菜市口,迤西路南即是北半截胡同,在广和居门前分路,东南岔去是裤腿胡同,西南是南半截胡同,其实这也是一只裤腿,不知何以独承了半截的正统。离胡同北口不远即是会馆,坐西朝东,进了头门二门之后照例是一个大院子,正屋是历代乡贤的祠堂,从右侧弄堂往西去,后边一进平房,是鲁迅寄住过的地方。小小一个院落,南首有圆洞门通到东边,门内一棵大槐树,北首两间下房,正面一排四间,名为"补树书屋",只因极北一间被下房挡住了阳光,所以关闭不用,鲁迅所用的就是那外边三间罢了。他大概从民二住起直至民八,这里所说只是末三年的情形,其时他睡在靠北的一间里,南头作为我的卧室及客室,中间房内放着一张破画桌和方桌,是洗脸吃饭的地方。他的卧榻设在窗口靠北的墙下,旁边是一张书桌和藤椅,此外几个书架和方桌都堆着已裱未裱的石刻拓本,各种印本的金石书史等。下午四五点下班,回寓吃饭谈天,如无来客,在八九点时便回到房里做他的工作,那时辑书已终结,从民四起一直弄碑刻,从拓本上抄写本文与《金石萃编》等相校,看出许多错误来,这样校录至于半夜,有时或至一二点钟才睡。次晨九十点时起来,盥洗后不吃早餐便到部里去,虽然有人说他八点必到班,事实上北京的衙门没有八点就办公的,而且鲁迅的价值也并不在黾勉从公这一点上,这样的说倒有点像给在脸上抹点香粉,至少总是失却本色了吧。

二九 S会馆的来客

到S会馆来访问鲁迅的客并不多,因为白天主人不在寓,相识的友人大抵都在教育部里,依了认识的年代说来,如张燮和、阿师曾、许季茀、齐寿山、许季上等人,天天见面,别无登门拜访之必要。偶然有些旧学生,是浙五中或两级师范出身的,或同乡后辈,于星期日来访,主人往往到青云阁或琉璃厂去了,也难得遇见。其中只有一位疑古先生,即是《呐喊》序中之金心异,常来谈天,总在傍晚主人下班时走来,靠在惟一的藤躺椅上,古今中外的谈起来,照例去从有名的广和居叫蹩脚的菜来,炸丸子,木犀肉,酸辣汤之类,用猫饭碗似的器具盛了来,吃过了直谈至十一点钟,回到后孙公园的师大教员宿舍去。他原是“民报社”听讲的同学,一向很能谈话,在太炎讲了之后,他常常请益,虽然盘脚坐在席上,却有不觉膝前之势,鲁迅与许季茀曾给他起绰号叫做“爬来爬去”,他以这种气势向鲁迅进攻,鲁迅响应《新青年》运动,开始写小说,这在《呐喊》上边曾经说明,读者自当还都记得。疑古知道并记得的事情极多,都与中国文化有关,可惜不曾记录一点下来,如今已多半遗忘了。他往补树书屋谈天,大概继续有三年之久,至民八冬鲁迅迁出S会馆,这才中断。

三〇 鲁迅与书店

鲁迅对大书店向来有些反感。还是在东京留学的时候,他们翻译了一部小说,是哈葛得做的,那时正在时行,共有十万字,寄给书店,以千字二元的代价卖掉,后边附有注解十多页,本来是不算钱的,但在印出来时全给删却了。过了一年,又卖了一部稿子,自己算好有六万几千字,可是寄卖契和钱来的时候差不多减少了万字之谱,他倒也很幽默,就那么收下,等了一年后书印了出来,特地买来一册,一五一十的仔细计算,查出原来的数目不错,于是去信追补,结果要来了大洋几元几角几分,因为那时书店是这样精细的算的。第三次是在辛亥革命之后,他同范爱农合办师范学校几个月,与军政分府的王金发部下不大弄得来,就辞了职,想到上海去当编辑。他托了蔡谷卿介绍,向大书店去说,不久寄了一页德文来,叫翻译了拿来看。他在大家公用的没有门窗的大厅里踱了大半天,终于决定应考,因为考取了可以有一百多元的薪水。他抄好了译文,邮寄上海,适值蔡子民的信来到,叫他到南京的教育部去,于是他立即动身,那考试的结果如何也不去管它,所以没有人记得这是及第还是落第了。这些都是小事,但他对于大书店的反感便是那么的来的。

三一　惜　花　诗

在旧日记中找出抄存鲁迅旧诗四首,系辛丑(一九○一)年春天所作,题曰《惜花四律,步湘州藏春园主人元韵》。藏春园主人不知其真姓名,原作载当时的《海上文社日录》上,大抵是流寓文士,大家结社征诗,以《日录》(或是什么报的附张吧)为机关报,鲁迅看见偶尔拟作,未必是应征的。诗为七律,颇有些佳句,如其一第三联云,"天于绝代偏多妒,时至将离倍有情。"其二第三联云,"莫教夕照催长笛,且踏春阳过板桥。"其三第三联云,"慰我素心香满袖,撩人蓝尾酒盈卮。"都很流丽。原作云,"浅深秀媚如含恨,浓淡丰姿若有情,青埃碧汉三千界,绿意红情廿四桥,参天甕汉窥云罃,大地阳春泛酒卮。"比较起来差得很多,不但没甚意趣,而且多犯合掌之弊。鲁迅和诗其二的第二句云,"金屋何时贮阿娇。"本系押韵,亦切惜花意,他的祖父看见了颇有微词,假如是说的玩笑话,也可以算是老头儿的风趣。《文社日录》本来是他所有的,大概这类和诗一定也不少,鲁迅曾经抄集若干为《桐华阁诗录》,只听说有《水月电灯歌》之类,惜花诗则似未见云。

三二　笔述的诗文(一)

翻阅唐弢先生所编《鲁迅全集补遗》,觉得搜集很费苦心,虽然有的

可疑的错误收入，有的也不免还有遗漏。巴人的《百草书屋札记》，这回
改订五版时已经删除了，在《越铎日报》上恐怕查不出这条来，假如有人
还保存着民国三年的报纸。遗漏的有些笔述的译文，如《河南》上的《裴
彖飞诗论》半篇，在这以前还有《红星佚史》里的诗歌，共有十八九篇之
多，有几篇长至二十行以上。这译本不是用鲁迅出名，但其中韵文部分
出于他的笔述，那是的确可靠的。我们试将第二编第五章里的一首诗
抄在下面。

> 载辞旧欢兮，梦痕溢其都尽。载离长眠兮，为夫君而终醒。
> 恶梦诸斯匡床兮，深宵见兹大魅。鼍汝欢以新生兮，兼幽情与
> 古爱。
> 胡恶梦大魅为兮，惟圣且神。相思相失兮，忍余死以待君。

这是一九〇六年的作品，差不多同时候自译的有赫纳（通称海涅）
的诗，收在补遗卷头，可以拿来比较一下。

> 余泪泛澜兮繁花，余声徘聖兮莺歌。使君心其爱余兮，余将捧
> 繁花而献之。流莺鸣其嘤嘤兮，傍吾欢之罘罳。

固然赫纳的诗温丽雅驯，所以看去似乎更好，但是这两者笔调却总
可以有些相通的地方。那十八九篇译诗，内容不同，译文成绩也不一
样，其中最有意思的，也就要算这一篇了吧。

三三　笔述的诗文(二)

《河南》杂志上鲁迅的文章，后来大抵收在论文集《坟》里，只有半篇
《裴彖飞诗论》未曾收入。这本是奥匈人爱弥耳赖息用英文写的《匈加
利文学论》的第二十七章，经我口译，由鲁迅笔述的，所以应当算作他的
文字，译稿分上下两部，后《河南》停刊，下半不曾登出，原稿也遗失了，
上半篇收存在我的合订本中，现在只有一部分，因为抄在别的书本里，
尚可查考，今录于下以见一斑。

平原之在匈加利者,数凡三千,而夺勃来钦左近之呵多巴格最有名,常见于裴彖飞吟咏。诸平原为状,各各殊异。或皆田圃,植大麦烟草,荏粟成林,或为平芜下隰,间以池塘,且时或茂密,时或荒寒,时或苍凉,时或艳美。……旅人先过荒野无数,渐入一市,常见是中人物如绘,咸作大野景色。有村人甚谨厚,其妇称小夭(匈加利妇人之尊称),便给善言。又有羊豕牛马之牧者,衣饰不同,人亦具诸色相。牧羊人在草野间,视羔羖一大队,性温和,善音乐,且知秘密医方,盖所牧羊或病,辄自择草食之,旋愈,牧者审谛,因以博识草木,熟习自然,类术士焉。牧牛者掌大物牝牡,秉性乃野莽好斗,怒牛奔突欲入泽,辄与之角,又斗原上窃牛之贼。牧豕者最下,性阴郁,不得意,又善怒,易流为盗。惟牧马者为胜,日引多马游食草原之上,勇健敏捷,长于歌舞,能即兴赋诗,生与马相习,所以御马与马盗之术皆晓彻,披绣衣,广袖飘扬,又年少英武,女郎多爱慕之。第众中最奇特者,莫如可怜儿,即原上暴客,世传其事多吊诡之趣,盖人谓其违法逆经,必缘败北于人世,或伤于爱恋故也。若夫景色之胜,则为海市,每届长夏,亭午溽暑,空中往往见城寨楼塔,大泽山林之象,光辉朗然。行人遇之,如入仙乡,而顷刻尽灭,不留踪影。为匈加利平野者盖如此。

第三分 鲁迅在东京

一 伏 见 馆

　　鲁迅往日本留学,头一次往东京是在壬寅(一九〇二)年二月,至丙午(一九〇六)年夏回乡结婚。秋天再往东京,这里所说的是第二次的事情。那时他已从仙台医学专门学校中途退了学,住在本乡区汤岛二丁目的伏见馆里,房间在楼上路南这一排的靠近西端,照例是四张半席子大小,点洋油灯,却有浴室,大概一星期可以有两次洗浴,不另外要钱(本来外边洗浴也不过两三分钱)。这公寓的饭食招待不能算好,大抵还过得去,可是因了洗浴的缘故,终于发生纠纷,在次年春间搬了出来了。鲁迅平常看不起的留学生第一是头上有"富士山"(辫子盘在头上,帽顶凸出之雅号)的速成科,其次是岩仓铁道明治法政的专门科,认定他们的目的是专在升官发财的,恰巧那里的客有些是这一路的人,虽然没有"富士山"的那么面目可憎,却是语言很是无味,特别是有一个他们同伴叫他法豪的,白痴似的大声谈笑,隔着两间房听了也难免要发火。尤其是他们对于洗浴有兴趣,只要澡堂一烧好,他们就自钻了进去,不依照公寓的规则,那时鲁迅是老房客,照例公寓要先来请他,每次却都被法豪辈抢了去,他并不一定要先洗,但这很使他生气,所以决心移到别处去了。

二 中越馆（一）

鲁迅第二次寄居的地方仍在本乡，离伏见馆不远，叫做东竹町，原是一家人家，因为寄居的客共有三人，警察一定要以公寓论，所以后来挂了一块中越馆的招牌。主人是一个老太婆，带了她的小女儿，住在门内一间屋里，西边两大间和楼上一间都租给人住，地点很是清静，可是房饭钱比较贵，吃食却很坏。有一种圆豆腐，中间加些素菜，径可两寸半，名字意译可云素天鹅肉，本来也可以吃，但是煮的不入味，又是三日两头的给吃，真有点吃伤了，鲁迅只好随时花五角钱，自己买一个长方罐头腌牛肉来补充。那老太婆赚钱很凶，但是很守旧规矩，走进屋里拿开水壶或是洋灯来的时候，总是屈身爬着似的走路。这爬便很为鲁迅所不喜欢，可是也无可奈何她。那小女儿名叫富子，大概是小学三四年级生，放学回来倒也是很肯做事的，晚上早就睡觉，到了十点钟左右，老太婆总要硬把她叫醒，说道："阿富，快睡吧，明天一早要上学哩。"其实她本来是睡着了的，却被叫醒了来听她的训诲，这也是鲁迅所讨厌的一件事，好在阿富并不在乎，或者连听也不大听见，还是继续她的甜睡，这事情就算完了。

三 中越馆（二）

在中越馆里还有一个老头儿，不知道是房东的兄弟还是什么，白天大抵在家，屋角落里睡着，盖着一点薄被，到下午便不见了。鲁迅睡得很迟，吃烟看书，往往要到午夜，那时听见老头儿回来了，一进来老太婆便要问他今天哪里有火烛。鲁迅当初很觉奇怪，给他绰号叫"放火的老头儿"，事实自然并非如此，他乃是消防队了望台的值夜班的，时间大概是从傍晚到半夜吧。这公寓里因为客人少，所以这一方面别无问题，楼上的房客是但焘，他是很安静的，虽然他的同乡刘麻子从美国来，在他那里住了些时，闹了点不大不小的事件。有一天刘麻子外出，晚上没有回来，大门就关上了，次早房东起来看时，门已大开，吓了一跳，以为是着了贼，可是东西并没有什么缺少，走到楼上一看，只见刘麻子高卧未醒,原来是他夜里并未叫门,不知怎么弄开了就一直上楼去了。又有一次,拿着梳子梳发,奔向壁间所挂的镜面前去,把中间的火钵踢翻了,并不回顾,还自在那里理他的头发,由老太婆赶去收拾,虽然烧坏了席子,总算没有烧了起来。不久他离开中越馆,大概又往美国去了吧,于是这里边的和平也就得以恢复了。

四　中越馆(三)

东竹町在顺天堂病院的右侧,中越馆又在路右,讲起方向来,大概是坐北朝南吧。鲁迅住的房子是在楼下,大小两间,大的十席吧,朝西有一个纸窗,小的六席,纸门都南向,人家住房照例有板廊,外边又有曲尺形的一个天井,有些树木,所以那西向的窗户在夏天也并不觉得西晒。平常有客来,都在那大间里坐,炭盆上搁着开水壶,随时冲茶倒给客人喝。大概因为这里比较公寓方便,来的客也比以前多了,虽然本来也无非那几个人,不是亡命者,便是懒得去上学的人,他们不是星期日也是闲空的。这里主要的是陶焕卿,龚未生,陈子英,陶望潮这些人,差不多隔两天总有一个跑来,上天下地的谈上半天,天晴雨雪都没有关系,就只可惜钱德潜那时没有加入,不然更要热闹了,他也是在早稻田挂名,却是不去上课的。谈到吃饭的时候,主人如抽斗里有钱,买罐头牛肉来添菜,否则只好请用普通客饭,大抵总只是圆豆腐之外一木碗的豆瓣酱汤,好在来访的客人只图谈天,吃食本不在乎,例如陶焕卿即使给他一杯燕菜他也当做粉条喝下去,不觉得有什么好的。在这四五年中间,中越馆这一段虽然过的也是穷日子,大概可以算是最萧散了吧。

五　伍　舍

假如不是许寿裳要租房子,招大家去品住,鲁迅未必会搬出中越馆,虽然吃食太坏,他常常诉苦说被这老太婆做弄(欺侮)得够了。许寿裳找到了一所夏目漱石住过的房子,在本乡西片町十番地乙字七号,硬拉朋友去凑数,鲁迅也被拉去,一总是五个人,门口路灯上便标题曰伍舍,鲁迅于一九○八年四月八日迁去,因为那天还下雪,所以日子便记住了。那房子的确不错,也是曲尺形的,南向两间,西向两间,都是一大一小,即十席与六席,拐角处为门口,另有下房几间,西向小间住了钱某,大间作为食堂客堂,鲁迅住在南向小间里,大间里是许与朱某,这一转换不打紧,却使得鲁迅本来不宽裕的经济更受了影响,每月入不敷出,因为房租增加了,饭食虽是好了,可是负担也大,没有余力再到青木堂去喝杯牛奶果子露了。这样支撑着过了年,同居人中间终于发生了意见,钱朱二人提议散伙,其余三人仍在一起,在近地找了一所较小的房屋搬了过去,还是西片町十番地,不过是丙字十九号罢了。在乙字七号虽然住了不到十个月,但也有些事情可以记录,这且在下一次再说吧。

六 校 对

鲁迅那时的学费是年额四百元,每月只能领到三十三元。在伍舍居住时就很感不足,须得设法来补充了。译书因为有上海大书局的过去经验,不想再尝试,游历官不再来了,也没有当舌人的机会,不得已只好来做校对。适值湖北要翻印同文会所编的《支那经济全书》,由湖北学生分担译出,正在付印,经理这事的陈某毕业回去,将未了事务托许寿裳代办,鲁迅便去拿了一部分校正的稿来工作。这报酬大概不会多,但没有别的法子,总可以收入一点钱吧。有一处讲到纳妾的事,翻译的人忽然文思勃发,加上了许多话去,什么小家碧玉呀,什么河东狮吼呀,很替小星鸣其不平,鲁迅看了大生其气,竟逸出校对范围之外,拿起红墨水笔来,把那位先生苦心写上去的文章都一笔勾销了。平常文字有不通顺处也稍加修改,但是那么的大手术却只此一次而已。担任印刷的是神田印刷所,派来接洽的人很得要领,与鲁迅说得来,所以后来印《域外小说集》,也是叫那印刷所承办的。鲁迅给《河南》杂志写文章,也是住在那里时的事情。

七 青 木 堂

青木堂在东大赤门前东头,离汤岛很近,夏天晚上往大学前看夜店,总要走过他门口,时常进去喝一杯冷饮。那时大概还不时行冰激淋,鲁迅所喝的多是别一种东西,用英语叫做密耳克舍克,可以译为摇乳吧,将牛乳鸡蛋果子露等放玻璃杯内,装入机器里摇转一会儿,这就成了。那里有各种罐头瓶头,很是完备,鲁迅常买的不过是长方罐的腌牛肉,只有一回买过特别货色,是一个碗形的罐,上大下小,标题土耳其鸡与舌头,打开看时,上面是些火鸡的白肉,底下是整个的牛舌头,不,整个怕装不下,或者是半个吧?鲁迅对于西餐的“冷舌头”很是赏识,大概买的目的是如此,却连带的吃了火鸡,恐怕也就只是这一次罢了。价格是一元半,在那时要算是很贵了。此外又买过两次猪肉的“琉球煮”,其实煮法也不特别,大抵同中国差不多,其不搁糖的一点或者更与绍兴相似,但是后来就不见了,原因当是不受主顾的欢迎。多年之后看到讲琉球生活的书,说那边的厕所很大,里边养着猪,与河北定县情形相同,二者都有中山之称,觉得很是巧合,但也因此想到那“琉球煮”的猪肉不能销行,未必不与这事无关。孙伏园昔在定县请客吃猪肚,经他的大世兄一句话说穿,主客为之搁筷,正是一个很好的例证。

八　学　俄　文

　　鲁迅学俄文是在一九〇七年的秋天吧,那时住在中越馆,每晚徒步至神田,路不很远,次年春迁居西片町,已经散伙,实在路远也不能去了。这事大概是由陶望潮发起,一共六个人,其中只有陈子英后来还独自继续往读,可以看书,别的人都半途而废了。教师是马理亚孔特夫人,这姓是西欧系统,可能是犹太人,当时住在日本,年纪大约三十余岁,不会说日本话,只用俄语教授,有一个姓山内的书生(寄食主人家,半工半读的学生),是外国语专门学校的肄业生,有时叫来翻译,不过那些文法上的说明大家多已明白,所以山内屡次申说,如诸位所已经知道,呐呐的说不好,来了一两天之后便不再来了。大家自己用字典文法查看一下,再去听先生讲读,差不多只是听发音,照样的念而已。俄文发音虽然不算容易,总比英语好,而且拼字又很规则,在初学只是觉得长一点,不知怎的有一位汪君总是念不好,往往加上些杂音去,仿佛起头多用“仆”字音,每听他仆仆的读不出的时候,不但教师替他着急,就是旁边坐着的许寿裳和鲁迅也紧张得浑身发热起来,他们常玩笑说,上课犹可,仆仆难当。汪君是刘申叔的亲戚,陶望潮去拉来参加的,后来在上海为同盟会人所暗杀,那时刘申叔投效在端方那里,汪君的死大概与此有关。

九　民报社听讲(一)

鲁迅住在东竹町的时候,由陶望潮发起,往神田到一个俄国女人那里学俄文,因学费太贵(其实也只每月五元)而中止,在伍舍时由龚未生发起,往小石川到民报社请章太炎先生讲《说文》,到了伍舍散伙时,那一班也几乎拆散了。结果是钱某走了,搬到丙字十九号的三人还继续前去,可是这也没有多久也就中止,因为许寿裳与鲁迅于四五月间陆续回国,往杭州两级师范学堂去当教员。鲁迅所担任的生理学,有油印讲义尚存,许寿裳为题字曰《人生象学》,学字右边有反文,一眼看去像是教字。那时的校长(大概是称做监督吧)是沈衡山先生,他是浙江前辈翰林,可是对人非常谦恭,说话时常说"钧儒以为"怎么样,后来鲁迅还时常说及这事。教员有好些是太炎的学生,民国成立后多转入浙江教育司办事,初任司长也就是沈衡山,有一部人则跟了蔡子民进了教育部,如许寿裳、鲁迅均是。在教育司的人逐渐向北京走,进了高等师范和北京大学,养成许多文字音韵学家,至今还是很有势力。养成学者是好事情,但是辗转讲学,薪传不绝,而没有做得出总结来,使文字学研究有一个结果,让不预备专攻深入的人,能够知道大略,这也可以说是一个缺陷吧。

一〇　民报社听讲(二)

往民报社听讲《说文》,是一九〇八至一九〇九年的事。太炎在东京一面主持《民报》,一面办国学讲习会,借神田的大成中学讲堂定期讲学,在留学界很有影响。鲁迅与许寿裳与龚未生谈起,想听章先生讲书,怕大班太杂沓,未生去对太炎说了,请他可否星期日午前在民报社另开一班,他便答应了。伍舍方面去了四人,未生和钱夏,朱希祖,朱宗莱都是原来在大成的，也跑来参加，一总是八个听讲的人，民报社在小石川区新小川町，一间八席的房子，当中放了一张矮桌子，先生坐在一面，学生围着三面听，用的书是《说文解字》，一个字一个字的讲下去，有的沿用旧说，有的发挥新义，鲁迅曾借未生的笔记抄录，其第一卷的抄本至今尚存。太炎对于阔人要发脾气，可是对学生却极好，随便谈笑，同家人朋友一样，夏天盘膝坐在席上，光着膀子，只穿一件长背心，留着一点泥鳅须，笑嘻嘻的讲书，庄谐杂出，看去好像是一尊庙里的哈喇菩萨。中国文字中本来有些素朴的说法，太炎也便笑嘻嘻的加以申明，特别是卷八尸部中尼字，据说原意训近，即后世的昵字，而许叔重的话很有点怪里怪气，这里也不能说得更好，而且又拉上孔夫子的尼丘来说，所以更是不大雅驯了。

一一　《民报》案

在往民报社听讲的期间，《民报》被日本政府所禁止了。原因自然由于清政府的请求，表面则说是违反出版法，因为改变出版人的名义，没有向警厅报告，结果是发行禁止之外，还处以百五十元的罚金。《民报》虽说是同盟会的机关报，但孙中山系早已不管，这回罚金也要章太炎自己去付，过期付不出，便要一元一天拉去作苦工了。到得末了一天，龚未生来找鲁迅商量，结果转请许寿裳挪用了《支那经济全书》译本的印费一部分，这才解了这场危难。为了这件事，鲁迅对于孙系的同盟会很是不满，特别后来孙中山叫胡汉民等在法国复刊《民报》，仍从禁止的二十四期起，却并未重印太炎的那一份，而是从新写过，更显示出他们偏狭的态度来了。《民报》的文章虽是古奥，未能通俗，大概在南洋方面难得了解，但在东京及中国内地的学生中间力量也不小。太炎的有些文章，现在收在《章氏丛书》内，只像是古文，当时却含有革命意义的，鲁迅的佩服太炎可以说即在于此，即国学与革命这两点。太炎去世以后，鲁迅所写的纪念文章里面，把国学一面按下了，特别表彰他的革命精神，这正是很有见地的。知道太炎的学问，把他看作旧学的祖师极是普通，称赞他的革命便知道的更深了，虽然如许寿裳那么说他是国民党二杰之一，那也是不对的。

一二 蒋抑卮

鲁迅移居西片町后,来客渐稀少,因为路稍不便,离电车站大概有两里路,而且房间狭窄,客室系公用,又与钱某住房连接,所以平常就不去使用它。丙字十九号也是差不多的情形,但那时却来了不速之客,是许寿裳鲁迅的友人,主人们乃不得不挤到一大间里去,把小间让出来给客人住。来者是蒋抑卮夫妇二人,蒋君因耳朵里的病,来东京就医,在那里寄住几时之后,由许君为在近地找了一所房子,后来就搬过去了。因为也是西片町十号,相去不远,除了中间进病院割治之外,几乎每天跑来谈天,那时许君已在高师毕了业,鲁迅则通常总是在家的,蒋君家里开着绸缎庄,自己是办银行的,可是人很开通,对于文学很有理解,在商业界中是很难得的人。癸卯(一九〇三)年秋间鲁迅在杭州遇见伍崇学(矿路同班),一同到上海,寄寓在十六铺一家水果行里,主人名张芝芳,是伍君的友人,也很开通,那时出版的新书他都购读,虽然鲁迅只在那里住了三天,后来也没有往还,却也值得记述,或者比蒋君更为难得亦未可知,因为蒋抑卮原是秀才,其能了解新学不算什么稀奇吧。

一三 "眼睛石硬"

鲁迅自己在日本留学,对于留学生的态度却很不敬,有人或者要奇怪,这岂不是有点矛盾么? 其实这并不然。鲁迅自从仙台医校退学之后,决心搞文学、译小说、办杂志,对于热中于做官发财的人都不大看得起,何况法政、铁路以至速成师范,在他看来还不全是目的只在弄钱么? 可是留学生之中又以这几路的人为最多,在各种速成班没有停办之前,东京一处的留学生人数超过二万以上,什九聚在神田和早稻田两处,每到晚上往表神保町(神田)一看,只见街上行走的人大半是留学生而且顶上大都有"富士山"的。这是一条新旧书店荟萃的街,鲁迅常要去逛,可是那里偏遇着这许多憧憧往来各式各样的怪人,使他看了生气,时常对许寿裳诉说,其普通的一句恶骂是"眼睛石硬"。这四个字用在那时的许多仁兄上的确非常切贴而且得神,但是现在似乎过了时,要想找一个代表出来恐怕很不容易,辛亥革命以来这四十年间,虽然教育发达不快,却是已发生了效力,在这下一代中已经不大有眼睛石硬的人了。在那时候,鲁迅的愤慨确是无怪,如今讲起来已成陈迹,这在中国正是一件好事情,大可以纪念的。

一四　同乡学生

　　鲁迅在东京时的朋友,除上边说及的那些人之外,同乡中间有邵明之名文熔,蔡谷清名元康,陈公侠名毅,后改名仪,还有一个张承礼,杭州人,也是学陆军的,有一张武装的照片送给鲁迅,后来死于戴戡之难。南京矿路的同学一同出去的有张邦华、伍崇学、顾琅三人,只有张君有时来访,顾虽曾经嘱鲁迅编译《中国矿产志》,二人列名出版,可是以后却不来往了。鲁迅常外出逛书店,却不去访问友人,只等他们来谈,只有蒋观云尚未组织政闻社的时候,住在本乡的什么馆,他曾去问候他过。他没有日本的朋友,只是在一九〇六年秋冬之交,他去访一次宫崎寅藏,即随同孙中山革命的白浪庵滔天,他的《三十三年落花梦》其时中国早有译本了,原因是那年有人托带一件羊皮背心,一个紫砂茶壶,给在东京留学的吴女士,由宫崎转交,所以他特地送了去,大概他们谈得很好,所以这以后不久又到堺利彦等人所办的平民新闻社去访问他,因为宫崎住的很远,约他在那里相见的吧。这以后没有来往,直到多少年后宫崎的侄儿龙介和夫人白莲在上海看见他,题诗相赠,其时白浪庵恐已早归道山了。

一五　日常生活

　　鲁迅在东京的日常生活,说起来似乎有点特别,因为他虽说是留学,学籍是独逸语学会的独逸语学校,实在他不是在那里当学生,却是在准备他一生的文学工作。这可以说是前期,后期则是民初在北京教育部的五六年。他早上起得很迟,特别是在中越馆的时期,那时最是自由无拘束。大抵在十时以后,醒后伏在枕上先吸一两支香烟,那是名叫"敷岛"的,只有半段,所以两支也只是抵一支罢了。盥洗之后,不再吃早点心,坐一会儿看看新闻,就用午饭,不管怎么坏吃了就算,朋友们知道他的生活习惯,大抵下午来访,假如没有人来,到了差不多的时候就出去看旧书,不管有没有钱,反正德文旧杂志不贵,总可以买得一二册的。

有一个时期在学习俄文,晚饭后便要出发,徒步走到神田骏河台下,不知道学了几个月,那一本俄文读本没有完了,可见时间并不很长。回家来之后就在洋油灯下看书,要到什么时候睡觉,别人不大晓得,因为大抵都先睡了,到了明天早晨,房东来拿洋灯,整理炭盆,只见盆里插满了烟蒂头,像是一个大马蜂窠,就这上面估计起来,也约略可以想见那夜是相当的深了。

一六 旧 书 店

鲁迅平常多看旧书店,假如怀中有点钱的时候,也去看新书,西文书是日本桥的丸善和神田的中西屋,德文则本乡的南江堂,但是因为中西屋在骏河台下,时常走到,所以平时也多进去一转,再到东京堂看日本新刊书与杂志。至于文求堂的中文旧书就难得去买,曾以六元购得《古谣谚》二十四册,不能算贵,大概只是那时不需要罢了。旧书店中大抵都有些西文书,比较多的有郁文堂和南阳堂总分店,都在本乡,那一家总店在水道桥迤北,交通便利,鲁迅与许寿裳便经常去看看,回寓后便说不知道又是哪一个小文学家死了,因为书架上发现了些新的文学书,说这话时很有点幽默气,可是内里也是足够悲惨的,在这里就可以知道当时文人的苦况了。旧书店以神田为最多,其次是本乡,大概因为神田学生太多良莠不齐的缘由吧,那里的书店老板与小伙计也更显得精明,跪坐在账桌一隅,目光炯炯,监视着看书的人,鲁迅说这很像是大蜘蛛蹲踞在网中心,样子很有点可怕,这个譬喻实在比"蹲山老虎"还要得神。交易几回,有点熟识了,自然就好得多,特别是真砂町相模屋的主人小泽,书虽不多,却肯替人往丸善取书(因为他曾在那里当过学徒)。与鲁迅很要好,有许多西书都是由他去托丸善往欧洲去买来的。

一七 服 装

鲁迅在弘文学院与仙台医专的时代，当然穿的是制服，但是后来在东京就全是穿和服，大概只在丙午年从中国出来，以及己酉年回国去的时候，才改了装，那也不是西服，实在只是立领的学生装罢了。他平常无论往哪里去，都是那一套服色，便帽即打鸟帽，和服系裳，其形很像乡下农民冬天所着的拢裤，脚下穿皮靴。除了这皮靴之外，他的样子像是一个本地穷学生，在留学生中间也有穿和服的，但不是耸肩曲背，便很显得拖沓臃肿，总不能那么服贴。但闲中去逛书店，或看夜市，也常穿用木屐，这在留学生中也很少见，因为他们多把脚包得紧紧的，足指搭了起来，运动不灵，穿不上木屐了。

和服都是布做的，衬衫之外，有单夹棉（极薄）三套，又有一件外衣，也是夹的，冬天加在上边，裤则只是短裤，别人也有穿绒布长脚衬裤的，他却一直不用。东京冬天的气候大抵与上海差不多，他便是那么的对付过去。棉被一垫一盖，是日本式的，盖被厚而且重，冷天固然合用，春秋两季也一样的使用，并没有薄棉被。这些衣被都是以前所有的，在东京这几年中间差不多没有添置什么东西。

一八 落 花 生

传说鲁迅最爱吃糖，这自然也是事实，他在南京的时候，常常花两三角钱到下关"办馆"买一瓶摩尔登糖来吃，那扁圆的玻璃瓶上面就贴着写得怪里怪气的这四个字。那时候这糖的味道的确不差，比现今的水果糖仿佛要鲜得多，但事隔四五十年，这比较也就无从参证了。鲁迅在东京当然糖也吃，但似乎并不那么多，倒是落花生的确吃得不少，特别有客来的时候，后来收拾花生壳往往是用大张的报纸包了出去的。假如手头有钱，也要买点较好的吃食，本乡三丁目的藤村制的栗馒头与羊羹（豆沙糕）比较名贵，今川小路的风月堂的西洋点心，名字是说不出了。有一回鲁迅买了风月堂新出的一种细点来，名叫乌勃利，说是法国做法，广告上说什么风味淡泊，觉得很有意思，可是打开重重的纸包时，簇新洋文铁盒里所装的只是二三十个乡下的"蛋卷",不过做得精巧罢了。查法文字典,乌勃利原意乃是"卷煎饼",说得很明白,事先不知道,不觉上了一个小当。

在本乡一处小店里曾买到寄售的大垣名产柿羊羹,装在对劈开的毛竹内,上贴竹箬作盖,倒真是价廉物美,可是买了几回之后,却再也不见了,觉得很是可惜,虽然这如自己试做,也大概可能做成功的。

一九　酒

鲁迅酒量不大,可是喜欢喝几杯,特别有朋友对谈的时候,例如在乡下办师范学堂那时,与范爱农对酌,后来在北京 S 会馆,有时也从有名的广和居饭馆叫两样蹩脚菜,炸丸子与酸辣汤,打开一瓶双合盛的五星啤酒来喝。但是在东京却不知怎的简直不喝,虽然葡萄酒与啤酒都很便宜,清酒不大好吃,那也算了。只是有一回,搬到西片町不久,大概是初秋天气,忽然大家兴致好起来,从近地叫做一白舍的一家西洋料理店要了几样西餐来吃,那时喝了些啤酒。后来许寿裳给他的杭州朋友金九如饯行,又有一次聚会,用的是中国菜,客人恭维说,现在嘴巴先回到中国了。陪客邵明之引用典故,说这是最后之晚餐了,大为主人所非笑,但那时没有什么酒,不知是什么缘故。鲁迅不常在外边吃饭,只是有时拉许寿裳一二人到神乐坂去吃"支那料理",那是日本人所开的,店名记不得了,菜并不好,远不及维新号,就只是雅座好,尤其没有"富士山",算是一件可取的地方,在我看来,实在还是维新号好得多,它的嘈杂也只是同东安市场的五芳斋相仿,味道好总是实惠,吃完擦嘴走出就完了。鲁迅在北京也上青云阁喝茶吃点心,可见他的态度随后也有改变了。

二〇　矮脚书几

留学生多不惯席地而坐,必须于小房间内摆上桌椅,高坐而看法政讲义,最为鲁迅所讥笑,虽然在伍舍时许、朱、钱诸公也都是如此的。他自己只席地用矮脚书几,别人的大抵普通是三尺长,二尺宽吧,他所用的却特别小，长只二尺，宽不到一尺半，有两个小抽斗，放剪刀、表和零钱，桌上一块长方的小砚台，上有木盖，是日本制一般小学生所用，墨也是日本制品，笔却是中国的狼毫水笔，不拘什么名称，大概是从神田的中国店里买来的。纸则全是用的日本纸，预备办《新生》杂志的时候，特别印了些稿纸，长方一张，十四行每行三十四字，纸是楮质，格子不大，毛笔写起来不大合式，如用自来水笔，倒还适宜，但他向不用这类笔，便是开单托书店买西文书，也还是拿毛笔写德国字。杂志办不成，稿纸剩得不少，后来也没有什么用处。平常抄文章，总用一种蓝印直行的纸，店里现成的很多，自己打格子衬着写，多少任意，比较的方便。大部的翻译小说，有十万多字的《劲草》和《红星佚史》，都是用这种稿纸，在那小书桌上抄录出来的。后者卖掉了，前者退了回来，在别处也碰了两个钉子，终于下落不明。

二一 《劲　草》

《劲草》这部小说是从英文翻译出来的，英文名为《可怕的伊凡》，是讲伊凡四世时的一部历史小说。原作者是俄国的亚历舍托尔斯泰，比那老托尔斯泰还要早，他著作不多，这书却很有名，原来的书名是《克虐兹舍勒勃良尼》，译意可以说是《银公爵》。克虐兹的英译是泼林斯，普通多称亲王，不过亲王总该是王族，所以异姓的泼林斯应是公爵吧，舍勒勃良尼意云银，他是里边的主人公，忠义不屈，所以中文译本改称书名为《劲草》，意思是表彰他，实在那书中的主人公也本不是伊凡。伊凡四世是俄国史上有名的暴君，后人批评他说恐怕有点神经病，因为他的凶残与虔敬都是异乎寻常的。他虽不是主角，却写得特别好，与那怯弱迷信的，能在水桶里看出未来的磨工是好一对，书里有好些紧张或幽默的场面，令人不能忘记，在稿子遗失之后，鲁迅有时提起磨工来，还觉得很有兴趣。这书抄好，寄给某书店去看，说已经有了，便退了回来，后来那边出了一部《不测之威》，即是此书的另一译本。民国以后鲁迅把《劲草》拿给别家书店看过，当然没有希望，有人说什么报上可以登，乃改名为《银公爵》，交了过去，也没有消息，这事大概在民五吧，已是三十五年前事，那部蓝格抄本就从此杳如黄鹤了。

二二 《河南》杂志

鲁迅的《新生》杂志没有办起来,或者有人觉得可惜,其实退后几年来看,他并不曾完全失败,只是时间稍为迟延,工作也分散一点罢了。所想要翻译介绍的小说,第一批差不多都在《域外小说集》第一、二两册上发表了,这是一九〇八至一九〇九年的事,一九〇八年里给《河南》杂志写了几篇文章,这些意思原来也就是想在《新生》上发表的。假使把这两部分配搭一下,也可以出两三本杂志,问题只是这乃是清一色,若是杂志,总得还有拉来的稿子吧。他虽是替河南省分的刊物写文章,说的还是自己的话,至少是《文化偏至论》与《摩罗诗力说》,在《新生》里也一定会得有的,因为这多是他非说不可的话。他那时佩服拜伦,其次是匈牙利、俄国、波兰的爱国诗人,拜伦在英国被称为撒但派诗人,也即是恶魔派,不过魔字起于梁武帝,以前只用音译摩罗,这便是题目的由来。本来想从拜伦、谢理讲到别国,可惜没有写全。许寿裳也写有文章,是关于历史的吧,也未写完。他写文章很用心,先要泡好茶,买西洋点心来吃,好容易寄一次稿,得来的稿费就所余无几了。他写好文章,想不出用什么笔名,经鲁迅提示,用了"旒其"二字,那时正在读俄文,这乃是人民的意义云。

二三 《新　生》

鲁迅的《新生》杂志终于没有办成,但计划早已定好,有些具体的办法也已有了。稿纸定印了不少,至今还留下有好些。第一期的插画也已拟定,是英国十九世纪画家瓦支的油画,题云《希望》,画作一个诗人,包着眼睛,抱了竖琴,跪在地球上面。英国出版的《瓦支画集》买有一册,材料就出在这里边,还有俄国反战的战争画家威勒须却庚他也很喜欢,特别其中的髑髅塔,和英国军队把印度革命者缚在炮口处决的图,这些大概是预备用在后来几期上的吧。杂志搁浅的原因最大是经费,这一关通不过,便什么都没有办法,第二关则是人力,实在也是一个很大的问题。鲁迅当时很看重袁文薮,他们在东京谈得很好,袁就要往英国去,答应以后一定寄稿来,可是一去无消息,有如断线的风筝了。此外连他自己只有三个人,就是十分努力,也难凑得成一册杂志。那时我得到两三册安特路朗的著书,想来抄译成一篇文章,写出一节,题曰《三辰神话》,鲁迅用稿纸誊清了,等许寿裳来时传观一下,鼓励大家来动手,可是也没有什么后文。幸而报未办成,那文章也未写出发表,否则将是一场笑话,现今拿出那几本书来看,觉得根据了写《三辰神话》实在是不够的。

二四 吃 茶

鲁迅的抽纸烟是有名的,又说他爱吃糖,这在东京时却并不显著,但是他的吃茶可以一说。在老家里有一种习惯,草囤里加棉花套,中间一把大锡壶,满装开水,另外一只茶缸,泡上浓茶汁,随时可以倒取,掺和了喝,从早到晚没有缺乏。日本也喝清茶,但与西洋相仿,大抵在吃饭时用,或者有客到来,临时泡茶,没有整天预备着的。鲁迅用的是旧方法,随时要喝茶,要用开水,所以在他的房间里与别人不同,就是在三伏天,也还要火炉,这是一个炭钵,外有方形木匣,灰中放着铁的三脚架,以便安放开水壶。茶壶照例只是所谓"急需",与潮汕人吃工夫茶所用的相仿,泡一壶只可供给两三个人各一杯罢了,因此屡次加水,不久淡了,便须换新茶叶。这里用得着别一只陶缸,那原来是倒茶脚用的,旧茶叶也就放在这里边,普通顿底饭碗大的容器内每天总是满满的一缸,有客人来的时候,还要临时去倒掉一次才行。所用的茶叶大抵是中等的绿茶,好的玉露以上,粗的番茶,他都不用,中间的有十文目,二十目,三十目几种,平常总是买的"二十目",两角钱有四两吧,经他这吃法也就只够一星期而已。买"二十目"的茶叶,这在那时留学生中间,大概知道的人也是很少的。

二五 看 戏

鲁迅在乡下常看社戏,小时候到东关看过五猖会,记在《朝花夕拾》里,他对于民间这种娱乐很有兴趣,但戏园里的戏似乎看得不多。他自已说在仙台时常常同了学生们进戏馆去"立看",没有座位,在后边站着看一、二幕,价目很便宜,也很好玩。在东京没有这办法,他也不曾去过,只是有一回,大概是一九〇七年春天,几个同乡遇着,有许寿裳、邵明之、蔡谷清夫妇等,说去看戏去吧,便到春木町的本乡座,看泉镜花原作叫做《风流线》的新剧。主人公是一个伪善的资本家,标榜温情主义,欺骗工农人等,终于被侠客打倒,很有点浪漫色彩的,其中说他设立救济工人的机关,名叫救小屋,实在也是剥削人的地方,这救小屋的名称后来为这几个人所引用,常用作谈笑的资料。还有一次是春柳社表演《黑奴吁天录》,大概因为佩服李息霜的缘故,他们二三人也去一看,那是一个盛会,来看的人实在不少,但是鲁迅似乎不很满意,关于这事,他自己不曾说什么。他那时最喜欢伊勃生(《新青年》上称为"易卜生",为他所反对)的著作,或者比较起来以为差一点,也未可知吧。新剧中有时不免有旧戏的作风,这当然也是他所不赞成的。

二六 画 谱

鲁迅在日本居住,自壬寅至己酉,前后有八年之久,中间两三年又在没有中国人的仙台,与日本学生在一起,他的语学能力在留学生中是很不差的。但是他对于日本文学不感什么兴趣,只佩服一个夏目漱石,把他的小说《我是猫》、《漾虚集》、《鹑笼》、《永日小品》,以至干燥的《文学论》都买了来,又为读他的新作《虞美人草》定阅《朝日新闻》,随后单行本出版时又去买了一册,此外只有专译俄国小说的长谷川二叶亭,讲南欧文学的上田敏博士,听说他们要发表创作了,也在新闻上每天读那两种小说,即是《平凡》与《涡卷》,实在乃是对人不对事,所以那单行本就不再买了。他为什么喜欢夏目,这问题且不谈,总之他是喜欢,后来翻译几个日本文人的小说,我觉得也是那篇《克莱格先生》译得最好。日本旧画谱他也有点喜欢,那时浮世绘出版的风气未开,只有审美书院的几种,价目贵得出奇,他只好找吉川弘文馆旧版新印的书买,主要是自称"画狂老人"的那葛饰北斋的画谱,平均每册五十钱,陆续买了好些,可是顶有名的《北斋漫画》一部十五册,价七元半,也就买不起了。北斋的人物画,在光绪中上海出版的古今名人画谱(石印四册)中曾收有几幅,不过署名没有,所以无人知悉,只觉得有点画得奇怪罢了。

二七　花　　瓶

　　鲁迅从小喜欢"花书",于有图的《山海经》、《尔雅》之外,还买些《古今名人画谱》之类的石印本,很羡慕"茜窗小品",可是终于未能买到。这与在东京买"北斋"是连贯的,也可以说他后来爱木刻画的一个原因。民国以后他搞石刻,连带的收集一点金石小品,如古钱、土偶、墓砖、石刻小佛像等,只是看了喜欢;尤其是价值不贵,这才买来,说不到收藏,有如人家买一个花瓶来放在桌上看看罢了。说到花瓶,他曾在北京地摊上买过一个,是胆瓶式的,白地蓝花,草草的几笔,说不出是什么花,那时在看讲朝鲜陶器的书,觉得这很有相像的地方,便买了来,却也未能断定究竟是否。还有一个景泰蓝的,日本名为七宝烧,是在东京买的,这可以算是他那时代所有的惟一的文玩。这花瓶高三寸,口径一寸,上下一般大,方形而略带圆势,里面黑色,外面浅紫,上现一枝牵牛花,下有木座,售价五角。一九〇六年东京开博览会于上野,去溜达一趟之后,如入宝山却不肯空手回,便买了这一件,放在伏见馆的矮桌上,后来几次搬家都带着走,虽然不曾插过一次花,却总在什么角落有它的一个位置。这件古董一直带到绍兴、北京,大概在十年前还曾经看到过,假如没有失掉,那么现在一定还是存在的吧(这话说得有点可笑,却是事实)。

二八　咳　嗽　药

　　鲁迅在中国时常有胃病,不知是饭前还是饭后,便要作痛,所以把桌子的抽屉拉出来,肚子靠在抽屉角上,一面在看书籍。可是在东京这病却没有了,别的毛病也没有生过,大概感冒风寒总是有的,因为他所备的药品有一瓶安知必林,那时爱司匹林锭还没有出现,这是头痛身热最好的药了。此外有一种叫做脑丸的丸药,也常预备着,这名字似乎是治脑病的什么药,其实乃是泻药的一种,意思是说泻了便头脑清爽,有如韦廉士的补丸,但是吃了不肚痛,这是它的好处。还有一样似药非药的东西,有一个时候也是常备的,这是橙皮舍利别,本是咳嗽药,但很香甜好吃,用水冲了可以当果子露用,一磅的玻璃瓶大概只卖五角钱,在果子露中也是便宜的。中国吃五加皮酒,略为有点相像,但五加皮究竟有点药味,若是茵陈烧,这就差不多了。安知必林与脑丸因为用处不多,所以长久的留存着,橙皮舍利别容易喝完,大约喝过一两瓶之后也就不再买了。在中国药房里这应该也有,大概叫做陈皮糖浆吧。夏天小孩要吃果子露,买这个来应用,至少是真的橘子皮,总比化学制品要好吧。

二九　维　新　号

　　鲁迅在东京这几年,衣食住都很随便,他不穿洋服,不用桌椅,有些留学生苦于无床,便将壁厨上层作卧榻,大为鲁迅所非笑,他自己是席上坐卧都无不可,假如到了一处地方只在地上铺稻草,他是也照样会睡的。关于吃食,虽然在《朝花夕拾》的小引中曾这样说:"我有一时,曾经屡次忆起儿时在故乡所吃的蔬果:菱角,罗汉豆,茭白,香瓜。凡这些,都是极其鲜美可口的;都曾是使我思乡的蛊惑。"事实上却并不如是,或者这有一时只是在南京的时候,看庚子、辛丑的有些诗可以知道,至少在东京那时总没有这种迹象,他并不怎么去搜求故乡的东西来吃。神田的维新号楼下是杂货铺,罗列着种种中国好吃的物事,自火腿以至酱豆腐,可是他不曾买过什么,除了狼毫笔以外。一般留学生大抵不能那样淡泊,对于火腿总是怀念着,有一个朋友才从南京出来,鲁迅招待他住在伏见馆,他拿了一小方火腿叫公寓的下女替他蒸一下,岂知她们把它切块煮了一锅汤,他大生其气,见人便诉说他那火腿这一件事,鲁迅因此送他诨名就叫做"火腿"。这位朋友是河南人,一个好好先生,与鲁迅的关系一直很好,回国后在海军部当军法官,仍与鲁迅往还,不久病故,我就不曾在北京见到他过。

三〇　诨　名

　　鲁迅不常给人起诨名,但有时也要起一两个,这习惯大概可以说是从书房里来的,那里的绰号并没有什么恶意,不久也公认了成了第二个名字。譬如说小麻子、尖耳朵,固然最初是有点嘲弄的意思,但是抓住特征,容易认识,真够得上说"表德",这与《水浒》上的赤发鬼,《左传》上的黑臀正是一样的切实。鲁迅给人起的诨名一部分是根据形象,大半是从本人的言行出来的。邵明之在北海道留学,面大多须,绰号曰"熊",当面也称之曰熊兄。陶焕卿连络会党,运动起事,太炎戏称为"焕强盗"、"焕皇帝",因袭称之为焕皇帝。蒋抑卮曰"拨伊铜钿",吴一斋曰"火腿",都有本事,钱德潜与太炎谈论,两手挥动,坐席前移,故曰"爬来爬去",这些诨名都没有什么恶意。杭州章君是许寿裳的同学,听路上卖唱的,人问这唱的是什么,答说:"这是唱恋歌呀。"以后就诨名为"恋歌"。后来在教育部时,有同乡的候补人员往见,欲表示敬意,说自己是后辈,却自称小辈,大受鲁迅的训斥,以后且称此公曰"小辈"。这两个例,就很含有不敬的意思。鲁迅同学顾琅在学堂时名芮体乾,改读字音称之曰"芮体干",虽然可以当面使用,却也是属于这一类的。

三一　南　江　堂

鲁迅所学的欧语是德文,原因是矿路学堂附设在江南陆师学堂里,那里是教德文的,后来进医学校也是如此,所以这就成为他的第二外国语了。在东京买德文书的地方很不多,中西屋只有英文,丸善书店德法文有一点儿,专卖德文书的仅有一家南江堂,在本乡"切通",即是把山坡切开造成的街路,是往上野去的要道。在那里书籍很多,价目也不贵,就只可惜都是医学书,它开在那里也是专为接待医科大学的师生们的。可是它有几种德文小丛书,大都价廉物美,一种名《葛兴》的是各种学艺的总结,每册日金四角;又一种名《勒克拉谟》,纸面,每册一角至五角,看号数多少,什么书都有,不知道有几千号了。穷学生本来没有什么钱买书,这丛书最为适宜,而且其中有很难得的东西,例如鲁迅所要的弱小民族文学作品,别国不但很少,有时还很珍贵,在这里却容易得到,因为多是小册子,至多三号就是三角钱罢了。鲁迅的这一类书,可以说是他苦心收罗的成绩,看去薄薄的一本桂黄色纸面的书,当时却是托了相模屋书店交给丸善,特地写信向出版所去要来的,发单上开列好些种,一总价格却不过两三元。其中也有在旧书摊上得来的,如匈牙利人裴彖飞的小说,原价一角,大概七八分钱买来的吧,订书的铁丝已烂,书页也散了,可是谁料得到这是他所顶珍重的一册书呢。

三二 德 文 书

鲁迅学了德文,可是对于德国文学没有什么兴趣。在东京虽然德文书不很多,但德国古典名著却容易买到,价钱也很便宜,鲁迅只有一部海涅的诗集,那两首"眸子青地丁,辅颊红蔷薇"的译诗,大概还是仙台时期的手笔,可见他对于这犹太系诗人是很有点喜欢的。奇怪的是他没有一本哥德的诗文,虽然在读本上当然念过,但并不重视他,十九世纪的作品也并没有什么。这里尼采可以算是一个例外,《察拉图斯忒拉如是说》一册多年保存在他书橱里,到了一九二〇年左右,他还把那一篇译出,发表在《新潮》杂志上面。他常称述尼采的一句话道:"你看见车子要倒了,不要去扶它,还是去推它一把吧。"这话不知道是否在《察拉图斯忒拉》里,还是在别的书里,想起来确也有理,假如应用于旧社会、旧秩序上面。他利用德文,译了好些别国的有意义的文艺作品,有两部德文的《文学通史》也给了许多助力,这种书籍那时在英文中还是没有的。一部是三册本,凯尔沛来斯著,鲁迅所译《小俄罗斯文学略说》即取材于此,一部是一厚册,大概著者是谢来耳吧,这些里边有些难得的相片,如波兰的密支克微支和匈牙利服装的裴彖飞都是在别处没有看到过的。

三三 补 遗(一)

上边所讲的事情是一九〇六至一九〇九年这一段,前面还有一段,即一九〇二年至一九〇四年,鲁迅往仙台进医学校之前,他也是在东京,不过那时的事情我可是不知道了。翻阅在南京的旧日记,有几处可以抄引,算作补遗。

光绪壬寅(一九〇二)年二月十五日,鲁迅从南京趁大贞丸出发,次日到上海,寓老椿记客栈。二月三十日东京来信云:"于廿六日到横滨,现住东京麹町区平河町四丁目三桥旅馆,不日进成城学校。"又言其俗皆席地而坐云。三月初六日寄来《扶桑记行》一卷,文颇长,今已不存。十三日顷来信云:"已进弘文学院,在牛入区西五轩町三十四番,掌院嘉纳先生治五郎,学监太久保先生高明,教习江口先生,善华文而不能语言。"五月初三日来信附有照片,背后题字云:

会稽山下之平民,日出国中之游子,弘文学院之制服,铃木真一之摄影,二十余龄之青年,四月中旬之吉日,走五千余里之邮筒,达星杓仲弟之英盼,兄树人顿首。

癸卯(一九〇三)年三月四日,谢西园(陆师毕业生,跟了什么人往日本看操)回国,鲁迅托他带回一只衣箱,内有不用的中国衣服和书籍,和一张"断发照相",留学生当初大抵是留一部分头发,蟠在帽内的,后来革命运动渐益壮大,又受了"富士山"的刺激,所以终于削除了。

三四 补 遗(二)

谢西园带回的衣箱内的那些书,日记上存有目录,计《清议报》合订八册,《新民丛报》两册,《新小说》一册,《译书汇编》四册,《雷笑余声》一册(是什么书已忘记了),《林和靖集》两册,《真山民集》一册,《朝鲜名家诗集》一册(均活字小本线装),《天籁阁》四册(?),《西力东侵史》一册,《世界十女杰》一册,照相两张,其一是弘文学院学生全体,其一即是上回所说的断发照相。此外又记有来信说严几道译《名学》甚好,嘱购阅,又一处云来信令购《华生包探案》,并嘱寄往日本,这书我还记得是铅字有光纸印,与哈葛得的《长生术》译本同一格式,那时或者是一起购买。这以后日记多有中断,甲辰(一九〇四)年三月中的记有至大行宫日本邮局取小包事,云书共十一册,《生理学粹》,《利俾瑟战血余腥录》,《月界旅行》,《旧学》等皆佳,又《浙江潮》,《新小说》等数册,灯下煮茗读之。这些都是中文书,有些英文书则无可考,只记得有一册《天方夜谈》,八大册的《嚣俄》选集,日本编印的《英文小丛书》,其中有亚伦坡的《黄金虫》,即为《玉虫缘》的底本,《侠女奴》则取自《天方夜谈》里的。大概因为《新小说》里登过照片,那时对于嚣俄(现译为雨果)十分崇拜,鲁迅于癸卯夏回乡时还写信给伍习之,托他在东京买新出的日译《怀旧》寄来,那也是嚣俄的一部中篇小说。

三五 补 遗(三)

癸卯(一九〇三)年夏天鲁迅回乡一趟,那年五月以后两个多月的日记中断,下一册从七月中旬起,正记的是他离开绍兴的事,今摘抄于下:

"七月十六日,余与自树既决定启行,因于午后束装登舟,雨下不止。傍晚至望江楼,少霁,舟人上岸市物,余亦登,买包子三十枚,回舟与自树大啖。少顷开船而雨又作,三更至珠岩寿拜耕家,往谈良久,啜茗而返,携得《国民日报》十数纸,于烛下读之。至四更,始睡,雨益厉,打篷背作大声。

"十七日晨抵西兴埠,大雨中雇轿渡江,至杭州旅行社,在白话报馆中见汪素民诸君。自树已改装,路人见者皆甚诧异。饭后自树往城头巷医齿疾,余著呢外套冒雨往清河坊为李复九购白菊花。晚宿楼上。

"十八日午前伍习之来访,云今日往上海,因约同行,下午乘舟往拱宸桥,彼已先在,包一小舱同住,舟中纵谈甚畅。

"十九日雨止,下午舟抵上海,雇车至十六铺张芝芳君处,张君甬人,隐于贾,人极开通,有女数人皆入学堂,伍君与之识,因留住。晚乘马车至四马路,自树买《群学肄言》一部,芝芳邀往看戏,夜半回寓。

"二十二日午自树往虹口下日本邮船,余与习之、芝芳同去,下午回寓,晚与习之乘招商局船往南京。"

丙午(一九〇六)年夏又回来一次,那时没有日记,只记得往东京时有邵明之、张午楼等共四人同行,至于月日则已完全忘记了。鲁迅是《新青年》以后的笔名,那时的别号是自树,索士(或索子),今依日记原文,仍用自树这个名字。

第四分　补树书屋旧事

一　缘　起

前几时有一位在东北远处的中学教员写信来问我，鲁迅"抄碑文"的目的何在，方法如何等等，我仔细的写了一封信回答了他。话虽如此，也不见得能说得仔细，那是民国初年的事情，年代相隔颇久了，有如书桌的一只多年不用的抽屉，里边收着的东西多半忘记了，抽开来翻一下，才能慢慢的回想出来。因了谈抄碑文，我把绍兴县馆的一段旧事记了起来，因为抄碑的工作都是在县馆的补树书屋所做的，有些事情比较记得清楚的，略记数则，总名便叫做《补树书屋旧事》。

绍兴县馆原名山会邑馆，是山阴会稽两县的会馆，绍兴府属八县另有会馆在虎坊桥，名为越中先贤祠，清末废除府制，府城内的山会两县合并为绍兴县，这邑馆也就改称为绍兴县馆了。不明白是什么缘故，有些人不喜欢绍兴这名称，鲁迅也是一人，他在文章中常称这县馆为 S 会馆，人问籍贯也总只说是浙江。虎坊桥的会馆名为越中先贤祠，难道李越缦等人也是这个意思？前清时因为部吏和师爷的关系，绍兴人在北方民间少有好感乃是实情，但鲁迅等人的讨厌绍兴的名称或者还是因为小康王的关系，在杭州设了小朝廷，还要摆架子自称绍兴，把这庸俗的年号硬给人做地名，这的确是有点可厌的。

二 会 馆

绍兴县馆在宣武门外南半截胡同北头,这地段不算很好,因为接近菜市口,幸而民国以后不在那里杀人了,所以出入总还是自由清净的。会馆在路西,门额是魏龙藏所写,他是鲁迅的父亲伯宜公的朋友,或是同案的秀才吧,伯宜公曾几次说起他过,但他一直在外,在写匾时不知是否在张勋的幕中。进门往南是一个大院子,正面朝东一大间,供着先贤牌位,这屋有名称,仿佛是仰蕺堂之类,却不记得了,里边是什么样子我也不知道,因为平时关闭着,一年春秋两次公祭,择星期日举行,那一天鲁迅总是特别早起,在十点前逃往琉璃厂,在几家碑帖店聊天之后,到青云阁吃茶和点心当饭,午后慢慢回来,那公祭的人们也已散胙回府去了。这堂屋南偏有一条小弄堂,通到堂后的小院子,往北跨过一个圆洞门,那里边便是补树书屋了。顺着弄堂再往前去,后面还有房屋,我也没有去看过,虽然是在前一进里住过三年。那大概是一间楼房,因为这名为希贤阁,恐怕是供着什么文昌魁星之类吧,向来空着没有人住。我不知道仰蕺堂而记得希贤阁的名字,这是另有理由的,因为在旧日记中记有这个名字。民国六年七月一日张勋复辟,不久讨逆军进逼京城,城里的人纷纷逃难,有同乡的官僚来住在阁下,大家不答应,要赶他出去,因此那阁名也就记了下来了。

三 树

会馆里的住人要驱逐逃难的官僚,本来也是小事,但是这与补树书屋很有关系,所以要说一下。旧日记云:

“七月六日晴,下午客来谈。傍晚闷热,菖蒲溇谢某携妾来住希贤阁下,同馆群起责难,终不肯去,久久始由甘某调停,暂住一夕。”大家反对的理由并不在官僚,而是由于携妾,因为这会馆是特别有规定,不准住家眷以至女人的,原因是在多少年以前有一位姨太太曾经在会馆里吊死了。吊死的地方即是补树书屋,不在屋里而是在院子里的槐树上,现在圆洞门里边一棵大槐树,妇女要上吊已经够不着了,但在几十年前那或者正是刚好,所以可能便是那一棵树。这女吊的故事害得谢某不得不狼狈的搬出，可是对于鲁迅却不无好处，因为因此那补树书屋得以保留，等他来住，否则那么一个独院，早就被人占先住了去了。这院子前面是什么堂，后边是希贤阁，差不多处在鬼神窝中，原是够偏僻冷静的，可是住了看也并不坏，那槐树绿阴正满一院，实在可喜，毫无吊死过人的迹象，缺点只是夏秋之交有许多槐树虫，遍地乱爬，有点讨厌，从树上吐丝挂下来的时候，在空中摆荡，或戏称之曰吊死鬼，这又与那故事有点关联了。"补树"不知道是什么故典，难道这有故事的槐树就是补的么？总之这院子与树那么有关系，是很有意思的一件事。

四　抄碑的房屋

补树书屋本身是朝东一排四间房屋，在第二间中间开门，南首住房一间，北首两间相连。院中靠北墙是一间小屋，内有土炕，预备给佣工居住，往东靠堂屋背后一条狭弄内是北方式的便所，即是蹲坑。因为这小屋突出在前面，所以正房北头那一间的窗门被挡住阳光，很是阴暗，鲁迅住时便索性不用，将隔扇的门关断，只使用迤南的三间。这里边的情形，我所能说的只是在民六春天我到北京以后所看见的事，以前自然是别一种布置，可是我不知道，所以没有什么可说。鲁迅在搬到补树书屋之前，还在会馆北部的什么藤花馆住过，但那我更不能知道，或者去查鲁迅自己的日记，可以得知年月大概。《鲁迅日记》已经发表，有些事情我不再去查考援引它，因为那已是周知的文献，用不着再来做文抄公的工作，这里只是凭自己的见闻记忆来说，说不定会有点出入。抄碑文的事开始于民国四年，我那时也不在北京，但这抄碑一直抄到民国八九年，有一大段是我看见的，所以可以一说。

五　抄碑的目的

鲁迅抄碑就在补树书屋那两间房里，当初是在南偏，后来移到北边的一间去了。他从民国元年被蔡孑民招了去，在南京临时政府的教育部里任职，随后跟了教育部移到北京来，一直是佥事兼科长，不曾有什么调动。洪宪帝制活动时，袁世凯的特务如陆建章的军警执法处大概继承的是东厂的统系,也着实可怕,由它抓去失踪的人至今无可计算。北京文官大小一律受到注意,生恐他们反对或表示不服,以此人人设法逃避耳目,大约只要有一种嗜好,重的嫖赌蓄妾,轻则玩古董书画,也就多少可以放心,如蔡松坡之于小凤仙,是有名的例。教育部里鲁迅的一班朋友如许寿裳等如何办法,我是不得而知,但他们打麻将总是在行的,那么即此也已可以及格了,鲁迅却连大湖(亦称挖花)都不会,只好假装玩玩古董,又买不起金石品,便限于纸片,收集些石刻拓本来看。单拿拓本来看,也不能敷衍漫长的岁月,又不能有这些钱去每天买一张,于是动手来抄,这样一块汉碑的文字有时候可供半个月的抄写,这是很合算的事。因为这与誊清草稿不同,原本碑大字多,特别汉碑又多断缺漫漶,拓本上一个字若有若无,要左右远近的细看,才能稍微辨别出来,用以消遣时光,是再好也没有的,就只是破费心思也很不少罢了。

六 抄碑的方法

抄碑的目的本来也是避人注意,叫袁世凯的狗腿看了觉得这是老古董;不会顾问政治的,那就好了。直到复辟打倒以后,钱玄同和他辩论那么一场之后,这才开始活动起来。那场辩论也正是在补树书屋的槐树下进行的。他的抄碑的起因既然如此,那么照理在袁世凯死后,即是从民国五年下半年起可以停止不再抄了,可是他还是继续抄下去,在民国九年给《新青年》写稿之前,他所忙着写的差不多就是碑文或是碑目。这是什么缘故呢?因为他最初抄碑虽是别有目的,但是抄下去他也发生了一种校勘的兴趣,这兴趣便持续了好几年,后来才被创作和批评的兴趣替代了去。他抄了碑文,拿来和王兰泉的《金石萃编》对比,看出书上错误的很多,于是他立意要来精密的写成一个可信的定本。他的方法是先用尺量定了碑文的高广,共几行,每行几字,随后按字抄录下去,到了行末便画上一条横线,至于残缺的字,昔存今残,昔缺而今微存形影的,也都一一分别注明。从前吴山夫的《金石存》,魏稼孙的《绩语堂碑录》,大抵也用此法,鲁迅采用这些而更是精密,所以他所预定的自汉至唐的碑录如写成功,的确是一部标准的著作,就是现存已写的一部分我想也还极有价值。

七　猫

　　这三间补树书屋的内部情形且来说明一下吧。中间照例是风门，对面靠墙一顶画桌，外边一顶八仙桌，是吃饭的地方，桌子都极破旧，大概是会馆的东西。南偏一室原是鲁迅住的，我到北京的时候他让了出来，自己移到北头那一间里去了。那些房屋都很旧式，窗门是和合式的，上下都是花格糊纸，没有玻璃，到了夏季上边糊一块绿的冷布，做成卷窗。我找了一小方玻璃，自己来贴在窗格里面，可以望得见圆洞口的来客，鲁迅的房里却是连冷布的窗也不做，说是不热，因为白天反正不在屋里。说也奇怪，补树书屋里的确也不大热，这大概与那槐树很有关系，它好像是一顶绿的大日照伞，把可畏的夏日都挡住了。这房屋相当阴暗，但是不大有蚊子，因为不记得用过什么蚊香，也不曾买有蝇拍子，可见没有苍蝇进来，虽然门外面的青虫很有点讨厌。那么旧的屋里该有老鼠，却也并不见，倒是不知道谁家的猫常来屋上骚扰，往往叫人整半夜睡不着觉。查一九一八年旧日记，里边便有三四处记着"夜为猫所扰，不能安睡。"不知道《鲁迅日记》上有无记载，事实上在那时候大抵大怒而起，拿着一枝竹竿，我搬了小茶几，到后檐下放好，他便上去用竹竿痛打，把它们打散，但也不能长治久安，往往过一会儿又回来了。《朝花夕拾》中有一篇讲到猫的文章，其中有些是与这有关的。

八　避辫子兵

　　住在补树书屋这几年中间，发生过的大事件是帝制与复辟两事。民六的上半年黎段关系闹得很僵，结果是公民团包围议院，督军团逼迫总统，而督军团的首领又是有辫子的张勋，这情形是够吓人的了。张勋进京以后，六月末我往北大替鲁迅借《海录碎事》，去访蔡子民，问他意见怎样，他只说"如不复辟我不离京"，但是过了三四天，即七月一日，那一天是星期，起来得较晚，佣工送脸水来，说外边挂龙旗了。鲁迅的朋友中有些想南下，可是走不成，有些预料这事不久就了，只消避一下子，等得讨逆军起来，大家就安了心，虽然对于段的印象一直也是不好。六日有过希贤阁的一剧,便是有人从热闹地方逃到会馆来避的一例。可是会馆地方也太偏僻,兵火不打紧,辫子兵的骚扰倒很可怕,鲁迅就同了些教育部的朋友,于七日移到东城船板胡同的新华饭店里,因为那天上午有飞机来丢了一个炸弹在宫城里面,所以情形陡然紧张起来了。十二日晨四时半,大家都还睡着,我上便所去,突然听得炮声一响,接着便大打起来,一直到下午二时枪炮声没有断绝。这中间辫子兵在天坛的先被解决,南河沿的张勋宅放火自烧,他坐汽车飞奔交民巷,投了荷兰公使馆,这一件事就完毕了。十四日从饭店搬回会馆去。这些事在《鲁迅日记》上当然也有记录,现在只从我所记得的来说罢了。

九 金 心 异

在张勋复辟之前,鲁迅继续在抄碑,别的什么事都不管,但在这事件以后,渐渐发生了一个转变,这事他自己说过,是由金心异的一场议论起来的。金心异即是林琴南送给钱玄同的别名,鲁迅文中那么说,所以这里也沿用了,虽然知道的人或者并不多了。钱玄同和鲁迅同是章太炎的学生,常看他与太炎谈论,高兴起来,指手画脚的,连坐席也会移动,所以鲁迅叫他诨名为"爬来爬去",后来回国在浙江师范,在读音统一会,都是一起,所以本是熟识的。但是在那时代大家都是好古派,特别在文字上面,相见只有关于师友的事情可谈,否则骂一般士大夫的不通,没有多大兴趣,来往因此不多。来了这一个复辟,大家受到很大的刺激,觉得中国这样拖下去是不行的,这个趋势在《新青年》杂志上也发现了出来。

钱玄同从八月起,开始到会馆来访问,大抵是午后四时来,吃过晚饭,谈到十一二点钟回师大寄宿舍去。查旧日记八月中九日,十七日,二十七日来了三回,九月以后每月只来一回。鲁迅文章中所记谈话,便是问抄碑有什么用,是什么意思,以及末了说"我想你可以做一点文章",这大概是在头两回所说的。"几个人既然起来,你不能说决没有毁灭这铁屋的希望。"这个结论承鲁迅接受了,结果是那篇《狂人日记》,在《新青年》次年四月号发表,它的创作时期当在那年初春了。

一〇 《新青年》

在与金心异谈论之前，鲁迅早知道了《新青年》的了，可是他并不怎么看得它起。那年四月我到北京，鲁迅就拿几本《新青年》给我看，说这是许寿裳告诉的，近来有这么一种杂志，颇多谬论，大可一驳，所以买了来的。但是我们翻看了一回之后，也看不出什么特别的谬处，所以也随即搁下了。那时《新青年》还是用的文言文，虽然渐渐你吹我唱的在谈文学革命，其中有一篇文章还是用文言所写，在那里骂封建的、贵族的古文。总结的说一句，对于《新青年》总是态度很冷淡的，即使并不如许寿裳的觉得它谬，但是在夏夜那一夕谈之后，鲁迅忽然积极起来，这是什么缘故呢？鲁迅对于文学革命即是改写白话文的问题当时无甚兴趣，可是对于思想革命却看得极重，这是他从想办《新生》那时代起所有的愿望，现在经钱君来旧事重提，好像是在埋着的火药线上点了火，便立即爆发起来了。这旗帜是打倒吃人的礼教！钱君也是主张文学革命的，可是他的最大的志愿如他自己所说，乃是"打倒纲伦斩毒蛇"，这与鲁迅的意思正是一致的，所以简单的一场话便发生了效力了。鲁迅小说里的被损害与侮辱的人们中间，如《明天》的单四嫂子与宝儿，《风波》里的七斤嫂与六斤，《祝福》里的祥林嫂与阿毛，都是些孤儿寡妇（七斤嫂自当除外），这色彩便很明显，在同时代的小说家中正可以说是惟一的吧。

一一 茶 饭

补树书屋的南头房间西南角是床铺，东南角窗下一顶有抽屉的长方桌，迆北放着一只麻布套的皮箱，北边靠板壁是书架，并不放书，上隔安放茶叶火柴杂物以及铜元，下隔堆着新旧报纸。书架前面有一把藤的躺椅，书桌前是藤椅，床前靠壁排着两个方凳，中间夹着狭长的茶几，这些便是招待客人的用具，主客超过四人时可以利用床沿。盛夏天热时偶然把椅子搬放檐下，晚间槐蚕不吊下来了，可以凉爽些，但那是不常有的。钱玄同来时便靠在躺椅上，接连谈上五六小时，十分之八九是客人说话,但听的人也颇要用心,在旧日记上往往看到睡后失眠的记事。平常吃茶一直不用茶壶,只在一只上大下小的茶杯内放一点茶叶,泡上开水,也没有盖,请客吃的也只是这一种。饭托会馆长班代办,菜就叫长班的大儿子(算是听差)随意去做,当然不会得好吃,客来的时候到外边去叫了来。在胡同口外有一家有名的饭馆,还是李越缦等人请教过的,有些拿手好菜,如潘鱼,砂锅豆腐等,我们当然不叫,要的大抵是炸丸子,酸辣汤,拿进来时如不说明便不知道是广和居所送来的,因为那盘碗实在坏得可以,价钱也便宜,只是几吊钱吧。可是主客都不在乎,反正下饭总是行了,擦过了脸,又接连谈他们的天,直到半夜,佣工在煤球炉上预备足了开水,便径自睡觉去了。

一二 办 公 事

鲁迅在会馆里的工作时间大抵在夜间,晚饭后如没有来客,也是闲谈,到九十点钟回到自己的房里,动手工作,大概总到一两点钟才睡觉。第二天早上在十时前起来,照例什么点心都不吃,洗过脸喝过茶便往教育部去了。他在那里办的也只是例行公事吧,只有一回见到中华书局送到部里来请登记还是审定的《欧美小说丛刊》,大为高兴。这是周瘦鹃君所译,共有三册,里边一小部分是英美以外的作品,在那时的确是不易得到,虽然这与《域外小说集》并不完全一致,但他感觉得到一位同调,很是欣慰,特地拟了一个很好的评语,用部的名义发了出去。这样同类的事情,据我所知道,似乎此外还没有第二件。他曾参与整理那内阁大库的有名的八千麻袋废纸的事,却不记得他讲过其中的什么故事,只是敦煌千佛洞的古写本运京的时候,他知道有些京官老爷在这劫余的经卷中,又窃取了不少,账上数目不符,便将较长的卷子一撕作两,补足缺数。这些人都有名字,但是听他说话的人与他们都不相识,姓名生疏,大都也记不得了。他又讲到部中常收到乡间呈文,请求旌表具呈人的母亲的节孝,有的文字还写不清楚,有将旌表写作旅表的,想见是穷乡僻壤的愚人,却是那么的迷信封建礼教,想起来实在可叹。也有呈文写得很促狭下流的,显得是讼师玩笑之笔,是《新青年》里"什么话"一栏的材料,这里只好从略了。

一三 益锠与和记

部里中午休息,鲁迅平常就不出来,买点什么东西充饥,有时候也跑到外边来吃,在手边略为有钱的时候,教育部在西单牌楼迤南,不多几步就是西单大街,吃饭很是方便,鲁迅去的有两个地方,一是益锠西餐馆,一是和记牛肉铺,益锠并没有什么特别,只是平常的一家餐馆罢了,和记在绒线胡同的拐角,也是平常的一家肉铺,可是楼上有"雅座",可以吃东西。它的肉铺门面朝着大街,但朝北的门可以出入,走上楼梯,在一间半的屋子里有两三顶桌子,吃的都是面类,特别的清汤大块牛肉面最好。这地方外观不雅,一般的士大夫未必光临,但是熟悉情形的本地人却是知道的。鲁迅往和记的次数也比益锠要多得多,每次必定拉了齐寿山同去,我想这地方大概是齐君告诉他的,我只记得有一次还拉了一个陈师曾同去,至于许寿裳似乎不曾同去过。过了十年之后,看见和记大举的扩充,在它的东边建造起高大的楼房来,正式开张饭馆兼旅馆,想见它在过去赚了不少的钱,可是改建之后生意似乎并不太好,不久旅馆倒闭,连那牛肉店也关门了。鲁迅傍晚回到会馆,便吃那里的饭,除临时发起喝啤酒、茵陈酒,去叫广和居的炸丸子之外,有时在星期日叫佣工买一只鸡或肘子,白煮了来喝酒,此外添菜则有现成的酱肘子或清酱肉,以及松花即是南方的皮蛋,大抵也是喝酒时才添的。

一四 老 长 班

会馆的长班是一个姓齐的老人,状貌清瘦,显得是吸鸦片烟的,但很有一种品格,仿佛是一位太史公出身的候补道员。他自称原籍绍兴,这可能是的确的,不过不知道已在几代之前了,世袭传授当长班,所以对于会馆的事情是非常清楚的。他在那时将有六十岁了,同光年间的绍兴京官他大概都知道,对于鲁迅的祖父介孚公的事情似乎知道得更多。介孚公一时曾住在会馆里,或者其时已有不住女人的规定,他蓄了妾之后就移住在会馆的近旁了。鲁迅初来会馆的时候,老长班对他讲了好些老周大人的故事,家里有两位姨太太,怎么的打架等等。这在长班看来,原是老爷们家里的常事,如李越缦也有同样情形,王止轩在日记里写得很热闹,所以随便讲讲,但是鲁迅听了很不好受,以后便不再找他去谈,许多他所知悉的名人轶事都失掉了,也是很可惜的。他的大儿子算是给鲁迅当听差,住在自己家里,早出晚归,他的职务便是拿脸水、茶水,管开饭,晚上点洋灯,平时很少看见,反正长班总是在门房里的,走到外边叫一声,便来替代办事,譬如钱玄同来谈天,有时迟到一点半钟才走,那时自然更只有长班一人清醒着的了。鲁迅叫那听差诨名为公子,长班则名为老太爷,这名称倒都很是适当的。公子的下一辈似已不做长班,改从生产工业了,也是很好的事。

一五　星　期　日

在星期日,鲁迅大概一个月里有两次,在琉璃厂去玩上半天。同平常日子差不多同时候起床,吃过茶坐一会儿之后,便出门前去,走进几家熟识的碑帖店里,让进里边的一间屋内,和老板谈天。琉璃厂西门有店号"敦古谊"的,是他常去的一家,又在小胡同里有什么斋,地名店名都不记得了,那里老板样子很是质朴,他最为赏识,谈的时间最久。他们时常到外省外县去拓碑,到过许多地方,见闻很广,所以比书店伙计能谈。店里拿出一堆拓本来,没有怎么整理过的,什么都有,鲁迅便耐心的一张张打开来看,有要的搁在一旁,反正不是贵重的,"算作几吊钱吧"就解决了,有的鲁迅留下叫用东昌纸裱背,有的就带走了。他也看旧书,大抵到直隶书局去,可是买的很少,富晋书庄价钱奇贵,他最害怕,只有要买罗振玉所印的书的时候,不得已才去一趟,那些书也贵得很,但那是定价本来贵,不能怪书店老板的了。从厂西门往东走过去,经过一尺大街,便是杨梅竹斜街,那里有青云阁的后门,走到楼上的茶社内坐下,吃茶点替代午饭。那里边靠墙一带有高级的座位,都是躺椅,鲁迅不但嫌它枕垫不洁,而且觉得那么躺着吃茶可以不必,懒洋洋的样子也很难看,所以他总是挑选桌子坐的,靠边固然更好,否则屋子中央的方桌也没有什么关系。泡茶来了之后,照例摆上好些碟子来,这与南京茶馆的干丝相同,是堂倌额外的收入,鲁迅不吃瓜子,总适宜的吃他两三样蜜饯之类,末了叫包子汤面来吃,那东西很是不差,我想和东安市场的五芳斋比较，大概是有过之无不及吧。从青云阁正门出来，便是观音街，买点日用什物回会馆去，已是二时以后，来谈闲天的客人也就渐渐的要到来了。

《故家》后记

　　这本书的写成与出版全是偶然的，最初给上海的《亦报》写稿，每天写一段，几乎没有什么结构，而且内容以事实为主，不杂议论，这个限制固然很有好处，但同时也就有了一个缺点。五六十年前左右的事实，——因为我最初是想只讲到庚子为止的，——单靠记忆怎么能行？有些地理的位置，历史的年代，有可查考的还可以补订，家庭个人的事情便无法核对，因为有关系的人八九都是不在了。但是我总还怀着这么一个希望，有哪一位读者给我帮助，能够正误补阙，使这缺点多少补救一点过来。这个愿望却幸能达到一部分，因为我在今年春间得有机会和仁房义支的族叔冠五先生通信，承他指示出几处错误，还有好些补充，使我能写成这一节后记，在我是很欣幸，对于读者也正是很有益处的。冠五叔谱名凤纪，字官五，后改冠五，小名曰朝，是藕琴叔祖的儿子，他在陕西生长，于一九〇一年回家，和我们一同住在新台门里，直至一九一九年台门卖掉为止。他是我们叔辈，但年纪比较要小两三岁，所以在好些年中，朝叔差不多是我们的顶好朋友，在《百草园》中本该讲到他，但是我始终想以庚子为界限，所以把关于他的话搁置起来了。他看了《故家》之后，提出些可珍重的意见，依原书页数写下，现在也就照样的抄录，随时加上一点必要的按语，以供读者参考。

　　四页，新台门项下说复盆桥周家派别不很清楚，我以为应该这样的记述。复盆桥周家分作三房，叫作致（长房）中（次房）和（小房）三支，本来都住在一个台门里，即是老台门。后来因生齿日繁，致房又析为智、仁、勇三个分支，中房也析作恕、慎、裕三个分支，仅和房丁衰单传，没有分支（按十一世十五老太爷以垹还是由智房承继过去的）。原有屋宇不敷分配，于是在东昌坊和复盆桥堍迤南各建住宅一所，台门和厅堂以及厅匾抱对，样式色泽都和老台门一律。落成后,把致房的智仁两分支析居东昌坊的新台门内,又把中房的恕慎两分支析居桥南的过桥台门内,其致房的勇支,中房的裕支连同和房都留居原处即老台门。概括一句话,凡是留在老台门的都是小房。(和房本系小房,勇是致房的小房,裕是中房的小房。)

五页:张永兴寿材店是吴万盛之误。按此处不据以改正,因为凭我的记忆是张永兴,又平常总认为在都亭桥下兼营荤粥面食生意的他们家属是姓张,所以在没有更客观的证明之前,不想依据别个人的记忆来改正自己的记忆了。

六页:"三间头"据老辈传说系为防止火烛,储藏柴草用的。但有一个时期也曾有人住过,就是六四的姑夫陈秋舫(章锡)夫妇,他们结婚后,以新姑爷的资格住在这里,大概时间还很长吧。那时秋舫还只是个秀才,他在岳家留连忘返,介孚公素性好批评人家的长短,对他曾批评说:在布裙底下躲着的是没出息的东西。这话传进了秋舫的耳朵,他立向岳家告辞,说:"不出山不上周家门。"后来果然他也中了进士,但不做官而就幕。科场事发,恰巧苏州府知府是王仁堪,他的刑名幕友正是陈秋舫,王仁堪以案子太大,牵涉过多,要想消灭,向秋舫商讨办法,秋舫坚执不允,说非揭参法办不可,也就是他的乘机报复。

四九页:三味书屋的同学中,"小头鬼"不姓余,原名吴书绅。胡某名胡昌熏,张翔耀乃是章翔耀之误。(按本文中已改正)仁寿即梅卿。按仁寿盖是小名,我们叫他仁寿叔叔,号乐山("乐"字读作"耀",出典是与仁寿有关的),后改字梅卿,今尚健在。

五一页:广思堂的塾师名为王陶如。

五二页:鹏更岁考的事,据梅卿说当系鹏飞之误。按此说未可信。本书所说的系根据鲁迅,所传明说系濂哥(鹏更字涧邻,盖与小字濂相关,或误作"传"非)的事,而且强调他跛行的情状,鹏飞字洙邻,小名泗,与他无关。

五四页:沈老八名守愚,诨名大头阿八,他也是一个塾师,屡应童试不利,其得意佳作中有"肚子饿、身上寒"等警句,常常对人背诵。他的住屋系老台门西面的一部分,为中房所有,他系向中房典用者。

六一页:朱小云是朱可铭之误,他名叫鸿猷,后改天蒸,字可民,是鲁迅前妻之弟。按原文是引用己亥日记,不拟改正,或者他那时候曾叫做小云,亦未可知。

六四页:戊戌六月玉田公去世,是丁酉之误。按此处原文不误,查辛丑日记,六月十九日项下云:玉田叔祖三周年拜忏。又我于丁酉年初往杭州,至戊戌五月回家,玉田公去世的时候我曾往送入殓,所以不可能是在丁酉年间。

六六页:义房十二世兄弟中间,应把黻臣(即恩老爷,亦称恩官)加入。藕琴公下应加"子四、长冠五、次凤华、凤翎、凤安,返绍时只剩冠五一人,余皆夭折,因黻臣无子女,以冠五兼祧。"

七一页:施姓师爷即施理卿,名燮。那时他由幕而官。所以离开南京,辛亥后还曾做过江海关监督,湖北交涉员兼海关监督,并未先归道山。

七二页:周氏子弟往南京进水师学堂的共有五人,因为继你之后还有一个我。我到南京后住在椒生的后半间,由你和叟清如给我教英文,预备英文稍有门径,再予补入,据椒生告我说要先读好英文的。我是一九〇二年壬寅二月同伯扬到南京,未及补入副额,即于秋季因疟疾而由仲翔送回,年下椒生回家,藕琴公责其不肯给我补入,因之两老兄弟大闹一场,所以第二年我就不往南京而进府学堂肄业了。

七四页:椒生在绍兴府学堂是总办,徐锡麟是副办。你到府学堂来是来看我的,这我还记得。

七五页:说利宾搬在大门内的大书房,其实他们是搬到内堂前东屋的后面披厢里去了。

七九页:讲《西游记》项下可以这样补充说明:藕琴公在陕西做钱谷幕友,在华阴、长安、富平一带。他和介孚公同在辛丑(一九〇一)年先后回绍,两老兄弟久别重逢,乍见格外亲密,介孚公时常到他那里去谈天。介孚公向来是欢喜谈论人家的短长的,因之往往谈到衍太太的那一件事,一而再的谈论不已。藕琴公素性是刚而且扭的,所以他的小名是叫铁牛,有一天又谈到这事了,藕琴公就说这其实也没有什么，"有寡妇见鳏夫而欲嫁之"这句成语，也就说的是这些旷夫怨女吧！你想他们近在咫尺，年龄相近，而又正是一鳏一寡，虽然有乖伦常，却也是人情，你何必一再的刺刺不休呢？介孚公听了大不以为然，于是反驳说道，那么猪八戒游盘丝洞也是合乎情理的了。自此以后，他们两人一碰到，介孚公就大讲其《西游记》，而所讲都只限于盘丝洞的这一段，大堂前恰巧正是衍太太住房的窗口，所以藕琴公只好却步不前了。按冠五叔的这一段补充对于本书最有价值，因为有了它，那讲《西游记》的意义才得明了。我在本文中也曾经说及冠五，希望他能了解，现在果然达到目的，这在我觉得是十分可喜可感谢的事。

八〇页：伯升进水师学堂，由椒生为其改名曰文治，号则仍旧。伯升那时外出，常常叫我替他帮忙，因为我是住在椒生房里的，他未出去以前，先到椒生房里来打一个照面，对我做鬼脸，我就把他那红皮底响鞋拿到外面去等着，等他出来经过椒生窗口以后，换上响鞋而去。换下来的旧鞋由我拿进房里代为收藏，到晚上约定时间到了，我再拿着旧鞋去等，好在椒生是深度近视，所有一切的做鬼脸，和旧鞋响鞋的调进调出，他都是不接头的。

九三页：给桐生募钱买一套卖麻花烧饼的家伙，和替他向麻花摊担保的，乃是伯㧑而不是仲翔，这是蓝老太太和谦少奶奶在骂桐生的时候，每次据为口实的。至于仲翔他是一个势利刻薄的人，他不向桐生剥削，已属万幸，哪肯干这样赔钱负责的傻事情呢？所以他在新台门卖掉后，拼住到老台门里，在他将死的前两年，也和他的老父一样，念经茹素，忏悔平生了。

九四页：在有一年年终，椒生和藕琴公在祝福祀神后，说起阿桐有好多天没有出来了，该要饿死了吧？他两人商量着叫我和仲翔各去拿了廿块年糕两串粽子，由我和仲翔拎着糕粽照着灯，四个人一道到大书房。桐生是面墙躺着，见了亮光，抬头一看，仍复躺下。仲翔叫了两声"桐店王"，椒生和藕琴公接着说，这是给你过年的，你慢慢的吃，一下子吃的太多是要吃坏的。他却仍然高卧，爱理不理的说："安东好者！"（放在那里好了）根本不是馒头，也不是仲翔的事。你的记载大概是误信了仲翔的谰言吧。按：这两则关于桐生的订正都很好很有价值。仲翔的势利刻薄大家也多知道，但他人很聪明，戊戌以后就颇有新党的气味，当时与鲁迅很谈得来，因此时常听他的谈话，无意中就把有些调言也听了下来了。

九七页：十五老太爷一直活到己亥以后，己亥是一八九九年，我于一九〇一年辛丑回到绍兴的，还曾见过他。

一〇九页：近邻以摇船为生的四十，系六十之误。

一二九页：屠宝林太娘的柴店叫屠正泰。锡箔店的老板名叫王咬脐。

一三二页：申屠泉不是被人抛砖击死的，乃是和一个名叫阿意的泥水匠盗掘了朱姓的祖坟，事发潜逃，不知所终。

一三四页：傅澄记米店老板名傅阿三，小老板傅德全。

一三五页：屠宝林太娘还有两个儿子，一名阿焕，已娶妻，一名阿燮，没有成家，本来都是锡箔司务，后来不知为何均出外谋生。阿燮一去不返，传说已做了和尚；阿焕回来过一次，再出去以后就不知去向了。

一三六页：唐将军庙在长庆寺南首，庙与寺之间尚隔一关帝庙，不过里面和寺是走得通的。穆神庙在长庆寺的斜对面，说间壁误。

一四三页：鲁老太太的放脚是和我的女人谢蕉荫商量好一同放的。"金鱼"在说了放脚是要嫁洋鬼子的话以外，还把她们称为"妖怪"。金鱼的老子（即椒生）也给她们两人加了"南池大扫帚"的称号，并责藕琴公家教不严，藕琴公却冷冷的说了一句："我难道要管媳妇的脚么？"这位老顽固碰了一鼻子灰，就一声不响地走了。

此外有一条不注明页数，现在并录于此，看来或者是该属于五七页的吧。这条特别有题目云"蒋老太太的幽默"：

一天乔峰到我家来，回去的时候恰巧"金鱼"正在大发其呆病，双手插腰，站在后边的白板门（蓝老太太窗外的那道单扇门）中间，乔峰从他的腋下擦过，"金鱼"拿起靠在旁边的长旱烟袋，向乔峰头上掴了一下，口说："见长辈为什么不叫！"乔峰回去告诉了蒋老太太，她正在吸旱烟，一声不响，一边吸烟，一边走到神堂下坐下。刚刚"金鱼"怒气冲冲地走出来了，走到蒋老太太的面前，她举起手里的长烟袋,向"金鱼"头上掴了一下,也对他说:"见长辈为什么不叫!你会教训阿侄,我也会教训阿侄。""金鱼"赶紧说道:"八妈不要生气,阿侄错者,阿侄错者。"按这个故事当然是真实的吧,虽然我不曾听到家里的人讲过。这作风也与蒋老太太有点符合。八妈意思那是八伯母,因为介孚公在第十二世中大排行第八,而椒生则是十八,所以蒋老太太该是伯母而不是叔母了。原文注云:乔峰那时大概是十五六岁,那么该是在壬寅癸卯(一九〇二至一九〇三年)之间吧。

一七〇页:浙江初任教育司长是名钧业的沈馥生,而不是衡山,大概是由钧业误忆到钧儒吧?按此处本文中所说不误,我到在杭州头发巷的教育司去住过一个多月,看见沈衡山好多次,不会得误记。沈钧业虽是绍兴人,常听陈子英说起,却始终没有见过面,所以和他是毫无关系的。

一九五四·十·二十

鲁迅的青年时代 *

周 作 人

＊ 本书根据中国青年出版社一九五七年版排印,部分篇章题目为原编者所加。

序

　　今年十月值鲁迅去世二十周年纪念，有些报刊来找到我，叫写纪念文字，我既不好推辞，也实在觉得有点为难。这个理由很是简单明了的。因为我以前所写关于鲁迅的文章，一律以报告事实为主，而这事实乃是"事物"的一类，是硬性的存在，也是有限度的。我对报刊的同志们说，请大家原谅，写不出什么文章来，因为我没有写文章的资本了。我写那些旧文章的资本都是过去的事实，而那样的资本却有一定的限量，有如钞票似的，我所有的一札有一定的数目，用掉一张便少一张，自己不可能来制造加添的。各位都谅解我的意思，但还是要叫我写，我也不好再硬辞，只得答应下来，结果便是这几篇文字。承中国青年出版社的盛意，肯给我印成小册子，这是我所感谢的，但如上文所说，这些文章或者内容不大充实，要请读者原谅，只是空想乱说的话那我可以保证是没有的。不过话又说了回来，这比起我以前所写的或者有地方还较为得要领些，不是那么的散漫，有地方也供给了些新的事实，虽然这分量不多。《西北大学简报》上登载一篇我的女儿所写的纪念文，里边说到有些小事情，例如鲁迅不爱理发的一节，颇能补足我们的缺漏，也就抄来附在里边了。除了这些新写的文章以外，我又把旧稿三篇找了出来，作为附录，加在末尾。其中一篇是《阿 Q 正传》在晨报副刊上发表完了的时候，又两篇则是鲁迅刚去世后所写，也都有纪念的性质，重印出来，或者可以稍供读者的参考。

一九五六年十一月一日记于北京

鲁迅的青年时代

一　名字与别号

　　题目是鲁迅的青年时代，但是我还得从他的小时候说起，因为在他生活中间要细分段落，是一件很不容易的事情，为的避免这个困难，我便决定了从头来说，我在这里所讲的都是事实，是我所亲自闻见，至今还有点记忆的，这才记录，若是别人所说，即便是母亲的话，也要她直接对我说过，才敢相信。只是事隔多年，至少有五十年的光阴夹在这中间，难免有些记不周全的地方，这是要请读者原谅的。

　　鲁迅原名周樟寿，是他的祖父介孚公给他所取的。他生于前清光绪辛巳八月初三日，即公元一八八一年九月二十五日。那时介孚公在北京当"京官"，在接到家信的那一日，适值有什么客人来访，便拿那人的姓来做名字，大概取个吉利的兆头，因为那些来客反正是什么官员，即使是穷翰林也罢，总是有功名的。不知道那天的客人是"张"什么，总之鲁迅的小名定为阿张，随后再找同音异义的字取作"书名"，乃是樟寿二字，号曰"豫山"，取义于豫章。后来鲁迅上书房去，同学们取笑他，叫他做"雨伞"，他听了不喜欢，请祖父改定，介孚公乃将山字去掉，改为"豫才"，有人加上木旁写作"豫材"，其实是不对的。

　　到了戊戌（一八九八）年，鲁迅是十八岁的时候，要往南京去进学堂，这时改名为周树人。在那时候中国还是用八股考试，凡有志上进的人必须熟读四书五经,练习八股文和试帖诗,辛苦应试,侥幸取得秀才举人的头衔,作为往上爬的基础。新式的学校还一个都没有,只有几个水陆师的学堂,养成海陆军的将校的,分设在天津、武昌、南京、福州等处,都是官费供给,学生不但不用花钱,而且还有津贴可领。鲁迅心想出外求学,家里却出不起钱,结果自然只好进公费的水陆师学堂,又考虑路程的远近,结果决定了往南京去,其实这里还有别一个,而且可以算是主要的缘因,乃是因为在南京的水师学堂里有一个本家叔祖,在那里当"管轮堂"监督,换句话说便是"轮机科舍监"。鲁迅到了南京,便去投奔他,暂住在他的后房,可是这位监督很有点儿顽固,他虽然以举人资格担任了空虚差使,但总觉得子弟进学堂"当兵"不大好,至少不宜拿出家谱上的本名来,因此就给他改了名字,因为典故是出于"百年树人"的话,所以豫才的号仍旧可以使用,不曾再改。后来水师学堂退学,改入陆师学堂附设的路矿学堂,也仍是用的这个名字和号。

在南京学堂的时期,鲁迅才开始使用别号。他刻有一块石章,文云"戎马书生",自己署名有过一个"戛剑生",要算早,因为在我的庚子(一九○○)年旧日记中,抄存有戛剑生《莳花杂志》等数则,又有那年除夕在家里所作的《祭书神文》上边也说"会稽戛剑生",可以为证。此外从"树人"这字面上,又变出"自树"这个别号,同时大概取索居独处的意思,自称"索士"或"索子",这都是在他往日本留学之后,因为这在我癸卯甲辰(一九○三至一九○四)年的日记上出现,可是以前是未曾用的。一九○七年以后,《河南》杂志请他写文章,那时他的署名是用"迅行"或"令飞",这与他的本名别无连系,大概只是取前进的意思吧。中间十个年头过去了,到了"五四"以后,他又开始给《新青年》写文章,那时主编的陈独秀、胡适之等人定有一个清规,便是不赞成匿名,用别号也算是不负责任,必须使用真姓名。鲁迅虽然是不愿意,但也不想破坏这个规矩,他便在"迅行"上面减去"行"字,加上了"鲁"字作姓,就算是敷衍过去了。这里他用的是母亲的姓,因为他怕姓周使人家可以猜测,所以改说姓鲁,并无什么别的意思。他那时本有"俟堂"这个别号,也拿出来应用,不过倒转过来,又将堂字写作唐,成为"唐俟",多使用于新诗和杂感,小说则专用"鲁迅",以后便定了下来,差不多成为本名了。他写《阿Q正传》时特别署过"巴人"的名字,但以后就不再使用。这里所说差不多至一九二〇年为止。这以后,他所用的笔名很多,现在不再叙述了。

二　师父与先生

鲁迅小时候的事情,实在我知道得并不多,因为我要比他小三岁,在我刚七八岁有点知识懂人事的时候,他已经过了十岁了。个人的知识记忆各有不同,像我自己差不多十岁以前的事全都不记得了,现在可以纪录下来的只是一二零碎的片段而已。因为生下来是长子,在家庭里很是珍重,依照旧时风俗,为的保证他长大,有种种的仪式要举行。除了通行的"满月"和"得周"的各样的祭祀以外,还要向神佛去"记名"。所谓记名即是说把小孩的名字记在神或佛的账上,表示他已经出了家了,不再是人家的娇儿,免得鬼神妒忌,要想抢夺了去。鲁迅首先是向大桶盘(地名,本来是一个大湖)的女神记名,这女神不知道是什么神道,仿佛记得是九天玄女,却也不能确定。记了名的义务是每年有一次、在一定的期间内要去祭祀"还愿",备了小三牲去礼拜。其次又拜一个和尚为师,即是表示出家做了沙弥,家里对于师父的报酬是什么,我不知道,徒弟则是从师父领得一个法名,鲁迅所得到的乃是长根二字。师父自己的法号却似乎已经失传,因为我们只听别人背后叫他"阿隆",当面大概是隆师父吧,真名字不知道是什么隆或是隆什么了。他住的地方距离鲁迅的家不远,是东昌坊口迤北塔子桥头的长庆寺,那法名里的"长"字或者即是由寺名而来,也未可知。我又记得那大桶盘庙的记名也是有法名的,却不记得了。而且似乎那法名的办法是每个轮番用神名的一字,再配上别一个字去便成,但是如果她是九天玄女,那末女字如何安排,因此觉得这个记忆未必是确实的了。

小孩的装饰大抵今昔南北还没有什么大的不同,例如老虎头鞋和帽,至今也还可以看到。但是有些东西却已经没人知道了,百家衣即是其一。这是一件斜领的衣服,用各色绸片拼合而成,大概是在模仿袈裟的做法吧,一件从好些人家拼凑出来的东西似乎有一种什么神力,这在民俗上也是常有的事情。此外还有一件物事,在绍兴叫做"牛绳",原义自然是牵牛的绳索,作为小孩的装饰乃是用红丝线所编成,有小指那么粗,长约二尺之谱,两头打结,套在脖子上,平常未必用,若是要出门去的时候，那是必须戴上的。牛绳本身只是一根索子便已够了，但是它还有好些附属品，都是有辟邪能力的法物，顺便挂在一起了。这些物件里边，我所知道的有小铜镜，叫做"鬼见怕"的一种贝壳，还有一寸多长的小本"黄历"，用红线结了网装着。据说鲁迅用过的一根牛绳至今还保存着，这也是可能的事，至于有人说这或是隆师父的赠品，则似未可信，因为我们不曾拜过和尚为师的人，在小时候同样的挂过牛绳，可见这原是家庭里所自备的了。

　　鲁迅的"开蒙"的先生是谁，有点记不清了，可能是叔祖辈的玉田或是花塍吧。虽然我记得大约七八岁的时候同了鲁迅在花塍那里读过书，但是初次上学所谓开蒙的先生照例非秀才不可，那末在仪式上或者是玉田担任，后来乃改从花塍读书的吧。这之后还跟子京读过，也是叔祖辈的一人，这人有点儿神经病，又是文理不通，本来不能当先生，只因同住在一个院子里，相距不到十步路，所以便去请教他。这期间不知道有多久，只是他教了出来许多笑话，终于只好中止了。这事相隔很久，因为可笑，所以至今清楚的记得。第一次是给鲁迅"对课"，出三字课题云"父攘羊"，大约鲁迅对的不合适，先生为代对云"叔偷桃"。这里羊桃二字都是平声，已经不合对课的规格，而且还把东方朔依照俗音写成"东方叔"，又是一个别字。鲁迅拿回来给父亲看，伯宜公大为发笑，但也就搁下了。第二次给讲书，乃是《孟子》里引《公刘》的诗句，到"乃裹糇粮"，他把第三字读作"猴"字，第二字读为"咕"，说道：公刘那时那么的穷困，他连胡狲袋里的果子也"咕"的挤出来拿了去了！伯宜公听了也仍然微笑，但从第二天起便不再叫小孩到那边去上学了。这个故事有点近于笑话，而且似乎编造得有些牵强，其实如果我不是在场亲自听见，也有这种感觉，可见实人实事有些也很奇特，有时会得比编造的更奇特的。

　　上边所说的事记不清是在哪一年，但鲁迅已经在读《孟子》，那是很明了确实的。可能这是在光绪壬辰（一八九二）年，这之后他便进了三味书屋跟寿镜吾先生读书去了。总之次年癸巳（一八九三）他已在那里上学，那是不成问题的，但曾祖母于壬辰除夕去世，新年匆忙办理丧事，不大可能打发他去入学，所以推定往三味书屋去在上一年里，是比较可以相信的。

三 遇见"闰土"

上文说到了光绪癸巳年,这一年很重要,因为在鲁迅的生活中是一个重大关键,我也已是满八岁多了,知道的事情也比较多些了。所记述的因此也可以确实些。在这一年里应该记的是鲁迅初次认识了"闰土"。他姓章,本名运水,因为八字上五行缺水,所以小名叫做"阿水",书名加上一个运字,大概是取"运气"的意思,绍兴俗语闰运同音,所以小说上改写作"闰",水也换作五行中的"土"了。运水的父亲名章福庆,一向在家中帮忙工作,他的本行是竹匠,家在杜浦村,那里是海边,一片都是沙地,种些瓜豆棉花之类,农忙时在乡间种地,家里遇过年或必要时他来做帮工。那年曾祖母去世,在新年办丧事,适值轮到祭祀"当年",更是忙乱。周家共分三大房,又各分为三小房,底下又分为三支,祖先祭祀置有祭田,各房轮流承办,小祭祀每九年轮到一回,大祭祀便要二十七年了。那一年轮到的不记得是哪一个祭祀,总之新年十八天要悬挂祖像,摆列祭器,让本家的人前来瞻拜。这回办理丧事,中堂恰被占用了,只好变通一下,借用了本家的在大门西边的大书房来挂像,因为那些祭器如古铜大"五事"——香炉烛台和两个花瓶共五件,称为五事。——和装果品和年糕粽子的锡盘,都相当值钱,容易被白日撞门贼所偷走,须要有人看守才行,这个工作便托章福庆把他的儿子运水叫来,交付给他。鲁迅的家当然是旧式封建家庭,但旧习惯上不知怎的对于使用的工人称呼上相当客气。章福庆因为福字犯讳,简略为章庆,伯宜公直呼他阿庆,祖母和母亲则叫老庆,小孩们统统称他庆叔,对于别家的佣人也是一样,因为我还记得有过一个老工人,我们称为王富叔的,运水来了,大家不客气的都叫他阿水,因为他年纪小,他大概比鲁迅大两三岁,可能有十五六岁吧。鲁迅叫他阿水,他叫鲁迅"大阿官",这两人当时就成了好朋友。那时鲁迅已在三味书屋上学,当然有了好些同窗朋友,但是不论是士人或商家出身,他们都是城里人,彼此只有泛泛的交情罢了。运水来自乡下海边,有他独特的新奇的环境,素朴的性格,鲁迅初次遇到,给予了他很深的印象,后来在文章上时常说到,正是很当然的了。鲁迅往安桥头外婆家去的时候,可能去过镇塘殿吃茶,到楝树下看三眼闸,或者也看过八月十八的大潮,但是海边"沙地"上的伟大的平常的景色却没有机会看到过,这只有在运水的话里才能听见一部分。张飞鸟与蓝背在空中飞,岸上有"鬼见怕"和"观音掌"等珍奇的贝壳,地上有铁叉也戳不着的猹——或是獾猪,这些与前后所见的《尔雅图》和《山海经图》岂不是也很有一种连系么。到了庚子新年,已在七年之后,运水来拜岁留住,鲁迅还同他上"大街"去玩了两天,留在我的旧日记上,可见到那时候还是同朋友似的相处的了。

四 祖父的事情

那年还有一件事,对于鲁迅有很大的影响的,便是家中出了变故,使得小孩们不得不暂时往外婆家去避难。在要说这事件之先,我们须得先来一讲介孚公的事情。介孚公谱名致福,后来改名福清,在同治辛未(一八七一)年是他三十七岁的时候,中了会试第一百九十九名进士,殿试三甲钦点翰林院庶吉士,在馆学习三年,至甲戌(一八七四)年散馆,奉旨以知县用,分发四川,选得荣昌县,因亲老告近,改选江西金谿县。介孚公的脾气生来不大好,喜欢骂人,什么人都看不起,我听他晚年怒骂,自呆皇帝(清光绪帝)昏太后(西太后)起,直骂到子侄辈。在他壮年时代大概也是如此,而且翰林外放知县,俗称"老虎班",最是吃硬,不但立即补缺,而且官场上也相当有面子。有这两种原因,他不但很是风厉,而且也有点任意了,碰巧那上司江西巡抚又偏偏不是科甲出身,更为他所蔑视,终于顶起牛来。但官职太小究竟抵敌不过,结果被巡抚奏参,奉旨革职改教,即是革掉了知县,改充教官,那时府学县学的教授训导,仿佛是中学校的教员。他心里不服,凭了他的科甲出身,入京考取了内阁中书,一直做了十多年的京官,得不到什么升迁。曾祖母戴老太太去世了,介孚公乃告假回家来。那时电报已通,由天津乘轮船,可以直达上海,所以在"五七"以前他同了潘姨太太和儿子伯升回到了家里。他这半年在家里发脾气,闹得鸡犬不宁,这倒还在其次,到了秋天他出外去,却闯下了滔天大祸,虽是出于意外,可是也与他的脾气有关的。那年正值浙江举行乡试,正副主考都已发表,已经出京前来,正主考殷如璋可能是同年吧,同介孚公是相识的。亲友中有人出主意,招集几个有钱的秀才,凑成一万两银子,写了钱庄的期票,请介孚公去送给主考,买通关节,取中举人,对于经手人当然另有酬报。介孚公便到苏州等候主考到来,见过一面,随即差遣"跟班"将信送去。那时恰巧副主考正在正主考船上谈天,主考知趣得信不立即拆看,那跟班乃是乡下人,等得急了,便在外边叫喊,说银信为什么不给回条。这事情便戳穿了,交给苏州府去查办,知府王仁堪想要含胡了事,说犯人素有神经病,照例可以免罪。可是介孚公本人却不答应,公堂上振振有词,说他并不是神经病,历陈某科某人,都通关节中了举人,这并不算什么事,他不过是照样的来一下罢了。事情弄得不可开交,只好依法办理,由浙江省主办,呈报刑部,请旨处分。这所谓科场案在清朝是非常严重的,往往交通关节的人都处了死刑,有时杀戮几十人之多。清朝末叶这种情形略有改变,官场多取敷衍政策,不愿深求,因此介孚公一案也得比较从轻,定为"斩监候"的罪名,一直押在杭州府狱内,前后经过了八个年头,到辛丑(一九〇一)年由刑部尚书薛允升上奏,依照庚子年乱中出狱的犯人,事定后前来投案,悉予免罪的例,也把他放免了。

五　避　难

　　祖父介孚公的事我们轻描淡写的几句话说过去了,可是它给予家庭的灾祸实在不小,介孚公一人虽然幸得保全,家却也是破了。因为这是一个"钦案",哄动了一时,衙门方面的骚扰由于知县俞凤冈的持重,不算厉害,但是人情势利,亲戚本家的嘴脸都显现出来了。大人们怕小孩子在这纷乱的环境不合适,乃打发往外婆家去避难,这本来是在安桥头村,外公晴轩公中举人后移住皇甫庄,租住范氏房屋,这时便往皇甫庄去了。鲁迅被寄在大舅父怡堂处,我在小舅父寄湘那边,因为年纪尚小,便交给一个老女仆照料同睡,大家叫她做唐港妈妈,大概是她的乡村名字。大舅父处有表兄姊各一人,小舅父处只表姊妹四人,不能作伴,所以每天差不多都在大舅父的后楼上玩耍。我因为年纪不够,不曾感觉着什么,鲁迅则不免很受到些刺激,据他后来说,曾在那里被人称做"讨饭",即是说乞丐。但是他没有说明,大家也不曾追问这件不愉快的事情,查明这说话的究竟是谁。这个刺激的影响很不轻,后来又加上本家的轻蔑与欺侮,造成他的反抗的感情,与日后离家出外求学的事情也是很有关连的。

不过在大舅父那里过的几个月的光阴,也不全是不愉快或是空虚无用的。他在那里固然初次感到人情的冷酷,对于少年心灵是一个重大的打击,但是在文化修养上并不是没有好处,因为这也正在那时候他才与祖国的伟大文化遗产的一大部分——版画和小说,真正发生了接触。明显的表现便是影写《荡寇志》的全部绣像。

鲁迅在家里的时候,当然也见过些绣像的书。阿长给他买的木版《山海经》,虽然年代不详,大概要算是最早了吧。那是小本木刻,因为一页一图,所以也还清楚,那些古怪的图像,形如布袋的“帝江”,没有脑袋而以乳为目,以脐为口的“刑天”,这比龙头人身马蹄的“疆良”还要新奇,引起儿童多少奔放丰富的想象来呀。伯宜公旧有的两本《尔雅音图》,是广百宋斋的石印小本,一页里有四个图,原版本有一尺来大,所以不成问题,缩小后便不很清楚了。此外还存有四本《百美新咏》,全是差不多一样的女人,看了觉得单调。很特别是一部弹词《白蛇传》,上边也有绣像,不过没有多少张,因为出场的脚色本来不多。弹词那时没有读,但白蛇的故事是人人知道的,大家都同情“白娘娘”,看不起许仙,而尤其讨厌法海。《白蛇传》的绣像看上去所以无甚兴趣,只是一股怨恨的感情聚集在法海身上,看到他的图像便用指甲掐他的眼睛,结果这一页的一部分就特别破烂了。归根结蒂的说来,绣像书虽是有过几册,可是没有什么值得爱玩的。大舅父那里的这部《荡寇志》因为是道光年代的木刻原版,书本较大,画像比较生动,像赞也用篆隶真草各体分书,显得相当精工。鲁迅小时候也随意自画人物,在院子里矮墙上画有尖嘴鸡爪的雷公,荆川纸小册子上也画过“射死八斤”的漫画,这时却真正感到了绘画的兴味,开始来细心影写这些绣像,恰巧邻近杂货店里有一种竹纸可以买到,俗名“明公(蜈蚣)纸”,每张一文制钱,现在想起来,大概是毛边纸的一种,一大张六开吧。鲁迅买了这明公纸来,一张张的描写,像赞的字也都照样写下来,除了一些楷书的曾由表兄延孙帮写过几张,此外全数是由他一个人包办的。这个模写本不记得花了多少时光,总数约有一百页吧,一天画一页恐怕是不大够的。我们可以说,鲁迅在皇甫庄的这个时期,他的精神都用在这件工作上,后来订成一册,带回家去，一二年后因为有同学见了喜欢，鲁迅便出让给他了。延孙那里又有一部石印的《毛诗品物图考》，小本两册，原书系日本冈元凤所作，引用诗经里的句子，将草木虫鱼分别的绘图列说，中国同时有徐鼎的《品物图说》，却不及这书的画得精美。这也给了鲁迅一个刺激，引起买书的兴趣来。现在这种石印本是买不到了，但日本天明甲辰（一七八四）年的原印本却还可以看到。

六 买 新 书

鲁迅在皇甫庄大概住了有五六个月吧，到了年底因了典屋满期或是什么别的关系，外婆家非得搬家不可了。两家舅父决定分住两地，大舅父搬到小皋埠，小舅父回到安桥头老家去，外祖母则每年轮番的到他们家里去同住。因为小舅父家都是女孩，有点不大方便，所以鲁迅和我都一并同了大舅父搬去了。小皋埠那里的房东似是胡秦两姓，秦家的主人秦少渔是大舅父前妻的兄弟，是诗人兼画家的秦树钰的儿子，也能画梅花，只是吃了鸦片，不务生计，从世俗的眼光看来乃是败落子弟，但是很有风趣，和鲁迅很说得来，因为小名"友"便叫他做"友舅舅"，时常找他去谈天。他性喜看小说，凡是那时所有的说部书，他几乎全备，虽然大抵是铅石印，不曾见过什么木刻大本。鲁迅到了小皋埠之后，不再作影写绣像这种工作了，他除了找友舅舅闲谈之外，便是借小说来看。我因为年纪还小，不够参加谈天，识字不多，也不能看书，所以详细情形都说不上来了。总之他在那里读了许多小说，这于增加知识之外，也打下了日后讲《中国小说史》的基础，那是无可疑的吧。

不知道是什么时候，大抵是在春天上坟时节吧，大人们看得没有什么风波了，便叫小孩们回到家里去。在皇甫庄的小皋埠所受的影响立即向着两方面发展，一是开始买新书，二是继续影写图画。

鲁迅回家后所买第一部新书，大概是也应当是那两册石印的《毛诗品物图考》。明白记得那书价是银洋两角，因为买的不是一次，掉换也有好几次，不知为什么那么的看重此书，买来后必要仔细检查，如果发见哪里有什么墨污，或是哪一页订得歪斜了，便要立即赶去掉换。有时候在没有查出缺点之前，变动了一点，有如改换封面之类，那就不能退换了,只得折价卖给某一同学,再贴了钱去另买新书。因为去的回数多了,对于书坊伙计那么丁宁妥贴的用破毛边纸包书的手法也看熟了,便学得了他们的方法,以后在包书和订书的技术方面都有一点特长,为一般读书人所不及。后来所买的同类书籍中记得有《百将图》,只可惜与《百美新咏》同样的显得单调,《二十四孝图》则因为向来讨厌它,没有收集,直到后来要研究它,这才买到了什么《百孝图》等。上边忘记说,家里原有藏书中间有一部任渭长画的《於越先贤像传》和《剑侠传图》,在小时候也觉得它画得别致,很是爱好。这之后转入各种石印画谱,但是这里要说的先是一册木刻的,名叫《海仙画谱》,又称《十八描法》,著者姓小田,乃是日本人,所以这书是日本刻印的。内容只是十八图,用了各种衣褶的描法如柳叶描枣核描等,画出状如罗汉的若干模型来。当时为什么要买这册画谱,这理由完全记不得了,但是记得这一件附带的事情,便是此书的价钱是一百五十文,由我们两人和小兄弟松寿各出五十文钱,算作三人合买的。在那时节拿出两角钱去买过《名物图考》,为什么这一百五十文要三个人来合出呢? 大概是由于小兄弟动议,愿意加入合作的吧。可是后来不知是书没有意思,还是不能随意取阅的缘故呢,他感觉不满意,去对父亲"告诉"了。伯宜公躺在小榻上正抽鸦片烟,便叫拿书来看,鲁迅当初颇有点惶恐,因为以前买书都是瞒着大人们的。伯宜公对于小孩却是很有理解,他拿去翻阅了一遍,并不说什么话仍旧还了我们了。鲁迅刚读过《诗经·小雅·巷伯》一篇大概给他很深的印象,因此他有一个时候便给小兄弟起了个绰号,便是"谗人"。但是小兄弟既然还未读书,也不明白它的意义,不久也就忘了。那本画谱鲁迅主张单给了小兄弟,合股的一百文算是扔掉了,另外去买了一本来收着,同一《海仙画谱》所以有两本的原因就是为此。

　关于这小兄弟还有一件事,可写在这里。鲁迅在一九○五年写有一篇小文,题曰《风筝》,后来收在《野草》里边。他说自己嫌恶放风筝,看见他的小兄弟在糊蝴蝶风筝,便发了怒,将风筝的翅骨折断,风轮踏扁了。事隔多年之后,心里老觉得抱歉似的,心想对他说明,可是后来谈及的时候,小兄弟却是什么也不记得了。这所说的小兄弟也正是松寿,不过《野草》里所说的是"诗与真实"和合在一起,糊风筝是真实,折断风筝翅骨等乃是诗的成分了。松寿小时候爱放风筝,也善于自糊风筝,但那是戊戌(一八九八)年以后的事,鲁迅于那年春天往南京,已经不在家里了。而且鲁迅对于兄弟与游戏,都是很有理解,没有那种发怒的事,文章上只是想象的假设,是表现一种意思的方便而已。松寿生于光绪戊子(一八八八)年,在己亥庚子那时候刚是十二三岁。

七 影写画谱

我们把新书与画谱分开了来说,其实这两者还只是一件事。新书里也包含着画谱,有些新印本买得到的,就买了来收藏,有些旧本找不到,便只好借了来看,光看看觉得不够,结果动手来影画下来。买到的画谱,据我所记得的,有《芥子园画传》四集,《天下名山图咏》,《古今名人画谱》,《海上名人画稿》,《点石斋丛画》,《诗画舫》,《晚笑堂画传》木版本尚有流传,所以也买到原本,别的都是石印新书了。有几种旧的买不到,从别人处借了来看,觉得可喜,则用荆川纸蒙在书上,把它影写下来。这回所写的比以前《荡寇志》要进一步,不是小说的绣像,而是纯粹的绘画了。这里边最记得清楚的是马镜江的两卷《诗中画》,他描写诗词中的景物,是山水画而带点小人物,描起来要难得多了。但是鲁迅却耐心的全部写完,照样订成两册,那时看过的印象觉得与原本所差无几,只是墨描与印刷的不同罢了。第二种书,这不是说次序,只是就记忆来说,乃是王冶梅的一册画谱。王冶梅所画的有梅花石头等好些种,这一册是写意人物,画得很有点别致。这里又分上下二部,上部题名《三十六赏心乐事》,图样至今还觉得很熟悉,只是列举不出了,记得有一幅画堂上一人督率小童在开酒坛,柴门外站着两个客人,题曰《开瓮忽逢陶谢》,又一幅题曰《好鸟枝头自赏》。在多少年之后我见到一部日本刻本,这《赏心乐事》尚有续与三续,鲁迅所写的大概是初版本,所以只有三十六事,作为上卷,都是直幅,下卷则是横幅,性质很杂,没有什么系统。所画都是人物,而简略得很,可以说是一种漫画,上卷则无讽刺意味,下卷中有一幅画作乞丐手牵一狗,狗口衔一瓢向人乞钱,题词首一句云"丐亦世之达人乎",惜下文都忘记了。第三种所画又是很有点特殊的,这既非绣像,也不是什么画谱,乃是一卷王磐的《野菜谱》,原来附刻在徐光启的《农政全书》的末尾的。《野菜谱》原是讲"荒政"的书，即是说遇到荒年，食粮不够，有些野菜可以采取充饥，这一类书刻本难得见，只有《野菜谱》因为附刻关系，所以流传较广。这书还有一样特色，它的品种虽是收得比较少些，但是编得很有意思，在每一幅植物图上都题有一首赞，似歌似谣，虽或有点牵强，大都能自圆其说。鲁迅影写这一卷书，我想喜欢这题词大概是一部分原因，不过原本并非借自他人，乃是家中所有，皮纸大本，是《农政全书》的末一册，全书没有了，只剩此一册残本，存在大书橱的乱书堆中，依理来说，自家的书可以不必再抄了，但是鲁迅却也影写了一遍，这是什么缘故呢？据我的推测，这未必有什么大的理由，实在只是对于《野菜谱》特别的喜欢，所以要描写出来，比附载在书末的更便于赏玩罢了。

　　鲁迅小时候喜爱绘画，这与后来的艺术活动很有关系的，但是他的兴趣并不限于图画，又扩充到文字上边去，因此我们又要说一说他买书的事了。这回他所要买的不再是小孩们看了玩的图册，而是现今所称祖国文学遗产的一部分了。上文我们说到合买《海仙画谱》，大概是甲午(一八九四)年的事情，那末这里所说自然在其后，当是甲午乙未这两年了。小说一类在小皋埠"友舅舅"那里看了不少，此时并不热心追求，所注意的却是别一部类，这比起小说来虽然也算是"正经"书，但是在一心搞"举业"——即是应科举用的八股文的人看来，乃是所谓"杂学"，如《儒林外史》里的高翰林所说，是顶要不得的东西。但是在鲁迅方面来说，却是大有益处，因为这造成他后来整理文化遗产的基础与辑录《会稽郡故书杂集》,《古小说钩沉》,写《中国小说史略》等，都是有关系的。他的买书时期大约可以分作两段，这两年是第一段，正是父亲生病的时期，第二段则是父亲死后，伯宜公殁于丙申(一八九六)年九月，所以计算起来该是丙申丁酉的两年，到了戊戌三月鲁迅便已往南京去了。

　　不记得是什么时候，总之是父亲病中这一段里吧，鲁迅从本家那里，可能是叔祖玉田，也可能是玉田的儿子伯㧑，借来了一部书，发生了很大的影响。这是一部木版小本的《唐代丛书》，在丛书中是最不可靠的一种，据后来鲁迅给人的书简中说："所收的东西大半是乱改和删节的，拿来玩玩固无不可，如信以为真，则上当不浅也。"但引据固然不能凭信，在当时借看实在原是"拿来玩玩"的意思，所以无甚妨碍。倒是引起读书的兴味来，这一个用处还是一样的。那里边所收的书，看过大抵忘了，但是有一两种特别感觉兴趣，就不免想要抄它下来，正与影写画谱是同一用意。我那时年幼没有什么知识，只抄了一卷侯宁极的《药谱》，都是药的别名，原见于陶谷的《清异录》中。鲁迅则选抄了陆羽的《茶经》，计有三卷，又陆龟蒙的《五木经》和《耒耜经》各一篇，这便大有意义，也就是后来大抄《说郛》的原因了。

八 三味书屋

鲁迅往三味书屋念书，在癸巳(一八九三)年间已跟寿镜吾先生受业，我去是在次年甲午的中间了吧，镜吾先生因学生多了，把我分给他的次子洙邻先生去教，所以我所知道的三味书屋，乃是甲午以后的情形。寿宅与鲁迅故家在一条街上，不过鲁迅的家在西头，称为东昌坊口，寿宅是在东边，那里乃是覆盆桥了。周氏祖居也在覆盆桥，与寿宅隔河南北相对，通称老台门周宅，西头东昌坊口的一家是后来分耜出的，所以称为新台门。从新台门到寿宅，这其间大概不到十家门面，走起来只要几分钟工夫，寿宅门坐南朝北，走过一条石桥便是大门，不过那时正屋典给了人家，是从偏东的旁门出入的。进了黑油的竹门是一排房屋，迤南三间小花厅，便是三味书屋，原是西向，但是西边正屋的墙很高，"天井"又不大，所以并不记得西晒炎热。三味书屋的南墙上有一个圆洞门，里边一间有小匾题什么小憩四字，是洙邻先生的教读处，镜吾先生则在外间的花厅里。正中墙上挂着"三味书屋"的匾额，据洙邻先生后来告诉我说，这本来是三余书屋四字，镜吾先生的父亲把它改了的，原来典故忘了，只知道是将经史子比食物，经是米谷，史是菜蔬，子是点心。匾下面画桌上挂着一幅画，是树底下站着一只大梅花鹿，这画前面是先生的宝座，是很朴素的八仙桌和高背的椅子。学生的书桌分列在四面，这里向西开窗，窗下都是大学生，离窗远的便要算较差了。洙邻先生说，鲁迅初去时桌子排在南边靠墙，因为有圆洞门的关系，三副桌椅依次排列下来，便接近往后园去的小门了。后园里有一株腊梅花，大概还有桂花等别的花木吧，也是毛厕所在地，爱玩的学生往往推托小便，在那里闲耍，累得先生大声叫唤，"人到哪里去了?"这才陆续走回来。靠近园门的人可以随便溜出去玩，本来是很方便的，鲁迅却不愿意，推说有风，请求掉换坐位，先生乃把他移到北边的墙下，我入学时看见他的坐位便是那个。

三味书屋是绍兴东城有名的一个书房，先生品行方正，教读认真，"束修"因此也比较的贵，定为一律每节银洋二元，计分清明端午中秋年节四节，预先缴纳。先生专教经书，不收蒙学，因此学生起码须得读大学中庸，可是商家子弟有愿读《幼学琼林》的也可以答应，这事情我没有什么记忆，但是鲁迅在《朝花夕拾》中有得说及，所云"笑人齿缺，曰狗窦大开"，即是。先生的教法是，早上学生先背诵昨日所读的书和"带书"，先生乃给上新书，用白话先讲一遍，朗读示范，随叫学生自己去读，中午写字一大张，放午学。下午仍旧让学生自读至能背诵，傍晚对课，这一天功课就算完了。鲁迅在家已经读到《孟子》，以后当然继续着读《易经》，《诗经》——上文说到合买《海仙画谱》，便在这时节了，——《书经》，《礼记》以及《左传》。这样，所谓五经就已经完了，加上四书去，世俗即称为九经。在有志应考的人，九经当然应当读完，不过在事实上也不十分多，鲁迅那时却不自满足，难得在"寿家"读书，有博学的先生指教，便决心多读几部"经书"。我明了的记得的有一部《尔雅》，这是中国最古的文字训诂书，经过清朝学者们研究，至今还不容易读，此外似有《周礼》，《仪礼》，因为说丧礼一部分免读，所以仿佛还有点记忆。不过《尔雅》既然是部字书，讲也实在无从讲起，所以先生不加讲解，只教依本文念去，读本记得叫做《尔雅直音》，是在本文大字右旁注上读音，没有小注的。书房上新书，照例用"行"计算，拙笨的人一天读三四行，还不能上口，聪明的量力增加，自几十行以至百行，只要读得过来，别无限制。因此鲁迅在三味书屋这几年里，于九经之外至少是多读了三部经书，——《公羊》读了没有，我不能确说。经书早已读了，应当"开笔"学八股文，准备去应考了，这也由先生担任，却不要增加学费，因为"寿家"规矩是束修两元包教一切的。先生自己常在高吟律赋，并不哼八股，可是做是能做的，用的教本却也有点特别，乃是当时新刊行的《曲园课孙草》，系俞曲园做给他的孙子俞陛云去看的，浅显清新，比较的没有滥调恶套。"对课"本来是做试帖诗的准备工作，鲁迅早已对到了五字课，即是试帖的一整句了，改过来作五言六韵，不是什么难事了。

上边所说都是关于鲁迅在书房里的情形和他的功课，未免有点沉闷,现在再来讲一点他在书房外的活动吧。三味书屋的学生本来也是比较守规矩,至多也只是骑人家养了避火灾的山羊,和主人家斗口而已,鲁迅尤其是有严格的家教,因为伯宜公最不喜欢小孩在外边打了架,回家来告诉受了谁的欺侮,他那时一定这么的说:谁为什么不来欺侮我的呢? 小孩们虽觉得他的话不尽合理,但也受了教训,以后不敢再来了。话虽如此,淘气吵架这也不能尽免,不过说也奇怪,我记得的两次都不是为的私事,却是路见不平,拔刀相助,所以闹了起来的。这第一次是大家袭击"王广思的矮癞胡"。在新台门与老台门之间有一个旧家王姓,称"广思堂",一般称它做"王广思",那里有一个塾师开馆教书,因为形体特殊,诨名叫做矮癞胡,即是说身矮头秃有须罢了。一般私塾都相当腐败,这一个也是难免,痛打长跪极是寻常,又设有一种制度,出去小便,要向先生领取"撒尿签",否则要受罚,这在整饬而自由的三味书屋的学生听了,自然觉得可笑可气。后来又听哪一个同学说,家里有小孩在那里上学,拿了什么点心、"糕干"或烧饼去,被查出了,算是犯了规,学生受责骂,点心则没收,自然是先生吃了吧? 大家听了这报告,不禁动了公愤,由鲁迅同了几个肯管闲事的商家子弟,乘放午学的时候,前去问罪,恰好那边也正放学,师生全不在馆,只把笔筒里的好些"撒尿签"全都撅折了,拿眭墨砚台翻过来放在地上,表示有人来袭击过了。这第一阵比较的平稳过去,第二次更多有一点危险性,却也幸得无事。大约也在同一年里,大家又决议行动,去打贺家的武秀才,这贺家住在附近的绸缎弄里,也不知道他是什么名字,只听说是"武秀才",这便引起大家的恶感,后来又听说恐吓通行的小学生,也不知是假是真,就决定要去惩罚他一下。在一天傍晚放学之后,章翔耀、胡昌薰、莫守先等人都准备好了棍棒,鲁迅则将介孚公在江西做知县时,给"民壮"(卫队)挂过的腰刀藏在大褂底下带了去。大家像《水浒》里的好汉似的,分批走到贺家门口等着,不知怎的那天武秀才不曾出来,结果打架没有打得成。是偶然还是故意不出来的呢,终于未能清楚,但在两方面总都是很有好处的。

九　药店与当铺

　　鲁迅在三味书屋的事情,我所知道的是甲午至丙申(一八九四至一八九六)年这一段落,这里所说差不多也是同一时期,不过环境不同而已。前者是在书房里,后者则是伯宜公病中,鲁迅奔走于当铺和药店之间,所以定了这样一个题目。伯宜公生病前后经过三个年头,于丙申年九月初六日去世。他从什么时候病起,很难一句话断定,但略有年月事实可以稽考,因为甲午中国在朝鲜战败,伯宜公在大厅前同人谈论,表示忧虑,我记得很明白,可见那时还未卧病。其次是嫁在东关金家的小姑母于是年十月去世,伯宜公还去吊丧,而且亲自为穿着殓衣,更可知是健康的了。推测起来发病的时候当在冬季,他突然吐血,一般说是肺痈,即是现今所谓肺结核,后来双脚发肿,逐渐胀至肚腹,医生又认为臌胀,在肺痈与臌胀两样治疗之下拖了两年,终于不治。这中间也可以分出个段落来,大抵病初发时一时紧张,后来慢慢安定下来,虽然病势实是有进无退,总还暂时保持一个小康,到了进入丙申末一年,则是情势日益紧迫了。根据这个看法,可以对于三味书屋一节略作补充说明,即是那里所说多是甲午乙未的事,而这里则是以丙申为主,所以两者时期虽有重复,但这样看去又是显有区分了。

在伯宜公生病这个期间,鲁迅的生活是很忙的,一面要上书房,一面要帮家务,看病虽然用不着他,主要是去跑街,随时要离开书房,走六七里路上大街去。家中那时因为章庆在农忙时不能来,另外长期雇用了一个工人,也是章庆介绍来的,名叫潘阿和,有六十岁了吧。这是一个很老实的老百姓,但因为买东西有些不大“在行”,价贵还不打紧,重要的是货色差。因此只好由鲁迅自己出马,买得到好货色了,价格自然不会便宜,因为那时商人欺侮乡下人赚钱,同时恭维少爷老爷,也仍在赚钱,不过手段不同一点罢了。鲁迅上街最轻松的差使是给伯宜公去买水果,大抵是鸭儿梨和苹果,也有“花红”,水果店主日久面熟,便尊称他“小冷市”,这句市语不明白,问伯宜公才知道即是说“少掌柜”。不过差使不能老是那么好,自然也有些不愉快的,上当铺就是其一了。

现在的青年诸君中间,大概已经有许多人不知道这当铺是什么东西的吧,至于曾经进去过的自然更是没有了。据说宋朝以来,寺院里设有“长生质库”,算是惠民的设备之一,平民临时需用钱的,可以拿衣物去当抵押品,借出钱来,偿还时加上利息,过期不还自然就“当没”了,由质库变卖归本。后来这项买卖从和尚转到了资本家的手里,表面上仍说是"惠民",实际是高利贷的一种了。这且不在话下,单只就它设备来说,也就够吓人了。它虽然也是一种行业,但店面便很特别,照例是一个坚固的墙门,再走过小门,一排高柜台,异乎寻常的高,大抵普通身材的大人站上去,他的眼睛才够得着看见柜台面吧,矮一点的便什么都看不见,只得仰着头把东西往上送去,当铺的伙计当初因为徽州人居多的缘故吧,一律称为朝奉,又是自高自大,依恃主人是地主土豪,来当的又都是穷人,所以显出一副傲慢的神气。用的"当票"也很特殊,票面原印有简单规则,大抵年久磨灭得几乎看不出了,只有店铺字号还可辨别,空白处写所当物品和钱数,又特别使用一种所谓当票字,极不易懂,比平常草书还要难,措词更怪,例如一件羊皮女袄,票上奇字解读出来乃是"羊皮烂光板女袄",银饰则云低银,却记不起原来文句了。为什么这样说的呢?说它有意偷换,那倒也未必,实在因为怕负责任,说不定在保管时期皮袄霉脱,须要赔偿,预先说是烂光板,这就可以不怕了。只此一节也就可以想见当铺的不正行为,至于利息似是长年百分之十二,期限十八个月,到期付利息,可以改票展期。这在高利贷中间还不算很凶的一种,但那样欺人的气势就已叫人够难受的了。鲁迅家中虽已破落,那时也还有水田二十多亩,不过租谷仅够一年吃食费用,于今加上医疗之费无法筹措,结果自然只好去请教当铺,而这差使恰是落在鲁迅的头上,站在那高柜台下面是什么情形,那是可以想象得来的了。

鲁迅的别一种差使是跑药店。伯宜公的病请过好些"名医"诊治,终于诊断不出是什么病证,但总之是极严重的。家里知道这一点,因此不敢怠慢,找了绍兴城内顶有名的医生来看,经过姚芝仙何廉臣两位大夫精心应付了一年多之后,病人终于死了。我们也不能专怪那医不好病的医生,不过"名医"的应付欺骗的手段总是值得谴责的。鲁迅在《朝花夕拾》第七篇《父亲的病》中间,对于那些主张"医者意也",说"医生医得病,医不得命"的先生们痛加攻击,很是明白,这里不必再来复述了。那文章里所举出来的珍奇的"药引",有如"原配蟋蟀一对"啦,"经霜三年的甘蔗"啦,这实在是"卖野人头",炫奇骗人,一方面也有意为难,叫人家找不到,好像法术书中教人用癞虾蟆油或啄木鸟舌头,缺了不能灵验;便不是他的责任了。水肿即是臌胀,所以服用"败鼓皮丸",这正是巫师的厌胜的方法,鲁迅拿清末的刚毅用"虎神营"去克制洋鬼子相比,这个譬喻虽是有点促狭,可是并非不适合的。他在哪一家药店买的"败鼓皮丸",我已经记不清楚了,不过这大概不是常去的顶有名的震元堂,而是医生所特别指定的,与他有什么关系的一家药店吧。

一〇　往　南　京

伯宜公于丙申(一八九六)年九月去世,鲁迅往南京是在戊戌(一八九八)年闰三月,这中间原是有一年半的光阴,还是住在家里的。但是我于丁酉年初即往杭州,看在狱里的祖父去了,到了鲁迅走后的戊戌年秋天才又回家,所以这一年半的事情我大部分不知道,不能另立一章来细说,只好摘要的来带说一下。

伯宜公殁后这几个月里,家里忙于办丧事,鲁迅并没有余暇去买什么书,但是在第二年中却买了不少重要的,便是说与他后来的工作有关的书籍。单据我所记得的来说,石印《阅微草堂笔记》五种,王韬的《淞隐漫录》,都是继承以前买书的系统来的,新的方向有《板桥全集》等。这些普通的书他送到杭州来给我看过,但是在我回家之后,却又看到别的高级的书,不是一般士人书斋里所有的。就所记得的来说,有木刻本《酉阳杂俎》全集,这书在《唐代丛书》中有节本,大概看了感觉兴趣,所以购求全本的吧。有《古诗源》,《古文苑》,《六朝文絜》,正谊堂本《周濂溪集》,这算是周家文献的关系,张敦颐的《六朝事迹类编》则是仿宋复刻本,最是特别的则是一部《二酉堂丛书》了。这是武威张澍所刻的辑录的古书,与后来买到的茆泮林的《十种古逸书》同样的给予鲁迅以巨大的影响。鲁迅立意辑录乡土文献,古代史地文字,完全是二酉堂的一派,古小说则可以说是茆氏的支流了。《二酉堂丛书》还有一种特色,这便是它的字体,虽然并不完全依照《说文》来复原,写成楷书的篆字,但也写得很正确,因此有点别扭,例如"武"必定用止戈二字合成,他号"介侯",第二字也必写作从厂从矢。鲁迅刻《会稽郡故书杂集》的时候,多少也用这办法,只可惜印本难得,除图书馆之外无从看得到了。

鲁迅往南京以前的一年间的事情,据他当时的日记里说,(这是我看过记得,那日记早已没有了。)和本家会议本"台门"的事情,曾经受到长辈的无理的欺压。新台门从老台门分出来,本是智仁两房合住,后来智房派下又分为兴立成三小房,仁房分为礼义信,因此一共住有六房人家。鲁迅系是智兴房,由曾祖父苓年公算起,以介孚公作代表。这次会议有些与智兴房的利益不符合的地方,鲁迅说须要请示祖父,不肯签字,叔祖辈的人便声色俱厉的强迫他,这字当然仍旧不签,但给予鲁迅的影响很是不小,至少不见得比避难时期被说是"讨饭"更是轻微吧。还有一件,见于《朝花夕拾》第八篇《琐记》中,便是有本家的叔祖母一面教唆他可以窃取家中的钱物去花用,一面就散布谣言,说他坏话,这使得他决心离开绍兴,跑到外边去。只是这件事情我不大清楚,所以只能提及一下,无从细叙情由了。

鲁迅于戊戌(一八九八)年闰三月过杭州往南京,十七日到达,去的目的是进江南水师学堂,四月中考取了试读生,三个月后正式补了三班,据《朝花夕拾》上所说,每月可得津贴银二两,称曰赡银。水师学堂系用英文教授,所以全部正式需要九年,才得毕业,前后分作三段,初步称曰三班,每三年升一级,由二班以至头班。到了头班,便是老学生老资格,架子很大,对于后辈便是螃蟹式的走路,挡住去路,绝不客气了。学生如此封建气,总办和监督自然更甚,鲁迅自己说过,在那里总觉得不大合适,可是无法形容出来,"现在是发见了大致相近的字眼了,乌烟瘴气,庶几乎其可也。"这乌烟瘴气的具体事实,并不单是中元给溺死的两个学生放焰口施食,或是国文出《咬得菜根则百事可做论》之类,还有些无理性的专制压迫。例如我的旧日记里所有的,一云驾驶堂学生陈保康因文中有老师一字,意存讽刺,挂牌革除,又云驾驶堂吴生扣发赡银,并截止其春间所加给银一两,以穿响鞋故,响鞋者上海新出红皮底圆头鞋,行走时吱吱有声,故名。这两件虽然都是方硕辅当总办时的事,距戊戌已有三年,但此种空气大概是一向已有的了。鲁迅离开水师学堂,便入陆师,不过并不是正式陆军学生,实在乃是矿路学堂,附设在陆师学堂里边,所以总办也由陆师的来兼任。不知道为什么缘故,陆师学堂的总办与水师学堂的一样的是候补道,却总要强得多。当初陆师总办是钱德培,据说是绍兴"钱店官"出身,却是懂得德文,那时办陆军是用德国式的,请有德国教官,所以他是有用的。后任是俞明震,在候补道中算是新派,与蒯光典并称,鲁迅文中说他坐马车中,手里拿一本《时务报》,所出国文课题自然也是《华盛顿论》而不再是论管仲或汉高祖了。矿路学堂的功课重在开矿，以铁路为辅，虽然画铁轨断面图觉得麻烦，但自然科学一部分初次接触到，实在是非常新鲜的。金石学（矿物学）有江南制造局的《金石识别》可用，地学（地质学）却是用的抄本，大概是《地学浅说》刻本不容易得的缘故吧，鲁迅发挥了他旧日影写画谱的本领，非常精密的照样写了一部，我在学堂时曾翻读一遍，对于外行人也给了不少好处。三年间的关于开矿筑路的讲义，又加上第三年中往句容青龙山煤矿去考察一趟，给予鲁迅的利益实在不小，不过这不是技术上的事情，乃是基本的自然科学知识，外加一点《天演论》，造成他唯物思想的基础。

鲁迅在矿路学堂十足的读了三年书，至辛丑（一九〇一）年末毕业，次年二月同了三个同学往日本留学，想起来该是前四名吧。这三年中我恰巧是在家里，到末一年的八月，才往南京进水师学堂，所以我所亲身闻见的事只是末了的五个月，因此所能清楚叙述的也就不多了。

一一　东京与仙台

鲁迅等人由江南督练公所派往日本留学，原来目的当然是继续学开矿去的吧，可是那时官场办事前后不接头，学生出去之后就全不管了。留学生到了外国，第一要赶学语文，同时还得学习普通科学知识，因为那时还是科举时代，去留学的人们中间尽有些秀才，做得上好的八股文或策论，至于别的"西学"，全未问津，须得从头搞起，像鲁迅他们在学堂里学过几年的人乃是例外，实际上很是吃亏，因为他们不能单独补习外国语，也得跟着上班，听讲已经学过了的功课。鲁迅在日本头两年便是在东京弘文学院里，那是普通科，期限二年，毕业后可以升考各专门学校，或是要进国立大学，还得另入高等学校三年，即是大学预科。但是留学生中极少去求学问的人，目的大抵只在仕进，觉得专门学校前后五年，未免太长了，想要有什么速成的办法，于是市上应了需要就出现了许多速成班，期限一年两年，也有只是六个月的，用翻译上课，来的人很多，这末一来就把留学界搞得稀糟了。一般留学生又觉得五年的期间很短，一会儿就要回去，如果剪了头发，一时不能留得起来，所以仍多留着辫发，只把它盘起来，用制帽盖住。有些特别是速成班的先生们,像道士似的梳上一个髻,从帽顶上突出来,样子很怪,大家给它诨名云"富士山",而且有的还从帽沿下拖下好些发缕来,更是难看。鲁迅当初也是留发的,但是他把"顶搭"留得很小,不多的辫发盘在帽子里,不露出什么痕迹。及至看见了这些"富士山"的情形,着实生气,这时从庚子以后养成的民族革命思想也结了实,所以他决心剪去了头发,从新照了一张脱帽的照相,寄给我看,查旧日记是癸卯(一九○三)年二月间的事。

鲁迅在弘文学院的两年,平稳无事的过去了,只有一次闹退学,乃是全体的事情,不久也就解决。鲁迅普通科毕业后,考进了仙台的医学专门学校。他学医的动机在《朝花夕拾》中自己说过,完全是因为父亲病中受了"名医"的欺骗,立志要学好医术,好治病救人。本来在千叶和金泽地方,也都设立有医学专门学校,但是他却特地去挑选了远在日本东北的仙台医专,这也是有理由的。因为他在东京看厌了那些"富士山"们,不愿意和他们为伍,只有仙台医专因为比千叶金泽路远天冷,还没有留学生入学,这是他看中了那里的惟一理由。他在那里住了两年,刚刚把医学校的前期功课即是基础学问搞完的时候,又呈请退学,回到东京来了。

鲁迅最初在东京的两年,以及在仙台的两年,这四年期间我都在南京,所以他的事情我直接知道的很少,除了他写信告知的那一点,而那些并不都记入日记里,所以所存的也不多了。但是关于在仙台的这一段落,幸而他在《朝花夕拾》里写有一篇《藤野先生》,对于他离开仙台的事情有所说明,我们这里也就以此为依据。鲁迅学医的目的本是为谋国人身体的健康,其往仙台的原因则是讨厌在东京的留学生,可是到了仙台,也仍多有不愉快的事情。虽然教员中间有藤野先生这样的人,热心照顾,但也引起了同学的妒忌,有检查讲义和写匿名信的事。最重要的是在看日俄战争的影片,有给俄军打听消息的中国人,被日军查获处刑,周围还站着好些中国人在那里呆看。这给予了他一个多么大的刺激!那影片里的人,被杀的和看杀人的有着很健康的身体,可是这有什么用呢?只有一个好身体,如果缺少了什么,还是不行。他想到这里,觉得他以前学医的志愿是错了。应该走什么救国的路才对,那是第二个问题,第一个问题则是学医无用,这样就够使他决定了离开仙台的医校了。

　　鲁迅从仙台退学,长与医学告辞了,可是对于藤野先生的好意却总是不能忘记,不但在他书房里一直挂着背后题有"惜别"二字的照片,而且还在十多年后写了一篇纪念文章,收在《朝花夕拾》里边。一九三五年日本岩波文库中要出《鲁迅选集》的时候,问他选什么文章好,回答说一切随意,但希望能把《藤野先生》选录进去。据说鲁迅的意思是,希望借此可以打听到藤野先生的一点消息。可是没有能够达到这个希望,直到鲁迅殁后,才得知藤野那时还是健在,在他的故乡福井县乡下开着诊疗所,给附近的贫穷老百姓服务。鲁迅的同班生小林茂雄(现在已是医学博士了)写信告诉了他鲁迅的事情,他的回信里有这么一节话:

　　　　我在少年时代,曾从来到酒井藩校的野坂先生,请教汉文,感觉尊敬中国的圣贤之外,对于那边的人也非看重不可。……不问周君是何等样的人,在那时前后,外国的留学生恰巧只是周君一人。因此给帮忙找公寓,下至说话的规则,也尽微力加以协助,这是事实。忠君孝亲这是本国的特产也未可知,但是受了邻邦儒教的刺激感化,也似非浅鲜,因此对于道德的先进国表示敬意,并不是对于周君个别的人特别的加以照顾。

　　照这信看来,藤野先生乃是古道可风的人,自然决不会泄漏试题,而且在小林博士那里又保留着一九〇五年春季升级考试的分数单,列有鲁迅的各项分数,照录于下:

　　　　解剖　　　五十九分三

　　　　组识　　　七十三分七

　　　　生理　　　六十三分三

　　　　伦理　　　八十三分

　　　　德文　　　六十分

　　　　物理　　　六十分

　　　　化学　　　六十分

平均为六十五分五,一百四十二人中间列第六十八名。仙台的同学们疑心鲁迅解剖学特别考得好,看到了这分数单,不禁要惭愧了吧。

一二 再是东京

鲁迅从仙台回到东京,在公寓里住了些时候,夏天回家去结了婚。那时适值我也得着了江南督练公所的官费,派往日本留学,所以先回家一走,随即同了他经上海到东京去。自一九○六至一九○九年这四年间,因为我和鲁迅一直在一起,他的事情多少能够知道,不过说起来也实在不多,因为年代隔得久了,是其一,其次是他过的全是潜伏生活,没有什么活动可记;虽然这是在作后年文艺活动的准备,意义也很是重大的。

鲁迅最初志愿学医,治病救人,使国人都具有健全的身体,后来看得光是身体健全没有用,便进一步的想要去医治国人的精神,如果这话说得有点唯心的气味,那末也可以说是指我们现在所说的“思想”吧。这回他的方法是利用文艺,主要是翻译介绍外国的现代作品,来唤醒中国人民,去争取独立与自由。他决定不再正式的进学校了,只是一心学习外国文,有一个时期曾往“独逸语学协会”所设立的德文学校去听讲,可是平常多是自修,搜购德文的新旧书报,在公寓里靠了字典自己阅读。本来在东京也有专卖德文的书店,名叫南江堂,丸善书店里也有德文一部分,不过那些哲学及医学的书专供大学一部分师生之用,德国古典文学又不是他所需要的,所以新书方面现成的买得不多,说也奇怪,他学了德文,却并不买歌德的著作,只有四本海涅的集子。他的德文实在只是“敲门砖”,拿了这个去敲开了求自由的各民族的文学的门,这在五四运动之后称为“弱小民族的文学”,在当时还没有这个名称,内容却是一致的。具体的说来,这是匈牙利、芬兰、波兰、保加利亚、波希米亚(德文也称捷克)、塞尔维亚、新希腊,都是在殖民主义下挣扎着的民族,俄国虽是独立强国,因为人民正在力争自由,发动革命,所以成为重点,预备着力介绍。就只可惜材料很是难得,因为这些作品的英译本非常稀少,只有德文还有,在瑞克阑姆小文库中有不少种,可惜东京书店觉得没有销路吧,不把它批发来,鲁迅只好一本本的开了帐,托相识的书商向丸善书店定购,等待两三个月之后由欧洲远远的寄来。他又常去看旧书摊,买来德文文学旧杂志,看出版消息,以便从事搜求。有一次在摊上用一角钱买得一册瑞克阑姆文库小本,他非常高兴,像是得着了什么宝贝似的,这乃是匈牙利爱国诗人裴多菲所作惟一的小说《绞吏的绳索》,钉书的铁丝锈烂了,书页已散,他却一直很是宝贵。他又得到日本山田美妙所译的、菲律宾革命家列札尔(后被西班牙军所杀害)的一本小说,原名似是《社会的疮》,也很珍重,想找英译来对照翻译,可是终于未能成功。

　　鲁迅的文艺运动的计划是在于发刊杂志,这杂志的名称在从中国回东京之前早已定好了,乃是沿用但丁的名作《新生》,上面并写拉丁文的名字。这本是同人杂志,预定写稿的人除我们自己之外,只有许寿裳、袁文薮二人。袁在东京和鲁迅谈得很好,约定自己往英国读书,一到就写文章寄来,鲁迅对他期望最大,可是实际上去后连信札也没有,不必说稿件了。剩下来的只有三个人,固然凑稿也还可以,重要的却是想不出印刷费用来,一般官费留学生只能领到一年四百元的钱,进公立专门的才拿到四百五十元,因此在朋友中间筹款是不可能的事,何况朋友也就只有这三个呢? 看来这《新生》的实现是一时无望的了,鲁迅却也并不怎么失望,还是悠然的作他准备的工作,逛书店,收集书报,在公寓里灯下来阅读。鲁迅那时的生活不能说是怎么紧张,他往德文学校去的时候也很少,他的用功的地方是公寓的一间小房里。早上起来得很迟,连普通一合牛乳都不吃,只抽了几支纸烟,不久就吃公寓的午饭,下午如没有客人来,(有些同乡的亡命客,也是每日空闲的。)便出外去看书,到晚上乃是吸烟用功的时间,总要过了半夜才睡。不过在这中间,曾经奋发过两次,虽是时间不长,于他的工作都有很大的帮助。其一是在一九〇七年夏季,同了许寿裳陶冶公等六个人去从玛利亚孔特(亡命的俄国妇女)学习俄文,可是不到半年就散了,因为每人六元的学费实在有点压手。用过的俄文读本至今保留着,鲁迅的一册放在"故居",上边有他添注的汉字。其二是在一九〇八年约同几个人,到民报社去听章太炎先生讲文字学,其时章先生给留学生举办"国学讲习会",借用大成中学的讲堂,开讲《说文》,这回是特别请他在星期日上午单给少数的人另开一班。《说文解字》已经讲完,民报社被封,章先生搬了家,这特别班也就无形解散了,时间大概也只是半年多吧,可是这对于鲁迅却有很大的影响。鲁迅对于国学本来是有根柢的,他爱楚辞和温李的诗,六朝的文,现在加上文字学的知识,从根本上认识了汉文,使他眼界大开,其用处与发见了外国文学相似,至于促进爱重祖国文化的力量,那又是别一种作用了。

在这两年中间无意的又发生了两件事,差不多使得他的《新生》运动变相的得到了实现的机会。一九〇八年春间,许寿裳找了一所房子,预备租住,只是费用太大,非约几个人合租不可,于是来拉鲁迅,结果是五人共住,就称为"伍合"。官费本来有限,这么一来自然更是拮据了,有一个时候鲁迅甚至给人校对印刷稿,增加一点收入。可巧在这时候有我在南京认识的一个友人,名叫孙竹丹,是做革命运动的,忽然来访问我们,说河南留学生办杂志,缺人写稿,叫我们帮忙,总编辑是刘申叔,也是大家知道的。我们于是都来动手,鲁迅写得最多,除未登完的《裴多菲诗论》外,大抵都已收录在文集《坟》的里边。许寿裳成绩顶差,我记得他只写了一篇,题目似是《兴国精神之史耀》,而且还不曾写完。鲁迅的文章中间顶重要的是那一篇《摩罗诗力说》,这题目用白话来说,便是"恶魔派诗人的精神",因为恶魔的文字不古,所以换用未经梁武帝改写的"摩罗"。英文原是"撒但派",乃是英国正宗诗人骂拜伦、雪莱等人的话,这里把它扩大了,主要的目的还是介绍别国的革命文人,凡是反抗权威,争取自由的文学便都包括在"摩罗诗力"的里边了。时间虽是迟了两年,发表的地方虽是不同,实在可以这样的说,鲁迅本来想要在《新生》上说的话,现在都已在《河南》上发表出来了。

第二件事是编印《域外小说集》,这也是特别有意思,因为这两小册子差不多即是《新生》的文艺部分,只是时间迟了,可能选择得比较好些,至少文字的古雅总是比听过文字学以前要更进一步了!虽然这部小说集销路不好,但总之是起了一个头,刊行《新生》的志愿也部分的得以达到了,可以说鲁迅的文艺活动第一段已经完成,以后再经几年潜伏与准备,等候五四以后再开始来作第二段的活动了。正如《河南》上写文章是不意的由于孙竹丹的介绍一样,译印《域外小说集》也是不意的由于一个朋友的帮助。这人叫蒋抑卮,原是秀才,家里开着绸缎庄,又是银行家,可是人很开通,他来东京医病,寄住在我们和许寿裳的寓里,听了鲁迅介绍外国文艺的话,大为赞成,愿意借钱印行。结果是借了他一百五十元,印了初集一千册,二集五百册,但是因为收不回本钱来印第三集,于是只好中止。同时许寿裳回杭州去,在浙江两级师范学堂做教员,不久也介绍鲁迅前去,这大概是一九〇九年秋天的事情吧。

我写这篇文章惟一的目的是报告事实。如果事实有不符,那就是原则上有错误,根本的失了存在的价值。只可惜事隔多年,记忆不能很确,而亲友中又已少有能够指出我的遗漏或讹误的人,这是我所有的惟一的悲哀了。

鲁迅的国学与西学

这篇文章的题目本来想叫做"鲁迅的新学与旧学",因为新旧的意义不明了,所以改称"国学与西学",虽然似乎庸俗一点,但在鲁迅的青年时期原是通行的,不妨沿用它一下子。

鲁迅的家庭是所谓读书人家,祖父是翰林,做过知县和京官,父亲是个秀才,但是到了父亲的那一代,便已经衰落了。祖父因科场案入狱多年,父亲早殁,祖传三二十亩田地逐渐地都卖掉了。在十八岁的年头上,鲁迅终于觉得不能坐食下去,决意往南京去考当时仅有的两个免费的学堂,毕业之后得到官费留学日本,这样使得他能够在家庭和书房所得来的旧知识之外,再加上了新学问,成为他后来作文艺活动的基础。现在我们便想关于这事,说几句话。

鲁迅的家庭虽系旧家,但藏书却并没有多少,因为读书人本来只是名称,一般士人"读书赶考",目的只是想博得"功名",好往上爬,所以读的只是四书五经,预备好做八股而已。鲁迅家里当然还要好些,但是据我的记忆说来,祖传的书有点价值的就只是一部木版《康熙字典》,一部石印《十三经注疏》,《文选评注》和《唐诗叩弹集》,两本石印《尔雅音图》,书房里读的经书都是现买的。鲁迅在书房里读了几年,进步非常迅速,大概在十六岁以前四书五经都已读完,因为那时所从的是一位名师,所以又教他读了《尔雅》,《周礼》或者还有《仪礼》,这些都是一般学生所不读,也是来不及读的。但是鲁迅的国学来源并不是在书房里,因为虽然他在九经之外多读了三经,虽然旧式学者们说得经书怎么了不起,究竟这增加不了多少知识,力量远不及别的子史。鲁迅寻求知识,他自己买书借书，差不多专从正宗学者们所排斥为"杂览"的部门下手，方法很特别，功效也是特别的。他不看孔孟而看佛老，可是并不去附和道家者流，而佩服非圣无法的嵇康，也不相信禅宗，却岔开去涉猎《弘明集》，结果觉得有道理的还是范缜的《神灭论》，这从王充脱出，自然也更说得好，差不多在中国"文化遗产"中已经找着了唯物论的祖宗了。他不看正史而看野史，从《谈荟》知道列代武人之吃人肉，从《窃愤录》知道金人之凶暴，从《鸡肋编》知道往临安行在去的山东义民以人脯为干粮，从《明季稗史录汇编》知道张献忠和清兵的残杀，这些材料归结起来是"礼教吃人"，成为《狂人日记》的中心思想。便是人人皆知的《二十四孝》，也给他新的刺激，《朝花夕拾》中的一篇文章便对于曹娥与郭巨的故事提出了纠弹的意见。明朝永乐皇帝朱棣的无道，正史上也不能讳言，但鲁迅更从《皇朝典故》的另本《立斋闲录》中看到别的记录，引起极大的义愤。这都见于他的杂文上面，不必细说了。

　　鲁迅小时候喜欢画画，在故家前院灰色矮墙上曾画着尖嘴鸡脚的一个雷公，又在小本子上画过漫画"射死八斤"，树下地上仰卧一人，胸前插着一枝箭，这八斤原是比鲁迅年长的一个孩子，是门内邻居李姓寄居的亲戚，因为在小孩中间作威作福，所以恨他。鲁迅的画没有发达下去，但在《朝花夕拾》后记里，有他自画的一幅活无常，可以推知他的本领。在别方面他也爱好图画，买了好些木刻石印的画谱，买不到的便借了来，自己动手影画。最早的一本是《荡寇志》的绣像，共有百页左右吧，前图后赞，相当精工，他都影写了下来，那时他正是满十二岁。以后所写的有《诗中画》，那是更进一步了，原本系画古人诗意，是山水画而兼人物，比较复杂得多了。第三种又很特别，乃是王冶梅画谱之一，上卷题曰《三十六赏心乐事》，是一种简笔画，下卷没有总名，都是画幅，有些画的有点滑稽，可是鲁迅似乎也很喜欢，用了贡川纸把它影下来了。所买画谱名目可不必列举，其中比较特别的，有日本画家葛饰北斋的另种画本。北斋是日本报画"浮世绘"大家，浮世绘原本那时很是名贵。就是审美书院复刻的书也都非数十元不可，穷学生购买不起，幸而在嵩山堂有木刻新印本，虽然不很清楚，价格不贵，平均半元一册，便买了几册来，但大部的《北斋漫画》因为有十五册一套，就未能买得。日本木刻画本来精工，因为这是画工、刻工和印工三方面合作成功的，北斋又参加了一点西洋画法，所以更是比例匀称，显得有现代的气息。这些修养，与他后来作木刻画运动总也是很有关联的吧。

对于中国旧文艺，鲁迅也自有其特殊的造诣。他在这方面功夫很深，不过有一个特点，便是他决不跟着正宗派去跑，他不佩服唐朝的韩文公(韩愈)，尤其是反对宋朝的朱文公(朱熹)，这是值得注意的事。诗歌方面他所喜爱的，楚辞之外是陶诗，唐朝有李长吉、温飞卿和李义山，李杜元白他也不非薄，只是并不是他所尊重的。文章则陶渊明之前有嵇康，有些地志如《洛阳伽蓝记》与《水经注》，文章也写得极好，一般六朝文他也喜欢，这可以一册简要的选本《六朝文絜》作为代表。鲁迅在一个时期很看些佛经，这在了解思想之外，重要还是在看它文章，因为六朝译本的佛经实在即是六朝文，一样值得看。这读佛经的结果，如上文所说，取得《神灭论》的思想，此外他又捐资翻刻了两卷的《百喻经》，因为这可以算得是六朝人所写的一部小说。末了还有一件要说的，是他的文字学的知识。过去一般中国人"读书"，却多是不识字，虽然汉末许叔重做了《说文解字》十五篇，一直被高搁起来，因为是与"科举"无关，不为人所注意。鲁迅在日本留学的后半期内，章太炎先生刚从上海西牢里释放出来，亡命东京，主编革命宣传机关杂志《民报》，又开办"国学讲习会"，借了大成中学的讲堂，给留学生讲学，正是从《说文》讲起。有朋友来约，拟特别请太炎先生开一班，每星期日上午在民报社讲《说文》，我们都参加了，听讲的共有八人。鲁迅借抄听讲者的笔记清本，有一卷至今还存留，可以知道对于他的影响。表面上看得出来的是文章用字的古雅和认真，最明显的表现在《域外小说集》初版的两册上面，翻印本已多改得通俗些了，后来又改用白话，古雅已用不着，但认真还是仍旧，他写稿写信用俗字简字，却决不写别字，以及重复矛盾的字，例如桥樑(梁加木旁犯重)邱陵(清雍正避孔子讳始改丘为邱)，又写鸟字也改下边四点为两点，这恐怕到他晚年还是如此吧？在他丰富深厚的国学知识的上头，最后加上这一层去，使他彻底了解整个的文学艺术遗产的伟大，他这二十几年的刻苦的学习可以说是"功不唐捐"了。

关于鲁迅的"西学"一方面，我们可以更简单的来说明一下。这里可分作两个段落，其一是关于一般的科学知识，其二是关于外国的文学知识。这第一段落是鲁迅在南京(一八九八至一九〇一年)及在东京前期(一九〇二至一九〇四年)，大概这五个年头。南京附设在陆师学堂内的矿路学堂本来是以开矿为主，造铁路为辅的，虽然主要功课属于矿路二事，但鲁迅后来既不开矿，也不造路，这些功课都已还了先生之后，他所实在得到的也只是那一点普通科学知识而已。鲁迅在《朝花夕拾》上特别提出地学(地质学)和金石学(矿物学)，这些固然最是新鲜，但重要的其实还是一般科学，如数学、代数、几何、物理、化学，都是现代常识的基础，但是平常各个分立，散漫无归宿，鲁迅在这里看到了《天演论》，这正像国学方面的《神灭论》，对于他是有着绝大的影响的。《天演论》原只是赫胥黎的一篇论文，题目是《伦理与进化论》，(或者是《进化论与伦理》也未可知)并不是专谈进化论的，所以说的并不清楚，鲁迅看了赫胥黎的《天演论》，是在南京，但是一直到了东京，学了日本文之后，这才懂得了达尔文的进化论。因为鲁迅看到丘浅治郎的《进化论讲话》，于是明白进化学说到底是怎么一回事。鲁迅在东京进了弘文学院，读了两年书，科学一方面只是重复那已经学过的东西，归根结蒂所学得的实在只是日本语文一项，但是这却引导他到了进化论里去，那末这用处也就不小了。

第二个段落是说鲁迅在仙台医学校的两年(一九〇四至一九〇六)，和仙台退学后住在东京的三年(一九〇六至一九〇九)。在仙台所学的是医学专门学问，后来对于鲁迅有用的只是德文，差不多是他做文艺工作的惟一的工具。退学后住在东京的这几年，表现上差不多全是闲住，正式学校也并不进，只在"独逸语学协会"附设的学校里挂了一个名，高兴的时候去听几门课，平常就只逛旧书店，买德文书来自己阅读，可是这三年里却充分获得了外国文学的知识，做好将来做文艺运动的准备了。他学的外国语是德文，但对于德国文学没有什么兴趣，歌德、席勒等大师的著作他一册都没有，所有的只是海涅的一部小本集子，原因是海涅要争自由，对于权威表示反抗。他利用德文去翻译别国的作品，介绍到中国来，改变国人的思想，走向自由与解放的道路。鲁迅的文学主张是为人生的艺术，虽然这也就是世界文学的趋向，但十九世纪下半欧洲盛行自然主义，过分强调人性，与人民和国家反而脱了节，只有俄国的现实主义的文学里，具有革命与爱国的精神，为鲁迅所最佩服。他便竭力收罗俄国文学的德文译本，又进一步去找别的求自由的国家的作品,如匈牙利、芬兰、波兰、波希米亚(捷克)、塞尔维亚与克洛谛亚(南斯拉夫)、保加利亚等。这些在那时都是弱小民族,大都还被帝国主义的大国所兼并,他们的著作英文很少翻译,只有德文译本还可得到,这时鲁迅的德文便大有用处了。鲁迅在东京各旧书店尽力寻找这类资料,发见旧德文杂志上说什么译本刊行,便托相识书商向"丸善书店"往欧洲定购。这样他买到了不少译本,一九〇九年印行的两册《域外小说集》里他所译的原本,便都是这样一点一滴的收集来的。他在旧书店上花了十元左右的大价,买到一大本德文《世界文学史》,后来又定购了一部三册的札倍尔著的同名字的书,给予他许多帮助。在许多年后《小说月报》出弱小民族特号的时候,找不到关于斯拉夫的几个民族的资料,有几篇谈保加利亚和芬兰文学的文章,便是鲁迅从这书上抄译下来的。鲁迅在东京的后期只是短短的三年,在终日闲走闲谈中间,实在却做了不少工作,我们如拿去和国学时期相比,真可以说是意外的神速。

(《新港月刊》)

鲁迅与中学知识

在鲁迅的青年时代,中国还没有中学校。那时满清政府采用官吏,还是用那科举制度,凭了八股文取士,读书人想求仕进,必须"三考出身",有钱的人出钱"捐官",那算是例外。第一步是在书房里念书,先把四书和五经念完,再动手学做八股,名为"开笔",及至文章"满篇",可以出去应考,普通大概总要十年工夫,所谓"十载寒窗"的话就是从这里出来的了。经过县府两重考试,再应"院试",如果八股文做得及格,考中"秀才",便可去应"乡试",有中"举人"的希望。举人上京去"会试",中了便是"进士",经过"殿试",考得好的入翰林院,其次也可以当部员,或者外放去做知县。不过这应考要有耐心,因为秀才固然可以每年去考一回看,乡试会试便要隔一二年了,有人"考运"不好,考上多少年,连一个秀才也拿不到手,就须得一年年的等下去。鲁迅应考的准备是早已完成了,因为他读书很快,在四书之外一共还读了八经,文章也早已满篇,可是他不能坐等考试,父亲于光绪丙申(一八九六)年去世,家境穷困,没法坐守下去。改业呢,普通是"学幕"去当师爷,不然是学钱业或当业,即是做钱店或当铺的伙计,这也是他所不愿意的。没有什么别的办法,他便决意去进学堂。那时候还没有中学校,但是类似的教育机关也已有了几处,不过很是特别,名称仍旧是"书院",有如杭州的求是书院,南京的格致书院,教的是一般自然科学,只可惜学生虽然不要学费,膳杂费还要自备,这在鲁迅也是负担不起的。幸而在这些文书院之外,还有几个武学堂,都是公费供给,而且还有每月津贴的"赡银"。鲁迅那时便走向南京去,进了江南水师学堂。

鲁迅考进水师学堂,是在戊戌(一八九八)年春天,可是因为学校办得"乌烟瘴气",不久就退了学,到冬天改进了矿路学堂。这虽是一个文学堂,却并不称书院,因为它不是独立的,只附设在江南陆师学堂里面,所以一样的叫做学堂。功课是以开矿为主,造铁路为辅,期限三年毕业,前半期差不多是补习中学功课,算学、代数、几何、三角、物理、化学,应有尽有,鲁迅也照例学过了。这固然是一切学问和知识的基础,于他有一定的好处,但是另外还有一门学问,使他特别得益的,乃是所谓地学。这其实是现今的地质学,因为与矿学有关,所以有这一项功课,用的教科书是英国赖耶尔的《地质学纲要》的一部译本,名为《地学浅说》。原书出版很早,在地质学中已是旧书了,但原是一种名著,说的很得要领,这使他得着些关于古生物学的知识,于帮助他了解进化论很有关系。那时中国也还没有专讲进化论的书,鲁迅只于课外买到一册严复译的《天演论》,才知道有什么"物竞天择"这些道理,与进化论初次发生了接触。不过那《天演论》原本只是赫胥黎的一篇论文,题名《进化与伦理》,后半便大讲其与哲学的关系,不能把进化论说得很清楚,在当时的作用是提出"优胜劣败"的原则来,给予国人以一个警告罢了。

矿路学堂所学的重在技术,一般自然科学是基本,所以要补习一下,够得上中学标准,可是文史一部分便是显得缺乏了。学堂里也有"汉文"这一门功课,读的大抵都是《左传》,作文题目也只是《工欲善其事必先利其器论》之类。陆师学堂的总办也照例由候补道兼充,不过还比较开通些,不像水师方面那么的乌烟瘴气,在看书报方面可以更为自由。但是鲁迅在这一方面的知识,在学堂里所得不多,主要还是在家里读书时候立下了基础来的。他读"正经书"——准备考八股出题目用的四书五经读得很快,可是因为有反感,不曾发生什么影响,虽然平心说起来,《诗经》乃是古代歌谣,现在看来有许多是很可喜爱的。他就用余暇来看别的古书,这在正经用功赶考的人说来是"杂览",最是妨碍正业,要不得的。鲁迅看了许多正史以外的野史,子部杂家的笔记,不仅使他知识大为扩充,文章更有进益,又给了他两样好处,那是在积极方面了解祖国伟大的文化遗产的价值,消极方面则深切感到封建礼教的毒害,造成他"礼教吃人"的结论,成为后日发为《狂人日记》以后的那些小说的原因。

这里须得来叙述一件事,虽然看似烦琐,其实却是相当重要的。鲁迅对于古来文化有一个特别的看法，凡是"正宗"或"正统"的东西，他都不看重，却是另外去找出有价值的作品来看。他对于唐朝的"韩文公"韩愈和宋朝的"朱文公"朱熹这两个大人物，丝毫不感受影响，虽然没有显明的攻击过，但这总是值得注意的一点。他爱《楚辞》里的屈原诸作，其次是嵇康和陶渊明，六朝人的文章，唐朝传奇文。唐宋八大家不值得一看，"桐城派"更不必提了。他由此引伸又多读佛经，本来并无宗教信仰，只是去当做古书来看，因为中国自后汉起便翻译佛经，到六朝为止译出了不少，所以当做六朝文来读，也是很有兴趣的事情。佛经倒也就是那么一回事，只是作为印度文学的一部分好了，可是在本国"撰述"类中却有一部《弘明集》，是讨论佛教的书，中间有梁朝范缜作的一篇《神灭论》，这给了他很大的益处。中国的唯物思想在古代诸子中间已有萌芽，后汉王充的《论衡》里也有表示，不过未能彻底，到了范缜才毫不客气的提出神灭论来了。大意是说神附于形而存在，形灭则神亦灭，他用刀来作比喻，说刀是形，刀的锐利是神，因刀而有，刀如毁灭则利也自然不存了。当时轰动一世，连信佛的梁武帝也亲自出马，和他辩难，可是终于无法折服他。这便给鲁迅种下了唯物思想的根，后来与科学知识，马列主义相结合，他的思想也就愈益确定了。

　　矿路学堂因为是用中文教授的，所以功课中独缺外国语这一门。这一个缺陷是他后来在日本，自己来补足的。他当初进了仙台的医学专门学校，那里学的是德文，第二学年末了退学后，他在东京继续自修，后来便用这当惟一的工具，译出了果戈理的《死魂灵》等许多世界名著。日本语他也学得很好，可是他不多利用，所译日本现代作品，只有在《现代日本小说集》中夏目漱石等几个人的小说而已。他也曾学过俄文，一九〇六年春夏之交，同了陶望潮许季茀等一共六个人，去找亡命东京的马利亚孔特夫人教读，每人学费六元，在每月收入三十三元的官费留学生未免觉得压手，所以几个月后就停止了。那时所用教本系托教师从海参崴去买来，每册五十戈比，书名可以叫做《看图识字》吧，是很简单的一种本子。事隔五十年，不意至今保存，上有鲁迅亲笔注上的小字，现存放在"故居"，大家还可以看得到。

《文汇报》

鲁迅的文学修养

　　文学修养是句比较旧式的话,它的意思大略近于现代的"文艺学习",不过更是宽泛一点,也就好讲一点。鲁迅的著作,不论小说或是杂文,总有一种特色,便是思想文章都很深刻犀利。这个特色寻找它的来源,有人说这是由于地方的关系。因为在浙江省中间有一条钱塘江,把它分为东西两部分,这两边的风土民情稍有不同,这个分别也就在学风上表现了出来。大概说来,浙西学派偏于文,浙东则偏于史,就清朝后期来说,袁随园①与章实斋②,谭复堂③与李越缦④,都是很好的例子。再推上去,浙东还有毛西河⑤,他几乎专门和"朱子"朱晦庵⑥为难,攻击的绝不客气,章实斋李越缦不肯犯"非圣无法"的嫌疑,比起来还要差一点了。拿鲁迅去和他们相比,的确有过之无不及,可以说是这一派的代表。不过这一种议论,恐怕未免有唯心论的色彩,而且换句话说,无异于说是"师爷"派,与"正人君子"的代言人陈源的话相近,所以不足为

① 袁随园名枚,号子才,杭州人。乾隆时(十八世纪)以诗名。思想比较自由,特别关于两性问题主张开放。
② 章实斋名学诚,绍兴人,乾隆时史学家,有学问而思想较旧,反对袁随园的主张,作文批评,多极严刻。著有《文史通义》等书。
③ 谭复堂名献,杭州人,善诗文,生于清末,为章炳麟之师。
④ 李越缦名慈铭,绍兴人,生于清末,长于史学及诗文,喜谩骂人,作文批评亦多严刻。著有诗文集及《越缦堂日记》。
⑤ 毛西河名奇龄,绍兴萧山人,生于清初(十七世纪),学问极渊博,著有《西河合集》数百卷。解说经书极有新意,最不喜朱熹的学说,多所攻击,其大胆为不可及。
⑥ 朱晦庵名熹,福建人,通称朱文公,南宋时道学家,注解四书,宣传旧礼教,最有力量。

凭,现在可以不谈。但是,说部分影响当然是有的,不但他读过《文史通义》和《越缦堂日记》,就是只听祖父介孚公平日的训话,也是影响不小了。介孚公晚年写有一册《恒训》,鲁迅曾手抄一本,保存至今,其中所说的话什九不足为训,可以不提,但是说话的谿刻,那总是独一的了。

我们客观一点寻找鲁迅思想文章的来源,可以分两方面来说,一是本国的,二是外国的。说到第一点,他读的中国古书很多,要具体的来说不但烦琐,也不容易,我们只好简单的来综结一句,他从那里边获得了两件东西,即是反封建礼教的思想,以及唯物思想的基础。读者们应当记得他在《朝花夕拾》中有一篇《二十四孝》,那是极好的资料,说明他反礼教思想的起源。《二十四孝》据说是“朱子”所编教孝的通俗书,专门发挥“三纲”中的“父为子纲”的精义。书却编得很坏,许多迂阔迷信,不近人情,倒也罢了,有的简直凶残无道,如“郭巨埋儿”这一节,在鲁迅的文章里遭到无情的打击,这也就显示它给他的刺激是多么的大。历代稍有理性的文人大抵都表示过反对,可是只单独的说一遍,没有什么力量,鲁迅多看野史笔记,找到许多类似的事实,有如六朝末武人朱粲以人为军粮,南宋初山东义民往杭州行,在路上吃人肉干当干粮,一九〇六年徐锡麟暗杀恩铭,被杀后心肝为卫兵所吃,把这些结合起来,得到一句结论曰礼教吃人。这个思想在他胸中存在了多少年,至一九二二年才成熟了,以《狂人日记》的形式出现于《新青年》上,不但是新文学的开始,也是反礼教运动的第一阵。他的唯物思想的根苗并不出于野史笔记,乃是从别个来源获得的。说来也觉得有点奇怪,这来源是佛经一类的书籍。他读古书,消极方面归纳得“礼教吃人”,建立起反封建道德的思想,但积极方面也得到益处,了解祖国伟大的文化遗产。他爱好历代的图画,后来兴起版画运动,辑录史地佚书,唐以前古逸小说,都有很大的成就。词章一方面他排斥历来的“正统派”,重新予以估价,看重魏晋六朝的作品,过于唐宋,更不必说“八大家”和桐城派了。中国佛经有许多种都是唐以前译出的,因此可以算是六朝的作品,他便以这个立场来加以鉴赏。鲁迅从谢无量的兄弟,留学印度的万慧法师那里听到说,唐朝玄奘的译经非常正确,但因为求忠实故,几乎近于直译,文字很不容易懂。反过来说,唐以前即六朝的译经,比较自由,文词流畅华丽,文艺价值更大。鲁迅曾初读佛经,当做六朝文看,并不想去研究它里边的思想,可是不意他所受的影响却正是属于思想的。他看了佛经结果并不相信佛教,但是从本国撰述的部类内《弘明集》中,发现了梁代范缜的《神灭论》,引起他的同感,以后便成了神灭论者了。手边没有《弘明集》,不可能来引用说明,就所记得的说来,大体是说神不能离形而独存,最有名的譬喻是用刀来比方,说形体是刀,精神是刀锋,刀锋的锐利是因刀而存在,刀灭则刀锋(利)也就灭了,因此神是也要与形俱灭的。鲁迅往南京进了矿路学堂,学习自然科学,受到了科学洗礼,但是引导他走向唯物路上去的,最初还是范缜的《神灭论》,后来的科学知识无非供给更多的证据,使他更坚定的相信罢了。

鲁迅从外国文学方面学习得来的东西很多,更不容易说,现在只能很简单的,就他早期写小说的时代来一谈。他于一九〇六年从医学校退学,决意要来搞文艺运动,从办杂志入手,并且拟定名称曰《新生》。计划是定了,可是没有资本,同人原来也只是四名,后来脱走了一个,就只剩下了三人,即是鲁迅、许寿裳和我。《新生》的运动是孤立的,但是脉搏却与当时民族革命运动相通,虽然鲁迅并不是同盟会员。那时同盟会刊行一种机关报,便是那有名的《民报》,后来请章太炎先生当总编辑,我们都很尊重,可是它只着重政治和学术,顾不到文艺,这方面的工作差不多便由《新生》来负担下去。因为这个缘故,《新生》的介绍翻译方向便以民族解放为目标,搜集材料自然倾向东欧一面,因为那里有好些"弱小民族",处于殖民地的地位,正在竭力挣扎,想要摆脱帝国主义的束缚,俄国虽是例外,但是人民也在斗争,要求自由,所以也在收罗之列,而且成为重点了。这原因是东欧各国的材料绝不易得,俄国比较好一点,德文固然有,英日文也有些。杂志刊行虽已中止,收集材料计划却仍在进行,可是很是艰难,因为俄国作品英日译本虽有而也很少,若是别的国家如匈牙利、芬兰、波兰、捷克斯洛伐克、保加利亚、南斯拉夫(当时叫塞尔维亚与克洛谛亚),便没有了,德译本虽有但也不到东京来,因此购求就要大费气力。鲁迅查各种书目,又在书摊购买旧德文文学杂志,看广告及介绍中有什么这类的书出版,托了相识的书店向丸善书店定购,这样积累起来,也得到了不少,大抵多是文库丛书小本,现在看来这些小册子并无什么价值,但得来绝不容易,可以说是"粒粒皆辛苦"了。他曾以一角钱在书摊上买得一册文库本小书,是德文译的匈牙利小说,名曰《绞刑吏的绳索》,乃是爱国诗人裴多菲所作,是他惟一的小说。这册小说已经很破旧了,原来装订的铁丝锈断,书页已散,可是鲁迅视若珍宝,据我的印象来说,似乎是他收藏中惟一宝贵的书籍。这小说的分量并不很多,不知道他为什么缘故,不曾把它译了出来。

《新生》没有诞生,但是它的生命却是存在的。一九〇七年因了孙竹丹的介绍,给《河南》杂志写文章,重要的有一篇《摩罗诗力说》,可以当作《新生》上的论文去看。一九〇八年因了蒋抑卮的借款,印出了两册《域外小说集》,登载好些俄国和波兰的作品,也即是《新生》的资料。但是鲁迅更大的绩业乃是在创作的小说上,在这上边外国文学的力量也是不小的。这里恐怕也可以有些争辩,现在只能照我所见的事实来说,给予他影响的大概有这些作家的作品。第一个当然要算俄国的果戈理,他自己大概也是承认,《狂人日记》的篇名便是直接受着影响,虽然内容截然不同,那反礼教的思想乃是鲁迅所特有的。鲁迅晚年很费心力,把果戈理的《死魂灵》翻译出来,这部伟大的小说固然值得景仰,我们也可以说,这里看出二者的相类似,鲁迅小说中的许多角色,除时地不同外,岂不也就是《死魂灵》中的人物么?第二个我想举出波兰的显克微支来。显克微支的晚期作品都是历史小说,含有反动的意义,不必说了,但他早期的作品的确有很好的,《域外小说集》中《灯台守》的诗都是他亲手所译,《炭画》一卷尤其为他所赏识,可能也给他一些影响。此外日本作家中有夏目漱石,写有一部长篇小说,名曰《我是猫》,假托猫的口气,描写社会情状,加以讽刺,在日本现代文学上很是有名,鲁迅在东京的时候也很爱读。在鲁迅的小说上虽然看不出明了的痕迹,但总受到它的有些影响,这是鲁迅自己在生前也曾承认的。

（《文艺学习》）

鲁迅读古书

关于鲁迅与古书的问题,普通有两种绝不相同的说法。甲说是主张用古文的一派:你们佩服鲁迅,他的新文学固然好,但那正是从旧文学出来的,因为他读的古书多,文学有根柢。乙说根据鲁迅自己的说法,在《晨报副刊》征求"青年必读书"的时候,他竭力劝青年不要读中国古书,免得意气消沉下去。这两种说法都不能说不对,可是也不全对,因为是片面的,不可能作为依据。我们现在客观的来评判一下,甲说的用意不好,利用鲁迅读古书的事实,来替古文张目,所以把事实歪曲了,是不足凭信的。乙说呢,事实是没有错,但我们知道那时正是北洋政府的反动时代,社会上复古空气很浓厚,提倡古典文学,就会被复古派所利用,有害无益,鲁迅反对读古书的主张是对于复古运动的反抗,并不足证明他的不读古书,而且他的反对青年读古书的缘故正由于他自己读透了古书,了解它的害处,所以才能那么坚决的主张。现在对于这个问题,我们客观的看来,鲁迅多读古书,得到好处,乃是事实,而这好处可以从消极和积极这两方面来说。

我们先来说第一点。所谓消极的好处,便是他从古书里发见了旧中国的病根,养成他反封建,反礼教的思想,发动伟大的思想的革命,这影响是很大的。中国的封建礼教思想过去有长远的历史,浸润在一切文物里边,凡是接触着的人,容易感染,不加救治就将成为痼疾。历代学者能够知道并且揭穿这个毛病的,屈指可数,汉末孔融与嵇康,明季李卓吾,清朝戴东原与俞理初这几个人而已。鲁迅同一般读书人一样,在古书堆里钻了多年,却能独自觉悟,这是什么道理呢? 或者有人说这是科学知识的力量吧,事实却并不是如此,因为有好些科学家对于礼教并不反对。古语云，不入虎穴，焉得虎子，鲁迅便是因为身入虎穴，这才明白了老虎的真相的。话虽如此，钻到古书堆里这正与入虎穴相似，是颇为危险的事情，他有什么方法，才能安全无事的进去又出来呢？这个理由有点不易说明，但事实总是这样，他在古书里摸索，黑暗中一手摸着了"礼教"（有如童话里的"老虎外婆"）的尖利的爪牙，使他蓦地觉悟，以后留心看去，到处看出猛兽的形迹，从这里发展下去，成为反封建礼教的打虎将，那是很自然的顺序了。

　　鲁迅摸着礼教的爪牙，这事出现在他很小的时候，具体的说是在初看《二十四孝》的时候。《二十四孝》据说是南宋大儒朱晦庵所编的，这事固然尚待查考，未可信凭，但在民间很有力量，是"三纲"中"父为子纲"的宣传书，那是人人皆知的。那里边所说的大抵离奇古怪，不近人情，其中老莱子彩衣娱亲，画作一个须发皓白的老人倒卧地上，手持有耳小摇鼓，鲁迅的故乡叫做"摇咕咚"的玩具，样子十分可笑，鲁迅文中已经大加嘲笑，尤其荒谬的要算那一幅郭巨埋儿的故事了。因为要孝养父母，嫌儿子养育花钱，决心去掘土坑，想把儿子活埋了事，画里郭巨正在挖坑，郭巨的妻子手里抱着那小儿站着，小儿手里也正捏着一个摇咕咚。这使得鲁迅看了发生怎样的悲愤，在他后来所写的《二十四孝》那篇文章中可以清楚地感到，我们这里可以不必重复多说。鲁迅在小时候就从孝道的教科书《二十四孝》上了解了古来礼教的残忍性，就立定了他的观点，随时随地都加警惕，从古书中更多的发现资料，书读得愈多，也就愈加证明他见解的正确。这个结论便是"礼教吃人"，直到五四前后在《新青年》上才有机会揭出这个事实，表现在文学上的即是鲁迅的第一篇小说《狂人日记》。

　　鲁迅在《二十四孝》上发见了封建礼教的残忍性，又从种种子史古书上得到了大量的证明材料，这里可以稍加说明。他在书房里很早就读完了四书五经，还有工夫来加读了几经，计有《周礼》、《仪礼》以及《尔雅》。可是这些经书固然没有给他什么好教训，却也还不曾给了他大的坏印象，因为较古的书也较说的纯朴，不及后代的说得更是严紧、凶狠。例如孔子在《论语》里说："君君，臣臣，父父，子子"，汉朝学者提出了"三纲"，说是"君为臣纲，父为子纲，夫为妻纲"，宋人就更是干脆，说什么"君叫臣死，不得不死，父叫子亡，不得不亡"了。所以鲁迅的材料大都是在汉以后,特别是史部的野史和子部的杂家。举出具体的例来说:他看《玉芝堂谈荟》知道了历代武人的吃人肉,看《鸡肋编》知道了南宋山东义民往杭州行,在路上以人肉干为粮,看《南烬纪闻》知道了金人的淫虐,看《蜀碧》知道了张献忠的凶杀,看《明季稗史汇编》里的《扬州十日记》知道了满人的屠杀,至于《皇朝典故》残本《立斋闲录》里录存明永乐的上谕,凶恶得"言语道断",(这里不再征引)更是使得他生气,他总结起来,说中国书上鲜红的写着二字曰"吃人",岂不是正当的么?他这篇《狂人日记》,形式是小说,实际是反对封建礼教的一篇宣言,也可以说是他关于野史和笔记的一则读书笔记。鲁迅在借了小说对于封建礼教开火以后,一直没有停过,在《祝福》里又开始了第二次总攻击。我们不能说鲁迅文章的好处是从古文中出来,但是说他攻击礼教这个意思乃是从古书中得来,即是出于古书的赐予,也是可以的吧?

上边我们只说得消极的一面,其实在积极的一方面他也从古书得到不小的好处。这用现代的一句话来说,便是他因此理解了祖国的伟大的文化遗产,至于供给他后来在文艺研究的基础那还在其次。在鲁迅生存着的期间,国内有着什么保存国粹的口号,最明显的是刘师培、黄侃的"国故"和吴宓、胡先骕的"学衡"两次运动,但那是复古派所发动的,借了这个名称来维持旧礼教和古文,大家多反对它,觉得他们所谓国粹实在乃是些国滓国糟,因此连这个名字也有点厌恶,不愿意用了。可是试问,国粹这物事有没有呢,我想这是有的,不过不必说得那么玄妙,只如现今所说文化遗产,就十分确当。鲁迅读书从经书起头,于四书之外又读了八部经,可是如上文所说,这对于他大概没有什么影响。正史方面有一部明刊十八史,以备查考,也不曾好好读过。他小时候读过《古文析义》,当然也读《东莱博议》,但他与八大家无缘,"桐城派"自然更不必说了。《诗经》是硬读的,因此难以发生兴趣,韵文方面他所喜爱的有一部《楚辞》,此后是陶渊明,唐朝有李长吉、温飞卿和李义山,大家如唐之李杜,宋之苏黄,却并不着重,只有一部《剑南诗稿》,那大抵还是因为同乡的关系也未可知。对于"正宗"的诗文总之都无什么兴味,因此可以说他所走的乃是"旁门",不管这意思好坏如何,总之事实是正确的。文章方面他喜欢一部《古文苑》,其中一篇王褒的《僮约》,他曾经选了来教过学生。他可以说爱六朝文胜于秦汉文,六朝的著作如《洛阳伽蓝记》,《水经注》,《华阳国志》,本来都是史地的书,但是文情俱胜,鲁迅便把它当做文章看待,搜求校刻善本,很是珍重。纯粹的六朝文他有一部两册的《六朝文絜》,很精简的辑录各体文词,极为便用。他对于唐宋文一向看不起,可是很喜欢那一代的杂著,小时候受《唐代丛书》的影响,后来转《太平广记》,发心辑录唐以前的古小说,成为《钩沉》巨著,又集唐代《传奇文》,书虽先出,实在乃是《钩沉》之续,不过改辑本为选本罢了。这一方面的努力即是研究小说史的准备,北京大学请他教书,只是一阵东风,催他成功就是了。

鲁迅读古书还有一方面是很特别的,即是他的看佛经。一般文人也有看佛经的,那大半是由老庄引伸,想看看佛教的思想,作个比较,要不然便是信仰宗教的居士。但鲁迅却两者都不是,他只是当做书读,这原因是古代佛经多有唐以前的译本,有的文笔很好,作为六朝著作去看,也很有兴味。他这方面所得的影响大概也颇不小,看他在一九一四年曾经捐资,托南京刻经处重刊一部《百喻经》,可以明了。梁任公在《翻译文学与佛典》一文中曾说道:

> 试细检藏中马鸣所著之《佛本行赞》,实一首三万余言之长歌,今译本虽不用韵,然吾辈读之,犹觉其与《孔雀东南飞》等古乐府相仿佛。其大乘庄严论则直是《儒林外史》式之一部小说,其原料皆采自四阿含,而经彼点缀之后,能令读者肉飞神动。马鸣以后成立之大乘经典,尽汲其流,皆以极壮阔之文澜,演极微妙之数理,若《华严》、《涅槃》等,此等富于文学性的经典,复经译家宗匠以极优美之国语为之移写,社会上人人嗜读,即不信解教理者,亦靡不心醉于其词缋,故想象力不期而增进,诠写法不期而华新,其影响乃直接表见于一般文艺。

这一段有地方不免稍有夸张,但大体说得还对,现在借用了来作为鲁迅读佛经的说明,倒是极为适合的。

鲁迅有一个时期也很搞过"文字学",特别是《说文解字》,如《域外小说集》中那些文言译的短篇上,很留下些痕迹,特别在集里那短短的引言上。但是那只是暂时的,到了用白话写作的时候,这就全然不见,所以这里也从略了。

（《读书月报》）

鲁迅与歌谣

这篇文章的题目有点枯窘，恐怕不能写得好，因为我写鲁迅纪念的文章，都是回忆小品的性质，所用的材料须得是事实，而事实则是有限量的。这好比是一叠钞票，用一张少一张，到用完便没有了，不可能自己来制造补充。关于鲁迅我已经写了不少文章，存储的材料几乎没有什么了，此次给《民间文学》写稿，尤其觉得为难，在这一方面其实并不曾写过文章，难的在于根本缺少材料。鲁迅曾经译过《俄罗斯童话》，但那乃是后期的事情，在他前半期却还没有注意，即如格林姆兄弟的《德意志家庭童话》，他大概也只有小丛书本，虽是全书，但并没有那么许多的研究解说。只是对歌谣，他曾有过关心，这是我惟一的记忆与材料了。

一九一〇年前后，即是清末民初，鲁迅在从事于《古小说钩沉》和《会稽郡故书杂集》的辑录工作，到了一九一二年中华民国成立，他那工作差不多完成，便应蔡孑民之召，往南京教育部任职，不久随着政府迁移至北京。那时我留在家乡，除中学校教一点书之外，开始收集研究儿歌与童话，先后在一九一三年至一九一四年中，用文言写了几篇论文，在那时当然无处可以发表，有一篇《童话之研究》寄给《中华教育界》，送给它白登，只希望给与该杂志一年份（代价计一元）作报酬，终于也被拒绝，寄给鲁迅去看，由他主持转交《教育部编审处月刊》，并后来所写论文，陆续发表在那上面。他特别支持我收集歌谣的工作，大概因为比较易于记录的关系吧，他曾从友人们听了些地方儿歌，抄了寄给我做参考。我的收集本来是故乡为主，他在北京所能听到的当然都是些外地的,寄给我的一张底稿我还保留着,后来将原本送给了人民文学出版社的鲁迅著作编辑室了,文句抄留在歌谣稿本上。查甲寅(一九一四)年旧日记,二月项下有云,六日得北京一日函,附儿歌数首。全文今抄录于后:

    一   羊,羊,跳花墙。

         花墙破,驴推磨。

         猪挑柴,狗弄火。

         小猫上炕捏饽饽。

这里断句系以韵为准,与以文法为准者不同。

    二   小轿车,白马拉。

         唏哩哗啦① 回娘家。

    三   风来了,雨来了。

         和尚背了鼓来了。

         这里藏?②

         庙里藏。

         一藏藏了个小儿郎。

         儿郎儿郎你看家,

         锅台③ 后头有一个大西瓜。④

(以上北京)

    四   棉花桃,满地蹦。⑤

         姥姥⑥ 见了外甥甥。⑦

---

① 原注,铃铎之声属也,非指人声。

② 问词,犹言哪里藏也。

③ 灶头也。

④ 按此歌当风雨将至时,小儿群集而唱之。

⑤ 踊也,跃也。

⑥ 外祖母也。

⑦ 第二甥字不知本字,系动词,谓甚爱也。(此处外甥系北方俗语,其实应当写作外孙才对。)

（直隶高阳）

五　月公爷爷,① 保佑娃娃。
　　娃娃长大,上街买菜。

（江西南昌）

六　车水车水,车到杨家嘴。
　　杨奶奶,好白腿。
　　你走你的路,
　　我车我的水,
　　管我白腿不白腿。②

（安徽）

　　我的《越中儿歌集》,从一九一三年一月计划起,收集材料也已不少,却终于未曾编成。到了一九三六年四月,改名《绍兴儿歌述略》,写了一篇序文,登在当时北京大学的《歌谣周刊》上,预备赶紧把它编出来。可是因为有些方言的句子,用字拼音都是问题,而且关于风俗和名物,需要许多繁琐的解释,一时未能着手。去年有朋友提议,最好能设法编好,在鲁迅逝世二十周年时印出来,也好做个纪念。这个主张很好,我也很有这个意思,我预写那篇《儿歌述略》的序文以来,岂不也已是二十年过去了么。不过力不从心,至今还只有一本草稿,实在很是惭愧。现在姑且抄两章下来,比较易于记录的,作为鲁迅故乡地方歌谣的样本。其一是《月亮弯弯》,依据范寅著《越谚》卷上所载,范氏原本在题下有小注云:"此谣越俗出嫁女人情如绘。"

　　月亮弯弯,因来望娘。

---

①　按此以月为男性也。
②　据云下等社会小儿唱之,然不似儿歌也。

娘话心肝肉归哉！①
爹话一盆花归哉！
娘娘话穿针肉归哉！
爷爷话敲背肉归哉！
唔妈见我归，②
捡起罗裙揩眼泪。
爹爹见我归，
拔起竹竿赶市去。③
娘娘见我归，
驮得拐杖后园赶雄鸡。
爷爷见我归，
挑开船篷④外孙抱弗及。
嫂嫂见我归，
锁笼锁箱锁弗及。
哥哥见我归，
关得书房假读书。

　　我们这里再来抄一篇，系从平水地方一位老太太口里采集来的，流传于老百姓中间，对于升官发财思想似嘲似讽，颇有意思。歌的表面是嘲笑癞子的。

癞子癞新鲜，
爬起天亮去耘田。
一耘耘到大路沿，
癞子沰勒沰勒⑤开火吃潮烟。

---

① 归字绍兴俗音读如居，哉为语助词，犹言回来了。肉即"骨肉"之意，对于儿童爱怜的称呼，读如泥何切入声。
② 唔妈即是母亲，或亦称娘及唔娘，这里盖取前后有变化。
③ 范氏原注云：越乡动辄用船。这里竹竿即是指定船的篙，言将摇船往市里去。
④ 挑字原本写作土字偏旁，读如兆平声，系说移动船篷。
⑤ 沰勒沰勒犹言滴沰，沰字读如多，入声，形容使用火刀火石取火时的声音。

吃浪一口大青烟，
我道哪里个青龙来出现，
哪道是一根大黄鳝！
我要捉，伊要颠。
走过个叔叔伯伯拨我上上肩！
一肩肩到大堂前，
十节驮来西醃，
廿节驮来鲜。
头头尾尾晒鳝干，
黄鳝骨头买引线。
一卖卖到十八千，
放债盘利钱，
赶考中状元，
前门竖旗竿，
后门钉牌匾。

（《民间文学》）

鲁迅与清末文坛

这个题目意思不大明了，须要说明一句。所谓文坛是狭义的，不包括当时的诗文在内，实在只是说有些出版物，而且也仅仅是一部分，据我所知道与他有关系的，简单的来说一下。我说简单，并不是故意简略，实在是因为年月隔得久远了，记忆又不完全，所以不能详说罢了。

鲁迅于戊戌（一八九八）年三月往南京进学堂，在这以前他住在家里，只买些古书来看，与当时出版界不发生关系，所看到的新刊物至多只是《点石斋画报》而已。在南京三年中，与"西学"开始接触，但那也多是些科学，不过是中学知识，但是他所进的是矿路学堂，有地质学这门功课，用的课本是英国赖耶尔的名著《地质学纲要》，中译本名为《地学浅说》，是一种新鲜的学问，给了他不少的惊奇与喜悦。此外则是进化论的学说，那时候还没有简要的介绍书，达尔文原书译本更是谈不到，他所看见的是那时出版的严译《天演论》。这是一本不三不四的译本，因为原来不是专讲进化论的，乃是赫胥黎的一篇论文，题目是《进化与伦理》，译者严几道又是用了"达恉"的办法，就原本的意思大做其文章，吴挚甫给做序文，恭维得了不得，说原书的意思不见得怎么高深，经译者用了上好的古文一译，这便可以和先秦的子书媲美了。鲁迅在当时也还不明白他们的底细，只觉得很是新奇，如《朝花夕拾》中《琐记》一篇里所说，什么"赫胥黎独处一室之中，在英伦之南，背山而面野，槛外诸境，历历如在几下。"琅琅可诵，有如"八大家"的文章。因此大家便看重了严几道，以后他每译出一部书来，鲁迅一定设法买来，自甄克思的《社会通诠》，斯宾塞的《群学肄言》，孟德斯鸠的《法意》，以至读不懂的《穆勒名学部甲》,也都购求到手。直到后来在东京,看见《民报》上章太炎先生的文章,说严几道的译文"载飞载鸣",不脱八股文习气,这才恍然大悟,不再佩服了。平心的说来,严几道的译文毛病最大的也就是那最有名的《天演论》,别的其实倒还没有什么,如《社会通诠》和《法意》两书,或者可以说是通顺诚实,还不失为好译本吧。就我个人来说,他的一册《英文汉诂》,或者有人要嫌它旧,我却是一直喜欢它的。我们在南京学堂的时候,发给我们的英文文法书正是他所依据的一八四〇年初版的马孙氏文法,书尽管旧,但是有学术的空气,比后来盛行的纳斯菲尔特的印度用文法来,真不可同年而语了。

鲁迅更广泛的与新书报相接触,乃是壬寅(一九〇二)年二月到了日本以后的事情。其时梁任公亡命日本,在横滨办《清议报》,后来继以《新民丛报》,风行一时,因为康梁虽然原来都是保皇的,但梁任公毕竟较为思想开通些,他的攻击西太后看去接近排满,而且如他自己所说,"笔锋常带情感",很能打动一般青年人的心,所以有很大的势力。癸卯(一九〇三)年三月鲁迅寄给我一包书,内中便有《清议报汇编》八大册,《新民丛报》及《新小说》各三册,至于《饮冰室自由书》和《中国魂》,则在国内也已借看到了。不过民族革命运动逐渐发展,《新广东》,《革命军》公然流传,康梁的立宪变法一派随之失势,但是对于我们,《新小说》的影响还是存在,因为对抗的同盟会在这一方面没有什么工作,乃是一个缺陷。《新小说》上登过嚣俄(今称雨果)的照片,就引起鲁迅的注意,搜集日译的中篇小说《怀旧》(讲非洲人起义的故事)来看,又给我买来美国出版的八大本英译雨果选集。其次有影响的作家是焦尔士威奴(今译儒勒凡尔纳),他的《十五小豪杰》和《海底旅行》,是杂志中最叫座的作品,当时鲁迅决心来翻译《月界旅行》,也正是为此。《十五小豪杰》终于未曾登完,心里很不满足,今年我还托人找到新出的日本全译本来,可是事隔五十年以上,读了并不像当时那么有趣,而且因为事忙,一厚本书也没法全读。近日报道,凡尔纳的名著十多种都将译出,由中国青年出版社刊行,这消息很是可喜,也证明了我们过去的喜爱是对的。

这以后,对于鲁迅有很大的影响的第三个人,不得不举出林琴南来了。鲁迅还在南京学堂的时候,林琴南已经用了冷红生的笔名,译出了小仲马的《茶花女遗事》,很是有名。鲁迅买了这书,同时还得到两本有光纸印的书,一名《包探案》,是福尔摩斯故事,一名《长生术》,乃是神怪小说,说什么"罐盖人头之国",至今还记得清楚。这在后来才弄明白,乃是哈葛得的一部小说,与后来林译的《金塔剖尸记》等是同一类的。《茶花女》固然也译得不差,但是使得我们读了佩服的,其实还是那部司各得的《撒克逊劫后英雄略》,原本既是名著,译文相当用力,而且说撒克逊遗民和诺曼人对抗的情形,那时看了含有暗示的意味,所以特别的被看重。《埃及金塔剖尸记》的内容古怪,《鬼山狼侠传》则是新奇,也都很有趣味。前者引导我们去译哈葛得,挑了一本《世界的欲望》,是把古希腊埃及的传说杂拌而成的,改名为《红星佚史》,里面十多篇长短诗歌,都是由鲁迅笔述下来,用楚词句调写成的。后者更是爱读,书里边的自称"老猎人"的土人写得很活现,我们后来闲谈中还时常提起,好像是《水浒传》中的鲁智深和李逵。我们对于林译小说有那么的热心,只要他印出一部,来到东京,便一定跑到神田的中国书林,去把它买来,看过之后鲁迅还拿到订书店去,改装硬纸板书面,背脊用的是青灰洋布。但是这也只以早期的林译本为限,例如上边所说三种之外,有《迦因小传》,《鲁滨孙漂流记》正续,《玉雪留痕》,《橡湖仙影》。到了末后两部也已经看得有点厌倦,但还是改订收藏,随后更是译得随便,便不足观了。斯威夫特的《格利佛游记》与伊尔文的《见闻杂记》,本是好书,却被译得不成样子,到了塞万提斯的《堂吉诃德传》,改名为《魔侠传》,错译乱译,坏到极点了。我们当初觉得林译颇能传达滑稽的趣味,如《劫后英雄略》等书中所见,岂知他遇到真正有滑稽味的作品反而全都弄糟了呢?后期林译本中如《块肉余生述》,老实说也还不坏,不过有如吃食的人,吃过一口坏东西,也就不想再吃了。到了民国以后,对于林琴南的译本鲁迅是完全断绝关系了,但对于他的国画还多少有点期望。"壬子(一九一二)日记"中十一月九日项下记云:"赴留黎厂买纸,并托清秘阁买林琴南画册一叶,付银四元四角,约半月后取。"十四日记云:"午后清秘阁持林琴南画来,亦不甚佳。"到了"五四"那年,反动派文人对于《新青年》的言论十分痛恨,由林琴南为首的一群想运动徐树铮来用武力镇压,在《大公报》上发表致蔡子民书外,又写小说曰《荆生》(隐徐姓),又曰《妖梦》,暴露了丑恶的面目,这之后才真为鲁迅所不齿了。

对于当时国内的创作小说,鲁迅似乎一向不大注意,那些南亭亭长等的大部著作,大概也是在后来讲小说史的时候,这才细读加以评介的。以前在上海《时报》上见到冷血的文章,觉得有趣,记得所译有《仙女缘》,曾经买到过,天笑的便不曾发生关系。苏子谷在东京时曾见过面,朋友们中间常常谈起"老和尚"的事情,他的文笔也很不差,可是他的文言小说虽是在《东方杂志》等上边发表,又印成单行本,风行一时,但鲁迅并不感觉什么兴趣。说是不喜欢文言么,那时也还不写白话,而且他对于文言译本的《炭画》也很是欣赏的。总之他对于其时上海文坛的不重视乃是事实,虽然个别也有例外,有如周瘦鹃,便相当尊重,因为所译的《欧美小说丛刊》三册中,有一册是专收英美法以外各国的作品的。这书在一九一七年出版,由中华书局送呈教育部审查注册,发到鲁迅手里去审查,他看了大为惊异,认为"空谷足音",带回会馆来,同我会拟了一条称赞的评语,用部的名义发表了出去。据范烟桥的《中国小说史》中所记,那一册中计收俄国四篇,德国二篇,意大利、荷兰、西班牙、瑞士、丹麦、瑞典、匈牙利、塞尔维亚、芬兰各一篇,这在当时的确是不容易的事了。

　　　　　　　　　　　　　　　　　　　　　　　(《文汇报》)

鲁迅与范爱农

　　鲁迅与范爱农——这两个人的缘分真是很奇特的。他们是同乡留日学生,在日本住上好几年,只在同乡会上见过面,主张虽同而说话不投,互相瞪眼而别。这在《朝花夕拾》末篇《范爱农》中说的很是具体,时为光绪丁未即一九○七年,阴历五月二十六日徐伯荪在安庆起义,杀了恩铭,旋即被害,六月初五日秋瑾也在绍兴被杀,同乡会议就是为的讨论这事,所以时期该在阴历七月吧。匆匆过了五年,辛亥(一九一一)革命成功,绍兴军政府任命鲁迅为本地师范学堂(其时尚未改称学校)校长,范爱农为学监,两人第二次见面,成为好友。因为学堂与鲁迅故家相距不到一里路,在办公完毕之后,范爱农便戴着农夫所用的卷边毡帽,下雨时穿着钉鞋,拿了雨伞,一直走到“里堂前”,来找鲁迅谈天。鲁老太太便替他们预备一点家乡菜,拿出老酒来,听主客高谈,大都是批评那些“呆虫”的话,老太太在后房听了有时不免独自匿笑。这样总要到十时后,才打了灯笼回学堂去,这不但在主客二人觉得愉快,便是老太太也引以为乐的。但是“好景不常”,军政府对于学校本不重视,而且因为鲁迅有学生在办报,多说闲话,更是不高兴,所以不久自动脱离,两人就连带去职了。

　　一九一二年元旦,南京政府成立,蔡孑民任教育部长,招鲁迅去帮忙,匆匆往南京,这两位朋友只聚会了两个月光景,又复永远分别了。范爱农失业后,在绍兴杭州间飘泊了几时,终于落水而死,鲁迅那篇文章便是纪念他而作的。这件事说起来已经很古,因为中间经过了四十多年了。可是事有凑巧,近时忽然无意中找着了好些重要的材料,可以

稍加说明。这乃是范爱农的几封信,都是在那时候寄给鲁迅的。其一是三月二十七日从杭州所发,其文云:

> 豫才先生大鉴:晤经子渊,暨接陈子英函,知大驾已自南京回。听说南京一切措施与杭绍鲁卫,如此世界,实何生为,盖吾辈生成傲骨,未能随波逐流,惟死而已,端无生理。弟于旧历正月二十一日动身来杭,自知不善趋承,断无谋生机会,未能抛得西湖去,故来此小作勾留耳。现承傅励臣函邀担任师校监学事,虽未允他,拟阳月杪返绍一看,为偷生计,如可共事,或暂任数月。罗扬伯居然做第一科课长,足见实至名归,学养优美。朱幼溪亦得列入学务科员,何莫非志趣过人,后来居上,羡煞羡煞。令弟想已来杭,弟拟明日前往一访。相见不远,诸容面陈,专此敬请著安。弟范斯年叩,二十七号。《越铎》事变化至此,恨恨,前言调和,光景绝望矣。又及。

这里需要说明的,如傅励臣即《朝花夕拾》中所说后任校长孔教会会长傅力臣,朱幼溪即都督府派来的拖鼻涕的接收员,罗扬伯则是所谓新进的革命党之一人。《越铎》即是骂都督的日报,系鲁迅学生王文灏等所创办,不过所指变化却不是报馆被毁案,乃是说内部分裂,李霞卿等人分出来,另办《民兴报》,后来鲁迅的《哀范君》的诗便是登在这报上的。末后说到我往杭州事,那时浙江教育司(后来才改称教育厅)司长是沈钧儒先生,委我当本省视学,因事迟去,所以不曾遇见爱农。鲁迅往南京去,大概在三月末回家过一趟,随后跟了政府移往北京。他的"壬子日记"从五月开始,所以这一段事情无可查考,日记第一天是五月五日,说"舟抵天津",想来该是四月末离绍的吧。在这以前,鲁迅和范爱农应当在家里会见过,可是这也毫无记忆了。

第二封信的日期是五月九日,也是从杭州寄出,这在"壬子日记"上有记录,"五月十五日上午得范爱农信,九日自杭州发。"其文云:

> 豫才先生钧鉴:别来数日矣,屈指行旌已可到达。子英成章已经卸却,弟之监学则为二年级诸生斥逐,亦于本月一号午后出校。此事起因虽为饭菜,实由傅励臣处置不宜,平日但求敷衍了事,一

任诸生自由行动所致。弟早料必生事端，惟不料祸已及己。推及己之由，则（后改为"现悉统"）系何几仲一人所主使，惟几仲与弟结如此不解冤，弟实无从深悉。盖饭菜之事，系范显章朱祖善二公因二十八号星期日起晏，强令厨役补开，厨役以未得教务室及庶务员之命拒之，因此深恨厨役，唆令同学于次日早膳，以饭中有蜈蚣，冀泄其忿。时弟在席，当令厨役掉换，一面将厨役训斥数语了事。讵范朱等忿犹未泄，于午膳时复以饭中有蜈蚣，时适弟不在席，傅励臣在席，相率不食，（但发现蜈蚣时有半数食事已毕）坚欲请校长严办厨房，其意似非撤换不可。傅乃令诸生询弟，弟令厨役重煮，学生大多数赞成，且宣言如菜不敷，由伊等自购，既经范某说过重煮，必须令厨役重煮。厨役遂复煮，比熟已届上课时刻，乃请诸候选教员用膳，请之再三，而胡问涛朱祖善范显章赵士琛等一味在内喧扰不来。励乃嘱弟去唤，一面摇铃，令未饱者赶紧来吃，其余均去上课。弟遂前往宣布，胡问涛以菜冷且不敷为词，弟乃云前此汝等宣言菜如不敷，由汝等自备，现在妆等既未备，无论如何只有勉强吃一点。胡等犹复剌剌不已，弟遂宣言，不愿吃又不上课，汝等来此何干，此地究非施饭学堂（施饭两字系他们所出报中语），如愿在此肄业，此刻饭不要吃了，理当前去听讲，否则即不愿肄业，尽可回府，即使汝等全体因此区区细故愿退学亦不妨。于是欲吃者还赴膳厅，其已毕者去上课。昨晨早膳，校长俟诸生坐齐后乃忽宣言，此后诸生如饭菜不妥，须于未坐定前见告，如昨日之事可一不可再，若再如此，决不答应。诸生复愤，俟食毕遂开会请问校长，以罢课为要挟，此时系专与校长为难，未几乃以弟昨日所云退学不妨一语为词，宣言如弟在校，决不上课，系专与弟为难，延至午后卒未解决。弟以弟之来师范非学生之招，系校长所聘，非校长辞弟，非弟辞校长，决不出校，与他们寻开心。学生往告诉几仲，傍晚几仲遂至校，嘱校长辞弟，谓范某既与学生不洽，不妨另聘，傅未允，怏怏去。次日仍不上课，傅遂悬牌将胡问涛并李铭二生斥退，（此二生有实据，系与校长面陈换弟）胡李遂与赵士琛朱祖善等持牌至知事署，并告几仲。几仲遂于午后令诸生将弟物件搬出门房，几仲亦来，（并令大白暨文灏登报）弟适有友来访，遂与偕与返舍。刻因家居无味,于昨日来杭,冀觅一栖枝,且如是情形(案此四字下文重复,推测是"陈子英"之误写)亦曾约弟同住西湖闲游,故早日来杭,因如是情形现有祭产之事,日前晤及,云须事毕方可来杭也。专此即询兴居,弟范斯年叩,五月九号。诸乡先生晤时希为候候。蒙赐示希寄杭垣江门局内西首范宅,或千胜桥宋高陶巷口沈馥生转交。

第三封信是在四天后寄出的,鲁迅日记上也有记录云:"十九日夜得范爱农信,十三日自杭州发。"其文云:

> 豫才先生赐电:阳历九号奉上一缄,谅登记室。师校情形如是,绍兴教育前途必无好果。项接子英来函云,陈伯翔兄亦已辞职,伯翔境地与弟不相上下,当此鸡鹜争食之际,弃如敝屣,是诚我越之卓卓者,足见阁下相士不虚。省中人浮于事,弟生成傲骨,不肯钻营,又不善钻营。子英昨来函云,来杭之约不能实践,且以成章校擅买钱武肃王祠余地,现钱静斋父子邀同族人,出而为难,渠虽告退,似不能不出为排解,惟校董会长决计不居,并云倘被他们缠绕不休,或来杭垣一避。如是情形弟本拟本日西归,惟昨访沈馥生,询及绍地种种,以弟返绍家居,有何兴味,嘱弟姑缓归期,再赴伊寓盘桓一二旬,再作计较,刻拟明后日前往。如蒙赐示,乞迳寄千胜桥宋高陶巷口沈寓可也。专此即询兴居,弟范斯年叩,五月十三号。

关于这两封信我们来合并说明一下。陈子英名濬,与徐伯荪相识最早,是革命运动的同志,范爱农沈馥生则是徐的后辈,一同往日本去的。陶成章资格更老,很早就在连络会党,计划起事,是光复会的主干,为同盟会的陈其美所忌,于壬子一月十三日被蒋介石亲手暗杀于上海。他的友人同志在绍兴成立一个"成章女学校",给他作纪念,陈子英有一个时期被推为校董会长。何几仲系《陈Q正传》中所说"柿油党"(自由党)的一个重要人物,当时大概是在做教育科长吧。陈伯翔是鲁迅教过书的"两级师范学堂"的毕业生,在师范学校任课,因为范爱农被逐的事件,对于校长和学生都感觉不满,所以辞职表示反对。这表示出他是有正义感的人物,范爱农信里称赞的话不是虚假的。鲁迅日记中此后还有一项云:"六月四日得范爱农信,三十日杭州发。"只可惜这一封信现在找不到了。

范爱农后来落水而死,那时的事情有点记不清了,但是查鲁迅的"壬子日记",还可以找出一点来。七月项下云:"十九日晨得二弟信,十二日绍兴发,云范爱农以十日水死。悲夫悲夫,君子无终,越之不幸也,于是何几仲辈为群大蠹。"又云:"二十二日夜作韵言三首,哀范君也,录存于此。"

其　一

风雨飘摇日,余怀范爱农。
华颠萎寥落,白眼看鸡虫。
世味秋茶苦,人间直道穷。
奈何三月别,竟尔丧畸躬。

其　二

海草国门碧,多年老异乡。
狐狸方去穴,桃偶尽登场。
故里寒云恶,炎天凛夜长。
独沉清泠水,能否涤愁肠?

其　三

把酒论当世,先生小酒人。
大圜犹茗艼,微醉自沉沦。
此别成终古,从兹绝绪言。
故人云散尽,我亦等轻尘。

这三首是根据二十三日寄给我的原稿,有二三处与日记上不同,却

比较的好,可见系改定本,如其二的第四句末原作"已登场",第五句作
"寒云恶",第七句作"清泠水",则嫌平仄未叶了。稿后附记四行云:

> 我于爱农之死,为之不怡累日,至今未能释然。昨忽成诗三
> 章,随手写之,而忽将鸡虫做入,真是奇绝妙绝,辟历一声,群小之
> 大狼狈。今录上,希大鉴定家鉴定,如不恶,乃可登诸《民兴》也。
> 天下虽未必仰望已久,然我亦岂能已于言乎。二十三日,树又言。

鲁迅哀范君的诗很是悲愤,附记却又杂以诙谐,所云大什么家及天
下仰望,皆是朱幼溪的口吻,这里加以模仿的。日记八月项下云:"二十
八日收二十及二十一二日《民兴日报》一分,盖停版以后至是始复出,余
及启孟之哀范君诗皆在焉。"

鲁迅的朋友中间不幸屈死的人也并不少,但是对于范爱农却特别不
能忘记,事隔多年还专写文章来纪念他。这回发见范爱农的遗札,原是偶
然,却也是很特别的,使得我们更多的明了他末年的事情,给鲁迅的文章
做注释,这也正是很有意思的事吧。

(《文汇报》)

鲁迅与"弟兄"

　　前几时有画家拿了所画鲁迅像的底稿来给我看，叫提意见，我对于艺术是外行，但单说像不像，那总是可能的。这像不像也有区别，大概可以分作两点来说，即一是形状，二是精神，假如这说得有点唯心，或者可以说是神气吧。老实说来，我看见有些鲁迅画像连形状都不大像，有些容貌像了，而神气不很对，换句话说是不够全面的。因为鲁迅对人有两种神气，即是分出敌与友来，表示得很明显，其实平常人也是如此，只是表现得要差一点罢了。他对于伪正人君子等敌人，态度很是威猛，如在文章上所看见似的，攻击起来一点不留情，但是遇见友人，特别是青年朋友的时候，他又是特别的和善，他的许多学生大抵都可以作证。平常的鲁迅画像大抵以文章上得来的印象为依据，画出来的是战斗的鲁迅一面，固然也是真相，但总不够全面。这回画家拿来给我看的，我觉得却能含有上边所说的两样神气，那时便把这外行人的赞语献给了画家了。不但是画像，便是在文章上，关于鲁迅也应该说得全面一点，希望和他有过接触的人，无论同僚（现在大概绝无仅有了），学生，做过文学、艺术、革命运动的同志，诚实的根据回忆，写出他少有人知道的这一方面，来作纪念。家属来写这类文章，比较不容易，许多事情中间挑选为难，是其一，写来易涉寒伧，是其二，也是最重要的一点。现在且就鲁迅所写的两篇作品来加以引伸，挑选的问题可以没有了，余下的问题是看能不能适当的写下来。

　　第一篇文章是散文集《野草》里的《风筝》。这篇文章流传得很广，因为我记得曾经选入教科书选本之类，所以知道的人很多，有教师写信来问,这小兄弟是谁,到底是怎么一回事？我只能回答说明,这类文章都是歌德的所谓"诗与真实",整篇读去可以当作诗和文学看,但是要寻求事实,那就要花一点查考分别的工夫了。文中说他不爱放风筝,这大抵是事实,因为我的记忆里只有他在百草园里捉蟋蟀,摘覆盆子等事,记不起有什么风筝。但是他说也不许小兄弟去放,一天发现小兄弟松寿在偷偷的糊蝴蝶风筝,便发了怒,将蝴蝶的一支翅骨折断,又将风轮掷在地下,踏扁了。事隔多年之后,了解了游戏是儿童的正当的行为,心里觉得很抱歉,想对小兄弟说明这意思,可是后来谈及的时候,小兄弟却是像听着别人的故事一样,说"有过这样的事么?"什么也记不得了。这里主要的意思是说对于儿童与游戏的不了解,造成幼小者的精神上的虐待(原文云虐杀),自己却也在精神上受到惩罚,心里永远觉得沉重。作者愿意重在自己谴责,而这些折毁风筝等事乃属于诗的部分,是创造出来的。事实上他对于儿童与游戏并不是那么不了解,虽然松寿喜爱风筝,而他不爱放风筝也是事实。据我所记忆,松寿不但爱放风筝,而且也的确善于糊制风筝,所糊有蝴蝶形、老鹰形的各种,蝴蝶的两眼不必说,在腿的上下两部分也都装上灵活的风轮(术语称曰风盘),还有装"斗线",即风筝正面的倒三角形的线,总结起来与线索相连接处,也特别巧妙,几乎超过专家,因为自制的风筝大抵可以保险,不会在空中翻筋斗的。我曾经看、也帮助他糊过放过,但是这时期大概在戊戌(一八九八)年以后,那时鲁迅已进南京学堂去了。

鲁迅与小兄弟松寿的事情还有一件值得记述一下。大概是乙未(一八九五)年的正月,鲁迅和我和松寿三人(那时四弟椿寿尚在,但年只三岁)各从压岁钱内拿出五十文来,合买了一本《海仙画谱》。原来大概是由于小兄弟动议,愿意加入合作的吧,可是后来不知道是因为书没有意思,还是不能随意取阅的缘故呢,他感觉不满意,去告诉了父亲伯宜公。伯宜公正躺在小榻上抽鸦片烟,便叫拿书来看,鲁迅当时颇有点儿惶恐,因为那时买书还是瞒着大人们的。可是伯宜公对于小孩却是颇有理解,他拿过去翻阅了一遍,并不说什么话,仍旧还了我们了。鲁迅刚读过《诗经·小雅》里《巷伯》一篇,大概给他很深的印象,因此他有一个时候便给小兄弟起了一个绰号,便是"谗人"。但是小兄弟既然还未读书,也不明白它的意义,并不介意,不久也就忘了。此外又给小兄弟起过别的绰号,叫做"眼下痣",因为他在眼睛底下有一个黑痣,这个别号使用得相当久,比较复杂的含有滑稽与亲爱的意味。

第二篇小说是在《彷徨》里边,题目便叫做《弟兄》。这篇既然是小说,论理当然应该是诗的成分加多了,可是事实却并不如此,因为其中主要关于生病的事情都是实在的,虽然末后一段里梦的分析也带有自己谴责的意义,那却可能又是诗的部分了。文中说张沛君因为他的兄弟靖甫生病,很是着急,先请同寓白问山看,说是"红斑痧",他更是惊惶,竭力设法请了德国医生来,诊断是"疹子",这才放了心。沛君与靖甫很是友爱,但在心里沛君也不能没有私心,他怕靖甫死后遗族要他扶养,怕待子侄不能公平,于是造成了自己谴责的恶梦。事实上他也对我曾经说过,在病重的时候"我怕的不是你会得死,乃是将来须得养你妻子的事。"但是这些都不重要,我们要说的是那中间所有的事实。先在这里来摘录我旧日记的一部分,这是从一九一七年五月八日起头的。

八日,晴。上午往北大图书馆,下午二时返。自昨晚起稍觉不适,似发热,又为风吹少头痛,服规那丸四个。

九日,晴、风。上午不出门。

十一日,阴、风。上午服补丸五个令泻,热仍未退,又吐。

十二日,晴。上午往首善医院乞诊,云是感冒。

十三日,晴。下午请德国医生格林来诊,云是疹子,齐寿山君来为翻译。

十六日,晴。下午请德国医生狄博尔来诊,仍齐君通译。

二十日,晴。下午招匠来剪发。

廿一日,晴、风。上午写日记,自十二日起未写,已阅二星期矣。下午以小便请医院检查,云无病,仍服狄博尔药。

廿八日,晴。下午得丸善十五日寄小包,内梭罗古勃及库普林小说集各一册。

我们根据了前面的日记,再对于本文稍加说明。小说中所称"同兴公寓",那地方即是绍兴县馆,但是那高吟白帝城的对面的寓客却是没有的,因为那补树书屋是个独院,南边便是供着先贤牌位的仰蕺堂的后墙。其次,普悌思大夫当然即是狄博尔,据说他的专门是妇科,但是成为北京第一名医,一般内科都看,讲到诊金那时还不算顶贵,大概出诊五元是普通,如本文中所说。请中医来看的事,大概也是实有的,但日记上未写,有点记不清了,本文加上一句"要看你们的家运"的话,这与《朝花夕拾》中陈莲河说的"可有什么冤愆"互为表里,作者遇到中医是不肯失掉机会,不以一矢相加遗的。其三,医生说是疹子,以及检查小便,都是事实,虽然后来想起来,有时也怀疑这恐怕还是猩红热吧。其四,本文中说取药来时收到"索士"寄来的一本《胡麻与百合》,实在乃是两册小说集,后来便译了两篇出来,都登在《新青年》上,其中库普林的《皇帝的公园》要算是顶有意思。本文中说沛君转脸去看窗上挂着的日历,只见上面写着两个漆黑的隶书:廿七。这与日记上所记的廿八只是差了一天。

以上是我在《彷徨衍义》中的一节,现在几乎全抄了来,再稍为补充一点儿。当时鲁迅所用的听差即是会馆里"长班"的儿子,鲁迅送他一个外号曰公子,做事有点马虎,所以看病的事差不多由他下班后自己来办。现在只举一例,会馆生活很是简单,病中连便器都没有,小便使用大玻璃瓶,大便则将骨牌凳放翻,洋铁簸箕上厚铺粗草纸,姑且代用,有好多天都由鲁迅亲自拿去,倒在院子东南角的茅厕去。这似乎是一件琐屑的事,但是我觉得值得记述,其余的事情不再多说也可以了。

此外还有一点,虽然与小说无关,似可附带的一说,便是鲁迅的肯给人家看稿,修改、抄录。对于一般青年朋友,他也是一样,我现在只是根据自己的记忆来说罢了。过去在东京的时候,我们翻译小说卖钱,如《红星逸史》以至《劲草》,又编刊《域外小说集》,所译原稿都由他修正一过,再为誊清。后来在绍兴县馆,我在北大教书的讲义,给《新青年》翻译的小说,也是如此,他总叫起了草先给他一看,又说你要去上课,晚上我给你抄了吧。这些事情已经过去久远了,现在似乎也无需再提,可是事有凑巧,前几时在故纸堆中找着了若干页旧稿,乃是《域外小说集》第三册的一部分稿子,这就令我又想起旧事来了。《域外小说集》第二册的末页登有预告,其中一项是匈牙利密克札特的《神盖记》,那时译出了第一卷,经鲁迅修改过,这篇稿这回找了出来了。我们找到了英文译本,又在德国舍耳的《世界文学史》上见到作者的照相,更是喜欢,发心译它出来,可是《域外小说集》第二册以后不能出版,所以这译稿也只有那第一卷。英译原书前年借给了康嗣群君,由他译成中文,沿用原书名字曰《圣彼得的伞》,在上海出版了。这是很可喜的一件事,如今旧译稿等一卷又于无意中发见,不但是《域外小说集》有关的惟一的资料,而且还可以看出鲁迅亲笔的绵密修改的痕迹,更是可以珍重了。原稿寄给上海的唐弢先生,由他转交鲁迅纪念馆,读者当可以看得到吧。

鲁迅与"闰土"

鲁迅对于故乡农民是颇有情分的,如小说《故乡》里写"闰土"时可见。"闰土"虽是一个典型人物,但所取材,不少来自一个真实的"闰土"。

鲁迅与闰土相识,并不是偶然的。鲁迅是破落大家出身,因为原是大家,旧称读书的"士大夫",即是知识分子,在地位上与农工大众有若干距离,但是又因为破落了,这又使得他们有接近的可能。而且这里还有一个特殊的情况,乡下许多村庄,都是聚族而居的,有如李家庄,全村都是姓李的本家,鲁迅的外婆家所在名叫"安桥头",可是居民大都是姓鲁的。地主仍然要作威作福,但一面于贫富之外还保存着辈分尊卑的区分,尽管身份是雇工,主人方面可是仍要叫他"太公"或是"公公"。鲁迅在外婆家习见这种情形,自己家里又有一种传统的习惯,女人、小孩对于雇工在称呼上表示客气,例如"闰土"的父亲名叫章福庆,照例叫他做"庆叔"。这一件是由于祖母蒋老太太的示范,别一方面祖父介孚公虽是翰林出身,做过知县,平时爱骂人,直从昏太后(西太后)呆皇帝(光绪)骂起,绝不留情,可是对做工的人却是相当客气。鲁迅在这样空气中长大,这就使得他可以和做工亲属相处,何况"闰土"本来又是小时候的朋友呢。

"闰土"的父亲章福庆是杜浦村的人,那地方是海边沙地,平常只种杂粮,夏天则种西瓜等物。他本身是个竹工,一面种着地,分一份时间给人家帮忙,在鲁迅家里已经很久了。被鲁迅当做模特儿的"闰土"是他的独子,小名阿水,学名加了一个"运"字上去。浙东运闰二字读音相同,鲁迅小说中便借用了,水则改为同是五行中的一个土字,这便成了"闰土"。这个叫阿水的"闰土"大约比鲁迅要大两三岁,他们初次相见是在前清癸巳(一八九三)年正月,因为曾祖母去世,家中叫"闰土"来帮忙,看守祭器,那时他大概是十五六岁,是一个质朴老实的少年。那时候他给鲁迅讲捕鸟的法子,讲沙地里动物和植物的生活,什么角麂、跳鱼,种种奇异的景物,这在城里人听去,觉得沙地真是异境,非常的美丽。他这时给予鲁迅的第一个印象一直没有磨灭,比别的印象都深。这以后他们见面,至少有记录可考的,乃是庚子(一九〇〇)年的正月,查我的旧日记上记有这样两项:

"初六日,晴。下午同大哥及章水登应天塔,至第四级,罡风拂面,凛乎其不可留,遂回。"

"初七日,晴。下午至江桥,章水往陶二峰处测字,予同大哥往观之,皆谰语可发噱。"所谓"谰语"至今还是清楚记得,测字人厉声的说,有什么"混沌乾坤,阴阳搭戤,勿可着鬼介来亨著。"末一句用国语意译或可云"别那么活见鬼",似很严厉的训斥语。当时觉得测字人对顾客这种口气很是可笑,"闰土"听了却并不生气,只是垂头丧气地走了出来。事隔多年之后这才知道,那时他正在搞恋爱,虽然他已有了妻子,却同村里的一个寡妇要好,结果似乎终于成功,但是同妻子离婚,花了不少的钱,经济大受影响。这是"庆叔"在晚年才对鲁迅的母亲说出来的。那些谰语,鲁迅一直记着,"着鬼介来亨著"一语还常引用,但是那垂头丧气的印象似已逐渐忘记了。

到一九一九年冬末,鲁迅因为搬家北上,回到绍兴去,又会见了"闰土",他发现了这二十几年的光阴带来了多少的变化! 天灾、人祸、剥削、欺凌,使得当年教鲁迅捕鸟、讲海边故事的少年,一变而为衰老、阴沉、麻木、卑屈的人,虽然质朴诚实还是仍旧,这怎能使得"故乡"的作者不感到悲哀呢? 那时候我不曾在场,但这情形细细写在那篇小说上,使我也一同感到他的悲哀。《故乡》作于一九二一年,发表在五月号的《新青年》上。不过三十年,中国解放终于成功了。鲁迅与"闰土"未及亲见解放成功,虽是遗憾,但是现在"闰土"的孙子已经长成,在绍兴的鲁迅纪念馆服务,我觉得这事很有意思,这里值得报告一下的。

我希望在不远的期间能够往绍兴去走一趟,不但看看故乡在解放后的变化,还可以看看这位"闰土"的孙子,打听一下他们家里过去的情形,在馆里还可以见到一个老朋友,乃是鲁迅母亲时代就在家帮过多年忙的王鹤招,也是很愉快的事。我所觉得高兴的,不但是可以知道他们的近状,因为追怀往事,或者还能记起些遗忘的事情来,给我作回忆文的资料,这也还不至于是完全自私的愿望吧。

（《工人日报》）

鲁迅在南京学堂

鲁迅与南京的关系相当不浅，虽然他在南京只是前后五个年头，比起留学日本的七年来，时间要少些。他于前清光绪戊戌（一八九八）年闰三月十一日从绍兴出发，经过杭州上海，于十七日到了南京。四月初五日写信给家里，说往江南水师学堂考试，作论文一篇，题为《武有七德论》，考取为试习生，将来有缺可补二班。他所进的是水师的管轮班，即是后来所谓轮机科，但是他在那里只留了半年，于十月中回到家里，那时他因为学堂里太是"乌烟瘴气"，已经退了学了。到了十一月二十四日又动身往南京去，改入江南陆师学堂附设的矿路学堂，十二月十七日家信附寄功课单一纸回来，可以证明已经考进学校了。至辛丑（一九〇一）年十二月初八日起毕业大考，壬寅（一九〇二）年正月决定派赴日本留学，二月十五日乃离南京赴上海，转往东京去了。

那时前清政府还是用科举取士，考试八股文和试帖诗，知识分子想求"上进"，只有走这一条道，才算是正路，此外如无钱捐官，只好去学幕，做"师爷"去了。学校还全然没有，不过顺了办"江南制造局"的潮流，在南京杭州等处办了几个特殊的"书院"，教授格致等所谓西学，不过还是需要膳费，穷人没法进去，只有关于军事的，因为中国一直说"好男不当兵"，投考的人很少，所以特别不收膳费，而且每月还给津贴，这种机关当然不能称为书院，所以改称"学堂"。鲁迅前后所进的便正是这种学堂，他之所以进去也并不是因为志愿当海陆军人，实在只为的可以免费读书罢了。水师既然是乌烟瘴气，结果只好改考陆师，恰巧其时开办矿路学堂，附设在陆师学堂里面，鲁迅便往那里去报考，论性质本与"格致书院"近似,大概因为附在陆师的缘故吧,名称也就不叫书院而称学堂了。

水师陆师两个学堂都在南京的城北,水师距旧时的仪凤门不远,它有很高的机器厂的烟囱和桅竿,在近地便可望见,从城外进来是在马路的右手。沿着马路前去,前面一处名叫三牌楼,便是陆师学堂所在地,但是从水师往陆师去,中间还有一条便道,要近得不少,只是不能通车而已。水师陆师都是军事学校,校长称为总办,照例是候补道充任,水师既是乌烟瘴气,论理陆师也该相差不远。可是不知怎的,陆师总办比较要好得多,鲁迅在校的后两年,总办俞恪士(名明震)乃是候补道里很开通的人,后来鲁迅对他一直很有敬意,在日记中说及称为"俞师"。现在事隔五十余年,陆师遗址几乎无从查考,水师在国民政府时代闻曾作为海军部官署,恐怕原状也已什不存一了吧。

鲁迅在南京这四年的修业,对于他的影响的确不算小。关于文史方面的学问,这一部分的底子他是在家里的时代所打下的,但是一般的科学知识,则是完全从功课上学习了来,特别是关于进化论的学说,虽然严几道的《天演论》原是赫胥黎一篇论文译本,原名《进化与伦理》,不是通论。星期假日,学生常游之地多是下关码头(吃茶在江天阁),鼓楼,台城,夫子庙(吃点心在得月台),后湖便难得去了。鲁迅和几个同学可能受了陆师的影响,却喜欢骑马,有一回他从马上摔了下来,碰断了一个门牙。他们又常跑马到明故宫一带去。那时明故宫是满洲人驻防兵的驻所,虽然在太平天国之后,气焰已经下去了不少,但是还存在很大的歧视,至少汉人骑马到那里去是很不平安,要遇着叫骂投石的。鲁迅他们冒了这个危险去访问明故宫,一部分也由于少年血气之勇,但大部分则出于民族思想,与革命精神的养成是很有关系的。我于辛丑八月初到南京,旋考进江南水师学堂,至壬寅二月鲁迅即往日本去,所以我直接知道的事情实在只有这大半年而已。从当年旧日记里引用一节,作为一例。

"十二月二十四日,晴冷。午饭后步行至陆师学堂,道路泥泞,下足为难。同大哥谈少顷,即偕至鼓楼一游,张协和君同去,啜茗一盏而返。予循大路回堂,已四下钟矣。晚大哥忽至,携来赫胥黎《天演论》一本,译笔甚好。夜同阅《苏报》等,至十二下钟始睡。"这里值得说明的,便是张协和这人。鲁迅在学堂的时候,我去访问,在宿舍内见到同住的人,乃是芮石臣,(原名芮体乾,毕业后改姓名为顾琅)与张协和(名邦华)。后来派往日本留学,在这三人外加了伍仲文(名崇学),本来是"前五名",又一个人则如鲁迅在《朝花夕拾》中所说,因为祖母哭得死去活来,所以只好中止了。这位张君与鲁迅同班同房间,日本弘文学院同学,浙江两级师范同事,又是教育部同事,直到鲁迅离开北京一直有着交往。张君后来在南京教育部任职,到解放前国民党政府逃往台湾,他这才离开,回到北京,仍旧住在他的旧址:西城松鹤庵二十六号。他的年纪同鲁迅差不多,前年走来看我,还很是康健。现在知道鲁迅在南京时代的事情的人,住在北京的,大概只有我们两人了吧。我就是不敢去烦扰他,他所知道的鲁迅在学堂的情况,一定要比我多得多了。

(《新华日报》)

鲁 迅 的 笑

　　鲁迅去世已满二十年了,一直受到人民的景仰,为他发表的文章不可计算,绘画雕像就照相所见,也已不少。这些固然是极好的纪念,但是据个人的感想来说,还有一个角落,似乎表现得不够充分,这便不能显出鲁迅的全部面貌来。这好比是个盾,它有着两面,虽然很有点不同,可是互相为用,不可偏废的。鲁迅最是一个敌我分明的人,他对于敌人丝毫不留情,如果是要咬人的叭儿狗,就是落了水,他也还是不客气的要打。他的文学工作差不多一直是战斗,自小说以至一切杂文,所以他在这些上面表现出来的,全是他的战斗的愤怒相,有如佛教上所显现的降魔的佛像,形象是严厉可畏的。但是他对于友人另有一副和善的面貌,正如盾的向里的一面,这与向外的蒙着犀兕皮的不相同,可能是为了便于使用,贴上一层古代天鹅绒的里子的。他的战斗是有目的的,这并非单纯的为杀敌而杀敌,实在乃是为了要救护亲人,援助友人,所以那么的奋斗,变相降魔的佛回过头来对众生的时候,原是一副十分和气的金面。鲁迅为了摧毁反革命势力——降魔——而战斗,这伟大的工作,和相随而来的愤怒相,我们应该尊重,但是同时也不可忘记他的别一方面,对于友人特别是青年和儿童那和善的笑容。

　　我曾见过些鲁迅的画像,大都是严肃有余而和蔼不足。可能是鲁迅的照相大多数由于摄影时的矜持,显得紧张一点,第二点则是画家不曾和他亲近过,凭了他的文字的印象,得到的是战斗的气氛为多,这也可以说是难怪的事。偶然画一张轩眉怒目,正要动手写反击"正人君子"的文章时的像,那也是好的,但如果多是紧张严肃的这一类的画像,便未免有单面之嫌了。大凡与他生前相识的友人,在学校里听过讲的学生,和他共同工作,做过文艺运动的人,我想都会体会到他的和善的一面,多少有过些经验。有一位北京大学听讲小说史的人,曾记述过这么一回事情。鲁迅讲小说到了《红楼梦》,大概引用了一节关于林黛玉的本文,便问大家爱林黛玉不爱?大家回答,大抵都说是爱的吧,学生中间忽然有人询问,周先生爱不爱林黛玉?鲁迅答说,我不爱。学生又问,为什么不爱?鲁迅道,因为她老是哭哭啼啼。那时他一定回答得很郑重,可是我们猜想在他嘴边一定有一点笑影,给予大家很大的亲和之感。他的文章上也多有滑稽讽刺成分,这落在敌人身上,是一种鞭打,但在友人方面看去,却能引起若干快感。我们不想强调这一方面,只是说明也不可以忽略罢了。本来这两者的成分也并不是平均的,平常表现出来还是严肃这一面为多。我对于美术全是门外汉,只觉得在鲁迅生前,陶元庆给他画过一张像,觉得很不差,鲁迅自己当时也很满意,仿佛是适中的表现出了鲁迅的精神。

(《陕西日报》)

《阿 Q 正传》里的萝卜

我先后写关于鲁迅的事情的文章很是不少,有时心里不免感觉惶恐,生怕被人家说是写八股。但是我既然是立意报告事实的,那么这倒也还无不妨碍,因为八股与事实总是有点不同的。我所真心害怕,虽是同时也是专诚期望的,乃是有人出来,给我指出所报告的事实的错误,这于个人诚然不免不快,但于读者们是很有益处的。可是我等待了几年,一直碰不着这个运气,我心里不免有些悲哀,深感到自己是老了,能够知道我同时候的那些事情的人也几乎快要没有了。这是老人的普遍的寂寞之感,我平常虽是不在乎,但究竟也难免有时候要感到的。

近日有一位朋友送我一本《〈呐喊〉分析》,乃是同乡许钦文先生的新著,在《阿 Q 正传》这一章里谈到"老萝卜",对于我的话加以纠正。我看到了当初非常高兴,因为我所期望的事终于遇到了。许先生既是同乡,年纪比我大概也只差了十岁吧,对于绍兴这地方,清末这时代,他所知道的一定比我是只会多不会少的。可是结果他还是没有纠得对,我又不得不大为失望了。《阿 Q 正传》第五章上说阿 Q 爬进尼庵的园里去偷萝卜,我以为春尽夏初的时节,园地里的萝卜是不可能有的。我以为如照事实来讲,阿 Q 在静修庵不可能偷到萝卜,但是那么也将使阿 Q 下不来台,这里来小说化一下,变出几个老萝卜来,正是不得已的。许先生却有点了解错了,似乎觉得上文是说老萝卜一节是《阿 Q 正传》的"瑕疵"。他所以加以纠正道:

首先我们要看清楚,这里萝卜上面还有一个"老"字。在江浙一带,这种时候,市场上的确很难见到萝卜了,但在菜地里可能有老萝卜。这有两种原因,一、留种的;二、自种自吃的人家,吃不完剩留在那里。只知道坐在房子里吃现成萝卜的人才以为这种时候不会有萝卜。而且对于文学作品有些细节的看法,是不应该太拘泥的。

这里"而且"这一段话,与我所说萝卜是不得已的小说化,并无多大差别,所以可以不必多说。关于"首先"那一段,我原来的话是这样的:"在阴历四五月中乡下照例是没有萝卜的。虽然园艺发达的地方春夏也有各色的萝卜,但那时代在乡间只有冬天的那一种,到了次年长叶抽薹,三月间开花,只好收萝卜子留种,根块由空心而变成没有了。"许先生的老萝卜无论是留种也罢,吃不完剩下也罢,反正留在地里,到了春天都要开花结实,这么一来,根部就空,不成其为萝卜了。我说没有是说萝卜的根块,若是上边的茎叶,那么总是存在的。我们吃现成萝卜人的话或者不尽可信,那么且看专门家怎么说吧。一九五二年出版的徐绍华的《蔬菜园艺学》第十八章,说萝卜采种云:

"萝卜采种,不采收根部,任其在圃地越冬,至翌春开花结实,至荚变黄,乃刈下阴干而打落之。"又云:"冬萝卜若贮藏适当,可经数月之久。"可以知道萝卜如留在圃地,到了春天一定要开花结实,其根茎自然消失,这是"物理",人力所无可如何的。如要保留它,那就要有适宜的贮藏方法,详细须得去请教内行人,但总之决不是去让它一直埋在地里,任其开花结实的。鲁迅在写小说,并不是讲园艺,萝卜有没有都是细节,不必拘泥,这一节我的意见与许先生并无什么不同,现在却只为了园艺的问题在这里吵架,倒也是好玩的事情。小时候虽然常在园里玩,拔生萝卜来吃,多少有过经验,看见过萝卜开花,知道不能再拔了来吃了,但究竟还不敢自信,从书本子上去请了园艺专家来做帮手,证明"翌春开花"的事实。但天下事尽多例外,如果在"江浙一带",的确还有别的品种,上边开花结实,下边还有一块"老萝卜",我为了增广知识,也是愿意知道的。不过话又说了回来,我所说过的事乃是以清末的绍兴为对象,别处的例固然足备参考,对于纠正事实也还有点不够了。

近日在《人民日报》(八月五至七日)见到了徐淦先生的《鲁迅先生

和绍兴戏》,使我非常佩服,觉得是很出色的纪念文字。这于我也很有益处,因为它把阿 Q 所唱的"我手执钢鞭将你打"举了出处出来,这是我所说不清的,而且又将"只要昏君命一条"这一节话说得很清楚,和我所知道的文句完全一样,更增加我的喜悦了。它告诉我这是出于《龙虎斗》,而"抢姣姣,起祸留",老丁(我们习惯读作老顶)的这一篇杰作则是出于《游园吊打》,引起我多少年前看"社戏"的愉快的记忆来了。我和京戏以至绍兴府下诸暨嵊县人的"徽班",都没有什么情分,惟独对于这"文乱弹"的绍戏,至少对于有些戏文还有值得记忆的地方。因此对于作者提议,在纪念鲁迅的时节演出那几出戏,我是衷心表示赞成的。"高调班"虽是比较古,现在消灭了那是没有办法,"文乱弹"的绍戏还是存在,在这"百花齐放"的时代,让它有开花的机会,来比赛一下,那也是很好的事情吧。

附 录 一

关于《阿Q正传》

一 引 言

　　一九二一年十二月北京《晨报》开始增加《副刊》，将原来的第五版改为单张，由孙伏园担任编辑。到了星期日那一天，又由蒲伯英主张，编得特别好玩一点，添设《开心话》一栏，请鲁迅帮忙来写稿。因为如他自己所说，"阿Q的影像，在我的心目中似乎确已有了好几年"了，所以他就动手来写他的《正传》，那第一回便署名巴人，在《开心话》这栏内出现了。但在第二次这又移在《新文艺》栏内，一直连登九回，至一九二二年二月十二日这才全部完结。在连续登着的时候，知识阶级一时轰动，有许多人以为某一段仿佛是骂他自己，有的也栗栗危惧，恐怕以后要骂到他的头上，并且因为不知道作者是谁，从"巴人"二字上着想，疑心是蒲伯英，因为他是四川人的缘故。可是鲁迅并没有长久隐瞒的意思，到了全文登了之后，说不清是什么时候了，总之在我开始登载《自己的园地》的中间，我便写一篇题云《阿Q正传》的文章，发表了出来。这大概是说《阿Q正传》很早的一篇文章，距今已是三十多年了，那时我正是乱谈文艺的时代，有些地方说的很不对，那是当然的事情，但当时经过鲁迅自己看过，大抵得到他的承认的。过了一年是一九二三年，鲁迅的小说十五篇合编一册，定名《呐喊》，决定由北大新潮社出版，其时该社名义上由我负责，所以新潮社丛书算是我编辑的，虽然事实上的编排原自归作者办理。可是创造社的成仿吾先生见了这书乃大加批评，说其中只有一篇《不周山》还好，又说这小说集是他兄弟所编，应该是很好的云云。鲁迅因此特地把《不周山》抽出，不留在里边，后来改名《补天》，作为《故事新编》的一篇。我的那篇文章本来也已收在文集里，作为晨报社丛书发行了，但为避嫌计也在第二版时抽了出来，不敢再印。现在为搜集鲁迅研究的资料，觉得不管文章写得错不错，也总是资料之一，心想抄存下来，可是很不容易得到了。晨报社初版本《自己的园地》我自己也已没有，我只知道这曾经收在阮无名编的《新文坛秘录》里，可是这书也很是难找。经朋友帮助，借给一册文载道的《文抄》，在一篇《关于阿Q》中间引有全文，现在得以照样抄了下来，这实在是很可欣幸的。

二　本　文

我与《阿Q正传》的著者是相识的，要想客观的公平的批评这篇小说似乎不大容易，但是因为约略知道这著作的主旨，或者能够加上一点说明，帮助读者去了解它的真相，——无论好坏，——也未可知。

《阿Q正传》是一篇讽刺小说，讽刺小说是理智的文学里的一支，是古典的写实的作品。他的主旨是"憎"，他的精神是负的。然而这憎并不变成厌世，负的也并不尽是破坏。美国福勒忒（Follet）在《近代小说史论》中说：

> 关于政治宗教无论怎样的说也罢，在文学上这是一条公理，某种的破坏常常那是惟一可能的建设。讽刺在许多时代，如十八世纪的诗里，堕落到因袭的地位去了。……但真正的讽刺实在是理想主义的一种姿态，对于不可忍受的恶习之正义的愤怒的表示，对于在这混乱世界里因了邪曲腐败而起的各种侮辱损害之道德意识的自然的反应。……其方法或者是破坏的，但其精神却还在这些之上。

因此在讽刺的憎里也可以说是爱的一种姿态。

> 摘发一种恶即是扶植相当的一种善。在心正烧的最热，反抗明显的邪曲的时候，那时它就最近于融化在哀怜与恐惧里了，——

　　据亚里士多德说,这两者正是悲剧有净化力量的情绪。即使讽刺
是冷的,如平常变为反语的时候大抵如此,然而它仍能使我们为了
比私利更大的缘故而憎,而且在嫌恶卑劣的事物里鼓励我们去要
求高尚的事物。

所以讽刺小说虽然与理想小说表面相反,其精神却是一致,不过正负不
同罢了。在技工上,因为类型描写的缘故,也有一种相似的夸张的倾
向,虽不能说是好处,但也是不可免的事实。理想家与讽刺家都着眼于
人生的善或恶的一方面,将同类的事物积累起来,放大起来,再把它复
写在纸上,所以它的结果是一幅人生的善或恶的扩大图。做成人生的
"实物大"的绘图,在善人里表出恶的余烬,在恶人里表出善的微光,只
有真正伟大的写实家才能做到,不是常人所能企及,不然这容易流入于
感伤主义的小说,正如人家讲中和的容易变为调停派一样。所以不是
因袭的讽刺文学也自有其独特的作用,而以在有如现在中国一般的昏
迷的社会里为尤甚。
　　《阿Q正传》里的讽刺在中国历代文学中最为少见,因为它多是"反
语",便是所谓冷的讽刺——"冷嘲"。中国近代小说只有《镜花缘》与
《儒林外史》的一小部分略略有点相近,《官场现形记》和《二十年目睹之
怪现状》等多是热骂,性质很不相同,虽然这些也是属于讽刺小说范围
之内的。《阿Q正传》的笔法的来源,据我们所知是从外国短篇小说而
来的,其中以俄国的果戈里与波兰的显克微支为最为显著,日本的夏目漱
石、森鸥外两人的著作也留下不少的影响。果戈里的《外套》和《狂人日
记》,显克微支的《炭画》和《酋长》等,森鸥外的《沉默之塔》,都已经译成
汉文,只就这几篇参看起来,也可以得到多少痕迹,夏目漱石的影响则
在他的充满反语的杰作小说《我是猫》。但是国民性实是奇妙的东西,
这篇小说里收纳这许多外国的分子,但其结果是,对于斯拉夫民族有了
他的大陆的迫压的气分而没有那"笑中的泪",对于日本有了他的东方
的奇异的花样而没有那"俳味"。这一句话我相信可以当做它的褒词,
但一面就当做它的贬词去看也未始不可。多理性而少情热,多憎而少
爱,这个结果便造成了"山灵的讽刺"(Satyric Satire),在这一点上却与
"英国狂生"斯威夫德有点相近。这个倾向在《狂人日记》里——我在这

里不得不顺便声明，著者巴人与鲁迅本来是一个人，——也很明显，不过现在更为浓密罢了。这样的冷空气或者于许多人的蔷薇色的心上给予一种不愉快的感触，但我的私见以为也是不可少的，至少在中国现代的社会里。

阿 Q 这人是中国一切的"谱"的结晶，没有自己的意志而以社会的因袭的惯例为其意志的人，所以在现社会里是不存在而又到处存在的。沈雁冰先生在《小说月报》上说，"阿 Q 这人要在社会中去实指出来，是办不到的，但是我读这篇小说的时候，总觉得阿 Q 这人很是面熟，是呵，他是中国人品性的结晶呀！"这话说得很对。果戈里的小说《死魂灵》里的主人公契契珂夫也是如此，我们不能寻到一个旅行收买死农奴的契契珂夫，但在种种投机的实业家中间可以见到契契珂夫的影子，如克鲁泡金所说。不过其间有这一个差别，契契珂夫是一个"不朽的国际的类型"，阿 Q 却是一个民族中的类型。他像希腊神话里"众赐"（Pandora）一样，承受了恶梦似的四千年来的经验所造成的一切"谱"上的规则，包括对于生命幸福名誉道德的意见，提炼精粹，凝为固体，所以实在是一幅中国人坏品性的"混合照相"，其中写中国人的缺乏求生意志，不尊重生命，尤为痛切，因为我相信这是中国的最大的病根。总之这篇小说的艺术无论如何幼稚，但著者肯那样老实不客气的表示他的憎恶，一方面对于中国社会也不失为一服苦药，我想它的存在也并不是无意义的。只是著者本意似乎想把阿 Q 好好的骂一顿，做到临了却使人觉得在未庄里阿 Q 还是惟一可爱的人物，比别人还要正直些，所以终于被"正法"了，正如托尔斯泰批评契诃夫的小说《可爱的人》时所说，他想撞倒阿 Q，将注意力集中于他，却反将他扶了起来了，这或者可以说是著者失败的地方。至于或者以为讽刺过分，"有伤真实"，我并不觉得如此，因为世上往往"事实奇于小说"，就是在我灰色的故乡里，我也亲见到这一类角色的活模型，其中还有一个缩小的真的可爱的阿桂，虽然他至今还是健在。

一九二二年

附 录 二

关 于 鲁 迅

《阿Q正传》发表以后,我写过一篇小文章,略加以说明,登在那时的《晨报副刊》上。后来《阿Q正传》与《狂人日记》等一并编成一册,即是《呐喊》,出在北大新潮社丛书里,其时傅孟真、罗志希诸人均已出国留学去了,《新潮》交给我编辑,这丛书的编辑也就用了我的名义。出版以后,大被成仿吾所奚落,说这本小说既然是他兄弟编的,一定好的了不得。——原文已不记得,大意总是如此。于是我恍然大悟,原来关于此书的编辑我是应当回避的。这是我所得的第一个教训。于是我就不敢再过问,就是那一篇小文章也不收到文集里去,以免为批评家所援引,多生些小是非。这回鲁迅在上海去世了,"宇宙风社"写信来,叫我写点关于鲁迅怎么做学问的文章,作为纪念。我想关于这方面,在这时候来说几句话,似乎可以不成问题,而且未必是无意义的事,因为鲁迅的学问与艺术的来源有些都非外人所能知,今本人已没,舍弟那时年幼亦未闻知,我所知道已成为海内孤本,深信值得录存,事虽细微而不虚诞,世之识者当有取焉。这里所说,限于有他个人独到之见,独创之才的少数事业,若其他言行,已有人说过者概置不论,不但仍以避免论争,盖亦本非上述趣意中所摄者也。

鲁迅本名周樟寿,生于清光绪辛巳(一八八一)年八月初三日。祖父介孚公在北京做京官,得家书报告生孙,其时适有姓张的官客来访,因为命名曰张,或以为与灶君同生日,故借灶君之姓为名,盖非也。书名定为樟寿,虽然清道房同派下群从谱名原为寿某,介孚公或忘记或置不理均不可知,乃以寿字属下,又定字曰豫山,后以读音与"雨伞"相近,请于祖父改为豫才。戊戌(一八九八)年春间往南京考学堂,始改名树人,字如故,义亦可相通也。留学东京时,刘申叔为河南同乡办杂志曰《河南》,孙竹丹来为拉稿,豫才为写几篇论文,署名一曰迅行,一曰令飞,至民七在《新青年》上发表《狂人日记》,于迅字上冠鲁姓,遂成今名。写随感录及诗署名唐俟,系俟堂二字的倒置,唐者"功不唐捐"之唐,意云空等候也。《阿Q正传》特署巴人,意盖取诸"下里巴人",别无深意。

鲁迅在学问艺术上的工作可以分为两部,甲为搜集辑录校勘研究,乙为创作。今略举于下:

甲部

一、《会稽郡故书杂集》

二、《谢承后汉书》(未刊)

三、《古小说钩沉》

四、《小说旧闻钞》

五、《唐宋传奇集》

六、《中国小说史略》

七、《嵇康集》

八、《岭表录异》(未刊)

九、《汉画石刻》(未完成)

乙部

一、小说:《呐喊》,《彷徨》,《故事新编》

二、散文:《朝花夕拾》,《野草》等

这些工作的成就有大小,但无不有其独得之处,而其起因亦往往很是久远,其治学与创作的态度与别人颇多不同,我以为这是最可注意的事。豫才从小就喜欢书画,——这并不是书家画师的墨宝,乃是普通的一册一册的线装书与画本。最初买不起书,只好借了绣像小说来看。光绪癸巳(一八九三)年祖父因事下狱,一家分散,豫才和我被寄存在大舅父家里,住在皇甫庄,是范啸风的隔壁,后来搬往小皋步,即秦秋伊的娱园的厢房。这大约还是在皇甫庄的时候,豫才从表兄借来一册《荡寇志》的绣像,买了些叫做明公纸的毛太纸来,一张张的影描,订成一大本,随后仿佛记得以一二百文钱的代价卖给书房里的同窗了。回家以后还影写了好些画谱,还记得有一次在堂前廊下影描马镜江的《诗中画》,或是王冶梅的《三十六赏心乐事》,描了一半暂时他往,祖母看了好玩,就去画了几笔,却画坏了,豫才扯去另画,祖母有点怅然。后来压岁钱等略有积蓄,于是开始买书,不再借抄了。顶早买到的大约是两册石印本日本冈元凤所著的《毛诗品物图考》,这书最初也是在皇甫庄见到,非常歆羡,在大街的书店买来一部,偶然有点纸破或墨污,总不能满意,便拿去掉换,至再至三,直到伙计烦厌了,戏弄说,这比姊姊的面孔还白呢,何必掉换,乃愤然出来,不再去买书。这书店大约不是墨润堂,却是邻近的奎照楼吧。这回换来的书好像又有什么毛病,记得还减价以一角小洋卖给同学,再贴补一角去另买了一部。画谱方面那时的石印本大抵陆续都买了,《芥子园画传》四集自不必说,可是却也不曾自己学了画。此外陈淏子的《花镜》,恐怕是买来的第一部非花书(非画谱的书),是用了二百文钱从一个同窗的本家(似是堂兄寿颐)那里得来的。家中原有两箱藏书,却多是经史及举业用的"正经书",也有些小说,如《聊斋志异》,《夜谈随录》,以至《三国演义》,《绿野仙踪》,《天雨花》,《白蛇传》(似名为《义妖传》)等,其余想看的须得自己来买添了。我记得这里边有《酉阳杂俎》(木版),《容斋随笔》(石印),《辍耕录》(木版),《池北偶谈》(石印),《六朝事迹类编》(木版),《二酉堂丛书》(同),《金石存》(石印),《徐霞客游记》(铅印)等书。新年出城拜岁,来回总要一整天,船中枯坐无聊,只好看书消遣,那时放在"帽盒"中带去的大抵是《游记》或《金石存》,后者原刻石印本,很是精致,前者乃是图书集成局的扁体字的。《唐代丛书》买不起,托人去转借来看过一遍,我很佩服那里一篇于义方的《黑心符》,抄了李德裕的《平泉草木记》,侯宁极的《药谱》,豫才则抄存了陆羽的三卷《茶经》和陆龟蒙的《五木经》。好容易凑了两块钱,买来一部小丛书,共二十四册,现在头本已缺无可查考,但据每册上特请一位族叔题的字,或者名为《艺苑捃华》吧,当时很是珍重,说来也可怜,这原来乃是书贾从《龙威秘书》等书中随意抽取,杂凑而成的一碗"并拢坳羹"(方言谓剩余肴馔并在一起)而已。这些事情都很琐屑,可是影响却很不小,它就"奠定"了他半生学问事业的倾向,在趣味上直到晚年也还留下了好些明了的痕迹。

戊戌春豫才往南京,由水师改入陆师附设的矿路学堂,至辛丑冬毕业派往日本留学,此三四年中专习科学,对于旧籍不甚注意,但所作随笔以及诗文盖亦不少,在我的旧日记中略有录存。如戊戌年所作《戛剑生杂记》四则云:

> 行人于斜日将堕之时,暝色逼人,四顾满目非故乡之人,细聆满耳皆异乡之语,一念及家乡万里,老亲弱弟必时时相语,谓今当至某处矣,此时真觉柔肠欲断,涕不可仰。故予有句云,日暮客愁集,烟深人语喧,皆所身历,非托诸空言也。
>
> 生鲈鱼与新粳米炊熟,鱼须斫小方块,去骨,加秋油,谓之鲈鱼饭。味甚鲜美,名极雅饬,可入林洪"山家清供"。
>
> 夷人呼茶为梯,闽语也。闽人始贩茶至夷,故夷人效其语也。
>
> 试烧酒法,以缸一只猛注酒于中,视其上面浮花,顷刻迸散净尽者为活酒,味佳,花浮水面不动者为死酒,味减。

又《莳花杂志》二则云:

> 晚香玉本名土秘螺斯,出塞外,叶阔似吉祥草,花生穗间,每穗四五球,每球四五朵,色白,至夜尤香,形如喇叭,长寸余,瓣五六七不等,都中最盛。昔圣祖仁皇帝因其名俗,改赐今名。
>
> 里低母斯,苔类也,取其汁为水,可染蓝色纸,遇酸水则变为红,遇卤水又复为蓝。其色变换不定,西人每以之试验化学。

诗则有庚子年作《莲蓬人》七律,《庚子送灶即事》五绝,各一首,又庚子除夕所作《祭书神文》一首,今不具录。辛丑东游后曾寄数诗,均分别录入旧日记中,大约可有十首,此刻也不及查阅了。(按上文所说诗文,现已均收入《鲁迅全集补遗》中了。)

在东京的这几年是鲁迅翻译及写作小说的修养时期,详细须得另说,这里为免得文章线索凌乱,姑且从略。鲁迅于庚戌(一九一〇)年归国,在杭州两级师范,绍兴府学堂及师范学校教课或办事,民元以后任教育部佥事,至十四年(一九二五)去职,这是他的工作中心时期,其间又可分为两个段落,以《新青年》为界。上期重在辑录研究,下期重在创作,可是精神还是一贯,用旧话来说可云"不求闻达"。鲁迅向来勤苦做事,为他人所不能及,在南京学堂的时候,手抄汉译赖耶尔的《地学浅说》(即是《地质学大纲》)两大册,图解精密,其他教本称是,但是因为对于那些我不感到兴趣,所以都忘记是什么书了。归国后他就又开始抄书,在这几年中不知共有若干种,只是记得的就有《穆天子传》,《南方草木状》,《岭表录异》,《北户录》,《桂海虞衡志》,程瑶田的《释虫小记》,郝懿行的《燕子春秋》,《蜂衙小记》与《记海错》,还有从《说郛》抄出的多种。其次是辑书。清代辑录古逸书的很不少,鲁迅所最受影响的还是张介侯的《二酉堂丛书》吧。如《凉州记》,段颎阴铿的集,都是乡邦文献的辑集。(老实说,我很喜欢张君所刊书,不但是因为辑古逸书收存乡邦文献,刻书字体也很可喜,近求得其所刻《蜀典》,书并不珍贵,却是我所深爱。)他一面翻查古书抄唐以前小说逸文,一面又抄唐以前的越中史地书。这方面的成绩第一是一部《会稽郡故书杂集》,其中有谢承《会稽先贤传》,虞预《会稽典录》,钟离岫《会稽后贤传记》,贺氏《会稽先贤像赞》,朱育《会稽土地记》,贺循《会稽记》,孔灵符《会稽记》,夏侯曾先《会稽地志》,凡八种,各有小引,卷首有叙,题曰太岁在阏逢摄提格(一九一四年甲寅)九月既望记,乙卯二月刊成,木刻一册。叙中有云:

> 幼时尝见武威张澍所辑书,于凉土文献撰集甚众,笃恭乡里,尚此之谓,而会稽故籍零落,至今未闻后贤为之纲纪,乃创就所见书传刺取遗篇,絫为一帙。

又云:

> 书中贤俊之名,言行之迹,风土之美,多有方志所遗,舍此更不可见,用遗邦人,庶几供其景行,不忘于故。

这里辑书的缘起与意思都说的很清楚,但是另外有一点值得注意的,叙文署名"会稽周作人记",向来算是我的撰述,这是什么缘故呢?查书的时候我也曾帮过一点忙,不过这原是豫才的发意,其一切编排考订,写小引叙文,都是他所做的,起草以至誊清大约有三四遍,也全是自已抄写，到了付刊时却不愿出名，说写你的名字吧，这样便照办了，一直拖了二十余年。现在觉得应该说明了，因为这一件小事我以为很有点意义。这就是证明他做事全不为名誉，只是由于自己的爱好。这是求学问弄艺术的最高的态度，认得鲁迅的人平常所不大能够知道的。其所辑录的古小说逸文也已完成，定名为《古小说钩沉》，当初也想用我的名字刊行，可是没有刻版的资财，托书店出版也不成功，所以还是搁着。此外又有一部谢承《后汉书》，因为谢伟平是山阴人的缘故，特为辑集，可惜分量太多，未能与《故书杂集》同时刊版，这从笃恭乡里的见地说来，也是一件遗憾的事。豫才因为古小说逸文的搜集，后来能够有《小说史略》的著作，说起缘由来很有意思。豫才对于古小说虽然已有十几年的用力（其动机当然还在小时候所读的书里），但因为不求名声，不喜夸示，平常很少有人知道。那时我在北京大学中国文学系里当"票友"，马幼渔君正做主任，有一年叫我讲两小时的小说史，我冒失的答应了回来，同豫才说起，或者由他去教更为适宜，他说去试试也好，于是我去找马君换了什么别的功课，请豫才教小说史，后来把讲义印了出来，即是那一部书。其后研究小说史的渐多，各有收获，有后来居上之概，但那些成绩似只在后半部，即明以来的章回小说部分，若是唐宋以前古逸小说的稽考恐怕还没有更详尽的著作，这与《古小说钩沉》的工作正是极有关系的。对于画的爱好使他后来喜欢外国的版画，编选北京的诗笺，为世人所称，但是他半生精力所聚的汉石刻画像终于未能编印出来，或者也还没有编好吧。

末了我们略谈鲁迅创作方面的情形。他写小说其实并不始于《狂人日记》，辛亥（一九一一）年冬天在家里的时候，曾经用古文写过一篇，以东邻的富翁为模型，写革命前夜的情形，性质不明的革命军将要进城，富翁与清客闲汉商议迎降，颇富于讽刺的色彩。这篇文章未有题名，过了两三年由我加了一个题目与署名，寄给《小说月报》，那时还是小册，系恽铁樵编辑，承其复信大加赏识，登在卷首，可是这年月与题名都完全忘记了，要查民初的几册旧日记才可知道。

附　记

后来有人查出，这小说登在《小说月报》上题曰《怀旧》，署名

　　"周逴"，末尾有编者"焦木附志"的话，"实处可致力，空处不能致
力，然初步不误，灵机人所固有，非难事也。曾见青年才解握管，便
讲词章，卒致满纸饾饤，无有是处，亟宜以此等文字药之。"

　　第二次写小说是众所共知的《新青年》时代，所用笔名是"鲁迅"，在
《晨报副刊》上为孙伏园每星期日写《阿Q正传》，则又署名"巴人"，所作
随感录大抵署名"唐俟"，我也有几篇是用这个署名的，都登在《新青年》
上，后来这些随感编入《热风》，我的几篇也收入在内，特别是三十七八，
四十二三皆是。整本的书籍署名彼此都不在乎，难道二三小文章上头
要来争名么？这当然不是的了。——当时世间颇疑"巴人"是蒲伯英，
教育部中有时议论纷纭，毁誉不一，鲁迅就在旁边，茫然相对，是很有滑
稽意味的事。他为什么这样做呢？并不如别人所说，因为言论激烈所
以匿名，实在只如上文所说不求闻达，但求自由的想或写，不要学者文
人的名，自然更不为利，《新青年》是无报酬的，《晨报副刊》多不过千字
五角钱罢了。以这种态度治学问或做创作，这才能够有独到之见，独创
之才，有自己的成就，不问工作大小都有价值，与制艺异也。

　　鲁迅写小说散文又有一特点，为别人所不能及者，即对于中国民族
的深刻的观察。豫才从小喜欢"杂览"，读野史最多，受影响亦最
大，——譬如读过《曲洧旧闻》里的《因子巷》一则，谁会得再忘记，会不
与《一个小人物的忏悔》上所记的事情同样的留下很深的印象呢？在书
本里得来的知识上面，又加上亲自从社会里得来的经验，结果便看见一
个充满苦痛与黑暗的人生，让它通过艺术发现出来，就是那些作品。从
这一点说来，《阿Q正传》正是他的代表作，但其被人家所骂也正是应该
的。这是寄悲愤于滑稽，在从前那篇小文里我曾说用的是显克微支的
手法，著者本人当时看了我的草稿也加以承认的。正如《炭画》一般，里
边没有一点光与空气，到处是愚与恶，而这愚与恶又复厉害到可笑的程
度。集中有些牧歌式的小说都非佳作，《药》里稍微露出一点的情热，这
是对于死者的，而死者又已是做了"药"了，此外就再也没有东西可以寄
托希望与感情。不被礼教吃了肉去，就难免被做成"药渣"，这是鲁迅对
于世间的恐怖，在作品上常表现出来，事实上也是如此。讲到这里我的
话似乎可以停止了，因为我只想略讲鲁迅的学问艺术上的工作的始基，

这有些事情是人家所不能知道的,至于其他问题能谈的人很多,还不如等他们来谈吧。

廿五年十月廿四日,北平

附 录 三

关于鲁迅之二

我为《宇宙风》写了一篇关于鲁迅的学问的小文之后,便拟暂时不再写这类文章,所以有些北平天津东京的新闻杂志社的嘱托都一律谢绝了,因为我觉得多写有近乎投机,虽然我所有的资料都是些事实,并不是平常的应酬话。说是事实,似乎有价值却也没价值,因为这多是平谈无奇的,不是奇迹,不足以满足观众的欲望。一个人的平淡无奇的事实本是传记中的最好资料,但惟一的条件是要大家把他当做一个人去看待,不是当做"超人"。乃《宇宙风》社来信,叫我再写一篇,略说豫才在东京时代的文学的修养,算作前文的补遗,因为我在那里曾经提及,却没有叙述。这也成为一种理由,所以补写了这篇小文,姑且当做一点添头也罢。

豫才的求学时期可以分作三个段落,即自光绪戊戌(一八九八)年至辛丑(一九〇一)年在南京为前期,自辛丑至丙午(一九〇六)年在东京及仙台为中期,自丙午至宣统己酉(一九〇九)年又在东京为后期。这里我所要说的只是后期,因为如他的自述所说,从仙台回到东京以后,他才决定要弄文学。但是在这以前他也未尝不喜欢文学,不过只是赏玩而非攻究,且对于文学也还未脱去旧的观念。在南京的时候,豫才就注意严几道的译书,自《天演论》以至《法意》,都陆续购读。其次是林琴南,自《茶花女遗事》出后,随出随买,我记得最后的一部是在东京神田的中国书林所买的《黑太子南征录》,一总大约有三二十种吧。其时"冷血"的文章正很时新,他所译述的《仙女缘》,《白云塔》我至今还约略记得,又有一篇嚣俄(今改译雨果)的侦探谈似的短篇小说,叫做什么尤皮的,写得很有意思,苏曼殊又在上海报上译登《惨世界》,于是一时嚣俄成为我们的爱读书,找些英日文译本来看。末了是梁任公所编刊的《新小说》,《清议报》与《新民丛报》的确都读过也很受影响,但是《新小说》的影响总是只有更大不会更小。梁任公的《论小说与群治之关系》当初读了的确很有影响,虽然对于小说的性质与种类后来意见稍稍改变,大抵由科学或政治的小说渐转到更纯粹的文艺作品上去了。不过这只是不侧重文学之直接的教训作用,本意还没有什么变更,即仍主张以文学来感化社会,振兴民族精神,用后来的熟语来说,可说是属于为人生的艺术这一派的。丙午年春天豫才在仙台的医学专门学校退了学,回家去结婚,其时我在江南水师学堂,前一年的冬天到北京练兵处考取留学日本,在堂里闲住半年,这才决定被派去学习土木工程,秋初回家一转,同豫才到东京去。豫才再到东京的目的,他自己已经在《朝花夕拾》中一篇文章里说过,不必重述,简单的一句话,就是欲救中国须从文学开始。他的第一步的运动是办杂志。那时留学生办的杂志并不少,但是没有一种是讲文学的,所以发心想要创办,名字定为《新生》,——这是否是借用但丁的,有点记不的确了,但多少总有关系。其时留学界的空气是偏重实用,什九学法政,其次是理工,对于文学都很轻视,《新生》的消息传出去时大家颇以为奇,有人开玩笑说,这不会是学台所取的进学新生(即新考取的秀才)么。又有客——仿佛记得是胡仁源——对豫才说,你弄文学做甚,这有什么用处?答云,学文科的人知道学理工也有用处,这便是好处。客乃默然。看这种情形,《新生》的不能办得好原是当然的。《新生》的撰稿人共有几个,我不大记得,确实的人数里有一个许季茀(寿裳),听说还有袁文薮,但他往英国去后就没有消息了。结果这杂志没有能办成。我曾根据安特路朗的几种书写了半篇《月日星之神话》,稿今已散失,《新生》的原稿纸却还有好些存在。

办杂志不成功,第二步的计划是来译书。翻译比较通俗的书卖钱是别一件事,赔钱介绍文学又是一件事,这所说的自然是属于后者。结果经营了好久,总算印出了两册《域外小说集》。第一册有一篇序言,是豫才的手笔,说明宗旨云:

域外小说集为书，词致朴讷，不足方近世名人译本，特收录至审慎，移译亦期弗失文情。异域文术新宗，由此始入华土。使有士卓特，不为常俗所囿，必将犁然有当于心，按邦国时期，籀读其心声，以相度神思之所在。则此虽大海之微沤欤，而性解思惟，实寓于此，中国译界亦由是无迟暮之感矣。乙酉正月十五日。

过了十一个年头，上海群益书社愿意重印。加了一篇新序，用我出名，也是豫才所写的，头几节是叙述当初的情形的，可以抄在这里：

我们在日本留学的时候，有一种茫漠的希望，以为文艺可以转移性情，改造社会的。因为这意见，便自然而然的想到介绍外国新文学这一件事。但做这事业，一要学问，二要同志，三要工夫，四要资本，五要读者。第五样逆料不得，上四样在我们却几乎全无。于是又自然而然的只能小本经营，姑且尝试，这结果便是译印《域外小说集》。

当初的计划，是筹办了连印两册的资本，待到卖回本钱，再印第三第四，以至第多少册的。如此继续下去，积少成多，也可以约略介绍了各国名家的著作了。于是准备清楚，在一九〇九年二月印出第一册，到六月间又印出了第二册。寄售的地方，是上海和东京。

半年过去了，先在就近的东京寄售处结了账。计第一册卖去了二十一本，第二册是二十本，以后可再也没有人买了。那第一册何以多卖一本呢？就因为有一位极熟的友人，怕寄售处不遵定价，额外需索，所以亲去试验一回，果然划一不二，就放了心，第二本不再试验了。但由此看来，足见那二十位读者，是有出必看，没有一人中止的，我们至今很感谢。

至于上海，是至今还没有详细知道。听说也不过卖出了二十册上下，以后再没有人买了。于是第三册只好停版，已成的书便都堆在上海寄售处堆货的屋子里。过了四五年，这寄售处不幸失了火，我们的书和纸版都连同化成灰烬。我们这过去的梦幻似的无用的劳力，在中国也就完全消灭了。

这里可以附注几句。《域外小说集》第一册印了一千本,第二册只有五百本。印刷费是蒋抑卮(名鸿林)代付的,那时蒋君来东京医治耳疾,听见译书的计划甚为赞成,愿意帮忙,上海寄售处也即是他的一家绸缎庄。那个去试验买书的则是许季黻也。

《域外小说集》两册中共收英美法各一人一篇,俄四人七篇,波兰一人三篇,波希米亚一人二篇,芬兰一人一篇。从这上边可以看出一点特性来,那一是偏重斯拉夫系统,一是偏重被压迫民族也。其中有俄国的安特莱夫作二篇,伽尔洵作一篇,系豫才根据德文本所译,那时日本翻译俄国文学的风气不发达,比较的介绍得早且亦稍多的要算屠格涅夫,我们也用心搜求他的作品,但只是珍重,别无翻译的意思。每月初各种杂志出版,我们便忙着寻找,如有一篇关于俄国文学的介绍或翻译,一定要去买来,把这篇拆出保存,至于波兰自然更好,不过除了显克微支的《你往何处去》,《火与剑》之外,不会有人讲到的,所以没有什么希望。此外再查英德文书目,设法购求古怪国度的作品,大抵以俄国,波兰,捷克,塞尔维亚(今称南斯拉夫),保加利亚,芬兰,匈牙利,罗马尼亚,新希腊为主,其次是丹麦、瑙威、瑞典、荷兰等,西班牙、意大利便不大注意了。那时候日本大谈“自然主义”,这也觉得是很有意思的事,但所买自然主义发源地的法国著作,大约也只是茀罗培耳,莫泊三,左拉诸大师的二三卷,与诗人波特莱耳,威耳伦的一二小册子而已。上边所说偏僻的作品英译很少,德译较多,又多收入《瑞克阑姆》等丛刊中,价廉易得,常开单托相模屋书店向丸善定购,书单一大张而算起账来没有多少钱,书店的不惮烦肯帮忙也是很可感的,相模屋主人小泽死于肺病,于今却已有廿年了,德文杂志中不少这种译文,可是价太贵又难得,只能于旧书摊上求之,也得到了许多,其中有名叫什么 Aus Fremden Zungen(记不清楚是否如此)的一种,内容最好,曾有一篇评论荷兰作家蔼覃的文章,豫才的翻译《小约翰》的意思实在是起因于此的。

这许多作家中间,豫才所最喜欢的是安特莱夫,或者这与爱李长吉有点关系吧,虽然也不能确说。此外有伽尔洵,其《四日》一篇已译登《域外小说集》中,又有《红笑》,则与勒耳蒙托夫的《当代英雄》,契诃夫的《决斗》,均未及译,又甚喜科罗连珂,后来多年后只由我译其《玛加耳的梦》一篇而已。高尔基虽已有名,《母亲》也有各种译本了,但豫才不甚注意,他所最受影响的却是果戈里,《死魂灵》还居第二位,第一重要的还是短篇小说,《狂人日记》,《两个伊凡尼支打架》,以及喜剧《巡按》等。波兰作家最重要的是显克微支,《乐人扬珂》等三篇我都译出登在小说集内,其杰作《炭画》后亦译出,但《得胜的巴耳忒克》未译,至今以为憾事。用滑稽的笔法写阴惨的事迹,这是果戈理与显克微支二人得意的事,《阿Q正传》的成功其原因一部分亦在于此,此盖为但能热骂的人所不及知者也。捷克有纳路达,扶尔赫列支奇,亦为豫才所喜,又芬兰"乞食诗人"丕佛林多所作小说集亦所爱读不释者,均未翻译。匈牙利则有诗人裴多菲山陀耳,死于革命之战,豫才为《河南》杂志作《摩罗诗力说》,表彰拜伦等人的"撒但派"诗文,而以裴多菲为之继,甚致赞美,其德译诗集一卷,又惟一的中篇小说曰《绞刑吏的绳索》,从旧书摊得来时已破旧,豫才甚珍重之。对于日本文学当时殊不注意,森鸥外、上田敏、长谷川二叶亭诸人,差不多只看重其批评或译文,惟夏目漱石作俳谐小说《我是猫》有名,豫才俟各卷印本出即陆续买读,又曾热心读其每天在朝日新闻上所载的小说《虞美人草》,至于岛崎藤村等的作品则始终未尝过问,自然主义盛行时亦只取田山花袋的小说《棉被》一读,似不甚感兴味。豫才后日所作小说虽与漱石作风不似,但其嘲讽中轻妙的笔致实颇受漱石的影响,而其深刻沉重处乃自果戈里与显克微支来也。豫才于拉丁民族的文艺似无兴趣,德国则于海涅之外只取尼采一人,《札拉图斯忒拉如是说》一册常在案头,曾将序说一篇译出登杂志上,这大约是《新潮》吧,那已在"五四"以后了。

　　豫才在医学校的时候学的是德文,所以后来就专学德文,在东京的独逸语学协会的学校听讲。丁未(一九〇七)年曾和几个友人共学俄文,有许季茀、陈子英(名濬,因徐锡麟案避难来东京)、陶望潮(名铸,后改以字行曰冶公)、汪公权(刘申叔的亲属,后以侦探嫌疑被同盟会人暗杀于上海),共六人,教师名玛利亚孔特,居于神田,盖以革命逃亡日本者。未几子英先退,独自从师学,望潮因将往长崎从俄人学造炸药亦去,四人无力支持,遂解散。戊申(一九〇八)年从章太炎先生讲学,来者有许季茀、钱均甫(家治)、朱逷先(希祖)、钱德潜(名夏,后改名玄同)、朱蓬仙(宗莱)、龚未生(宝铨),共八人,每星期日至小石川的民报社,听讲《说文解字》。丙午丁未之际我们翻译小说《匈奴奇士录》等,还多用林琴南笔调,这时候就有点不满意,即严几道的文章也嫌它有八股气了。以后写文多喜用本字占义,《域外小说集》中大都如此,斯谛普虐克的《一文钱》——这篇小品我至今还是很喜欢——曾登在《民报》上,请太炎先生看过,改定好些地方,至庚申(一九二〇)年重印,因恐排印为难,始将有些古字再改为通用的字。这虽似一件小事,但影响却并不细小,如写鸟字下面必只有两点,见檪字必觉得讨厌,即其一例,此所谓文字上的一种洁癖,与复古全无关系,且正以有此洁癖乃能知复古之无谓,盖一般复古之徒皆不通,本不配谈,若身穿深衣,手写篆文的复古,虽是高明而亦因此乃不可能也。

　　豫才在那时代的思想我想差不多可以民族主义包括之,如所介绍的文学亦以被压迫的民族为主,俄则取其反抗压制,希求自由也。但他始终不曾加入同盟会,虽然时常出入民报社,所与往来者多是与同盟会有关系的人。他也没有加入光复会。当时陶焕卿(成章)也亡命来东京,因为同乡的关系常来谈天,龚未生大抵同来。焕卿正在联络江浙会党中人,计划起义,太炎先生每戏呼为焕强盗或焕皇帝,来寓时大抵谈某地不久可以"动"起来了,否则讲春秋时外交或战争情形,口讲指画,历历如在目前,尝避日本警吏注意,携文件一部分来寓嘱代收藏,有洋抄本一,系会党的联合会章,记有一条云,凡犯规者以刀劈之。又有空白票布,红布上盖印,又一枚红缎者,云是"龙头"。焕卿尝笑语曰,填给一张正龙头的票布何如?数月后焕卿移居,乃复来取去。以浙东人的关系,豫才似乎应该是光复会中人了。然而又不然。这是什么缘故呢?我不知道。我所记述的都重在事实,并不在意义,这里也只是记述这么一件事实罢了。

　　这篇补遗里所记是丙午至己酉(一九〇六至一九〇九)这四年间的事情,在鲁迅一生中属于早年,且也是一个很短的时期,我所要说的本来就只是这一点,所以就此打住了。我曾说过,豫才早年的事情大约我要算知道得顶多,晚年的是在上海的我的兄弟懂得顶清楚,所以关于后年的事我一句话都没有说过,即不知为不知也。早年也且只谈这一部分,差不多全是平淡无奇的事情,假如可取,可取当在于此,但或者无可取也就在于此乎。

廿五年十一月七日,在北平

附　记

　　为行文便利起见,除特别表示敬礼外,人名一律称姓字,不别加敬称。

略讲关于鲁迅的事情

乔峰（周建人）

鲁迅先生小的时候

《救亡日报》叫我写一篇关于鲁迅先生小时候的事情,我答应了,但仔细想想,我记得的不多。原来我们兄弟中鲁迅先生最大。我是第三,如果将未满一岁去世的阿姊计算在内,应该是第四。年纪既相差得较多,知道的事情就少,能够记得的也少了。

但是他糊纸盔甲的事情是记得的,这时期大概正在寿镜吾先生的书房里读书。纸盔甲用几种颜色纸剪成糊成,样式的种类很多。还有各种兵器,有柄的用竹丝做柄,像长矛,画戟,钺斧等,应有尽有。盔甲和兵器都参考各种绣像小说书上的画像来做。样式固然多变化,而且剪的也极为精致。盔的大小适可戴在大指上,以大指的下节做项颈,甲可以披在拳上。四指是屈着的,如果二三指间夹了刀枪等兵器,还可装做武将打仗的姿势。做这种纸盔甲似乎是寿镜吾先生书房里的共同的游戏。鲁迅先生曾讲过,有些学生因妒忌别人糊得好,捉了蟑螂从锁孔里放进书桌的抽屉,于是盔甲都被咬坏了。可见糊盔甲的不止一人,而且好像有时还拿出来比赛的。鲁迅先生的纸盔甲盛在装洋线团的纸盒里,纸盒光洁坚牢,不会被蟑螂咬破。做盔甲的时间常常在晚上灯下。做好的仿佛有时拿到书房里去,有时又拿回来。

鲁迅先生小时又喜欢描画,画的多数是人物,从各种书上映画出来,后来钉成本子。用的纸多是荆川纸,光,薄,透明。近来已多年不看到这种纸了。笔老是用北狼毫或"金不换",都是狼(黄鼠狼)毛做的小形的水笔。这种笔鲁迅先生差不多用了一世,我记不起看见他用过别种笔。他病时还叫我们托人去买这种笔,但买好寄到时,人已不在了。

　　鲁迅先生小时候买的书多数是"花书",便是各种画谱,细细翻阅,收藏起来。对于书,他非常宝贵,舍不得有一点污损或折皱。翻书页时很当心。买来如见有污损,便拿去掉换。因为书店里钉得不好,常常自己钉过。空闲时也种花,有若干种月季,及石竹,文竹,郁李,映山红等等,因此又看或抄讲种花的书,如《花镜》,便是他常看的。他不单是知道种法,大部分还在要知道花的名称,因为他得到一种花时,喜欢盆上插一条短竹签,写上植物的名字。他抄书的兴致更好,他抄过许多书,一直到山会邑馆里抄碑帖,中间不抄书的时候恐怕不多。

　　鲁迅先生小的时候,玩的时间非常少,糊盔甲,种花等,可以说玩,但也可以说不是玩,是一种工作。关于玩,大概下雪的时候他也弶鸟,也许斗马,便是纸折的马,二人相对吹去,被撞倒,后退的算输。或别种玩,但我不大记得了。

鲁迅放学回来时做些什么

有一次我到宾符先生的家里去,看见有一条鲁迅写的小条幅。这是真的,鲁迅后来常常给人家写字。

其实,鲁迅向来并不爱写字。除却书房里的"例行公事"外,也不看见他习字,也不看见他考究字帖,家里字帖本来倒是有一些的。他幼时很爱画,放学的时候我常常看见他去买画谱。他把过年时候的压岁钱等所得的钱,总去买画谱。向书坊要了目录来,看有什么可买的。如《海仙画谱》、《海上名人画谱》、《阜长画谱》、《椒石画册》等等,买了许多,当然,并不是怎样好的版本,无非木刻或石印的。买来以后,大都用绢线钉过,因为书坊店里钉的不好,往往容易脱线。并常常改换封面,封面照例用栗壳线。看画谱的时候常常在晚上。母亲房里有一顶四仙桌,晚饭后,他揩干净桌子,搬出画谱来,一张一张翻开来看。翻时很仔细,先看指上有无墨迹或是否肮脏。他最恨翻时候用中指或食指在书页上刮过去,使左下角翘起来,再拿住它,翻过去。因为纸面上就留有一条指甲刮过的痕迹了。他总是用指头拿书页折缝上方印有一条阔墨线处去翻,因为不会弄肮脏。我们伏在桌子旁边看,手当然不许伸开去向书上摸一摸。如果去摸一摸,或用指点一点,深怕洁白的书页上会弄污,当然是要禁止的。看了,又放到母亲眠床旁边的一只红色的皮箱里去。这皮箱里并无衣服,藏的都是他的书。因为木板的书箱虫子容易进去,所以放在高子口的皮箱里,虫进不去。书当然放得很整齐,大空处放大书,小空处放小书。缝里插些小包樟脑,以防蠹鱼来蛀食。

不但看画谱,而且还喜欢画,有一时期是用荆川纸,因它薄而透明,映在画上描绘。笔用尖细的北狼毫。这样描下许多小说上的绣像之类。他有一次给我画了一个扇面,是一块石头,旁生天荷叶(俗称,书上称虎耳草),有一只蜒蚰螺(俗称,即蜗牛)在石头上爬。并有些杂草,纯用墨画的。

还有一件课外工作,即书房以外的活动,是抄书。他也很喜欢看讲草木虫鱼等的书。如《南方草木状》,《花划》,《兰蕙同心录》等等,也占据了他的红色皮箱里一部分位置。后来又得了一部《广群芳谱》。抄的也就是这一类,如《释草小记》,《释虫小记》等等,许多这类文字都抄下来,起初抄的都用荆川纸,画了格子衬在里面来抄。后来刻了有直行的木版,定印了许多张,纸用竹纸,直行的条子用黑色,以后抄书就用这种纸头了。抄时只须衬上横格子,他自己抄不及,我曾经替他抄过几种,但名称现在都忘记了。他喜欢讲草木的书籍的脾气一直保存着,住在上海北四川路时候,有一天往蟫隐庐去,看见方时轩《树蕙编》,便买了一本。但不久送给我了。他读书时,从书坊里回来,常常看看《花镜》,并曾经加上许多注解。不知这册改过的《花镜》现在还存在否。

他暇时也种花。种花的时期最长,有时亦养金鱼,有一次并养过趋织(上海叫催绩,即蟋蟀),但不大喜欢,不过偶然玩玩的。鱼较喜欢养,在大陆新村时记得还有一只玻璃水族器,养着几条小鱼。

略讲关于鲁迅的事情

在鲁迅幼年时代的一般"家庭教育"粗分起来,可以分为二大派,方法上:一派是主张放纵,一派主张严厉。目的上:一派主张养成拍马和钻营的手段,一派主张养成正直,强硬的性格。鲁迅的家庭教育系统上是属于严厉的一派的,但到鲁迅时代,周家(鲁迅家)已经在衰落的过程中。鲁迅的祖父和父亲性情又本不严厉。只是鲁迅的祖父以喜欢"骂人"出名,并非拍桌大骂,是喜欢指摘与批评别人。这很为人所忌,因此他常为当时的人所不喜欢。入狱以后,心境更加不快活了。见人常常从昏太后,呆皇帝骂起,以至于其他的人们,一一指摘他们的缺点和短处。鲁迅也不大赞成他的祖父,实际上他的祖父对于家里的人却并不严厉。

鲁迅对于他的父亲却不然,因为家庭的情况不好,他的父亲的心境也不快。他常饮酒,有时亦发脾气。如遇生气时,会把筷丢掉,或把碗摔碎。但对待小孩却和善,从不打骂小孩,鲁迅没有受过父亲的责罚。只是有时候,小孩子把受人欺侮的话去告诉父亲时,他会这样问:"你先去欺侮他们吗?"如果说:"没有。"他会又这样说:"那么他们为什么不来欺侮我呢?"鲁迅的父亲恐怕他的小孩先去捣乱别人。他认为人如受欺,应该强硬对付,但如无端去欺侮别人,却是不应该的。后来鲁迅很受这种思想的影响。

鲁迅幼年以至于少年时代,男小孩在读书的家庭里,公认惟一的事务是读书。鲁迅的父亲对于鲁迅的想法也是这样,认为鲁迅小时候最重要的事务是读书。读的只是旧书,就是最初是《鉴略》,以后是"四书"

"五经"这一套。讲到这里,就关连到他父亲教鲁迅读《鉴略》和看五猖会的一段事情了。欧阳凡海先生的《近代中国社会变革的默史》原稿第一章第一节之一(发表于某期《中学生》)上曾记着这事情,说鲁迅正预备去看五猖会的时候,他的父亲还要叫他读《鉴略》,而且要背出以后才许去看。结果是背出了,他的父亲也答应他去看,但是因为后来鲁迅有"我至今一想起,还诧异我的父亲何以要在那时候叫我来背书"的话,著者遂批评道:

> 对这样一位严酷的父亲,鲁迅不能理解的地方恐怕还不止这一端吧? 不过他父亲叫他背书的这件事,以中国人的眼光看起来,也不能算在太奇怪。旧时的中国读书人对学生对儿子不近人情的地方处处都是,他们底职司差不多专门在摧残儿童,至于怎样教育儿童,怎样的行为对儿童才有益或有害,他们并不想过问。

我为了求事实的真相明白起见,我想指出:鲁迅说的"我至今一想起,还诧异我的父亲何以要在那时候叫我来背书"的话,据我的了解,是在形容过去当时的情况,即形容当时所感到不快意,甚至于后来追想起来犹如此。其实鲁迅不会真的不理解:在那时候,真是严厉的家庭,迎神赛会,根本就不会许可小孩去看的,就是现在,也极少听到会有谁的开明父亲叫小孩书可不必读,还是去看戏去的好。将来教育的方法进步了,使小孩不觉得"做功课"的苦是可能的,但是功课也许仍比"玩儿"重要些。我想,鲁迅的父亲只要鲁迅把功课背出了许可他去看五猖会,在那时候,已经要算比较的"民主"了。倘使鲁迅真的不了解他的父亲的话,我想,不至于因了他的父亲的病被旧医所误这件事,隔了多年以后(南京学矿毕业以后),还会决心往日本仙台去学医的,——虽然后来因为受了更大的刺激,中途改习了文艺。还有,鲁迅有时候,会把一件事特别强调起来,或者故意说着玩,例如他所写的关于反对他的兄弟糊风筝和放风筝的文章就是这样。实际上,他没有那么反对得厉害,他自己的确不放风筝,可是并不严厉地反对别人放风筝,这是写关于鲁迅的事情的作者应当知道的。在《文艺阵地》四卷一号上登着欧阳凡海先生的文章,讲到鲁迅的婚事,颇有谴责他的母亲的话。那时候主持家政的是鲁迅的母亲,说亲戚家族催迫鲁迅结婚,迫得鲁迅"神经衰弱起来"之类的话,也就不能不说是在责备他的母亲了。这话恐怕也不一定对。这从后来发表的若干鲁迅写的文字里可以看出来的。但说起来很琐碎,现在不讨论它了。

前面说到一点点,即说到鲁迅幼年时代的家庭教育有二派,一派是主张养成拍马钻营的手段,一派是主张养成强硬的性格。社会上也恰有这样二派人存在。鲁迅的性格属于后一派。他和他们战斗的,往往是当时有权势的那一些,如章士钊是他的顶头上司,陈源教授是当时有"大名"的教授。鲁迅在教育部中任职的时候,他当社会司下面的一个科的科长,是管图书馆等事情的。有一回,一个次长叫他把一件公事给他批准,他看了一看公文,说不能批准。这种举动由旧日做官的看来,可以说是不照做官的规矩,但鲁迅决不肯放弃自己做事的规矩,他的规矩便是对于旧社会的旧势力强硬应付,不屈服,不随便。要这样做,首先是须具备这一些条件,即不计较个人的利害得失,亦即不怕因此而来的压迫,这勇气和站在被压迫的劳动大众方面是分不开的,因此也就理直而气壮。

在污浊的社会里,能够吹牛拍马的人无疑的较适于生存。但强硬的也能生存,因为在那个社会上,人多受压迫,受压迫的人时时觉得不平,因此赞成刚强不屈的人,因为知道他能够和他们站在一起。所以吹牛拍马的在依靠自己的技巧以求自己利益地生存的时候,性情强硬的人却为大部分人所喜欢,所赞助。

鲁迅的幼年时代

鲁迅生长在浙江绍兴城区的东昌坊。抗日战争时期本地的人们把这地方改称为鲁迅镇。日本投降后，国民党反动派因为反对革命，及和人民为敌，害怕提起鲁迅的名字，遂把鲁迅镇这名称去掉了。现在已称为鲁迅路。

鲁迅出生时(一八八一年，前清光绪时代)祖父在北京当京官，父亲在家里继续读书。那时候读书人惟一的出路是投考，准备去考举人。母亲名叫鲁瑞，生长于安桥头(村名，那里有桥曰安桥)，全村皆姓鲁，那时除外祖家读书外(后又有一两家读书)，全村都是种田的。大多数男子都兼会做酒。

早先的制度，乡村里分为社(城内称保)，社中常有庙，叫做社庙。庙中虽塑有泥神，但老百姓不全迷信。那庙不全作敬神之所，实际上寄存着若干水车及农具，兼作"贮藏库"用的。每年于一定时间做的戏叫做"年规戏"，社庙里每年做的年规戏就叫做社戏了。鲁迅的《社戏》里所描写的就是往社庙里去看戏时候的情形。七斤，六四等农民都是和外祖同辈的人(但年纪却很轻的)。七斤与六四是亲兄弟，鲁迅与七斤特别熟，常与他往镇塘殿等处去玩的。有时也和他们钓虾或摘豆。

鲁迅除了和安桥头的一班农民做朋友以外，还有一个要好的朋友，就是闰水，也便是《故乡》里面写的闰土。他是一个老工人的儿子。那老工人(带闰水来城时年纪还较轻)本是一个手艺很好的竹作，能编很细巧的竹器，也会刻字。他兼种沙地。我家有事情的时候他便来帮做些事情，包括帮过年及种菜等。有一次他带了闰水来。闰水颈上带着一个银项圈,怕羞地坐在灶头(即厨房里)。鲁迅与他"一见如故",从此变成好朋友了。鲁迅与闰水幼年时代要好的情形,《故乡》里描写得很明白,这里不需要多说的。

这些农民朋友鲁迅在小说里曾经讲到过,还有没有讲到的一个老朋友是一个木作,名叫和尚。鲁迅小时候他送给他一把木制的象鼻大刀(刀尖向上卷起的一种大刀),刀面上锡箔贴得雪亮,柄是黄漆的。后来各种玩具都抛弃了,这把大刀一直保存着。鲁迅长大后,从外省学校里回来,还在和和尚木作很高兴的谈天,或商量如何做书箱,和尚木作的意见他总觉得很满意的。

那时候住在城内的许多人们常常看不起农人和工人(那时接触到的是手艺工人)的,鲁迅却完全不是这样。这大概和家庭教育及后来的遭遇很有关系的。

前面曾说到鲁迅出生时,祖父在北京当京官。前清的翰林经常先在京里做小京官的。他有他的一套思想,和当时的人不很一致。比如对于教育,他主张先读《鉴略》,他以为首先应有一些历史基础的知识(虽然那书并不好懂)。他不赞成一般通行的先读《百家姓》或《千字文》。他以为只要稍微多识一些字,即可看《西游记》。接下去读《诗经》等等。因为思想上的不同,不会巴结上司,和喜欢批评别人,当时便有一些人和他不对,放外官时就仅仅只放了一个知县(江西金溪县)。他官职大小倒不计较的,只求做清官。因此自理讼词,并叫年纪还幼小的外甥偷偷走进监狱里去观看,他如知道管牢的有拷打及虐待犯人的事情时,就连夜坐堂,亲自用火光照看伤痕,严办狱卒。鲁迅虽并不以祖父生平的一切行动都对,但思想中比较民主的成分(如对于读书,不赞成习惯地依一定次序,从《大学》开始,先"四书",后"五经"的读下去,主张先读《西游记》等,也可以说这思想是比较开明民主的),不能不受一点影响。母亲又是从农村里来的,丝毫不沾有瞧不起农民等劳动者的思想习惯,当然也给鲁迅很大的影响。

鲁迅受上层分子的压迫是在后来,即从十三岁时候开始的。这一年祖父忽然闹出乱子来,清廷要捉他,连鲁迅也避难到乡下去了。鲁迅的自传里说,避难的地方有人说他是"乞食者"。回家以后,本家们因同族中的事情立了一个议单。这时候父亲避难未回,本家就带着专制的态度叫鲁迅签字。鲁迅觉得这些言语及举动对他是很大的压迫和侮辱,使鲁迅感觉到有许多上层分子都是压迫他的,农工们最可以做朋友。

　　真正同情被压迫者,反对压迫者的思想体系,不会和爱国主义及反帝国主义的思想相分离,而且一定是相关连的。鲁迅后来的文章里,一系列地表示了他热爱祖国,反对帝国主义的思想,并且由进化论很明确的改变为阶级论,这种转变过程原是十分自然的。我在这里只说一点鲁迅幼时的情形。至于他后来所做的工作不再多说了。

鲁迅任绍兴师范学校校长的一年

从《求知文丛》第二集《德国的内幕》里看到华生写的关于鲁迅的事情,曾讲到民国元年前一年,鲁迅任绍兴师范学校校长时候的情形,但是太简略,我顺便加上一些补充。因为那时的情形我也知道一些,也许是看过那篇文章的读者所愿意知道的吧。

当杭州的旗营里的兵缴了械,府台衙门攻下后,杭州光复的消息就很快地传到了绍兴。这时候城内的一个寺内就开了一个大会,好像是越社发动的,到了许多人,公举鲁迅做主席。鲁迅当下提议了若干临时办法,例如提议组织讲演团,分发各地去演说,阐明革命的意义和鼓动革命情绪等。关于人民的武装,他说明在革命时期,人民武装实属必要,讲演团亦须武装,必要时就有力量抵抗反对者。他每一提议刚要说完而尚未说完的时候,就有一个坐在前排的头皮精光的人,弯着腰,做要站起来但没有完全站起来的姿势,说一句"鄙人赞成!"又弯着腰坐下去。提议就很快地通过。这人不是别人,便是后来鲁迅的文章里曾说起他的孙德卿。他虽是乡下的地主家庭出身的人,但对于推翻满清政权这件事是热心的。他曾经拿明朝人的照片去分送给农民,我看到的一张是明太祖的像,约莫三寸来长,分明是从画像上照下来的。并向农民说明,清朝的政府是外面侵入的人组成的。我们应当把他们赶出去。对于这主张,农民都赞成,愿意起来去打。《扬州十日记》之类的小册子,这时候也流行到民间。但中国人不大记仇恨,和别国人因了传说祖先曾有一人被元兵所杀而对上海农民大肆报复者不相同。这孙德卿,在"秋案"① 发生时,曾一次下狱,但不久就出来了。

　　但是鲁迅提议的武装讲演等,大家虽然都赞成,可是缺少准备,力量也不够。第一件是缺少枪械。中学校里虽然有些枪,但没有真的子弹,有一些,也是操演时用的那种只能放响的弹子,只有在近距离内大概能伤人。于是人民终于恐怖起来了。有一天,鲁迅从家里出去,到府中学校(浙江五中旧名称)去,到了离学校不远,见有些店铺已在上排门,有些人正在张皇地从西往东奔走。鲁迅拉住一个问他为什么,他说不知道究竟什么事。鲁迅知道问亦无益,不如到中学校去了再说。他走进校门,已有一部分学生聚在操场里讨论这件事,才知道市民因为听了有败残清兵要渡江过来到绍兴来骚扰的谣言,所以起恐慌的。于是鲁迅主张整队上街解释,以镇定人心。手脚很快,一歇工夫就印好了许多张油印的传单,大概是报告省城克复的经过,和说明决没有清兵过来的事情。即刻打起钟来,学生立时集齐于操场,发了枪,教兵操的先生也跑来了,满头是汗。他还没有剪掉发辫,把它打了一个大结子。他不拿平常用的狭细的指挥刀,挂上一把较阔厚的可以砍刺的长刀,这无非防备万一的。小心怕事的校长,抖怜怜的到操场上来讲话,想设法拦阻,但没有用处。在路上,鲁迅等一班人,分送传单,必要时更向人说明,叫他们不要无端起慌。的确很有用处,学生们走到之处,人心立刻安定下来,店铺关的也仍然开了。时间在下午,一班人回到学校时,天已黑下去了。

　　离这事情不久,就有人告诉鲁迅,说王金发的军队大约今晚可以到绍兴,我们应当去接他和他的军队,这回仍在府中学校里会集,学生也去的。晚饭后,大家兴高采烈地走到西门外。到了黄昏,不见什么动静,到了二更三更,还是不见军队开到。学生穿的操衣很单薄,夜深人静时觉得很寒冷。于是只好敲开育婴堂的门,到里面去休息,叫起茶房,贴些柴钱,叫他们烧茶来喝。这时候,才看见穿制服的学生们之外,还有头皮精光的孙德卿,头戴毡帽的范爱农,好像和徐伯荪一起捐道台出洋之一的陈子英也在内。

　　捐道台出洋的目的是回来可以拿到一部分实权,便于革命。但是

---

　　① 指一九〇七年满清政府捕杀秋瑾的事件。

夜深了,不特冷,而且饿,学生们大家摸钱袋,设法敲开店门买东西吃。孙德卿拿出钱来,叫人去买了几百鸡蛋,大家分吃了。这以后不久,有人来报信,说军队因为来不及开拔,大概需明天才可开到,今晚不来了。

于是第二天晚上再去,这回不往西郭,却往东边的偏门(?),人还是这一大批。黄昏以后,明月很皎洁。正盼望间,远远地听到枪声响,以后每隔一定的时间枪声响一下。不多时,看见三两只白篷船,每只只有一个船夫摇着,然而很快地摇来。船吃水很深,可见人是装的满满的。各船都有一扇篷开着,过一歇时候,船中就有兵士举起枪来,向空中放一响。先前的兵队老是这样做,在有开仗可能的情势下,常常一响一响地放着枪。不多时候,第一只船已靠岸,同时看见姓程的清朝的知府由二个当差的扶着,飞奔地过去迎接。这姓程的是罪恶深重的官。有一次"桩大家"①,他当夜杀掉一个十六岁年纪的理发匠,说他乘势拿了一个铜脚炉! 这事情不特为人民所不平,过后连刽子手都在对人讲,说用鞭打伤的血痕尚未凝结而便去杀头的,实为向来所没有,连刽子手也极不以为然。有一次天旱,农民"跪香"②,他用横暴的方法去驱散。因为那一次革命,单做推倒满清政权这题目,所以这等恶官吏也被忽略过去了。

王金发的军队很快地上了岸,立刻向城内进发。兵士都穿蓝色的军服,戴蓝色的布帽,打裹腿,穿草鞋,拿淡黄色的枪,都是崭新的。带队的人骑马,服装不一律,有的穿暗色的军服,戴着帽子,有的穿淡黄色军服,光着头皮。

这时候是应该睡的时候了,但人民都极兴奋,路旁密密地站着看,比看会还热闹,中间只留一条狭狭的路,让队伍过去,没有街灯的地方,人民都拿着灯,有的是桅杆灯,有的是方形玻璃灯,有的是纸灯笼,也有照着火把的。小孩也有,和尚也有,在路旁站着看。经过教堂相近的地方,还有传道师,拿着灯,一手拿着白旗,上写着"欢迎"字样。王金发的

---

① 这是当时贫民的一种示威行动,大都发生于米价昂贵的时候,贫农买不起粮米,遂有去打毁"大家"(大地主之家)的事件发生。绍兴的俗话,叫做"桩大家"。

② 这是当时的农民请愿的一种方式。办法是请愿者每人手中都拿着一支香,有秩序地跪在衙门前或道旁,申诉生活苦况,请求官府减免租粮。

军队里的兵士身体都不高大,脸上多数像饱经风霜的样子。一路过去,整齐、快捷。后面跟的人,走的慢一点的便跟不上。不久,到了指定的驻扎的地方,去接的人们有跟了进去,也有站住在门外面,大家都高叫着革命胜利和中国万岁等口号,情绪热烈,紧张。不久就有人来叫让路,一班人把酒和肉等挑进去,是慰劳兵士去的,外面的人们也就渐渐地散去了。

过了一两天,王金发在一处地方开了一个群众大会,大意是他来维持秩序,将来还要去北伐,并且遇事不愿独断,还要和大家商量之类。他接见老朋友,委了职务(请鲁迅做师范校长也在这时候),接来了他的爱人,巧少奶奶的女儿,并且叫秋瑾的男工大阿金,到都督府中去做事,可是同时也就招来了"三王",这就是说他"左右不得人"的左右。因三个都是姓王的,所以这样叫他们。后来政治上没有什么建设,而仍有敛钱的消息传出来,人民倒不大怪王金发,大家都责备三王。有一天出了一张布告,说王金发要出去视察。但布告上不写视察,而说"出张"。于是《越铎日报》上写起文章来,里面有这样的辞句:"都督出张乎,宜乎门庭如市也!"别篇文章的结末,则有"悲夫"二个字。这本是从前常用的字眼,没有什么希奇,可是实际上是在讥刺何悲夫,何也是王金发下面一个要员。这时候的《越铎日报》里除了鲁迅,宋紫佩,孙德卿等之外,还有南社的陈去病,也写些骂人的文章。后来那报馆被兵士毁坏了一部分,孙德卿腿上被刺了一尖刀,但并非要害,伤亦不重。这也许是三王指使的,也许是王金发自己的主意,即使是王的意思,比之于后来军阀的随便杀人,实在是客气得多了。王后来于"二次革命"时牺牲了生命。

孙德卿被刺伤后,就想到要去告诉各位老朋友,并且预备把伤痕照了相给老朋友去看。但是很为难,因为身体大而伤痕小,如果只照局部,伤痕是极清楚的,但见者不晓得受伤者是孙德卿;如果照全身,面貌是照出来了,但伤痕就看不清楚。因为照相总不能照得太大呀,结果终于照了全身,但照片并不大。鲁迅接到照片,拆开来看时(这时候他已离开绍兴),只见赤条条的一个孙德卿,不看见伤痕,不觉吓了一跳,还以为孙发痴了,等到看了他的说明,才知道原来是这样一件事情。

鲁迅往师范学校去做校长时,就请范爱农去当教务长,兼教书。他做事的勤快,就是鲁迅也很佩服。但他不为许多人所喜欢。他的装饰是穿着布底布面的鞋子,头上戴着毡帽,而且戴作卖鱼人所戴的样子的,身上穿着学生时代穿的旧洋服。他跑到王金发那里去时,他常要用手摸摸王的光头,用钝滞的声音叫声"啊,金发大哥!"有时候,王有点窘,因为这时候已是军政分府的都督了,不是像从前的随便可以开玩笑的时候了。范的不为人所喜欢和时受社会的压迫的根源,从他的留学时期选择学校的行为里就可以看出来。普通到日本去留学的学生,所选的学校,大都选毕业以后说起来资格很响亮的,又入学以后可以弄到官费的(非官费派送的学生),还要毕业是不十分难的。现在范爱农所选的学校,是什么学校呢? 是叫做物理学校的一个私立学校。这是一个不容易升级和毕业的学校,然而回到中国,资格却不及别的有些学校;因为是私立的,又没有大学、专门等字样。就这一端,可以知道他的行为和中国的势利的社会习惯不相合。虽然他待人很好,但是社会不欢迎他。他自然也觉得,他的面上也常常是冷清清的不高兴的样子,除非有时候到鲁迅家里去吃酒,讲起鲁迅所说的"愚不可及"的话的时候,则常常大笑。其实所谓"愚不可及"的话,并非真是"呆话",实际上是放开胸怀,毫无隐瞒,毫不忌讳的各种谈话,夹着笑话,不过这类谈话,鲁迅称为"讲呆话"。

鲁迅离开师范学校后,范爱农仍然留在学校里。范爱农的性格始终不变,他始终不愿入日本官立学校,虽然进了官立学校,可以领到中国官费,毕业后回国来,说起资格也很响朗,并且容易找到较好的职业。但他却进了一个一切相反的,升级毕业很难的私立学校,他这种性格到势利的社会里谋生活,当然很吃亏,终于受同事的反对,一部分的学生则受反对他的同事的利用,把他赶出了学校。听说他的行李也被丢出校外去。以后不久,范爱农就落水溺死了。是失足落水的呢,还是自己跳下水去的,至今没有人知道。

鲁迅闻知范爱农死了的消息,颇悲痛,做了三首诗追悼他,其中一首有"风雨飘摇日,余怀范爱农,华颠萎寥落,白眼看鸡虫……"等句,并且注云:"我于爱农之死,为之不怡累日,至今未能释然,昨忽成诗三章,随手写之,而忽将鸡虫做人,真是奇绝妙绝,霹雳一声……"鸡虫二字,和传说指挥学生驱逐范爱农的一个国民党员名字相像,所以特别加以说明,并且这是第一次鲁迅知道青年之中并不一律都头脑清楚,有一部分也实在糊涂的,这自然指受人利用而驱逐范爱农的一部分。

阿 Q 时候的风俗人物一斑

《阿 Q 正传》的作者鲁迅先生,原住绍兴府城内,会稽县东昌坊口之东。东昌坊口为一十字街口,南去有都亭桥,西去为秋官地(第?),北去为塔子桥。塔子桥南首有长庆寺,即鲁迅的师父隆和尚做住持之处。寺的对面为穆神庙,正传中阿 Q 所住的土谷祠即指此地。

乡下,一乡或一村中常分为社。乡中或村中有社庙,一般皆供土地。那边的风俗,结婚的次日,新郎与新娘到庙中去拜一次,叫做"上庙"。人死后即向庙中烧纸锭,曰"烧庙头纸"。神座对面有戏台,正月十五前后,即灯节前后,演戏曰"灯头戏"。夏秋演戏曰"平安戏",意思是说保护村中人民平安用的,亦称社戏。

城中不称土地,而叫城隍。山阴,会稽两县各有城隍庙一所。城中较阔气的人家,结婚后不必"上庙",只要上"祠堂",即往宗祠拜谒祖先。穆神庙中的穆神已记不起是什么神。但近地人家死了人,亦向这庙中去"烧庙头纸",当它作土地庙一类的庙的。神前亦造有戏台,有时亦演戏,但庙与台的规模都小,冬季办冬防时,庙中又为团丁驻扎之所了。

城中的居民比乡村里复杂,如手艺工人,种菜园者,打短工者,摇船的,船头脑,抬轿的,各种商店老板及店员,大小地主,各种绅士及名士等等都有。绅士种类最多,有比较公正,坦白的;有非常卑鄙者,有兼做讼师的,有兼开赌场抽头者,亦有具名士风度的。例如有一天有会稽县知县去拜某甲,轿子抬到厅前,某甲适从耳厅出来,见知县来了,连忙用芭蕉扇把自己的面孔一遮,叫声:"挡驾,某老爷不在家!"绅士之中,比较的公正与廉洁一点的,俗称正经绅士;卑污贪婪的,俗称"臭绅士",文字上则写作劣绅;更有藉慈善为名以渔利的;形形色色,不一而足。绅士有为地主,亦有没有财产,依靠随时张罗(包括赌博抽头及收埠头钱等等)度日的。

那时候的绍兴,还有一种特别的现象,是流氓风气的蔓延。寻事打架的事情很多很多。那里有不少锡箔店设厂,雇用一种特别的工人,称为镴箔司务,把小而厚的锡片打成薄而大的锡片,以便砑在一种黄色纸上。此项工人大都是外边人,城内恶霸式的人们有事时常常邀请他们为打手的。这种好打的风气影响了孩子们,亦养成好殴打的脾气。例如秋官地上有"歪摆台门",门口常聚集着若干个十多岁的孩子。遇见单身的陌生孩子走过时,便设法与他挑战,谋达到打他的目的。学校兴办起来以后,此风始渐衰;然而还有一部分人,例如开茶食店的小店王某弟兄,还是时常在街上闲荡,遇见单身的孩子走过,先由较小的一个去撞他,讥笑他,然后较大的参加进去,以达到攒殴单身过路的孩子这目的为快。这种情形,在上海等处却没有看到。

城里的住户不少是地主,但多数只是小地主。有些地主兼经商,开着各种不同的店铺。阿Q的时代,许多地主在很快的衰落中。这班没落的地主们中,有些是极守旧反动的人,随便举出一个来,例如有名阿D其人,是一个特别仇视劳苦人民的人,例如夏天下午常有渔人的儿子,穿着破衣,提着有绳络住的木盆,养些活鱼,进城来卖。如果他走进台门里,又如被阿D看见,少不得要被阿D打几下,盆子被踢翻,让活鱼在晒得火热的石板上跳几跳烤死。卖鱼的孩子遭此重大损害时,阿D就表示十分高兴了。又凡一切改革的事情他都反对,甚至于看见学生们穿黑袜,也要忿怒万分。那时候偏偏流行穿黑袜。但同时又怕被骂的"新党"将来得势。其实穿黑袜者未必便是"新党"或革命者,革命者便是听到他的反对论调也未必放在心上。但他自己以为他的反对是件了不起的大事情,新党一定要报复的。清朝皇帝将退位时,说革命军将到绍兴来了。阿D慌极,觉得还是走为上着,便走出大门,向城外逃走。但止不住两腿的发抖。出了房子,走到街上,愈加觉得失了隐蔽,愈加觉得危险可怕,两腿也愈抖得厉害。终于两腿软下去,蹲在地上,至于匐倒,为了逃命,只好爬了。恰巧遇着一个熟识的剃头司务,才把他扶起,并搀着他抖出城外去了。

别一位，叫做阿 Ts，年纪比阿 D 略轻；性情与阿 D 相反，是很"慕新"的。但那时革命这一名称口头上还不习惯，阿 Ts 自称新党。有一天到友人家去，那家正在做忌日，友人正在拜忌日，但还没有拜完，他便走上去坐定，喝酒吃肉的大嚼起来了，口里还说着："我辈新党，不拘，不拘！"他不是党人，但好这样自称。他别无革命行为，也不晓得怎样做法才对。但在神鬼迷信很深的那个时候，他却真的不信，勇气与特色是有一点的，不过大部是玩世的特色。

以上两个都是没落的地主阶级里面的人。一个醉心做新党，一个是绝端反对改革的。后者是一个欺弱畏强，又霸又怕的人。但我必须另举出一个也是没落地主阶级里面的人，也是很特别的。他名叫阿Don。

他是一个羞涩，软弱，讲话说不出口的人。亲戚家把他养到十多岁后，给他去学生意；数个月后，被回复了。把他荐到别一家去，结果也是相同。亲戚家把他送还给他的本家。本家起初也给他荐生意，但不久总又跑出来。查考起来，他没有什么过错，起初也是肯做事情的，不过经过一个时期，有些不愿意了。再后，遇着一些细故，他便睡着不再起来。数天之后，如果饿极了，他会起来偷吃一顿冷饭再睡下，于是整日整夜的打呃逆，打得令别人着慌。所以，数个月后，店家照例把他送走了事。至于他有什么过失吗？却没有什么。

他从典当里走到布店，再到药店里，总是不久就走出来。于是叫他做小生意，以至于卖大饼油条。开头总是勤俭的，过一个时候照例不愿意了；终于躺下来，起初把剩余的大饼油条吃了，以后直挺挺的饿着。过一个时期一定这样饿一次，一次好几天。

后来又给人家帮过忙，做些比较轻便的事情。不过他又学会了喝酒。酒一喝，性情就变了，本来是有话说不出口的，酒后便会大声"骂山门"；本来是见人很羞涩的，喝了酒，便会向娘姨跪下去，连声哀求道："你给我做老婆！你给我做老婆！"

他骂山门，他求爱，无论对寡妇或有丈夫的女人，结果往往所得的只是着打。与人相打也总是吃亏的。一场打后，他受了伤，胜者走了，他个人发着牢骚。有时指手画脚还在骂，别人以为他打胜了，但见他面上一块青，头上一块肿，带着创伤的又是他。第二天，酒已醒了，仍然变为羞涩，有话讷讷说不出口的人。还记得昨天被打的事情吗？没有人知道。因为他从来不把被打受亏的事情去告诉过别人。即不邀人打还，也从不图报复——除却下次喝酒之后再骂山门时，他会提起往事，说不怕与人打一打云。然而这样的情形也是很少的。

因为有些地主阶级很快的没落，破产，阿Don的本家也渐渐分散。他更失了依靠。他虽然有时候被本家所打，可是一方面也还有便利之处。比方他饿着睡着死挺着的时候，本家少不得总得去给他一点钱，劝他起来。现在只好住到"土谷祠"去了，便是少数的钱也不会再给他，生活必然更没有依靠了。他曾经做过讨老婆的梦，到此分明益发难以成事实了。

地主之中，田多的雇有长年；当长年的多数是农民。田少的常有忙月，做忙月的也多为农民，东家有事情时，例如收租，过年，上坟等等的时候，到东家去帮忙，过后，自己回去种田去了。有些人家没有忙月，或者忙月没有工夫，需要把贮藏的谷做成白米供食用的时候，就必须另外找人来做了。因此城里有一批工人，专门给人家牵砻与舂米，——虽然有时候也替人家做别种事情。这一班工人最初大抵是农民，或者是种菜园的，但现在已无田或无园可种，就做了牵砻舂米的工人。

这批工人中间，须得提出两个兄弟来说一说。他们是亲兄弟，但性质很不同；兄勤苦做工，没有嗜好，妻已死去，只有一个女儿；弟尚未娶亲，性好玩耍，不大愿意做工作，又喜欢喝点酒，常常向兄要点钱去喝酒。他的"好吃懒做"好像由于他不屑做这种工作，希望谋另外一种生活，但他愿做什么工作，谋什么生活呢？却也没有人知道，因为他没有对人讲过。但他没有讲过，怎么说他好像不屑做这等工作呢？因为从旁的议论上可以看出来的。他有时候有点"花脸"，有点玩世。也有些耐人寻味的举动，但一时却记不详细了，只好从略。这里为什么把他提出来呢？因为他名字叫阿贵，Q字是贵字拼音的第一个字母，《阿Q正传》的作者借用了这Q字，他的性质虽采取得不多，但也采取一点的吧？从没落的地主阶级分子，例如阿Don里当然也采取一些的。这是我的看法，不知对不对。《阿Q正传》不是一个实实在在的个人的照相，是观察了许多人之后，熔和之后塑成功的形象，是创造过了的。我以上所讲的只是当时少数塑成阿Q这形象时有关的原料，但一时如何说得尽呢？

鲁迅先生和自然科学

鲁迅先生年青的时候是学习自然科学的。民国前十三年,这时候他十九岁,考进南京陆师学堂附设的矿路学堂里学开矿,学习的功课是矿物学,化学,及其他和开矿有关的科学。毕业以后,到了日本,民国前九年给一种定期刊物,叫做《浙江潮》(第八期),写一篇文章,题目叫做《说铇》,现在叫做镭,是讲它的发见史及性质的,可见他对于无生物学还有兴趣。第二年,他进了仙台医学专门学校,从此所学习的功课,从无生物学转移到生物学的领域,近代医学大部分是以生物学作基础的。虽然学医的时候并不久长,并且以后又改学了文艺,从事文学方面的工作了,但鲁迅先生并不离开科学。民国前三年回国后他便在杭州两级师范学校担任教生理学及化学,自己研究植物学。第二年,任绍兴中学的学监(今称教务长),兼教生理学等教课,自己继续研究植物学。

但到离开绍兴中学堂以后,不再担任自然科学方面的教科,也没有工夫再研究植物学了。可是对于科学是始终有趣味的,也随时留心科学界的消息。有一回他看到中国学习化学的人大造新字,他以为可以不必的。他以为:化学上通俗的,活的名字,固然不妨用它们,在通俗的文章也是需要的,在较深的文字里不妨就用拉丁名。在《门外文谈》(见《且介亭杂文》)里就写着这样的意见:

……现在最会造字的是中国化学家,许多原质和化合物的名目,很不容易认得,连音也难以读出来了。老实说,我是一看见就头痛的,觉得远不如就用万国通用的拉丁来得爽快,如果二十来个字母都认不得,请恕我直说:那么,化学也大抵学不好的。

鲁迅先生从学医的时候起,及以后,对于生物科学及生物哲学都很有兴趣。他在去世不远的几年前还翻译过《药用植物》,又想译法布尔的《昆虫记》,没有成功(法布尔也有满腹牢骚、有时反对达尔文的进化论等毛病)。常留心进化及生物起源的问题。有一篇文章里曾讲起生命的意义,有如下的话:

> 我想种族的延长,——便是生命的连续,——的确是生物界事业里的一大部分。何以要延长呢?不消说是想进化了。但进化的途中总须新陈代谢。所以新的应该欢天喜地的向前走去,这便是壮,旧的也应该欢天喜地的向前走去,这便是死;各各如此走去,便是进化的路。(《热风·随感录四十九》)

中国人希望在二十世纪的世界上生存并且还要向将来进步上去,当然需要科学,但科学的发展和顽固守旧相冲突,因此有人提倡科学,同时也有人反对科学,反对科学的人说万恶皆由于科学,或者说科学进步则道德必退步。鲁迅先生对于这类议论竭力驳斥,而给科学辩护:

> 其实中国自所谓维新以来,何尝真有科学。现在儒道诸公,却径把历史上一味搞鬼不治人事的恶果,都移到科学身上,也不问什么叫做道德,怎样是科学,只是信口开河,造谣生事;使国人格外惑乱,社会上罩满了妖气。以上所引的话,不过随手拈出的几点黑影;此外自大埠以至僻地,还不知有多少奇谈。但即此几条,已足可推测我们周围的空气,以及将来的情形,如何黑暗可怕了。(《热风·随感录三十三》)

鲁迅先生一生大部分的时间和精力用在文艺一方面,科学方面的工作,做得远不及他想做的那么多,但对于科学的兴趣却常常存在的。现在抄录几则关于科学的文字在上面,以见鲁迅先生关心科学的一斑。

鲁迅先生和植物学

鲁迅先生是颇爱好植物学的人,他自己学植物学,并且劝别人也学习。他自己的学植物学,据我所知道,主要是由于他自己的喜欢植物,西方有些植物学者的确有由于喜欢植物而后去研究植物学的。中国,我想,如有相似的情形,也不足怪。鲁迅先生自幼非常喜欢植物,他所种的大都是普通的花草,没有什么"名贵"或奇异的植物,这正是表示他真正喜欢植物。他种的有映山红,石竹,盆竹,老勿大(即平地木俗称),万年青,银边万年青,黄杨,栀子,佛拳,巧角荷花,雨过天青,羽士装,大金黄(这四种均月季花),"芸香",蝴蝶花,吉祥草,萱花,金钱石菖蒲,荷花,及夜娇娇,鸡冠花,凤仙花,茑萝松等等。草花每年收子,用纸包成方包,写上名称,藏起来,明年再种。并且分类,定名称,拿《花镜》、《广群芳谱》等作参考,查考新得来的花草是什么植物。

因为喜欢花草,渐渐地成为对于研究植物学有兴趣,本是很自然的途径。但鲁迅先生的喜欢研究植物学,还别有理由存在,第一,他以为研究植物学材料容易拿到手。这是真的,除却少数地方以外,植物的确是很多的,几乎各处都分布到的。它们又都有根生在土中(下等的除外),你要研究它或采集它,它是不会逃避的,不像动物那样会移动。研究科学必须实践,必须观察,试验,分析等等。和研究动物及矿物相同,因此必须搜集标本。单看书本,当然不能说没有用处,至少可以说十分不够的。动物虽然未尝不常见,有时甚至于比植物更常见。桌子上不会生草木,但是夏天台灯四周,有小青虫乱跳。白天空中常见鸟类飞过。水中常见鱼在游泳。而且,不注意它们则已,如果注意它们,愈觉动物的繁多,到处都是!可是要采集它们时,就费事得多了。捉昆虫须用捕虫网等等东西;捕鱼须用钓竿或鱼网;捕鸟须用弶,用网,特别须用鸟枪去打。捕兽类更麻烦,捕小兽须备许多弶,放在适当的地方,随时去看,有没有兽类进去。大的兽类须用枪去打,如果打到一只,剥制保存也够叫人发生困难了。这是真的,动物不但捕捉困难,保存标本也很不容易,要研究它十分花工夫和花钱。

植物的采集就没有这等困难,植物因为固着在地上(较高等皆如此),很容易找到和采得,鲁迅先生把植物采来,把枝条剪成适当的长短,又把一张报纸对裁开,又对折拢,把整株的植物或剪好的枝条,夹在中间,同时夹入一张纸条,写明植物的名称,采集的地方和年月。在这一夹纸的上下,再衬上几张四折的报纸。研究植物的人制标本常用压榨器,但鲁迅先生在家中制标本只用木板制的夹板,夹板用绳扎住,可以晒在太阳下面,使标本快点干燥。如果讲究一点,衬纸是应当用吸墨纸的,但是鲁迅先生只用旧报纸,也一样能够做成好标本。

鲁迅先生又相信在目前这种社会里,各人所做的职业,大都不会合于自己的趣味的,但是虽然不合于自己的胃口,如果要维持生活,也就只好干下去。事实上的确是这样,各人生下来以后,必然加入一定的经济关系里,许多人都以职业来维持生活,但很少是适合于自己的志趣的,因此,鲁迅先生对知识分子说:随自己的职业之外,可以再学习些自己觉得有趣味的东西,这样,可以学得知识,同时也得到娱乐。他以为学文字学,学进化论,都是好的,但植物学更适合于这样的目的。除却照上面讲过的容易采集和保存外(虽然是比较的,它也自有它的难处),闲暇的日子到山里采集的时候,不特可以游览风景,还可以观察生物的生态,不特采集到奇异的草木的时候,使人高兴,就是对于身体,也是很有益处的。

鲁迅先生自己所做的,和指导别人所做的,关于植物学的研究上的工作,主要的是采集,记载,保存等等;主要的是分类学的工作。分类在科学上,一般地说,可以说是科学的最初的开头,也是理论科学方面长久不放弃的目的。我们如要观察一种植物的生活情形,生理现象,或和他种植物的关系,并把所观察的记载下来,我们必须知道所观察、所记载的是什么植物;如果不知道,便无法记载,即使记载下来,别人看了也不能了解,不知道我们所讲的究竟是什么植物。植物的有名称,本是因了实际需要而起,在科学的研究上,这种需要,更其扩大了。

图书馆里为了要使检查书籍便利,不能不把它们分类;至于分类的方法如何,起初可以不问,但后来必须发展到合于科学系统的分类了。有了分类,不但需要什么书的时候容易找到,而且还叫人知道什么书是属什么一类的,具有什么性质的,那就比单知道书名,要好些了。又正像我们知道一个人,往往不以单单知道他的姓名为满足,往往因了时代和社会的不同,有时候只要知道他是谁的儿子,谁的兄弟,或谁的朋友;有时候则要求知道他的思想和立场才更满足。根本原因是因为世界上的各种事情不是各不相关联地孤立的,彼此原是都有关系,所以我们不知不觉地有这种知道各种关系的要求了。所以我们对于植物学,或其他科学,开始便从事分类,不论是人为的或自然的,总要把它们分类,并不是仅仅只把它们分开,却在找出它们的相互的关连。植物的分类虽然像图书馆里的书籍分类,主要是为了便于检查和整理,但分类本身也正是研究工作。植物学和它的兄弟科学动物学相像,开始研究时便简单地把它的分类加以记载,到了社会进步,工业发达起来后,有了各种染料的发明,显微镜的制造,及应工业的需要而发展起来的物理学、化学进步后,植物学方面于是有研究植物细胞学、植物生理学等等的可能了。但同时候,跟着各方面研究的进步,又一回一回地把它们重新分类,把分类一步一步地从人为的分类法里蜕出来,走向自然的分类,便是渐渐尽可能地照它们的真实系统即血统的发展情况来分,竭力避免主观的武断了。科学的确在向着按照真实情况来研究,科学未发达时所讲的有些"事实",其实并不是真正客观的事实,却是些幻想,迷信,武断,或瞎说,愈是新进的科学,便愈加和真的事实相接近,包含真事实愈多,胡说八道也愈少。

在研究的路程上,研究较专门的组织、生理等等科目,既然需经过分类的研究,鲁迅先生研究植物学的时代,在中国,也正是研究分类最感觉必要的时代。这时候,他有一个学植物分类学的朋友,叫张柳如。鲁迅先生离开杭州两级师范学校后,张还到他的家乡,一同往涂山等处去采集过植物。那时候的植物分类法盛行大陆派德国恩格勒的分类法,鲁迅先生也常常检查恩格勒的分类表,虽然也读丹麦怀尔明的《植物系统》等著作。和恩格勒派对立的有英国的虎克与边沁一派的分类法。近年有植物学者哈钦松把虎克与边沁的分类系统加以修改,另行发表植物系统,中国近年学分类学的人,有赞成采用这一分类法的倾向了。至于张柳如,此后就毫无消息了。

科学本是因了社会的需要发达起来的,但是因了它的进步,回转来,能够推进工业和农业的发展,这是大家都知道的。但是除掉这些大关系之外,还有一些小用处,便是属于自然科学的教育意义一方面。科学不特给人们以知识,科学还教人尊重事实。从不尊重事实改变到尊重事实,在人类的历史行程上是一个大进步。我们如从不同的时代去看不同的思想方式,就很容易看出:早先的思想常常是幻想的,狭隘的,直觉的。古人看看地面好像是平的,天空好像一个圆罩似的罩在大地上,遂这样相信:天好像圆形的屋顶或帐篷,星辰就缀在这上面。又,古人不懂生物生活的道理,以为生物能够在水里生活,在空中生活,一定也能够在火里生活的,于是说有野火的地方常生火鼠,它的毛可以织火浣布,它脏了不必拿到水里去洗,只要放在火里洗。他们不知道火浣布是用叫石棉的矿物质织成的。他们不知道没有生物能够在火里生活,生物遇到火都要毁灭。但经过一个时期后,经过许多困难,科学走出空想的领域,走进实践的领域。研究科学,于是用真实的观察,真实的试验了。这结果,人们改变了先前如在梦里的人生,变成头脑比较清楚的人了。今人知道地是圆的,天不像屋顶似的罩在地上;世上并没有火鼠存在或曾经存在过。因了别方面的经验,可以断定别些事情有或没有,用不着经验证明,而可以用推论推知了。于是科学才能有预见。

事实能够不能够照实的看见,这是受时代和阶级的限制的,这就是说,生长在生产方法和科学不发达的时代的人,不能不多少有些幻想的,武断的,他的脑子还不能学会缜密的思考。在统治阶级里,特别如此。从前封建时代的地主,贵族,以及官吏们,经常为昏聩所笼罩。《错斩崔宁》里的府尹便是一个例子。只有劳动者的人们的头脑是清醒的,没有东西阻碍或模糊他们的思想。只是他们没有学习文化的机会,研究科学当然不可能。

就一般的知识分子来说,学习科学实能够给予一种思想知识上的帮助。学习科学不仅给人们以知识,还给他锻炼求知的力量,和怎样正确地去要求知识,怎样明晰地观察,探究,使他所知道的事情更真实。即使爱好文艺之类的人,我想,有了科学的底子,再写小说、杂文或批评之类的文字时,也许能写得更好些。这就得到了学习科学的帮助。鲁迅先生时常说:学习科学或工业的人常有轻视文艺的错误,他们常常这样说:文艺有什么用处呢? 大可以不必去学它。鲁迅先生遇到这种时候,就告诉他们说:学文艺的人却一点也不看轻科学和工业,反而竭力主张学文艺及别项东西的人,还应该学科学的。

　　至于我前面说的分类是理论研究方面长久不放弃的目的的意思,是说,生物怎样起源和怎样有系统地逐步发展起来,成为今日的形状,终究是人们很喜知道的事情,将不怠地加以研究的,而把植物的"家谱"有条不紊地整理得十分清楚决不是轻而易举之事,确是长久而又长久的事业。

鲁迅为青年服务一斑

今天遇到新中国成立后的鲁迅逝世纪念日,《中国青年》社找我写一篇纪念鲁迅的短文。在匆促之间,我来不及也不可能把鲁迅生平各方面的事迹与思想写出来。此刻只想到鲁迅帮助青年的一点点小事情,不过不失为过去为被压迫的人民大众(青年是被压迫的一部分)服务的一部分事迹。《中国青年》的编者所期望我写的意思也不过是这一方面。

鲁迅爱护青年,肯帮助青年,这是大家都知道的事情,因为这些曾经表现在为大家知道的行动里,及用文字出来发表的思想里,自然不必要我来多说了。不过有些事情,为人们所不大知道的,我在这里说明一二。

鲁迅回国后,在杭州两级师范教了一个时期的书。后来回到绍兴,在一个中学校里当学监兼教书。清朝政权垮台后,他便从南京转到北京,在教育部里当金事。白天在教育部,晚上在寓所里抄书,译书或写些文章。有时候替青年校书或编书。

青年托他的事情他总是乐于帮忙的。有时托他校对的书不是薄薄的几页,而是厚厚的一本,鲁迅很爽快的答应替他校对,毫不犹豫。

以后,每天晚上,鲁迅便摊开原书与稿子,墨斗与毛笔,细细地替他校对,替他改正意思有些偏差的词句。有时左手扶着茶杯的边缘,有时第二三个指中间挟着粉包牌或翠鸟牌的烟卷,右手不停的修改文字。

鲁迅很闲空吗?不,一点也不闲空。每天须出去做事情,有时还有客人来——虽然并不多,所以校订工作只能在晚上做,往往做到深夜。

恐怕译者等待着发急,他不敢工作松怠,紧紧地继续着,深恐延搁下来。

校完后,交还译者时,只淡淡地说一句与原意有不大符合的地方已给他改正了。丝毫没有称功的意思,也一点不表示辛苦。

有时候替青年编书。青年写文章,经过一个时期,累积了许多篇之后,想出集子,自己决定不下哪些文章可以印成集子的,就托鲁迅给他编选。鲁迅也欣然接受下来。替他把所有文章都细细的看,比较,选择,决不模糊,赶快替他编好。送还给作者时,也只是淡然地,说一句已经替他编好了,丝毫不表示费了力气的意思。

那时候教育部的薪水常常拿不到。他有时自己写点文章,有一点稿费收入。但他常常替穷困的学生付学费。这些事情是从来不对人讲起过。

鲁迅生活了五十六年,包括翻译在内,写了数百万字。这是指用自己的名字(连笔名在内)发表的文章。大家都知道这些是他的劳动的成果。实际上,他也用一部分时间与精力为青年服务——做校订,编选这等工作。以上所讲到的不过是我所知道的一两个例子。鲁迅同情于被压迫的广大的人民群众,同时也愿意为青年服务。

毛主席曾说过这样的话:

> 一切共产党员,一切革命家,一切革命的文艺工作者,都应该学鲁迅的榜样,做无产阶级和人民大众的"牛",鞠躬尽瘁,死而后已。[1]

鲁迅的确做到了这一点。

---

[1]　《毛泽东选集》第三卷,第八九八页。

关于鲁迅的断片回忆

关于鲁迅的一张藤野照片

鲁迅到日本去留学时,有的日本人看出他是中国人时,便走来和他讲中国话,鲁迅总装作不懂。因为鲁迅知道他们目的是拿他作练习中国话的对象的。并且知道:他们是为了要到中国来干些什么事,或者冒充了中国人向有些方面去侦探些什么去的(正在日俄战争稍前),他们见鲁迅假装不懂,无可奈何地恨恨而去。

不久,日俄战争爆发了,有的日本人看出鲁迅是中国人时,便讥笑地说:"为什么不回去流血,还在这里读书做什么?"有一次竟在路上冲突起来。

仙台医学校的解剖学教授藤野却不是这样子。他对中国留学生是比较和善,客气。他常常看鲁迅的笔记,细心改正疏漏的地方。鲁迅觉得他教课很负责任,遂对他有点好感的。

当鲁迅决定放弃医学,改学文学时,曾到藤野家里去。藤野送他一张照片,并且写了"惜别"二字,下面具了自己的名字。以上各节都是从鲁迅零星的谈话里凑集起来的。这张照片,鲁迅把它一直挂在西三条一间房子里写字台上面壁上。

等到鲁迅死后,有中国的访问者跑去访问藤野。这时候他已不当教授,个人在做医生了。对他讲起往事,藤野仿佛已不大记得清楚了。但终于追忆起来了,说的确替鲁迅改过笔记,认为这是很平常的事,觉得鲁迅有的文章里称他恩师颇以为怪。至于赠送照片一事,他却不承认:说可能是他的妻送给鲁迅的。那时候藤野的年纪已经很老,可能的确记不清楚了。但也很可能,日本帝国主义者这时候正在积极准备武力侵略中国,中日战争的空气已极紧张,不愿意再提起赠送题"惜别"的照片的事情了。这篇访问记曾在上海出版的叫《中流》的杂志上登过。总之,和鲁迅所讲的藤野当时的感情是很不一致的。

一把白壳短刀的来历

鲁迅有两把短刀,一把短些,两边有刃,作短剑形,装有黄漆的木头短柄,有黄漆木套,是在日本留学未久,因为觉得样子有趣买来的。曾经送我玩,一直放在我这里。直到迁居北京后,我又放在他那里了。一把长些,作刀形,式子很旧,两面平的,没有血槽,装一个白木头的柄与套。套两半合拢,用白皮纸条卷转粘住,是一点也不坚固的。鲁迅说:这一把刀是日本一个老武士送给他的。他怎么与那老武士认识,我没有问他,听他所讲的情形猜想起来也许是他的房东或近邻,所以常遇见的吧?老武士告诉他:那刀曾经杀过人的。刀面除却略有锈斑之外,别的地方很光滑而亮,但钢质我疑心并不怎样好,因为我把它戳在板壁上,拔下来时仿佛刀头有点歪了(当然也因为拔的方法不好)。不过杀人还是可以的,因为人的皮肉究竟没有那么硬。

那个送刀给鲁迅的老武士还讲些故事给他听,其中有日本人杀戮美国教士的故事。老武士说日本维新以前,有一回惨杀了几个美国教士,不久美国就起兵问罪,兵船开进东京湾。日本无法抵抗,就叫闹事的人出来谢罪。于是迎接美国军官上陆,坐在一边,闹事的人都跪在下面,一一切腹。其中一个,切到中途,肠子流出来了,切腹者便拿住流出来的肠,用刀将外露的一段割下,向美国军官投去,自己自然也死去了。这样死了,一切事情也就此结束了。

老武士又说:闹出来的乱子是这样结束了,但日本认为是件耻辱,许多人觉得谋自强急不可缓。这是给日本维新的一个极大的刺激!

不管那老武士所讲的故事是真实性有几分之几,那时候美国舰队开进东京湾的事是有的。他相信有过这样一回事,而且相信受辱必须图报复的。内山书店有两个姓镰田的人,年纪较轻的一个,人家叫他小镰田,原系退伍军人,对人也看不出有什么各异,倒像很有礼貌的。"一·二八"上海战事发生时,他曾参加在军队里帮过忙,后来因病回到日本去了。经过一个时期遂死了。后来知道,他病重之时,听到一个学历史的日本人讲了很早的时候,中国也曾被元兵侵略时,忽然叹息道:"天呀,给我好起来呵,我要回到上海去重新做人啦。"听说因为传说他的祖先之一曾为元兵侵日先锋队所杀,他便乘"一·二八"战事,惨杀了些江湾等处的农民以事报复,直到听了那研究历史的人的话,才知上海人和元兵的关系并不如他以前所相信的那样。实际上,元兵的先锋队虽曾到过日本,小镰田有无祖先被杀是很可疑的,一个普通人家的家族,罕有四五百年前的祖先如何死去还明白记得的。十分可能的倒是他受了日本统治者侵略教育的仇恨人类的思想教育的毒,要是不然,即使先前确有一个远祖为元兵所杀,也决不至于今日还要这样寻仇报复的。

上面的事是"一·二八"以后相隔相当久远,鲁迅打听了来对我讲的。鲁迅也以为要是不知道这些事情,想不到表面上很有礼貌的小镰田,心里却正相反,却处处在想待机报复呢。

高等日人的辩解侵略

日本雪耻图强吗?但结果侵略到中国来了。日本军阀经过一个预备的时期以后,曾经把东三省夺去。这之后,鲁迅遇到一个高等日本人,姓名我忘记了,似为记者之类。他向鲁迅解说:日本的夺取东三省实在是出于无奈。他说:日本国是岛国,四面环海的,人民住在上面,觉得很安全。这样生活惯的人,一旦到了大陆上就感觉得不安全了,因为邻近有了别国的人民,便要感受到威协,是非把这块地方也一并占领下来不可的。因为非如此不能感觉到安全。这是日本人的侵略的解释。但是这一块地方打下来以后,又接连到别一块地方了,照那个高等日本人的语气,自然还要再侵略,一直到四面没有人迹的大海或其他人类不容易越过的天然障碍为止。不过他说他们的军事行动是出于无奈,但这一无奈,使邻近的别民族的人受到严重的侵害了。其实说出于无奈,还是对鲁迅自谦之辞,他们一贯的说法,都是说他们打别人是因为别人有罪,打中国是因为中国得罪他,所以要"膺惩"等等。中国人尽管竭力学"大国民风度",但这种风度由来已很久,不是现在才学习的。有一回北四川路老靶子路一个黄包车夫,因为想加一点车钱,被坐车的日本武人马上用佩刀戳死。后来也没有下文。中国处处在显示"大国民风度",无微不至的在表示"大国民风度"①。至于官厅的保护更其非常周到,丝毫不敢疏忽。然而前日各报上讲起在日本俘房营里的华人,受苦受饿,待遇不比待美俘好些,恐怕比美俘还要坏些。莫非因为美国人民更其让他们自由杀戮?

"一·二八"的战事

"一·二八"战事发动时,鲁迅还很康健。在要开仗的那天中午,我与家里的人正在后客堂吃中饭,鲁迅突然从后门进来,走得有点气喘,说恐怕就要打仗了,叫我们全家都到他那边去,以便必要时可以一起出去,免得彼此分散。我说大房东叫我们加租,今天下午还要去受审哩!鲁迅愕然。后来约定我去过法院回来就搬去。——但到晚上,忽说不打了,我自己又回到自己的寓所。

这时候鲁迅住在北四川路,一路电车的终点,西童公学对面的阿派忒门忒② 第三层上。左首是日本海军司令部。房间前面是有落地的玻璃门,门外是阳台。对左手的玻璃门放着鲁迅的写字台。开火的第三天早晨,有日本海军陆战队十多个人,拥到鲁迅寓所去搜查,理由是中国出现了便衣队,有人从楼上向下放枪!

搜查之后,日本兵去了,发见写字台前面的落地门的玻璃上有一个圆洞,分明是弹子打穿的。高低适在台子的抽斗下面,如果写字台后的椅子上有人坐着写字,弹子必定打在腹部。室内没人向外打枪,那弹子

---

① 　作者这里所说的,是对于当时国民党反动派的讽刺。"大国民风度"亦国民党反动派的话,意思是叫中国忍受日本军阀的侮辱。他们当抗日战争结束时对于侵略中国的日本战争罪犯的保护,是无微不至的,极尽了卑躬屈膝的丑态。

② 　"公寓"的意思,英语 apartment 的音译。

一定是由外面打进来的。鲁迅的住所在三楼上，相当的高，外面是马路，对过是西童公学的大空场，放枪的人立在什么地方的呢？如果从西童公学的楼上打过来，似乎距离太远，那洞也似乎不应该这样圆滑了。

"一·二八"战事结束后，鲁迅从四马路回到寓所，因为阳光太少，不久搬到大陆新村去了。

后来鲁迅对我讲起，当天晚上本来听说不打了，后来又打起来。鲁迅寓所左首的日本海军司令部相隔不很远，望去很清楚。鲁迅望见他们集合，上卡车，出发时，留在司令部的军人高呼万岁。后来知道这一路是经虬江路去袭击北火车站的。在虬江路上打了一仗，吃了败仗。听说那队长回到日本去自杀了事。

关于鲁迅的病

鲁迅住在上海景云里的时候，曾咳嗽，发热，医生说他有肺病的嫌疑，叫他吃含几怪的百拉托，经过一个时期，好起来了。也就不以为意。搬到大陆新村后，经过一个时期，又发热，有时气喘。看的医生是一个年老的日本退职军医。鲁迅叫他老医生，说他在日俄战争时在日本军队里当军医，曾出过力。患病的日子很久，有时好一点，又写文章。这时想研究目连，女吊等文章便是这时候写的。他病重一点时，老医生就去给他打钙针，后来给他抽去肋膜积水。在比较重的时候，自己曾想到死的问题。但老医生总说像他的年纪决不会死于肺病的，不必担心。那年夏季，史沫特黎曾邀请了一位肺病专家叫邓先生的去看他，据说须赶紧抽去肋膜积水（此时老医生还没有给他抽水），赶紧医治，可医好的，如果拖延下去，秋后必定会死去。

但是结果仍由医生看下去。经过一个时候，病渐渐好起来了，身体也胖了一点，能够行走，想搬房子，曾向旧法租界找房子。这时候中日战事渐渐吃紧起来，空气日渐紧张，鲁迅觉得住在日本人聚集的北四川路底不好。比方，这时候海婴侄年纪还很小，还由一个老娘姨领着，有一天不知怎的与间壁一个年纪较大的日本小孩稍有冲突，那小孩便一只手拿着日本旗，去春去骂。而且，径连续闹下去，不肯罢休。鲁迅最后只好叫铁匠来，把前门的一扇铁栅门用铁皮完全钉起来，外面望进来看不见了，总算才停止。日本教育下的小孩,已经与中国人对立到这个样子了。

最后的一次谈话

　　我平时星期六晚上常在鲁迅的寓所里,他要买的书就在那时候带去,如果有事情要接头,也可以接头。这一次等到时候已迟,我要回寓时,他又讲起要搬房子,并且非常坚决急迫的说:房子只要你替我去看定好了,不必再来问我。一定下来,我就立刻搬,电灯没有也不要紧,我可以点洋灯。搬进去后再办接火等手续。说了,便拿笔写了"周裕斋印"四个字,下面画了一个方形,一面说:你就替我去刻照样大小一颗印子,如房东要订立合同,你替我代订,就用这个印子,裕斋这号我本来曾用过的。一面套上笔套,又说:裕字好像应该有两点;但刻字店里横竖要写过的,随它去了。遂没有改(他写时左手衣字只点了一点)。第二天即星期天听说他又气喘起来,就在当天夜里(后半夜,天将亮时)去世了。

关于鲁迅的爱国反帝思想

鲁迅是一个热爱祖国的人。我想,要是他不热心爱国,不可能成为一个坚强不屈的革命者的。

早在一九〇三年的时候,鲁迅(这时候在日本东京)送给许寿裳一首《自题小像》的诗:

> 灵台无计逃神矢,风雨如磐暗故园。寄意寒星荃不察,我以我血荐轩辕。

许寿裳解释道:"首句说留学外邦所受刺激之深,次写遥望故国风雨飘摇之状,三述同胞未醒,不胜寂寞之感,末了直抒怀抱,是一句毕生实践的格言。"[①]

三年后,在日本看电影,见一个中国人被日本军阀指为替俄国做军事侦探(在日俄战争时期)正要砍下头来示众。旁边却有许多中国人站着呆看,显出麻木的神情。鲁迅从此舍医学,改学文艺,要想改变他们的精神,把中国搞好。这里也表示他的热心爱国的一斑。

后来鲁迅的文章多数是为了攻击封建主义,北洋军阀,以及国民党反动派而发的,对于反对帝国主义,心里并不一刻放松。他常对我们讲述某些帝国主义者如何对中国施行压迫,虐杀中国人,及如何倒提小孩的脚而去等等,但是鲁迅知道的非常明白,封建主义(在半殖民地社会

---

① 见《我所认识的鲁迅·怀旧》一文。

里)以至国民党反动派的作恶,是靠帝国主义的支持的,帝国主义的侵略,也依赖走狗们的卖国,及封建主义等落后性的帮助。所以反帝是必须反封建及国民党反动派走狗的。他有这样的话告诉大家:"用笔和舌,将沦为异族的奴隶之苦告诉大家,自然是不错的,但要十分小心,不可使大家得着这样的结论:'那么,到底还不如我们似的做自己人的奴隶好。'"这里可以看出爱国反帝的鲁迅笔锋所指所以多向封建主义,北洋军阀,国民党反动派的理由了。

他的老友许寿裳对于鲁迅的爱国与反帝用这样的话来形容,他说:"三十余年来,刻苦奋斗以至于死,完全是为中华民族的生存而牺牲,一息尚存,不容稍懈。"

鲁迅要是还活着,看到今天法西斯化的美帝国主义者疯狂的支持他的走狗蒋介石,与帮助李承晚,屠杀朝鲜人民,肆行侵略,不知将如何忿怒!但是大家看着,帝国主义者法西斯化之时也就是加速自己灭亡之日!胜利是必定属于爱和平的人民,是可以断言的。爱和平不是消极的,不是无抵抗的,却是积极的。能用一切力量以保卫和平,和平是一定能够保卫住的。

编选后记

　　鲁迅一生,亲密的朋友并没有好几个,他之交友显然采取了"宁缺勿滥"的方针。晚年曾集清人何瓦琴句成一联:"人生得一知己足矣,斯世当以同怀视之",赠送瞿秋白。他逝世后,跟他有过亲密交往的人几乎都写有或长或短的回忆录,我们可以数出几个知名的:许寿裳、孙伏园、李霁野、萧军、萧红、胡风、冯雪峰、川岛等等。此外就得说亲人们了,首先是夫人许广平,写了好几本回忆文字,记述鲁迅日常生活,特别是后期在上海的生活情景,内容比较充实,但是他们两个的婚姻生活只有在上海这十年。至于少年和青年时代的事迹,则是他的弟弟最熟悉。

　　收在这本书里的就是他的二弟周作人和三弟周建人回忆他青年时代生活的文字。

　　周作人的生平早已为读者所知,他的青少年期基本上都和鲁迅在一起,即便在一个到外地求学、一个在家读书时,两兄弟也有频繁的书信往还。他们的年龄差别是四岁,朝夕相处,上的是同一所私塾,所读书目大同小异,因此有很多相同之处,所以周作人应该很有资格写有关鲁迅早年生活的回忆录。周作人虽然后来与大哥反目成仇,至死没有和解,但在这一点上是当仁不让。鲁迅刚刚去世,多家报纸向他约稿,他并没有推拒,除了接受报刊记者采访,又在《关于鲁迅》一文中写道:

　　　　我想关于这方面,在这时候来说几句话,似乎可以不成问题,而且未必是无意义的事,因为鲁迅的学问与艺术的来源有些都非

外人所能知，今本人已殁，舍弟那时年幼亦未闻知，我所知道已成
为海内孤本，深信值得录存，事虽细微而不虚诞，世之识者当有取
焉。

　　这是周作人写回忆鲁迅文字的一段纲领性的话。本卷收录的文字
是在中华人民共和国建立以后所写，其时他已经不是北方文坛的领袖
人物，甚至不是一个知名的作家，因为他被剥夺了公民权，发表文章时
不得署真名。他的地位同鲁迅的地位相比，简直是一个地上，一个天
上。本来，他完全可以不必讲话，但研究鲁迅生平思想的人还是要来请
教他。因为他所知是所谓"海内孤本"，那么他无论怎么说，人们也无法
提出反驳。他的写作态度因此成为一个相当关键的问题。人们想了解
真实的鲁迅。周作人反复强调的也正是他的文字的真实性。

　　例如在《鲁迅的故家》的总序中，当说到因为是给报纸写（连载）文
章，结集成书难免有重复的地方，订补起来太费事，他就议论道："我想
缺少总还不要紧，这比说的过多以至中有虚假较胜一筹吧。"他庄重地
告诉读者，他的回忆录容或在一些细节上有出入，那是因为时代久远，
记忆力不逮的缘故，但绝对不会造假，故意欺瞒读者。他还多次使用一
个比喻，来婉拒报社的约稿，说请大家原谅，自己没有写鲁迅回忆录的
资本了。因为自己写的都是事实，而事实是有一定限量的，有如钞票，
用掉一张便少一张，不可能制造加添。

　　在某些地方，他也忍不住要对那些造假的回忆文字加以明刺或暗
讽，甚至对回忆的对象鲁迅也会捎带上一笔。例如对鲁迅在日本东京
留学时是否加入同盟会的问题，他实际上对许寿裳的回忆录是不满的，
但可能碍于情面，不便直说，就坚持地说就自己所知，鲁迅是没有加入
的。然而他也不能提出足够的证据。当然这个问题双方都不能提出证
据，许寿裳解释说，当时入会党搞革命是很危险的事，而且组织上也有
纪律，鲁迅即便加入也不会告诉弟弟，但却告诉了他。周作人则仿佛是
闭了眼睛，一口咬定说没有实证，就只能说鲁迅没有参加。到底加入没
有，鲁迅自己也没有一个确定的回答，按说应当存疑。

　　周作人同许寿裳这方面的争论总起来说是一种态度上的不同。鲁
迅逝世后，许寿裳要编《鲁迅年谱》，想请周作人参加，两人为此通了多

封信,但最终周作人还是辞谢了。其中一个原因是他对当时文坛上纪念文字中对鲁迅的崇拜和颂扬不满,他认为许寿裳也有这样的倾向。本来,他对鲁迅参加左翼文学组织就有意见,以为鲁迅是在趋时,是领袖欲膨胀,想当青年人的导师并且怕落伍。所以他在关于鲁迅的第二篇文章中,再次声明,自己的文字是平淡无奇的,"不是奇迹,不足以满足观众的欲望"。观众出于对鲁迅的崇敬,想听到对鲁迅高度评价。应该说,即使周作人也和大家一样崇拜他的哥哥,他因为特殊的身份,也不能操那种歌功颂德的腔调。在这一点上周作人很清醒,而且他认为像许寿裳这样的老友也不应该操那种腔调。所以他又声明道:"一个人的平淡无奇的事实本是传记中的最好资料,但惟一的条件是大家把他当做一个人去看待,不是当做'超人'。"

实在,他的第一篇文章发表后,就有一个热血青年发来一张明信片,喝斥道,他周作人没有资格谈鲁迅:

> 今天看见《宇宙风》二十八期所载下期新目预告,将有《鲁迅的学问》一文发表。我想,鲁迅先生的学问,先生是不会完全懂得的,此事可不劳费神,且留待别些年青人去做,若稿已告成,自可束之高阁,不必发表。……

青年人的偏激在那样的时代是并不奇怪的,其实周作人也不需要这段话来提醒,他是早就意识到了。鲁迅在北京时期就已经做出相当大的成就,颇有文名,这都是他很熟悉的。这些成就并不需要吹捧和颂扬,已经扎扎实实地摆在读者面前,令人心服。

在中华人民共和国时期,除了搞翻译,周作人最可以写作并且发表的是有关鲁迅的回忆文字。周作人本人是必须靠写作的收入来养家糊口的,他必须有的可写,那么写鲁迅对他来说再容易不过,那些材料就在他的脑子里,不劳思索,顺手拈来。他先后写了《鲁迅的故家》、《鲁迅的青年时代》和《鲁迅小说中的人物》等。前两种主要写鲁迅青少年时代的生活背景和求学经历,尤其对鲁迅学问的来源加以梳理,为研究鲁迅学问的路向提供了珍贵的资料。这两种就收在本卷中。而《鲁迅小说中的人物》就鲁迅作品中出现的人物下笔,寻找现实生活中的原型,使读者知道鲁迅的创作与实生活的紧密联系,是不可多得的材料,说是"海内孤本"也不为夸张。这一种,连同周作人的少数几篇论鲁迅生平和作品的论文,加上周建人的一些文章,编为另一册。需要指出的是,这种分卷法不可能截然分明,因为周作人在谈鲁迅青少年时代的经历时,常常会顺便谈到鲁迅的作品和思想,加以解说和评价,因为鲁迅的大多数作品就取材于家乡的生活,作为背景的鲁镇、未庄、S城显然就是绍兴。

除了史料价值,周作人的文字本身也是值得人们回味的。

以报告事实为主,不对回忆对象加以评价,是周作人恪守的原则。因此我们在这些文字中看到的是一种历尽沧桑的老人十分平静的叙述。他写的百草园和鲁迅笔下的百草园就不相同,鲁迅的文字带着深深的怀恋,具有充沛的感情,文字则经营得特别优美。周作人对这一切已不在乎,可以说他是用一种隔离的态度,就像坐在台下看戏那样的心情来回忆百草园内外的一切物事的。他时刻注意着他自己的身份,尽量不提兄弟之类的话题。从情理上说,他心里不能没有些激动,这毕竟也是他生长的地方,并且是跟长兄一起玩耍和学习的地方,可是如今他与长兄的地位是那样悬殊,待遇是如此天差地远。他们两个的关系在青少年时代又是那么好,可是到了中年却又反目成仇,再也没有相见。无论如何,这些思绪不能不在他的脑海中涌现。但很显然,他是克制着自己的。鲁迅生前有两句诗:"度尽劫波兄弟在,相逢一笑泯恩仇",现在长兄早已去世,该原谅的都应原谅。他的到南京和日本追随鲁迅,一直受着鲁迅的影响。后来又跟随鲁迅到北京,在五四时代做出骄人的文学成绩,都离不开鲁迅的提携帮助。但是无论是怨恨和感激,在他的这些文字中都少有表露。当然,即便他想表露,以他后来的身份和社会条件,也不容许他发表出来。

实际上,私下里,他对长兄仍然有些微词。周作人晚年还写过一本回忆录《知堂回想录》,很多处写到鲁迅,就不一定是全然客观叙述,并且有些地方有负面的评论或暗暗的嘲讽。对于鲁迅早年对他的帮助,他当然是知感激的,但他在给友人的信中说,他晚年写的这些有关鲁迅的回忆文字,就可以算是对鲁迅一种报答了。不能否认,这些文字的确起到了很好的作用,甚至可以说是奠定了鲁迅研究史料学的基础。后来的研究者经常要引述周作人这些文字。而且在史料价值外，还有民俗学的和教育史的价值。例如关于南京学堂的叙述和日本留学时代生活的叙述都是。

周建人比鲁迅小得多，所以不像周作人那样熟悉少年鲁迅的生活。周作人曾说："豫才早年的事情大约我要算知道得顶多，晚年的是在上海的我的兄弟懂得顶清楚，所以关于晚年的事我一句都没有说过，即不知为不知也，……"还是那种"海内孤本"般的矜持，但这里有一点需要指出，周作人故意忽略了一个人，就是鲁迅夫人许广平，她也是很熟悉上海时期情形的。读者读了本卷所收建人的文字，再对比另一卷中许广平忆鲁迅的文字，一定会有这样的感觉：周建人对鲁迅的了解远远不如周作人和许广平。

鲁迅晚年，生活较为寂寞，朋友也不多。周建人一家和鲁迅一家经常聚会。建人有很多机会接近长兄，了解长兄的思想状态。他的回忆文字里提供了一些鲁迅的谈话资料，如说中国的落后除了工业、交通和科学等表面的落后外，还有看不出的思想的落后，脑子中缺少从农业社会到工业社会过渡的成长的观念等等，都是很有价值的。可惜，这样的材料并不很多。

中华人民共和国成立后，周建人从政，对于写作本来就不很内行的他，更没有机会多写有关鲁迅的文字。在文化大革命时期，发表了一些适应形势的篇什，据说是奉命之作，而且有人代笔，当然没有什么价值。

从鲁迅生平资料这个角度看，周作人和许广平的回忆录加起来，补充以周建人的文字，就基本上有一个较为完整的轮廓了。

黄乔生